KB052244

과학액션 융합스토리 단편선

SCI-FI

과학액션 융합스토리 단편선

김종일 외 8인

ACTION

황금가지

차례

라이더 라희도

김종일

"제일 짜증 나는 영화가 뭔지 아냐?"

남자가 묻는다. 스포츠카 운전석 문을 열고 나와 고꾸라진 그는 옥상 바닥에 드러누워 뒤통수를 차 문에 기댄다. 그의 입에서 단말마의 숨과 함께 핏덩이가 터져 나온다. 입가가 피범벅 된 남자가 히죽대며 자답한다.

"악당이 주인공 죽이기 전에…… 말이 많아지는 영화야."

남자가 호주머니에서 스마트폰을 꺼내어 액정을 두들긴다. 그가 타이머 모양의 앱을 터치하자 앱 속의 시곗바늘이 째깍거리며 움직이기 시작한다.

"18……초다, 씹팔…… 새끼야."

남자가 고개를 떨어뜨리며 절명한다. 그의 손에서 스마트폰이 떨어진다. 전화기 속 타이머의 시곗바늘도 시시각각 줄어든다.

나는 스포츠카 운전석으로 뛰어든다.

"어떡해요!"

조수석의 여자가 겁에 질려 묻는다.

대답할 여유도 없어 곧장 가속페달을 밟는다. 타이어가 옥상 바닥을 긁고 차가 급출발한다.

5, 4, 3, 2, 1……

스마트폰 타이머 앱의 시곗바늘이 0에 다다른 순간, 고성능 폭탄이 설치된 옥상 한복판의 무대가 굉음을 내며 폭발한다. 폭발이 만들어 낸 거대한 화염이 옥상을 전속력으로 내달리는 스포츠카를 뒤쫓는다.

"꺄아아아!"

조수석의 여자가 비명을 지른다. 눈앞으로 옥상 난간이 다가든다. 난간 너머는 지상에서 114미터 떨어진 상공이다.

걸신들린 괴물처럼 옥상을 집어삼키며 차를 뒤쫓던 화염과 파편이 차의 꽁무니를 덥석 물어 삼키는 순간, 차가 괴물의 아가리를 뚫고 난간 너머로 튀어나온다.

공중 부양하던 차가 그대로 멈췄다.

태엽 풀린 인형처럼 재생을 멈춘 스크린 속의 영화 「파이어」가 연두색 깍두기로 조각나더니 어둠 속으로 픽 꺼져 버렸다.

극장 안 여기저기서 욕설과 야유가 터져 나왔다. 이 넓은 상영관에 관객이라고는 달랑 열여덟 명도 없었는데, 너도 나도 "18!"을 외쳐 대다니 영화와 관객이 진정 혼연일체가 된 순간이었다.

"아오, 뭐야 이게! 가뜩이나 영화도 졸라 재미없는데!"

한 중년 남자가 영사실을 돌아보며 외쳤다. '가뜩이나 영화도 졸라 재미없'던 참에 마침 잘되었다고 안도하는 기색이 역력했다. 영화의 클라이맥스에서 영사 사고가 났는데도 뒤의 내용이 궁금한 관객은 하나도 없는 듯했다. 하청에 하청을 돌려 급조한 CG가 역력한 스크린 속 폭발 신을 떠올리니 나도 한숨이 나왔다. 화염과 자동차가 대머리와 싸구려 가발처럼 따로 놀았다. 상어가 아가리를 벌리고 물 위로 튀어나오는 다큐 영상에 비명 지르는 사람을 작게 합성해 상어에게 잡아먹히는 시퀀스로 써먹은 「샤크 어택3」라는 삼류 영화와 거의 동급이었다. 아아, 이건 정말 아니잖아.

작년 여름 내가 37층 옥상에 폭탄을 설치한 삼인조와 벌였던 사투가 영화로 만들어져 극장에 걸린 일 자체야 눈이 번쩍 뜨이는 일이었다. 사실 영화사에서 영화화 제의가 들어와 계약서에 도장을 찍었을 때에만 해도 로또 1등에 당첨된 기분이었다. 원안자 겸 스턴트맨으로 합류하게 되면서 시나리오 회의는 물론, 나중에는 윤색에까지 적극 참여했다. 문제는 이 영화를 만든 사람들의 수준이 지구 상의 누구와 비교해도 꿀리는 '초짜' 혹은 삼류 내지 양아치였다는 점이었다.

100억을 들여 한국판 「다이 하드」를 만들겠노라고 큰소리 떵떵 쳤던 제작사 대표가 투자사에서 받아 낸 예산은 달랑 18억이었다. 그나마도 홍보비로 차 떼고 포 떼니 순 제작비는 10억이었다. 10억으로 37층 건물 옥상이 폭발하고 자동차가 옥상에서 건너편 옥상으로 점프하는 액션영화를 찍었으니 그 완성도야 안 봐도 아이맥스였다.

주인공으로 캐스팅된 남자 아이돌은 액션의 'A'도 모르는 둔치였고, 눈요기 역할로 끼워 넣은 히로인 레이싱걸은 할 줄 아는 말이 "헐, 대박!"뿐인 인간 마네킹이었다. 감독의 연출도 문제였다. 이 영화의 감독에 대면 우웨 볼은 거장이었다. 예산을 의식했는지, 아니면 아무 생각이 없었는지, 다시 찍었어야 마땅할 장면도 오케이로 넘어갔는데, 그러다 보니 가뜩이나 연기력 폭망인 배우들의 발연기가 영화에 고스란히 담겼다. 잘라야 할 장면은 안 자르고 자르지 말아야 할 장면은 자른 편집도 엉망진창이었고 진지해야 할 장면은 우습고 웃겨야 할 장면은 진지한 연출은 설상가상이었다. 제작비 부족을 여실히 드러내는 싸구려 CG는 거기에 화룡점정을 찍었다.

손가락이 부러지는 부상까지 입어 가며 블루 스크린 앞에서 용을 쓰는 동안 아무래도 윈도우즈의 블루 스크린 같은 졸작이 나오겠다는 예감에 시달렸다. 그 예감은 빗나갔다. 결과물은 윈도우즈의 블루 스크린보다도 못한 졸작이었다.

개봉을 앞두고 실시한 내부 시사회에서 관계자들의 얼굴은 죽상이 되었고 감독은 개봉 직전 크레디트에 올라간 자기 이름을 슬그머니 가명으로 바꾸고 잠적했다.

아니나 다를까, 영화가 개봉하자마자 네티즌들의 열화 같은 반응이 쏟아졌다.

'이 영화를 보고 암세포가 불탔습니다.'

「클레멘타인」과 「영웅: 셀러멘더의 비밀」은 예고편에 불과했다.'

'내가 이 영화에 1점을 준 이유는 11점이 없기 때문이다.'

'이제 이 영화는 영화가 아닌 레전설로 남을 것이다.'

'스크린으로 이 영화를 볼 수 있는 시대에 태어난 것은 축복이다.'

'김치와 불고기와 싸이와 김연아의 시대는 갔다. 기자들이여 이제 외국인들에게 '두 유 노우 「파이어」?'라고 물어라.'

'더 이상의 자세한 액션은 생략한다.'

물론 이 모든 극찬은 죄다 반어였다. 스쿠터의 노래 「Fire」를 배경 음악으로 영화 장면들을 우스꽝스럽게 편집한 짤방이 SNS와 각종 유머사이트에 올라와 조롱거리가 되었고 개봉 첫 주부터 열여덟 개의 상영관에서 퐁당퐁당 상영을 하고도 모자라 주말이 지나자 상영관이 전국에서 단 하나로 줄어드는 굴욕을 당했다. 그나마도 스턴트 감독으로 참여했던 종대 형이 백방으로 뛰어다니지 않았더라면 창고에서 썩거나 IPTV로 직행했을 상황이었다. 그런데 막상 극장에 앉아 관객들의 반응을 점검해 보니 그냥 창고에서 썩거나 IPTV로 직행하는 편이 나았으리라는 생각이 들었다. 아니, 차라리 타임캡슐에 고이 넣어 두었다가 인류가 멸망한 후 지구를 방문한 외계인들에게 개봉을 맡기는 편이 나았을지도 모른다.

"아, 죄송합니다. 디지털 영사기에 문제가 생겼는데 아무래도 복구하는 데 시간이 좀 걸릴 거 같습니다. 사과의 의미로 영화관람권 1매씩을 드리도록 하겠습니다. 거듭 사과드립니다."

극장 관계자가 스크린 앞으로 올라와 고개 숙여 사과했다. 공교롭게도 영사 사고가 난 지 18분이 지났을 즈음이었다. 영화가 클라이맥스에서 끊겼는데 아쉬워하는 관객은 아무도 없었다. 오히려 다들 반색하는 눈치였다.

"뭐야, 장난하는 것도 아니고……."

"영화도 개판, 극장도 개판, 자알 돌아간다."

"저걸 찍어서 돈 내고 보란 인간들 진짜 양심에 털 났다."

"이 영화가 제일 짜증 나는 영화다."

관객들이 저마다 한마디씩 불평하며 극장을 나갔다.

나도 혹여 영화 관계자로 의심받을까 봐 한마디 거들었다.

"에이, 영화나 끝까지 틀어 주지. 이게 뭐야."

그러자 다른 관객들이 일제히 나를 돌아보았다. 그 서슬 퍼런 눈빛들이 말했다. 저 인간이 미쳤나!

상영관을 막 나서는데 호주머니의 전화기가 진동했다. 어머니였다. 막 통화 버튼을 터치하는데 등줄기가 서늘했다. 올 것이 왔구나 싶었다. 간밤의 꿈에 아버지가 나왔기 때문이었다. 지난번에도 말했지만, 다른 사람도 아니고 불행의 전령사나 마찬가지인 아버지가 꿈에 나왔다면 게임 오버다.

"원 투! 눈 감지 말랬지. 눈 감으면 끝이야! 원 투!"

아버지는 여느 때처럼 우렁찬 호통을 쏟아 내며 스트레이트의 융단폭격을 내질렀다. 그런데 간밤에는 그 스트레이트가 주먹을 이용한 펀치가 아닌 손바닥을 이용한 장풍이었다는 점이 여느 때와 달랐다. 좌우간 내게는 돌아가신 아버지에게 맞는 꿈이 재입대하는 꿈보다 더 끔찍한 악몽이다. 새벽에 눈을 떠서도 영 찜찜했는데, 아니나 다를까, 안 좋은 예감은 빗나가지 않는다.

"아이고, 일 났다. 희도야. 이 일을 어쩌면 좋으냐."

아침에 걸려온 한 통의 전화가 사건의 발단이었다.

"라희도 씨 어머님 되십니까?"

난생처음 보는 전화번호에 낯선 남자의 목소리였다고 했다. 어머니가 그렇다고 하니 남자가 단도직입적으로 용건을 말했는데 그 내용이 가관이었다.

"네, 라희도 씨가 석 달 전에 급전이 필요해서 사채로 1800만 원을 대출받으셨는데 그 원금이랑 이자를 상환하지 못해서 지금 장기를 팔러 병원에 와 있습니다."

혼비백산한 어머니가 나를 바꿔 달라고 하니 남자는 내가 장기적출 수술을 앞두고 뒤에서 우는 중이라 통화가 어렵다고 대답했다. 남자의 등 뒤에서 꺼이꺼이 통곡하는 소리까지 들렸는데 묘하게도 꼭 내 목소리 같았다고 했다.

"라희도 씨 간하고 신장 떼어 내기 전에 혹시 어머님이라도 변제 의사가 있으신가 해서 마지막으로 연락드렸습니다."

재작년 담낭제거 수술을 받은 어머니는 한동안 지독한 후유증으로 고생했다. 이제 겨우 운신하게 된 참에 난데없이 당신 아들 몸에서 장기를 들어내겠다는 전화를 받으니 눈앞이 아득해졌다고 했다. 차라리 당신의 몸에 또 칼을 대면 댔지, 돈 천팔백 때문에 자식 몸에 칼을 대는 일을 차마 두고 볼 수는 없었다고 했다. 결국 놈들은 어머니를 인근 농협으로 유인했고 어머니의 계좌에서 내 장기 대신 잔고를 빼 갔다. 이번 영화 원안 계약을 하고 「파이어」를 찍으며 생고생 해 받은 돈 천팔백 전부였다.

"세상에, 살다 보니 우리 아들 덕 보는 날이 다 있네."

난생처음으로 1000만 단위의 액수가 찍힌 통장을 보며 감격의 눈물까지 찍어 내던 어머니의 얼굴이 눈에 선했다. 어머니는 지금도 보증금 500만 원에 18만 원짜리 월세에 산다. 내 새끼가 고생해서 번 피 같은 돈이라 못 건드린다며 그 돈 천팔백을 한 푼도 안 쓰고 계좌에 고스란히 모셔 두었다. 그런 돈을 인면수심의 사기꾼들이 단 몇 분 만에 싹싹 긁어 갔다.

"미안하다, 희도야. 돈을 벌어도 시원찮을 판에 이 늙은이가……."

어머니는 끝내 울먹이기까지 했다. 피가 거꾸로 솟구쳤다. 울고 싶은 아이 뺨 때린다더니……. 한 손에 쥐었던 영화 표를 나도 모르게 꾸깃꾸깃 구겼다.

"씹팔……."

경찰에 신고를 하고 알아보니 어머니가 당한 사기는 자녀의 장기 매매를 빌미로 한 신종 보이스피싱이었다. 작년 말부터 비슷한 수법으로 적게는 수십 많게는 수천만 원씩 털린 피해자가 급증하는 추세라고 했다.

"그 새끼들 오야가 전직 경찰이래."

일주일 후, 곱창집에서 마주한 종대 형이 말했다. 발 넓은 종대 형이 사이버범죄수사대에서 근무하는 친구를 통해 알아낸 정보였다. 세상이 워낙 미쳐 돌아가니 보이스피싱 조직의 원흉이 전직 경찰이라 해도 별로 놀랍지가 않았다.

"짤리기 전에도 뇌물 수수에 비리에 횡령에 뒤가 아주 구린 새끼였나 봐. 사이버범죄수사대 밥도 한 몇 년 먹었다지, 아마? 근데 이 새끼가 경찰에서 짤리고 할 짓 없으니 짭새 밥 먹은 노하우로 통 크게 한 판 해 처먹으려고 보이스피싱 조직을 차렸네. 전에 지가 수사했던 피의자들까지 끌어들여서……. 아주 '엄마 찾아 3만 리'를 보낼 새끼지."

종대 형이 소주 한 잔을 입에 털어 부었다. '엄마 찾아 3만 리'는 스턴트 팀장인 종대 형이 후배 스턴트맨들에게 '박살 난다'는 뜻으로 애용하는 말이었다.

"처음에는 저축은행 서버에서 해킹한 개인 정보를 사들여서 자격도 안 되는 사람들한테 대출해 주겠다고 꼬셔서 수백억을 뜯어냈대. 왜 있잖아, 김 뭐시기 팀장인데 최저이율로 30분 이내에 3000만 원까지 대출해 주네 어쩌네 하는 문자. 근데 요새 그 수법 단물이 다 빠지고 똘마니들도 줄줄이 엮여 들어가고 경찰 수사망도 좁혀 오고 하니까 이 새끼가 남은 떨거지들 데리고 무식한 수법으로 막판 스퍼트 바짝 땡기기에 나선 거지. 장기매매 공갈 협박으로 순진한 어르신들한테 돈 뜯어내기. 어머님이 당하신 수법이 그거래. 그놈들 시스템이 상당히 체계적이야. 우선 중앙센터에서 해커들이 불법으로 빼낸 개인 정보를 사들여서 콜센터에 배포해. 그럼 콜센터에서……"

종대 형의 말허리를 끊었다.

"그놈 지금 어디 있는데?"

"필리핀."

"경찰은 뭐 한대? 그런 개잡놈 안 잡아들이고……. 필리핀에 있는 줄 알면 잡아들여야지."

"필리핀이 무슨 동네 뒷마당인 줄 알아? 우리나라보다 세 배나 크다. 인터폴에 수사 공조는 요청했다는데 그게 말처럼 쉬우냐. 뒤 봐주는 짭새도 꽤나 있을 테고……. 그쪽 짭새들도 썩어 빠졌기로 유명하잖아. 차창 열고 운전하면 앞에 짭새가 지나가면서 차 안으로 마약 던지고 뒤에 짭새가 마약 소지로 체포한다니 말 다 했지."

"그놈 이름 뭔지 알아?"

"이름은 알아서 뭐하게?"

소주 한 병을 유리컵에 한가득 따랐다. 주정뱅이 아버지 때문에 술이라면 이가 갈려서 입에도 안 댄 지가 어언 30년이었다. 그런 내가 단숨에 소주 한 병을 벌컥벌컥 들이켰다. 소리 나게 컵을 탁자 위에 내려놓고 불판 위에서 지글지글 익어 가는 곱창을 노려보며 종대 형에게 말했다.

"곱창 뽑아 버리게."

박대범.

종대 형이 경찰 친구를 통해 일러 준 놈의 이름은 박대범이었다. 대범하기 그지없는 행각을 보면 과연 이름값 하는 놈이었다. 필리핀 현지에서는 찰리 박으로 통한다고 했다. 찰리 박이고 찰리 채플린이고 년 내가 기필코 찾아내서 엄마 찾아 3만 리를 내 주마.

놈의 소재를 알아내는 데에도 종대 형이 단단히 한몫했다. 물론 형이 처음부터 마냥 적극적으로 협조해 주지는 않았다.

"아, 이게 영화를 오래 찍더니 영화랑 현실을 구별 못 하네? 야, 니가 무슨 견자단이나 토니 자 같은 사기캐인 줄 알아? 「킬 빌」에서처럼 칼 한 자루 달랑 들고 독고다이로 쳐들어가도 개들이 '아이고, 먼 길 오시느라 얼마나 수고가 많으셨습니까? 저희가 차린 건 없지만 차례차례 줄 서서 덤비는 척하다가 알아서 죽어 드리겠습니다.' 이럴 줄 아느냐고. 정신 차련마! 세상모르고 깝치다가 골로 간 애들이 한 둘인 줄 알아?"

하지만 한번 결심하면 목에 톱이 들어와도 실행에 옮기는 내 추진력은 형도 알고 나도 알았다. 결국 그는 내 삼고초려에 두 손 두 발 들었다.

"아 나, 이 라이또, 또 시작이네. 넌마, 나중에 가서 딴소리하기만 해. 이렇게까지 될 줄은 몰랐다는 둥, 내가 세상 물정을 몰랐다는 둥, 나 좀 살려 달라는 둥 해 봐야 소용없다."

사이버범죄수사대에서 일하는 종대 형 친구의 도움을 이래저래 톡톡히 받았다. 덕분에 박대범의 사진과 놈이 곧잘 출몰하는 지역의 정보도 입수했다.

필리핀까지 갈 여비도 없어서 종대 형에게 200만 원을 빌렸다. 소셜커머스 사이트를 통해 필리핀행 비행기 표를 할인된 가격으로 끊고 마닐라 공항을 통해 필리핀에 첫발을 들였다.

한국은 동장군이 물 만난 동지섣달이었는데 필리핀은 선선한 정도의 초가을 날씨였다.

도착하자마자 마닐라 마카티 돈보스코 학교 근처의 자전거 숍에서 산악용 자전거부터 한 대 샀다. 아무래도 기동성이 있어야 돌아다니기에도 좋으니까. 지프니나 트라이시클 같은 저렴한 대중교통을 이용할까도 고민했지만 나중에 관광 왔을 때나 타 보기로 했다. 이번 같은 경우에는 내가 직접 운전할 교통수단이 있는 편이 나았다. 얼마 전 「액션 캠」이라는 저예산 자전거 액션영화에서 스턴트를 맡아 구르고 깨지며 자전거 스턴트도 해 본 경험도 있어 자전거 몰기라면 자신 있었다. 무엇보다 자전거는 고장 나지 않는 한, 별도의 유지비가 필요 없다는 점이 좋았다. 수중에 돈이 몇 푼 없으니 한 푼이라도 아껴야 했다. 그래도 만약을 대비해 헬멧과 장갑, 무릎보호대까지 옵션으로 추가했다. 그렇게 진정한 라이더로서의 면목이 갖추어졌다.

라이더 라희도!

그런데 한 가지 간과했던 점이 있었다. 필리핀의 도로가 비포장도로 저리 가라 하게 울퉁불퉁 고르지 않아서 반나절만 돌아다녀도 엉덩이가 엄마 찾아 3만 리 될 지경이라는 점이었다. 고작 사흘 만에 엉덩이에 굳은살이 박였다.

디비소리아에 들러 무기가 될 만한 공구 몇 개와 배낭을 샀다. 마닐라 최대 규모의 재래시장답게 없는 물건이 없었다. 마음 같아서는 놈들의 '콜센터'를 급습해 통째로 날려 버리고 싶었다. 하지만 재작년 대전 모 빌딩 옥상에서 나와 함께 불꽃놀이를 했던 삼인조처럼 내가 부르주아도 아닌 데다 섣불리 혼자 쳐들어갔다가는 종대 형 말대로 도리어 내가 날아갈 공산이 더 컸다. 그래서 애초 계획대로 박대범인지 찰리 박인지 하는 대가리를 잡는 데에 의의를 두기로 했다. 대가리만 잡아들이면 떨거지들이야 알아서 줄줄이 비엔나소시지처럼 엮여 들어갈 테니까.

이제 남은 일은 길고 지루한 잠복근무였다.

"날 찾아다니셨다고."

중년 남자의 걸걸한 목소리가 의식을 깨웠다. 눈을 뜨니 지척에 박대범이 서 있었다. 사진으로 봤을 때보다 덩치도 크고 눈매도 매서운 놈이었다. 전직 경찰 출신의 보이스피싱 조직 총책에 딱 어울리는 인상이었다.

주위를 둘러봤다. 사방에 고깃덩어리들이 주렁주렁 매달린 냉동창고였다. 추웠다. 숨 쉴 때마다 콧속의 콧물이 얼어붙을 지경이었다.

가만있자, 내가 왜 여기에 있지?

기억을 더듬어 보았다. 마닐라 시내를 돌아다니며 마주치는 사람마다 박대범 사진을 내밀며 탐문하고 다닌 지 보름째 되던 날이었다.

처음 시도한 방법은 잠복이었다. 하루 종일 눈에 불을 켜고 마닐라 시내를 자전거로 뱅뱅 돌았지만 엉덩이 단련에나 성과가 있었을 뿐이었다. 마닐라에서 찰리 박 찾기란 서울에서 김 서방 찾기였다. 일주일이나 허탕을 치고 나서 다음으로 시도한 방법이 탐문이었다.

마닐라에서 찰리 박 찾기가 어려워? 그럼 찰리 박이 제 발로 찾아오게 하면 되지, 뭐.

그런 생각이 들었다. 물론 대책 없는 낙관주의였다. 내가 박대범 사진으로 전단지를 만들어 호외처럼 뿌리고 다닌다 한들 필리핀 마닐라 구석에 짱 박힌 박대범이 제 발로 나를 찾아올 확률은 로또 1등에 당첨될 확률보다 낮았다. 하지만 사람들은 그 815만 분의 1이라는 낮은 확률에 기대어 매주 1억 장이 넘는 로또 복권을 사들인다. 박대범은 현재 인터폴에까지 수배 중인 사면초가의 상황이었다. 웬 '듣보잡' 한국인이 만나는 사람마다 제 사진을 들이밀고 다닌다는 소문이 놈의 귀에 들어가면 저도 사람인 이상 신경이 쓰이기는 할 터였다. 결과는 둘 중 하나였다.

내 눈을 피해 더 깊숙이 숨거나, 내 정체를 밝히려 들거나.

부디 후자이기를 바라며 열흘 넘게 기약 없는 탐문을 반복했다. 하루에 1000페소짜리 게스트하우스에서 쪽잠을 자고 식대를 아끼느라 노점상에서 파는 바나나 큐나 바나나 투론 같은 먹을거리로 연명했다. 그러다 보니 가슴속에서 튀김 기름처럼 들끓던 의욕과 열정도 바나나 투론 속 바나나처럼 곤죽이 되었다. 트림을 해도 바나나 트림이 나오고 똥에서도 바나나 냄새가 날 지경에 이르러도 아무런 성과가 없자 슬슬 지쳐 가기 시작했다.

낚시를 해도 자리를 털고 일어나려 할 때 입질이 오곤 한다. 세상일도 그렇다. 막 포기하려던 순간, 동아줄이 눈앞에 드리워지곤 한다.

딱 하루, 딱 하루만 더 해 보고 안 되면 귀국하자.

놈들에게서 입질이 온 시점도 딱 그렇게 마음먹었을 즈음이었다.

"찰리 박?"

웬 필리핀 남자 둘이 내게 물었다. 「마셰티」의 대니 트레조처럼 콧수염을 기른 남자와 어설프게 토니 자를 닮은 남자였다. 손짓과 발짓을 섞어 가며 타갈로그어로 뭐라고 떠드는데 대충 눈치를 보니 자기들이 찰리 박을 안다며 따라오라는 의미인 듯했다. 꺼림칙했지만 달리 뾰족한 수가 없어서 자전거를 끌고 둘을 따라나섰다.

디비소리아 뒷골목으로 접어들었다.

영문 모를 악취가 코를 찔렀다. 쓰레기를 뒤지던 길고양이가 동작을 멈추고 경계심 어린 눈초리로 나를 노려보았다. 디비소리아 뒷골목은 현지인들에게도 악명이 자자한 우범지대였다. 하지만 그렇다고 여기서 돌아서기도 뭣했다. 내가 뒤로 처질 때마다 콧수염과 토니 자는 이를 드러내고 웃으며 얼른 따라오라고 손짓했다. 그 웃음이 너무 억지스러워서 더 꺼림칙했다. 누누이 말하지만, 안 좋은 예감은 빗나가지 않는다. 좀 빗나가면 어디가 덧나냐고!

어느 건물 모퉁이를 돈 순간이었다.

골목 양쪽에 잠복하던 패거리들이 달려들었다. 눈대중으로 최소 예닐곱은 되어 보였다. 우르르 곤봉 세례가 쏟아졌다. 처음에는 피했지만 나중에는 속수무책이었다. 철없던 시절 내가 대전 뒷골목에서 똘마니 짓을 하고 다닐 때 체득한 인생의 진리가 있다. 그것이 바로 "다구리에 장사 없다."였다. 자전거를 양손에 들고 휘두르며 대항했지만 쏟아지는 곤봉 세례에 정신을 차릴 수가 없었다. 주먹만 한 우박을 맨몸으로 맞는 기분이었다. 결국 의식을 지탱하던 퓨즈가 픽 끊겼다.

눈앞에 번쩍 플래시가 터졌다.

"내가 말할 땐 날 봐."

곤봉으로 내 뺨을 후려친 박대범이 말했다. 입술 안쪽이 터져 찝찌름한 피가 입안을 흥건히 적셨다.

"경찰은 아닌 거 같은데……. 뭐냐, 너."

"라희도다."

"누가 니 이름 물었냐. 뭐 하는 새끼냐고."

"스턴트맨."

"스턴트맨? 마닐라 로케 왔냐."

"니 곱창 뽑으려고."

"스턴트맨이 장기매매도 하냐."

"장기매매는 니가 했지."

놈이 그제야 상황을 알겠다는 듯 고개를 주억거렸다.

"아아, 그거. 너도 낚였냐."

"우리 엄마."

"얼마."

"천팔백."

"아까부터 말이 짧아, 언제 봤다고."

또 한 번 플래시가 터졌다.

"마닐라 뒷골목에서 빌빌댄다고 우습냐? 왕년엔 박대범 경위 하면 자던 애도 벌떡벌떡 일어났다."

그래, 그랬겠지. 네놈 이름만 들어도 울화통이 터져서 벌떡벌떡.

손을 꼼지락거려 보았다. 뒷짐 진 손목을 꽁꽁 결박한 케이블 타이가 죄어들었다. 내가 앉은 의자는 스툴이었다. 발목도 케이블 타이에 묶인 상태였다. 여기서 어떻게 해야 저 고깃덩어리 신세를 면할지 머릿속으로 그림을 그려 보았다.

"그깟 천팔백에 마닐라까지 기어 와 여기저기 들쑤시고 다니냐."

그깟 천팔백이라니? 너한테는 그깟 천팔백일지 몰라도…….

"우리 엄마한테는 천팔백억 같은 천팔백이다."

"효자네. 니가 여기까지 와서 천팔백 타령하면 내가 돌려줄 거 같으냐?"

"아니."

"잘 아네."

또 한 번 플래시 펑!

"돼지 도살하는 과정 알아? 먼저 400볼트 정도의 전류로 기절을 시켜. 전살법이라고 하지. 그다음에 기절한 돼지의 경동맥을 깊숙이 찔러. 숨통을 끊고 1차로 피도 빼는 거야. 그리고 거꾸로 매달아서 2차로 피를 빼. 그다음에 물불로 털을 제거하고 목을 반 이상 잘라 낸 후에 내장을 적출해. 그리고 머리를 잘라 내고 둘로 나눠. 그게 바로 재들이야."

놈이 창고 여기저기에 매달린 고깃덩어리들을 턱짓으로 가리켰다.

"사람 도축하는 과정은 더 간단해. 찌르고 피 빼고 토막 내면 끝이야. 왜 돼지보다 사람이 더 간단한 줄 아냐."

놈이 내게 다가들더니 나직하게 속삭였다.

"돼지는 사람이 먹지만 사람은 돼지가 먹거든."

온몸에 소름이 돋았다.

"애들이 돼지 도축만 10년 넘게 한 베테랑들이다. 신속 정확하지."

허리를 곧추세운 놈이 곁에 있던 콧수염과 토니 자에게 턱짓을 했다. 턱짓의 대상은 나였다. 그리고 보니 콧수염과 토니 자의 손에 들린 날 짧은 칼이 보였다. 도축장에서 뼈와 살을 발라내는 데 쓰는 뼈칼인 듯했다. 앞치마까지 두른 품이 피가 튈 때를 대비한 모양이었다.

그때 창고 문이 열렸다.

"큰일 났습니다, 형님! 경찰입니다. 빨리 피하십시오!"

"뭐? 너 운 좋은 줄 알아!"

라고 외치며 놈들이 당황해 달아나는 장면을 상상해 보았다. 잠시나마 짜릿했지만 실현 불가능한 대뇌 망상이었다.

"차 준비됐습니다, 사장님."

창고로 들어온 놈의 부하는 전혀 다급하지 않은 투로 놈을 불렀다.

"좋은 구경 놓치네."

놈이 아쉽다는 듯 입맛을 다시며 창고를 나갔다.

"어딜 가, 이 새끼야!"

라고 외쳤지만 놈은 뒤도 돌아보지 않았다. 창고 문이 닫혔다.

도살자로 변신한 콧수염과 토니 자가 좌우에서 다가왔다. 토니 자가 나를 뒤에서 붙들었고 콧수염이 칼로 내 목을 겨냥했다. 칼의 표적은 내 경동맥이었다. 내게로 달려든 놈이 내 목을 찌르기 직전, 묶인 양발로 놈의 명치를 걷어찼다.

놈이 바람 빠지는 소리를 내며 비틀거렸다. 하얗게 질린 얼굴로 칼까지 창고 바닥에 떨어뜨리는 품이 제대로 맞은 모양이었다. 몸을 벌떡 일으키며 토니 자의 얼굴을 박치기로 들이받았다. 코뼈 부러지는 소리가 났다. 토니 자가 뒤로 주춤주춤 물러난 틈을 타 발뒤꿈치로 의자를 뒤로 튕겨 냈다. 허공에 떠오른 의자를 양손으로 턱 붙들고 엉덩이에 뿔 난 송아지처럼 의자 다리를 세워 토니 자를 창고 벽까지 뒤로 밀어붙였다. 놈이 칼을 떨어뜨릴 때까지 쾅쾅 밀어붙였다.

앞을 보니 정신을 차린 콧수염이 칼을 주워 들고 내게로 내달려 왔다. 양손과 양발이 묶인 상태에서는 두 놈을 제압하기가 보통 어려운 일이 아니었다.

놈이 나를 덮치기 직전, 재빨리 놈의 가랑이 사이로 드러누웠다. 졸지에 표적이 나에서 토니 자로 뒤바뀌었다. 콧수염의 칼이 토니 자의 가슴팍을 찔렀다. 토니 자가 신음하며 바닥에 주저앉았다. 양발을 오므렸다가 있는 힘껏 콧수염의 배로 뻗었다.

놈이 허공에 붕 떠올랐다가 바닥에 철퍼덕 엎어졌다. 그사이 바닥

26

을 뒹굴어 칼을 집어 들었다. 케이블 타이는 또 어찌나 질긴지 뼈칼이 아니었더라면 잘라 내지도 못할 뻔했다.

툭!

케이블 타이가 끊겼다. 막 양손이 자유로워진 순간 콧수염이 다시금 덤벼들었다. 의지의 필리핀인! 세 바퀴 좌로 굴러 놈의 공격을 피했다. 다리를 오므려 발목의 케이블 타이를 쓱싹쓱싹 잘라 냈다. 콧수염이 괴성을 지르며 다가와 칼을 마구잡이로 내리꽂았다. 다섯 바퀴 좌로 구른 후 튕겨 일어났다.

이윽고 자세를 제대로 잡은 나는 「레이드2」의 주방 액션 시퀀스에서처럼 콧수염과 대치했다.

획획획!

콧수염이 칼을 휘두르며 달려들었다. 눈에는 눈, 칼에는 칼? 웃기는 소리. 놈의 공격을 피하며 바닥에 뒹굴던 곤봉을 집어 들어 놈의 얼굴에 휘둘렀다.

픽!

예기치 못한 충격에 놈이 비틀거렸다. 또 한 번 곤봉을 놈의 턱에 휘둘렀다. 놈이 뒤로 벌렁 나가떨어졌다. 녹아웃!

가쁜 숨을 몰아쉬며 창고 문을 열고 밖으로 나왔다. 비가 내리고 있었다.

아까 나에게 곤봉 세례를 퍼부은 필리핀 갱들이 창고 앞 처마 밑에서 담배를 피우다 멀거니 나를 바라보았다. 그래, 너희들, 마침 잘 만났다!

놈들이 달려들었다. 하지만 이번에는 놈들도 조직력이 부족했고 나도 무방비가 아니었다. 놈들에게 곤봉으로 흥한 자 곤봉으로 망한다는 교훈을 일러 주었다. 단기 속성으로 놈들을 쓰러뜨린 뒤, 주위를 휘둘러보았다. 저 멀리 번쩍거리는 BMW 운전석에 오르는 박대범이 보였다. 부르릉 시동이 걸렸다.

"어딜 가, 이 개새꺄!"

그리로 내달렸다. 놈이 탄 BMW가 뒤로 후진하더니 무작정 나에게 달려들었다. 놈의 차를 피해 옆으로 몸을 날렸다. 간발의 차로 주차장 바닥을 나뒹굴었다. 이번에는 전진으로 BMW가 달려들었다. 논산 훈련소 입소식 연습 때 이후로 좌로 굴러 우로 굴러 복 터지기는 두 번째였다.

BMW는 유유히 주차장을 빠져나갔다. 여기서 놈을 놓칠 수는 없었다. 몸을 일으켜 주차장 밖으로 튀어나왔다. 멀찌감치 떨어진 골목 모퉁이에 나뒹구는 내 자전거가 보였다. 냉동창고는 놈들이 나를 납치한 데에서 얼마 떨어지지 않은 거리였다. 그리로 내달렸다. 자전거에 올라타 힘껏 페달을 밟기 시작했다.

BMW가 사라진 모퉁이를 도니, 혼잡한 골목길을 채 빠져나가지 못한 BMW가 보였다. 마닐라의 혼잡한 도로가 이럴 때에는 그렇게 고마울 수가 없었다. 내가 오늘 너를 기필코 잡고야 만다. 그래서 죄 없는 사람들 계좌에서 돈 긁어 간 대가를 치르게 해 주마.

이를 악물고 자전거 페달을 밟았다. 자전거는 BMW로 힘차게 내달렸다.

BMW가 거의 엎드리면 코 닿을 만큼 가까이 왔다.

그쪽으로 손을 뻗었다. 닿는다…… 닿는다…… 닿는……. 그때 보란 듯이 BMW가 부웅 속도를 내어 골목길을 빠져나갔다. 순식간에 BMW와 자전거 사이는 엄청나게 벌어져 버렸다. 그렇다고 포기할 수는 없었다. 젖 먹던 힘을 다해 페달을 밟았다. 37층 옥상에서 파이어를 타고 맞은편 건물로 날았던 그날 밤처럼 마음속으로 빌고 또 빌었다.

달리자, 달리자. 자전거야, 한 번만 더 달려 보자꾸나.

BMW가 우회전하며 4차선 도로로 들어섰다. 나도 4차선 도로로 무작정 들어섰다. 갑자기 골목길에서 튀어나온 내 자전거 때문에 차들이 급정거하며 찢어지는 소리를 냈다. 어깨 너머로 욕지거리가 날아왔다. 괜찮아, 나 타갈로그어 몰라!

달렸다. 죽을 때에는 죽더라도 놈에게는 본때를 보여 주고 죽을 작정이었다. 누가 뭐라 하든 지금 내 눈에는 오로지 놈이 탄 BMW밖에 들어오지 않았다. 혼잡한 시내로 접어들면서 뒤따라오는 차들이 빵빵거렸다. 그래도 달렸다.

BMW가 대로로 진입하면서부터 본격적으로 속도를 내기 시작했다. 따라올 수 있으면 따라와 봐. 순식간에 나와 놈의 거리가 10미터가 되고, 100미터로 벌어졌다. 그래도 비가 내리는 데다 마닐라 시내의 교통 체증이 상당하다는 사실이 다행이라면 다행이었다. 밀리는 차들 때문에 BMW는 내 시야에서 쉬이 벗어나지 못했다. 하지만 아무리 달려도 기름으로 달리는 자동차를 사람 다리로 달리는 자전거가 따라잡기는 쉬운 일이 아니었다.

가만, 그럼 기름으로 달리는 자동차의 힘을 빌리면 되잖아.

저만치 BMW의 뒤를 달리는 지프니로 눈이 갔다. 열심히 페달을

굴러 지프니 끄트머리로 다가갔다. 닿는다. 닿는다. 조금만 더, 조금
만 더……! 마침내 지프니 꽁무니에 달린 쇠기둥에 손끝이 닿았다.
성룡이 「오복성」롤러스케이트 추격 신에서 써먹었던 수법인데 탁월
한 선택이었다. 금세 속도가 붙기 시작했다.

한 손은 핸들을 잡고 한 손은 지프니 끄트머리를 붙든 채 쭉쭉 앞
으로 나아갔다. 다 좋은데 애로사항이 하나 있다면 지프니 뒷바퀴가
밀어낸 물보라가 얼굴에 고스란히 부딪힌다는 점이었다.

"푸웁, 푸웁, 푸웁! 푸푸푸……."

얼굴로 날아오는 물보라를 연신 뱉어 내느라 정신이 하나도 없었
다. 권투 시합을 하며 연타로 잽을 맞는 기분이었다.

이대로 달리다 자전거가 공중으로 떠오르지 않을까 싶도록 속도는
어마어마했다. 핸들이 마구 흔들렸다. 여기서 넘어지기라도 하면 최
소한 중상, 자칫하면 사망이었다. 그때 지프니의 속도가 확 줄었다.

"꼴랑꼴랑!"

차창을 내리고 지프니 운전사가 소리쳤다. 내 나름대로 안 보이게
달라붙는다고 붙었는데 사이드미러로 내가 보인 모양이었다. "꼴랑
꼴랑."이 무슨 뜻인지는 몰라도 듣기 좋으라고 한 소리는 아님이 확
실했다. 그래도 버텼다. 죽기 아니면 까무러치기로 지프니 끄트머리
를 붙들고 늘어졌다. 그러자 지프니가 갈 지(之) 자를 그리며 곡예운
전을 하기 시작했다. 얼른 떨어져 나가라 이거야?

지프니가 좌우로 흔들리면서 자전거도 중심을 잃고 쓰러질 듯 흔
들렸다. 여기서 쓰러지면 뒤따라오는 차에 밟히고 찢겨서 엄마 찾아
3만 리가 되는 수밖에 없었다.

아쉽지만 지프니를 포기하기로 했다. 지프니를 붙들었던 손을 놓았다. 속도가 대번 확 줄었다. 차선 사이로 달리는 내 자전거를 피하며 차들이 연신 빵빵댔다.

앞을 보니 신호대기로 차들이 줄지어 멈추는 중이었다.

신호대기하는 차들 사이로 마구 달렸다. 차들 맨 앞에 선 BMW가 눈에 띄었다. 페달을 밟는 다리에 힘을 주었다. 그때 차 한 대가 깜빡이도 안 켜고 갑자기 차선을 변경해 끼어들었다. 황급히 브레이크를 움켜쥐었지만 브레이크 패드가 불량인지, 아니면 아까 몰매를 맞으며 자전거를 휘두르다 브레이크에 손상이 생겼는지 자전거가 멈추지 않았다. 급한 마음에 「인디아나 존스」에서 탄광 차를 멈추던 인디아나 존스처럼 발바닥으로 브레이크를 밟았다.

자전거는 위태롭게 비틀대며 차들 사이로 나아갔다. 차선을 변경하는 차의 옆구리가 눈앞으로 다가들었다.

텅!

자전거가 차의 옆구리를 들이받은 순간 몸이 허공으로 붕 떠올랐다. 시야가 휘돌며 차의 보닛이 보였다. 급한 대로 자동차 보닛 위에 낙법으로 착지했다.

"꼴랑꼴랑!"

자동차 운전사가 외쳤다.

"너도 꼴랑꼴랑이다, 새끼야!"

자동차 보닛에서 뛰어 내려와 차들 사이에 쓰러진 자전거를 일으켰다. 신호가 떨어져 BMW가 막 출발하는 참이었다. 다행히 자전거도 별 이상은 없는 듯했다. 여전히 잘 안 드는 브레이크만 빼면…….

다시 BMW를 뒤쫓았다. 가파른 언덕길이 나왔다. BMW는 잘도 가파른 언덕길을 넘어갔다. 헉헉대면서도 기어이 언덕길을 뒤따라 넘었다. C자형 급커브 도로를 따라 저만치 BMW가 달려갔다. 따라가다 보니, C자의 중간을 가로지르는 계단이 보였다. C자 안쪽에 만들어진 판자촌을 관통하는 계단이었다. 언뜻 보아도 계단 수가 수백 개는 될 듯했다. 한동안 갈등했다. 목숨 걸고 계단으로 내려가느냐, 그냥 C자 도로를 타고 우회하느냐. 그러나 그 와중에도 놈의 차는 저 멀리 꼬리를 감추는 중이었다.

에라, 모르겠다!

반드시 죽고자 하면 살 것이요, 반드시 살고자 하면 죽으리니. 신에게는 아직 멀쩡한 사지육신이 남아 있사옵니다. 계단을 택했다. 까짓것 죽기밖에 더 하겠느냐. 자전거가 계단을 내려가기 시작했다.

위아래위위아래, 위아래위위아래…….

머릿속에서 어느 걸그룹의 노랫말이 재생되었다. 계단을 반도 채 못 내려가서 내 선택을 후회했다. 자전거가 미친 듯이 위아래로 흔들렸다. 아스팔트에 구멍을 뚫는 브레이커를 타고 계단을 내려가는 기분이었다. 이러다 자전거에 박힌 볼트와 너트가 엄마 찾아 3만 리로 사라지고, 자전거 타이어는 너덜너덜해지고, 계단 모서리에 얼굴부터 착지할 듯한 공포심이 일었다. 이 계단을 무사히 내려가고 나면 엉덩이에서 사라졌던 몽고반점이 다시 나타나겠지? 크고 아름답게!

자전거 받는 충격이 엉덩이로 고스란히 전해졌고, 없던 멀미가 올라오도록 눈앞이 흔들렸다. 넘어질 듯 넘어질 듯 안 넘어지고 계단을 내려갔다. 이 미친 속도와 충격을 자전거가 버티어 내는 일은 기적에 가까웠다. 마침내 계단의 끝이 다가왔다.

위아래위위아래…… 위!

자전거가 영화 「E.T.」에서 만월을 배경으로 하늘을 날던 엘리엇의 자전거처럼 공중으로 솟구쳤다. E.T.도 추진 로켓도 없이 내 자전거가 공중으로 떠오른 이유는 마지막 계단 중턱에 놓인 주먹만 한 짱돌 때문이었다. 눈을 부릅뜨고 아래를 내려다보며 착륙할 방법을 찾았다.

꽝!

미처 착륙 지점을 찾기도 전에 자전거가 먼저 땅에 닿았다. 엉덩이 사이로 무시무시한 충격이 파고들었다.

"히이익……."

내 입에서 단말마의 그것과도 같은 신음이 흘러나왔다. 그래도 핸들을 놓지 않고 자전거의 중심을 잡았다. 속도를 줄이지도 않았다. 사실 속도를 줄일 수도 없었다. 브레이크가 안 들어서…….

계단을 지나 언덕 내리막에 이르자, 크고 작은 노점상이 빼곡했다. 이를 악물고 그 틈새로 계속 달렸다. 바구니가 뒤집히고 바나나가 날아갔다. 이 무슨 민폐냐! 내가 액션영화에서 악당들이랑 쫓고 쫓기며 시장 쑥대밭 만드는 주인공들을 얼마나 욕했는데……. 노점 천막 너머의 도로를 지나가는 BMW가 보였다. 노점이 거의 울타리를 이룬 틈으로는 길이 나 있지 않았다. 아아, 어찌하오리까.

모르겠다. 계속 가는 거다. 「델마와 루이스」에서 델마도 그랬다. 계속 가는 거야. 밟아! 페달을 힘껏 밟았다. 운이 좋으면 천막을 뚫고 빠져나갈 테고, 운이 나쁘면 천막에 자전거가 걸려 언덕 아래로 세 번째 공중부양을 하게 될 터였다. 천막 울타리가 무지막지한 속도로 내게 다가들었다.

펑!

울타리를 찢고 나왔다. 이제 눈앞은 잡초가 길게 자라난 가파른 언덕이었다.

질주하는 자전거 바퀴에 잡초들이 속절없이 쓰러지며 나지막한 비명을 질러 댔다. 자전거가 언덕의 굴곡을 따라 내려가면서 추락 직전의 비행기처럼 흔들렸다. 계단은 양반이었다. 언덕은 굴곡이 제멋대로여서 중심을 잡기가 더욱 어려웠다. 여기서 넘어지면 끝장이었다.

초인적인 집중력으로 핸들을 꽉 붙들었다. 넘어지면 죽는다.

마침내 언덕 끝이 다가왔다. 언덕 중턱을 가로지른 도로가 보였다.

달려온 관성으로 자전거는 도로에 접어들었다. 브라보! 이제 차선을 따라 BMW를 뒤쫓으면 될 줄 알았는데…… 오산이었다. 자전거는 내 의지와는 상관없이 차선을 가로질러 비스듬히 도로를 통과했다. 중앙선을 넘는 순간, 마주 오던 커다란 트럭이 간발의 차이로 휙 스쳐 지나갔다. 살짝 스친 듯했다. 0.1초만 늦게 도로를 통과했더라도 트럭과 함께 엄마 찾아 3만 리를 떠났을 터였다.

마냥 안도할 때가 아니었다. 이번에는 도로변의 가드레일이 달려들었다. 이번에는 천막처럼 뚫고 나갈 수도 없었다. 그렇다고 뛰어넘을 수도 없었다. 브레이크도 잡히지 않았다. 가드레일 너머는 건물들이 장난감 정도로밖에 보이지 않는 낭떠러지였다. 균형을 잃지 않는 한도 내에서 핸들을 최대한 휙 틀었다. 그놈의 관성과 수막현상이 문제였다. 자전거 바퀴는 계속 가드레일 쪽으로 미끄러졌다.

"으아아아아아……!"

내 귀에도 처절하게 들리는 비명을 지르며 왼발을 뻗었다. 곧바로 가드레일이 왼 발바닥에 와 닿았다. 핸들을 도로와 나란하게 튼 덕분에 자전거는 가드레일과 정면충돌하지 않고, 도로변을 쭉 내달렸다. 비에 젖은 가드레일을 파도 삼아 미끄러진 발바닥 덕분이었다.

가드레일을 쓸고 내려가는 발바닥이 작은 물보라를 만들었다. 발바닥은 서핑하듯 가드레일을 부드럽게 미끄러져 내렸다. 아아, 이 광경을 그대로 「액션 캠」에 담았더라면 멋진 액션 시퀀스가 되었을 텐데……. 하다못해 자전거 CF로 써먹어도 대박일 텐데……. 잘 키운 자전거 하나, 열 BMW 안 부럽습니다.

자전거가 균형을 잡자 가드레일에서 발을 떼고 도로로 진입했다. 멀찌감치 BMW가 보였다. 도로의 경사가 여전히 가팔라서 다행이었다. 자전거는 「스피드」에서 시속 50마일로 질주하던 버스처럼 무시무시한 속도로 도로를 따라 내려갔다. BMW와의 거리가 점점 가까워졌다. 이제 BMW와의 거리는 30여 미터에 불과했다. 얼굴에 와 닿는 빗줄기가 시원했다. 기다려라, 찰리 박. 너를 거꾸로 메다꽂을 시간이 얼마 남지 않았다.

BMW와 자전거의 거리가 10여 미터에 이르렀을 즈음, BMW가 우측으로 난 샛길로 휙 줄행랑을 놓았다. 재빨리 놈을 따라 샛길로 접어들고 싶었지만 그대로 지나쳐 도로를 내달렸다. 브레이크 때문이었다.

닭 쫓던 개 된 심정이었다.

되돌아갈까? 아니다. 어차피 늦었다. 그렇다고 이렇게 마냥 도로만 따라 내려가기도 우스웠다. 그럼 여기서 뭘 어떻게 하느냐고. 브레이크도 안 드는 고물 자전거로 뭘 어떡해!

그때 눈앞에 기적이 일어났다.

「엑소더스」에서 모세 앞으로 홍해가 갈라지던 장면보다 더한 기적이었다. 생뚱맞게도 내 눈앞에 다시 BMW가 나타났다. 알고 보니 이 도로는 P자형으로 샛길이 중간에 갈라졌다가 다시 합쳐지는 구조였다. 내 자전거는 그대로 P자형의 도로를 직진했고, BMW는 나를 따돌릴 작정으로 샛길로 빠졌다가 빙 우회해서 P자의 중간 꼭지에서 다시 나와 조우한 셈이었다. 어쩌냐, 이 찰리 박아. 뛰어 봐야 라희도 손바닥이다!

BMW가 다시 속도를 내기 시작했다. 그 속도에 발맞추어 나도 신들린 듯이 페달을 굴러 댔다. 2차선으로 된 도로였다. 놈이 앞서 달리던 유조 트럭을 추월했다. 막상 놈의 차가 유조 트럭을 추월하고 유조 트럭이 시야를 가로막자 물보라 때문에 앞이 보이지 않았다. 갓길로 트럭을 추월해 볼까 했지만 그마저도 여의치 않았다. 에라, 모르겠다. 페달을 밟아 중앙선을 넘어 달리기 시작했다. 유조 트럭은 정말 길었다. 아무리 죽어라 페달을 굴러도 추월하기 쉽지 않았다.

그때 정면으로 버스 한 대가 나타났다.

버스가 눈앞에 나타난 자전거를 발견하고 놀라 전조등을 번뜩이며 경적을 울려 댔다. 순식간에 차가 눈앞으로 다가왔다. 이대로 유조 트럭을 추월하지 못하면 마주 오는 버스와 정면충돌할 상황이었다. 미친 자전거를 발견한 유조 트럭이 속도를 줄였고 마주 오던 버스도 속도를 줄였고 미친 자전거는 초인적으로 속도를 냈다.

자전거가 유조 트럭 앞으로 끼어들자마자 마주 오던 버스가 옆을 휙 스치고 지나갔다.

비탈길이 계속되는 가운데, 도로의 차선이 2차선에서 4차선으로 늘었다. 놈의 차는 앞서 달리던 차를 물 만난 듯 지그재그로 추월하며 달렸다. 나도 질세라, 앞서 달리는 차들을 지그재그로 앞질렀다.

도로의 경사가 완만해지기 시작했다. 엔진 없는 이륜차 속도라 하기에는 믿기지 않았던 자전거의 속도도 그에 따라 줄어들기 시작했다. BMW와의 거리가 순식간에 벌어졌다.

이대로 놈을 놓칠 수는 없었다.

미친 듯이 페달을 밟았다. 내 체력이 아무리 엄청나다 해도 BMW의 엔진을 따라잡기에는 역부족이었다. BMW가 점점 작아지더니 아예 눈앞에서 사라져 버렸다. 이번에는 샛길도 없었다. 그저 저 멀리 사라졌을 뿐이었다. 무한한 공간 저 너머로!

수백 미터를 더 달렸지만 BMW는 온데간데없었다. 도로가 점점 오르막길로 바뀌면서 자전거의 속도가 줄더니 결국에는 아예 멈추어 버렸다. 도로변에 자전거를 세우고 복날 개 헐떡이듯 헉헉대며 망연자실 비를 맞았다. 「블레이드 러너」의 룻거 하우어가 해리슨 포드를 구해 주고 빗속에 죽어 가며 읊조리던 대사가 떠올랐다. 이제 모든 게 사라지겠지, 빗속의 내 눈물처럼…….

그때 바로 옆으로 보이는 어느 건물의 나무 울타리 너머로 익숙한 검은색이 보였다. 오호라, 하늘은 아직 나를 버리지 않았도다. 틀림없었다. 저 차는 놈의 BMW였다. 무한한 공간 저 너머로 사라진 듯했던 놈의 차는 사실 사각지대로 짱 박혔을 뿐이었다.

막 차에서 내리는 박대범이 보였다.

거침없이 페달을 밟았다. 서부영화에서 주인공 총잡이가 악당들이 득실대는 술집 입구에 들어서듯 울타리를 뚫고 주차장으로 들어섰다. 나를 본 놈의 입이 떡 벌어졌다. 놀랄 만도 했다. 몇 킬로미터에 이르는 길을 한낱 고물에 불과한 자전거가 뒤따라왔으니……. 내가 진작 나가떨어진 줄 알았는데 서부의 총잡이처럼 눈앞에 나타났으니……. 그래, 놀랄 여유가 있을 때 마음껏 놀라라. 잠시 후면 내 핵 주먹에 눈코 뜰 새 없을 테니까……. 그런 유치한 생각에 회심의 미소를 지으며 놈에게 내달렸다.

"야 이 꼴랑꼴랑아! 가긴 어딜 가!"

달려온 속도 그대로 놈에게 돌진했다.

계획은 이랬다. BMW 너머에 선 놈에게 전력 질주해서 자전거와 BMW가 충돌하는 순간, 그 관성으로 몸을 날려 놈을 덮친다. 뒤로 벌렁 자빠진 놈 위에 올라타서 마구 주먹을 휘두른다. 어느 순간 놈이 항복하고 자신의 모든 과오를 사죄하며 내게 두 손 두 발이 마르고 닳도록 용서를 빌고 자수하여 광명 찾는다.

상상만으로도 통쾌했다. 마침내 다가온 BMW 옆 통수에 자전거가 부딪쳤다.

계획대로 몸을 날렸다. 거기까지는 좋았는데 발등에 핸들이 걸리는 바람에 '뽀록'이 났다. BMW의 보닛 위에 볼썽사납게 엎어졌다.

"일루 와!"

뜨끈한 보닛 위에서 버둥대며 놈에게 소리쳤다. 내가 엎어진 보닛 한복판이 움푹 들어간 광경을 본 놈의 표정이 순식간에 일그러졌다.

"이 차가 얼마짜린데……."

놈이 보닛 위로 손을 뻗어 내 멱살을 부여잡더니 나를 차 앞의 진흙탕으로 패대기쳤다. 허공을 붕 날아 진흙탕에 얼굴부터 착지했다. 기술로 미루어 보건대, 놈은 아무래도 유도를 배운 듯했다. 나도 벌떡 일어나며 외쳤다.

"덤벼!"

흙탕물 범벅이 된 몰골로 일어선 내가 외치자 놈은 같잖다는 표정을 지으며 다가왔다.

비 내리는 주차장에 선 나와 놈은 「인정사정 볼 것 없다」의 영구와 장성민처럼, 「매트릭스 레볼루션」의 네오와 스미스 요원처럼 서로 노려보며 팽팽한 기 싸움을 했다.

온몸의 힘을 모아 놈에게 주먹을 날렸다.

두 영화에서처럼 서로 주먹이 엇갈릴 줄 알았는데 오산이었다. 놈은 여유 있게 내 펀치를 피하며 내 팔을 붙들더니 들어 메치기로 나를 메다꽂았다. 그 솜씨가 가히 제이슨 본 수준이었다. 장대비가 쏟아지는 마닐라의 하늘이 눈에 들어왔다가 다시 흙탕물이 내 눈에 들어왔다. 정신을 차릴 수가 없었다. 평형감각이 마비되어 진흙탕에서 허우적대는 나를 족제비가 같잖다는 표정으로 바라보았다.

"어, 좀 하네? 유도 배웠냐!"

얼굴을 손으로 문질러 닦으며 일어나 놈에게 외쳤다. 놈에게 발차기를 날렸다. 놈도 다리를 뻗었다. 둘의 다리가 허공에서 엇갈리며 서로에게 뻗어 나갔다.

내 발은 허공을 걷어찼고, 놈의 발은 내 복부를 정확히 강타했다.

놈의 다리는 내 다리보다 길었다.

바람 빠지는 소리를 내며 뒤로 나자빠졌다. 내장이 1000만 화소로 분해되어 입 밖으로 쏟아질 듯했다. 하늘이 노랗다 못해 프리즘을 통과한 스펙트럼 광선처럼 보였다. 흙탕물을 뒹굴며 버르적거렸다. 숨을 쉴 수가 없었다.

"죽, 으려고 환, 장을 했나."

놈이 '죽'과 '환'에 맞추어 찬 데 또 찼다.

"축구……도 배웠냐. 꼴랑꼴랑아."

가까스로 그 말을 내뱉으며 비틀비틀 일어섰다. 주먹을 움켜쥐고 덤볐지만 이내 눈앞에 번쩍번쩍 플래시가 터졌다. 주먹보다 팔꿈치와 손바닥을 이용해 타격하는 솜씨가 필리핀 전통무술인 칼리였다. 「본 얼티메이텀」에서 맷 데이먼이, 「아저씨」에서 원빈이 구사해서 유명해진 무술이었다. 무술 스턴트를 하며 칼리 스타일의 합을 짜 본 적은 있어도 실제로 칼리를 구사하는 인간과 붙어 보기는 처음이었다.

"칼리도 배웠냐. 만능 스포츠맨이네."

놈의 타격이 정신없이 날아왔다. 몇 번은 용케 피했지만 대부분 얼굴과 몸으로 맞았다. 나도 주먹을 뻗는다고 뻗었지만 몇 번 용케 적중했을 뿐 대부분 놈의 털끝도 건드리지 못했다. 이렇게 원 없이 맞아보기는 37층 빌딩 옥상 이후로 평생 두 번째였다. 견디다 못해 다시 흙탕물에 나뒹굴었다.

"웬만하면 내 손에 피 안 묻히려고 했는데……."

놈이 왼쪽 바짓단을 걷어 올리자 가죽띠에 꽂힌 단도가 드러났다. 놈이 단도를 빼 들었다. 아니, 이대로 싸워도 게임이 안 되는 판에 무슨 단도까지 꺼내고 난리야. 이거 반칙 아냐?

버르적거리며 자전거 쪽으로 다가갔다.

흉기에 대항하려면 나도 무기가 있어야 하는데 눈을 씻고 찾아봐도 무기가 없었다. 놈이 등 뒤로 다가드는 소리가 났다. 이제 끝장이다. 제발, 제발…….

바닥에 널브러진 자전거에 이르러 안장을 조여 고정하는 시트 클램프의 레버를 뒤로 젖혔다. 등 뒤로 칼날이 내리꽂혔다.

텅!

시원한 쇳소리와 함께 놈의 손에서 단도가 날아갔다. 단도를 후려친 안장을 손에 들고 일어섰다.

"넌 이제 죽었어."

기둥까지 뿌리째 뽑아낸 자전거 안장을 무기 삼아 놈에게 달려들었다. 놈이 현란한 손동작으로 대항했지만 안장으로 놈의 얼굴을 후려치는 데 성공했다. 놈의 입술이 터졌다.

"어떠냐, 안장 맛이……."

"이런 개새끼가……."

놈의 눈빛에 살기가 돌았다. 놈이 내 온몸의 관절을 조각낼 기세로 달려들었다. 그러나 번번이 안장을 이용한 변칙 공격에 가로막혔다. 수차례의 공방전이 오간 끝에 놈의 얼굴을 또 한 번 후려쳤다. 비틀거리며 뒤로 물러났던 놈이 이를 앙다물고 내게로 달려들었다. 나도 안장을 치켜들고 놈에게 달려들었다.

"헉!"

놈이 멈칫 동작을 멈추었다. 골리앗의 허를 찌른 다윗처럼, 「올드 보이」에서 가위로 경호실장의 귀를 찌른 오대수처럼 회심의 미소를 지었다.

방금 전까지만 해도 제이슨 본과 원빈을 능가하는 만능 스포츠맨이었던 놈의 얼굴이 일그러졌다. 그랬다. 내가 안장으로 휘두른 부위는 바로 놈의 사타구니였다. 무엇을 상상해도 그 이상인 고통. 겪어본 남자만이 안다, 그 고통. 얼굴에 핏기가 가신 놈이 서 있기조차 버거운 듯 비틀거렸다. 안장의 꼭짓점에 부딪친 충격으로 인한 고통은 모르기는 해도 해산의 고통에 버금갈 터였다.

"이 비겁한……."

놈이 말을 잇지 못하고 헐떡였다.

"보이스피싱으로 순진한 사람들 돈이나 뜯어낸 놈이 어디서 비겁하네, 마네야."

결정타로 놈의 턱을 올려붙였다. 놈이 뒤로 벌렁 넘어갔다. 불알이 엄마 찾아 3만 리가 된 놈이 입에 거품을 물고 버르적거렸다.

놈의 위로 올라타서 주먹을 휘둘렀다.

한 번.

"이건 불쌍한 노인네 속여서 천팔백 뜯어낸 값이고……."

두 번.

"이건 안 그래도 살기 어려운 서민들 등골 빼먹은 값이고……."

세 번!

"마지막으로 이건 여기까지 나를 오게 해서 개고생 시킨 값이다. 이 꼴랑꼴랑아."

놈의 BMW 문을 열고 트렁크 레버를 당겼다. 완전히 쭉 뻗은 놈의 먹살을 붙들고 트렁크 쪽으로 질질 끌었다.

"가자, 곱창 뽑으러……."

놈을 트렁크에 밀어 넣고 놈의 바지 호주머니를 뒤져 스마트키를 끄집어냈다. 트렁크를 닫고 BMW 운전석에 올랐다. 어디로 가야 하나. 경찰? 인터폴? 한국 대사관? 아, 그 전에 먼저 들러야 할 곳이 있었다. 트렁크에 대고 외쳤다.

"참, 너네 콜센터 어디냐?"

놈의 대답 따위는 필요 없었다. 어느새 건물에서 하나둘 걸어 나온 놈들이 BMW를 에워쌌다. 놈이 굳이 여기에 차를 댔던 이유를 이제야 알 만했다. 트렁크에 대고 말했다.

"아까 내가 너한테 스턴트맨이라고 얘기했지? 그중에서도 내 특기가 카 스턴트거든."

스마트키로 시동을 걸고 힘껏 가속페달을 밟으며 덧붙였다.

"잘 봐, 지금부터 끝내주는 액션영화 한 편 찍을 테니까."

My Super Hero

전건우

1

아빠를 사용하는 건 쉬운 일이 아니다. 아빠는 자주 고장이 났다. 엄마는 아빠를 조심스레 다뤄야 한다고 말했다. 유리컵 한가득 물을 넣고 걸을 때처럼. 컵을 깨뜨리면 어떻게 되는 거냐고 묻고 싶었지만 엄마의 표정이 워낙 슬퍼 보여서 나는 그냥 고개만 끄덕였다. 아빠가 고장이 나면 김 박사님과 예쁜 간호사 누나들이 총출동해서 집 안은 오락실처럼 시끄러워진다. 언젠가 한 번은 파리 한 마리가 아빠 콧속 으로 들어가는 바람에 비상벨을 울려야 했다. 윙윙대며 나는 것 말고 는 아무것도 못 하는 똥파리라도 아빠 같은 로봇한테는 치명적인 위 험이 될 수 있다. 그날 이후 나는 아빠사용설명서에 한 가지 항목을 더했다.

103. 파리를 조심할 것. '치명적'이니까.

내가 하나로 유치원을 졸업할 무렵 아빠는 로봇이 되기 시작했다. 그러니까 2년 전부터였다. 그사이 나는 초등학교 2학년이 되었고, 아빠는 점점 더 슈퍼 로봇처럼 변해 갔다. 팔과 다리, 그리고 입에다가 여러 장비를 달고 종일 누워 있는 아빠를 볼 때면 로봇은 참 편하겠다는 생각을 하게 된다. 시험 칠 필요도 없고, 숙제를 하지 않아도 되니까. 그 이야기를 했더니 아빠는 무표정한 얼굴로 이렇게 물었다.

— 부럽지?

물론, 로봇인 아빠가 진짜로 말을 할 리는 없다. 입도 벌리지 못하는 로봇이 사람들과 말을 하는 건 정말로 만화에나 나오는 이야기이니까. 아빠는 말을 하고 싶을 때마다 눈을 깜박거렸다. 로봇처럼 변하지 않은 유일한 곳이 아빠의 눈이었는데, 김 박사님은 거기에다가 센서라는 걸 연결해서 전광판에 글자가 나타나게 만들었다. 아빠가 눈을 세 번 빠르게 깜박이면 "사랑해."라는 빨간색 글자가 반짝이는 식으로.

그 외에도 우리, 그러니까 아빠와 나는 텔레파시로 이야기를 나누었다. 아빠는 이렇게 말했다.

— 아빠는 언제나 너를 생각해.

여기까지 말하는 데 무려 30분이 넘게 걸렸다. 로봇에게는 눈을 깜박이는 것도 힘든 일이다. 게다가 센서는 종종 말을 듣지 않아서 바퀴벌레나 느티나무 같은 엉뚱한 말을 전달하기 일쑤였다.

— 네가 아빠 생각을 하면 우리 마음은 통하는 거야.

나는 걱정하지 말고 충전이나 잘 하라고 말했다. 그래야 나쁜 놈들을 물리칠 수 있다고. 낮 동안 침대에 누워 초자력 충전을 하는 아빠는 밤이 되면 악당들을 물리치기 위해 출동한다. 덩치 큰 괴물도, 대머리 박사도, 외계에서 온 로봇도 아빠를 당하지는 못했다. 아빠는 악당들과 싸운 이야기를 자주 들려주었다. 바다에서 올라와 도시를 파괴하기 시작한 오징어 괴물은 레이저 빔과 이단옆차기로, 세계 정복을 꿈꾸며 미사일을 발사한 대머리 박사는 슈퍼 펀치로, 지구를 침략한 외계인은 울트라 대포로 끝장을 내 버렸다.

— 아빠 멋지지?

이야기를 마칠 때면 아빠는 항상 그렇게 물었다. 그러면 나는 말없이 고개를 끄덕인다.

아빠는 귀신도 이길 수 있다. 어느 날 밤 내 방에 귀신이 나타났다. 오랫동안 안 감아서 잔뜩 엉겨 붙은 긴 머리카락과 새빨간 입술, 더러워진 하얀 옷까지 낮에 선생님이 들려준 무서운 이야기 속의 귀신 모습 그대로였다. 귀신은 책상 밑에 웅크리고 있다가 천천히 기어 나왔는데, 아무래도 내가 숙제를 하지 않은 걸 알아챈 모양이었다. 소리를 지르고 싶었지만 목소리도 나오지 않았고 몸을 움직일 수도 없었다. 귀신은 점점 다가왔다. 나는 눈을 질끈 감고 아빠에게 텔레파시를 보냈다. 귀신은 가스레인지 위에 올려놓은 삶은 빨래처럼 부풀어 오르더니 나를 똑바로 내려다봤다. 귀신의 차가운 손이 내 뺨을 스쳤다. 난 오줌을 쌌다. 그때 방문이 열리며 아빠가 들어왔다. 눈은 빨간색으로 빛나고 강철로 변한 몸은 멋지게 반짝거렸다.

— 우리 아들을 괴롭히다니, 받아라.

아빠는 레이저 빔을 쏘고 이단옆차기를 한 다음 울트라 대포와 슈퍼 펀치를 퍼부었다. 귀신은 빵점 시험지를 받아 들었을 때의 나처럼 괴로운 표정을 짓더니 아빠의 무자비한 공격을 피해 도망가 버렸다. 그제야 나도 몸을 움직일 수 있었다. 아빠는 나를 향해 엄지를 올려 보였다. 나는 아빠에게 달려가 안겼다. 아빠의 튼튼하고 굵은 팔뚝이 아마존의 아나콘다처럼 나를 꽉 껴안았다.

　다음 날 아침에 일어났을 때 나는 침대 위였고, 바지에는 오줌을 싼 상태였다. 엄마한테 혼날 게 뻔했지만 그게 중요한 건 아니었다. 나는 일어나자마자 아빠에게 달려갔다. 아빠는 시침을 뚝 떼고 침대에 누워 있었다.

　"아빠가 날 구해 줬죠?"

　내가 물었다. 잠시 후, 아빠의 무표정한 얼굴이 살짝 풀어지는가 싶더니 전광판에 빨간 글씨가 나타나 깜박거렸다.

　― 물론.

　나는 침대 위로 몸을 날려 아빠의 목을 끌어안았다. 그 순간 삐삐 하는 날카로운 소리가 울렸다. 내가 아빠의 코에 연결된 줄을 빼 버린 것이다. 아빠는 또 한 번 고장이 났고, 김 박사님과 예쁜 간호사 누나들이 구급차를 타고 우리 집으로 왔다. 아빠는 고장 난 채로 한 시간 이상이나 정신을 못 차렸다. 그동안 나는 아빠의 거칠거칠한 손을 꼭 잡고 있었다. 나는 아빠사용설명서에 한 가지 항목을 더 추가해야 했다.

　89. 아빠 목을 갑자기 끌어안지 말 것.

2

나보다 키가 조금 더 큰 종식이가 아빠보고 병신이라고 놀렸다. 벌써 두 번째다. 학교 친구들은 우리 아빠가 로봇이라는 내 말을 믿지 않았다. 거짓말이라고 비웃기만 했다.

나는 종식이 코에다가 박치기를 먹여 줬다. 녀석은 코피를 흘리면서 쓰러졌다. 난 선생님에게 엉덩이를 열 대나 맞았다. 먼저 아빠를 욕한 건 종식이 새끼라고 말해도 소용이 없었다. 새끼라는 말을 썼다고 두 대가 더 늘어났을 뿐이었다.

내가 자리로 돌아오자 종식이 놈은 고소하다는 표정으로 웃었다. 지우개라도 던질까 하다가 꾹 참았다. 친구들과 싸운 건 2학년 들어서 벌써 세 번째인데 그때마다 엄마가 학교로 불려 와서 사과했다. 그러면 나도 덩달아 고개를 숙여야 했다. 친구들이 나를 믿지 않는다고 일러바쳐도 엄마는 이렇게 말할 뿐이었다.

"로봇 아빠가 없어서 질투하는 걸 거야."

나를 때리느라 헝클어진 머리카락을 정리한 선생님은 교탁에 서서 출석부를 두 번 탁탁 두드렸다. 무언가 중요한 말이 있다는 신호였다. 우리는 모두 조용해졌다.

"혹시 부모님한테 들어서 알고 있는 친구들도 있을 텐데 어젯밤에 학생 한 명이 또 실종됐다."

우리들은 모두 숨을 삼켰다. 종식이를 노려보면서 분을 삭이고 있던 나도 마찬가지였다. 앞줄에 앉은 누군가가 "방울 귀신이야."라고 속삭였다. 그러자 교실은 다시 소란스러워졌다. 금방이라도 울 것 같은 표정으로 책상에 엎드리는 여자애들도 있었다.

몇 달 전부터 초등학생들이 사라지기 시작했다. 이번이 네 명째였다. 옆 반의 미영이도 한 달 전에 실종되었다. 경찰 아저씨들이 동네 곳곳을 돌아다니고 전단지도 뿌렸지만 미영이는 돌아오지 않았다. 미영이 자리는 빈 책상으로 남아 있는데 가끔 옆 반을 지나가다가 텅 빈 그 책상을 보면 나도 모르게 소름이 돋았다.

우리들 사이에서는 방울 귀신 짓이라는 소문이 돌았다. 딸랑딸랑 방울을 울리면서 다가오는 그 귀신은 아이들을 납치해서 잡아먹는단다.

"오늘부터 등하교 시간에는 꼭 친구랑 같이 다니고 낯선 사람을 보면 무조건 도망가야 한다, 알겠지?"

우리들은 모두 큰 소리로 대답했다. 선생님의 이야기가 더 이어졌다.

"학교에 경찰 아저씨들도 올 거고 동네에도 많이 돌아다니실 거야. 만나면 인사해야 한다."

나는 경찰 아저씨들로는 어림도 없다고 생각했다. 정말로 방울 귀신이 아이들을 데려가는 거라면 슈퍼 로봇인 아빠가 해결할 문제였다. 아빠가 방울 귀신을 물리치고 아이들 앞에 나타난다면 얼마나 좋을까? 생각만 해도 신 나는 일이었다. 그럼 모두들 내 말을 믿겠지. 모두, 부러워할 거야.

선생님은 나보고 말썽꾸러기라고 했다. 엄마 아빠가 힘든데 그렇게 말을 안 들으면 어떻게 하느냐고. 내가 아무리 설명을 해도 선생님 귀에는 들리지 않는 듯했다. 선생님은 옆 머리카락을 미역처럼 길게 길러서 이마는 물론이고 귀까지 덮고 있다. 그렇게 귀를 꽁꽁 싸고 있으니 우리 아빠가 로봇이라는 말도 들리지 않을 수밖에. 친구들이 놀리는 바람에 패 줬다는 말도 마찬가지고. 나는 손을 번쩍 들었다. 말을 마치고 나가려던 선생님이 나를 보고는 고개를 한 번 까닥했다.

"선생님. 방울 귀신은 우리 아빠가 물리칠 거예요."

나는 자신 있게 말했다. 친구들은 웃음을 터뜨렸다. 종식이가 제일 크게 웃었다. 나는 녀석을 향해 눈을 흘긴 후 선생님을 바라봤다.

"그래, 그래, 알겠다. 훈이네 아버지는 그 뭣이냐, 로봇이라고 하셨지?"

이번에도 와, 하고 웃음이 터졌다. 소다를 넣은 달고나처럼 선생님 얼굴에도 서서히 웃음이 부풀어 올랐다. 나는 괜히 화가 나서 더 큰 목소리로 대답했다.

"네. 아빠는 로봇입니다."

아빠는 원래 야구 선수였다. 스트라이크를 척척 던지는 세상에서 제일가는 투수. 아빠가 던지는 공은 레이저 빔처럼 빠른 속도로 포수 미트 속으로 빨려 들어갔다. 그러면 타자들은 멍하니 서 있거나 헬멧이 벗겨질 정도로 추하게 헛스윙을 할 뿐이었다. 그런 타자들한테 딱 어울리는 말이 바로 '타자 베이비'였다. 홈런을 펑펑 때려 대는 4번 타자인 백곰 아저씨도 아빠 앞에서는 베이비일 뿐이었다.

아빠가 로봇으로 변하기 시작했을 때 백곰 아저씨가 찾아왔다. 아저씨는 덩치가 정말로 곰만큼이나 컸는데, 라이벌 팀이긴 해도 아빠와는 고등학교 때부터 친구였다. 백곰 아저씨는 아무도 없는 병실에서 아빠와 단둘이 오랫동안 이야기를 나눈 후 복도로 나왔다. 웬일인지 코끝이 빨갰다.

"괜찮니?"

백곰 아저씨가 물었다.

"전 괜찮아요. 아저씨는요?"

"나도 괜찮단다."

"아니죠. 아빠가 로봇이 되면 더 무시무시한 공을 던질 텐데 그러면 아저씨는 또 베이비가 되는 거잖아요."

백곰 아저씨는 그 거대한 뱃살을 출렁이며 웃었다. 병원 복도가 쩌렁쩌렁 울렸다. 나도 따라 웃었다. 아저씨는 한참을 웃더니 나를 향해 힘겹게 허리를 숙이고는 비밀 이야기를 털어놓았다.

"너희 아빠는 말이야 이제 투수를 할 수가 없어요. 로봇이 되면 악당들을 물리치느라 바쁘거든."

아빠가 야구 하는 모습을 볼 수 없다는 건 안타까운 일이었다. 아빠는, 내가 태어나서 아빠가 우리 아빠라는 사실을 알게 된 그 순간부터 야구 선수였으니까. 나는 여섯 살 때부터 아빠와 캐치볼을 했다. 우리는 멋진 배터리였다. 그건 속궁합이 잘 맞는다는 소리였다. 투수는 남편이고 포수는 마누라니까. 이 이야기는 아빠 팀의 주전 포수인 캥거루 형이 해 줬다. 캥거루 형은 늘 다리를 구부리고 앉아 있었기 때문에 그런 별명으로 불렸다.

"아빠랑 나는 속궁합이 잘 맞지?"

어느 날, 아빠의 강속구와 공중에서 제비처럼 획 방향을 바꾸는 커브를 연달아 받아 낸 후 내가 물었다. 무척 맑은 날이었다. 아빠는 주말 3연전을 끝내고 모처럼 휴식을 즐기고 있었다.

"어디서 그런 이야기를 들었니?"

아빠가 웃으면서 물었다. 나는 캥거루 형이 가르쳐 줬다고 대답했다. 아빠는 세상에서 제일 빠른 공을 던진 후 내게 말했다.

"그럼. 나와 난 최고의 배터리니까. 하지만 엄마한테는 속궁합 이야기를 하면 안 된다."

"왜?"

"엄마가 질투하니까. 아빠가 엄마는 누구라고 했지?"

"세상에서 제일 예쁜 사람. 승리의 여신."

"맞았어."

나는 아빠를 향해 힘껏 공을 던졌다. 어떻게나 세게 던졌는지 공은 아빠의 키를 훌쩍 넘어 운동장 끝 나무숲까지 날아갔다. 아빠가 으하하 웃었고, 나는 아빠를 향해 엄지를 세워 보였다. 파란 하늘이 우리를 내려다보고 있었다. 바람이 불었다. 그것이 아빠와 나의 마지막 캐치볼이었다.

뜨거웠던 그해 여름이 지나고 가을이 올 무렵 아빠 팀은 포스트 시즌에 진출했다. 첫 상대는 백곰 아저씨네 팀이었는데 아빠는 마운드에 오르지 못했다. 아빠는 병원에 있었다. 그러니까 백곰 아저씨가 찾아온 건 포스트 시즌 중이었다. 아빠 팀을 상대로 홈런을 마구 때려 댔는데, 아빠가 투수였다면 어림도 없는 일이었다. 나는 그 사실도 확실히 말해 주었다.

처음에는 아빠도 자기가 로봇으로 변한다는 사실을 잘 몰랐다. 그저 복사뼈 근처가 저리다고만 말할 뿐이었다. 쥐가 난 것 같다고 침을 맞으러 다니기도 했다. 나도 몇 번 따라갔는데 굵은 침이 아빠 다리에 들어가는 걸 보고는 점심 먹은 걸 다 토했다. 아빠는 곧 병원에 입원했다. 다리를 쓸 수 없게 되어서 구급차에 실려 갔다. 나도 따라갔지만 아직 어린애라서 복도에서 계속 기다릴 수밖에 없었다. 나는 병원 냄새가 싫었다. 아픈 곳도 없는데 괜히 열이 나는 것 같았고, 그걸 알아챈 의사 선생님이 무서운 얼굴을 하고는 주사를 들고 올 것만 같았다.

아빠도 무섭겠지?

사람들이 바쁘게 오가는 병원 복도를 바라보다가 문득 그런 생각을 했다. 아빠도 주사 맞는 걸 싫어했다. 나는 아빠가 아프지 않게 해 달라고 기도도 했는데 내 걱정은 쓸데없는 것이었다. 이름도 어려운 여러 가지 검사를 며칠 동안 한 뒤 처음으로 나와 마주친 아빠는 싱긋 웃으며(그때만 해도 아빠 얼굴은 표정이 있었다.) 이렇게 속삭였다.

"깜짝 놀랄 이야기를 해 줄까?"

나는 고개를 끄덕였다. 우리는 포수가 투수에게 사인을 보낼 때처럼 눈빛을 교환했다. 아빠는 모두가 속아 넘어갈 만한 유인구를 던지겠다는 표정이었다.

"아빠는 이제부터 로봇이 되는 거야."

김 박사님도 똑같은 이야기를 했다. 병원에서 만난 김 박사님은 의사라기보다는 텔레비전에 자주 나오는 개그맨 같았다. 코는 주먹만했고 이마는 훌렁 까졌는데 양옆으로 자란 머리카락은 라면처럼 곱슬곱슬했다. 키는 작았다. 말할 때마다 쿵쿵 콧소리를 내는 것도 웃겼는데 김 박사님은 자기를 자꾸 코알라 박사라고 불러 달라고 해서 내 배꼽을 빼놓았다.

"잘 들어, 멋진 꼬마 친구. 이제부터 엄청난 비밀 이야기를 해 줄 거니까. 이 세상에 나쁜 놈들이 많다는 건 알고 있겠지? 만화영화에 보면 지구를 정복하려는 악당들이 나오잖아. 아빠는 이제 그놈들을 물리치는 정의의 슈퍼 로봇이 되는 거야. 다리부터 시작해서 온몸이 로봇처럼 변할 거야. 움직이기가 힘들 거란 말이지. 나중에는 얼굴도 딱딱하게 변할지 몰라. 그래도 아빠라는 사실에는 변함이 없으니까 꼬마 친구가 잘 도와 드려야 한다, 알겠지?"

아빠는 오랫동안 병원에서 비밀 치료를 받다가 집으로 돌아왔다. 아빠의 정체를 캐려고 끈질기게 달라붙던 기자들도 백곰 아저씨네 팀이 한국 시리즈에서 우승을 차지하자 모두 거기로 달려가 버렸다. 우리 집에는 아빠를 위한 여러 기계가 설치됐다. 아빠는 충전이 끝나기 전에는 혼자 움직일 수 없는 강철 로봇이 되었지만 유쾌한 성격만은 변함이 없었다. 아직 말을 할 수 있었을 무렵, 아빠가 나에게 물었다.

"아들. 아빠가 로봇으로 변하면 이름을 뭘로 지을까?"

"슈퍼 울트라 베이스볼 제트는 어때?"

"너무 길잖아. 악당한테 이름 설명하다가 공격당하겠다."

"그럼 그냥 베이스볼 제트라고 할까?"

"좋아."

"근데 아빠. 변신도 할 수 있어?"

"물론."

그렇게 나는 세계 최초로 로봇 아빠를 가지게 되었다.

3

아무도 나랑 같이 다니지 않았다. 다른 친구들은 삼삼오오 짝을 맞춰서 집으로 돌아갔지만 나 혼자만 외톨이였다. 그래도 상관없었다. 학교 앞에는 경찰 아저씨들이 많고 문방구도 있고 병아리를 파는 할머니며 장난감을 고치는 아저씨도 있으니까.

나는 학교를 마치고 집으로 가지 않았다. 선생님이 알면 화를 내겠지만 중요한 일이 있었다. 바로 투수 연습이었다. 나는 야구공과 아빠의 사인이 들어간 글러브를 들고 동네 뒷산의 넓은 공터로 향했다. 내 꿈은 아빠 같은 투수가 되는 거였다. 타자를 베이비로 만들어 버리는 세계 제일의 투수. 로봇이 된 아빠는 더 이상 야구를 못 하지만 나는 얼마든지 할 수 있었다. 3학년이 되면 학교 야구부에 들어갈 수도 있었는데 입단 테스트를 받자면 연습이 필요했다. 공터에 세워진 시멘트 벽은, 나만큼은 아니어도 공을 튕겨 낸다는 점에서는 썩 괜찮은 포수였다.

내가 막 교문을 빠져나와 횡단보도 앞에 섰을 때 장난감 아저씨가 말을 걸어왔다.

"너 야구 하러 가는구나?"

아무래도 가방 밖으로 삐져나온 글러브를 본 모양이었다. 나는 그렇다고 대답했다. 장난감 아저씨는 못 고치는 게 없는 사람이었다. 6반의 영식이는 아저씨가 죽은 병아리를 살리는 것도 봤다고 했다. 그건 뻥일 게 분명하지만 아저씨의 솜씨만은 최고였다. 부서진 변신 자동차도, 바퀴가 빠져 버린 자전거도, 총구가 막혀 버린 M16도 아저씨 손에만 가면 새것처럼 변했다. 신기한 장난감도 많이 팔았다. 혼자서 움직이는 곰 인형도 팔았고 물에 담가 놓으면 큰 공룡으로 변하는 젤리도 팔았다.

"네. 뒷산에요."

나는 대답했다. 아저씨는 위험하니까 늦기 전에 집으로 돌아가라고 말해 줬다. 아무래도 아저씨도 소문을 들은 모양이었다. 나는 괜히 궁금해져서 아저씨한테 물었다.

"그런데요, 아저씨. 아저씨도 방울 귀신을 봤어요?"

"방울 귀신?"

"네. 방울 귀신요. 애들을 잡아간다는데 몰라요?"

"글쎄 모르겠는걸. 그래도 무서운 얘기구나."

"걱정하지 마세요. 방울 귀신이 나타나도 우리 아빠가 물리칠 거니까요."

"아빠가 경찰이셔?"

"아니요. 로봇이에요. 슈퍼 로봇. 밤마다 악당들을 물리쳐요."

아저씨는 환하게 웃으며 고개를 끄덕였다. 내 말을 믿는 눈치라서 나도 기분이 좋았다.

공터에는 벌써 다른 사람들이 와 있었다. 5학년 형들 몇 명과 종식이 얼굴도 보였다. 종식이네 친형이 5학년이라는 사실이 새삼 떠올랐다. 형들과 종식이는 똥개 한 마리를 몰아 놓고는 나뭇가지로 찌르며 놀고 있었다. 나는 가방에서 글러브와 공을 꺼내 벽을 향해 던졌다. 펑 소리가 들렸는데 아마도 그게 형들의 주의를 끌었던 것 같다. 똥개를 놔두고 내게로 다가온 걸 보면.

"야, 너 잘 던지는데? 형도 한번 던져 볼까?"

종식이처럼 얼굴이 길쭉한 형이 내게 손을 내밀었다. 나는 공을 뒤로 감추었다.

"싫어. 연습해야 해."

"이 새끼 봐라. 한 번만 던져 보겠다는데 왜 개겨? 어서 안 줘?"

형은 금방이라도 때릴 듯이 나를 봤다. 할 수 없이 공을 건넸다. 종식이 형은 그 공을 잠시 들여다보더니 벽을 향해 힘껏 던졌다. 하지만 공은 방향을 잃고 벽 너머 언덕 아래로 날아가 버리고 말았다.

"병신. 그것도 못 던져?"

다른 형이 놀리자 모두 돼지처럼 웃어 댔다. 종식이 형은 침을 찍 뱉으며 욕을 했다.

"내 공 돌려줘."

종식이 형은 내 말을 듣지도 않고 등을 돌려서 걸어갔다. 나는 그 뒷모습을 향해 준비해 온 또 다른 공을 세게 던졌다. 스트라이크. 똑바로 날아간 공은 정확히 종식이 형의 목에 맞았다. 형이 욕을 하면서 돌아봤다. 나는 도망치려다가 튀어나온 돌에 걸려 넘어졌다.

"형 괜찮아? 저 자식 때문에 나도 코피가 났어."

종식이가 얼른 일러바쳤다. 치사한 놈. 종식이 형은 무서운 눈으로 나를 노려봤다. 다른 형들도 내 주위를 둘러쌌다.

"그러니까 저 새끼가 자기 아빠가 로봇이라고 뺑친다는 그놈이야?"

"그래. 완전 뺑 대장이라니까."

"뺑 아니야."

내가 소리쳤다. 그 순간 종식이 형이 내 다리를 걸어찼다. 아파서 눈물이 날 것 같았다.

"뺑이 아니긴 뭐가 아니야. 우리 엄마한테 들었는데 너희 아빠 완전 병신 됐다며? 병신이라서 죽을 날만 기다린다며?"

나는 벌떡 일어나며 손에 들고 있던 글러브를 던졌다. 이번에는 종식이 형 가슴에 맞고 힘없이 떨어졌다. 형은 글러브를 주워 들었다.

"세계 최고 투수? 이게 너희 아빠 사인이지?"

무서웠지만, 무서워서 다리가 덜덜 떨렸지만 나는 종식이 형을 끝까지 노려봤다. 지는 건 싫었다. 아빠는 늘 지지 말라고 말했다. 9회에 10점 차이가 나도 혼신의 힘을 다해서 공을 던지는 게 아빠였다.

"세계 최고 좋아하네. 그냥 졸라 못 던지는 후보였잖아."

나는 형을 향해 달려들었는데 그 이후로는 기억이 잘 나지 않는다. 정신을 차리고 보니 공터에는 나 혼자만 누워 있었다. 가방은 흙이 묻은 채로 저만치 나가떨어져 있었고 내 얼굴과 팔다리는 온통 멍투성이였다. 코피도 흘렀다. 하지만 더 심각한 건 글러브였다. 가죽 사이의 이음새가 뜯어져서 걸레처럼 변했다. 나는 간신히 눈물을 참았다. 대신에 텔레파시로 아빠에게 말했다. '아빠 미안해요.'라고.

조각난 글러브를 들고 뒷산을 내려왔다. 볼거리에 걸렸을 때처럼 얼굴은 팅팅 부었고 온몸이 아팠다. 나는 잘 움직이지 않는 다리를 억지로 끌면서 서둘러 장난감 아저씨를 찾아갔다. 아저씨는 막 짐을

싸는 중이었다. 나를 먼저 발견한 아저씨가 놀란 얼굴로 물었다.

"너 얼굴로 야구를 한 거야?"

난 말없이 글러브를 내밀었다. 환한 가로등 불빛 아래 드러난 글러브의 끔찍한 모습을 보자 다시 눈물이 쏟아졌다.

"잠시만 기다려라. 아저씨가 고쳐 줄게."

나는 아저씨가 준 앉은뱅이 의자에 앉았다. 아저씨는 가방에서 여러 도구를 꺼내더니 묵묵히 글러브를 고쳐 나갔다. 20분 정도가 지났을까, 아저씨는 짜잔 하고 말하며 새것과 다름없는 글러브를 내밀었다.

"우와!"

나도 모르게 소리를 질렀다. 어떻게 한 건지 긁히고 찢긴 상처도 모조리 없어졌다.

"고맙습니다. 고맙습니다. 그런데 저……."

기쁘고 고맙긴 했지만 나에게는 돈이 없었다. 아빠가 로봇이 되고 난 후 나는 용돈을 받지 못했다. 엄마의 한숨이 늘어난 것도 그 때문이었다. 어리지만 그 정도는 눈치챌 수 있었다. 로봇으로 변하는 데는 돈이 많이 든다는 것도, 그리고 엄마가 일을 해야 한다는 것도 나는 다 알고 있었다.

"괜찮아. 별로 어려운 일도 아니었는데. 다음에 갚으면 돼. 다음에. 그럼 빨리 들어가라."

아저씨는 후다닥 짐을 챙기더니 휘파람을 불면서 어둠 속으로 사라졌다. 그날 밤 나는 엄마한테 엄청 혼이 났다. 연락도 없이 늦게 들어온 데다가 얼굴은 물론이고 옷까지 엉망이 됐으니 당연한 일이었다. 나는 뒷산에서 넘어졌다고 대충 둘러댔다. 그러고는 아빠에게 달려갔다.

— 기다렸잖아.

전광판이 깜박거렸다.

"아빠. 우리 같이 또 캐치볼을 할 수 있을까?"

— 물론.

아빠가 말했다. 전광판에서 반짝이는 글자가 왠지 힘없어 보였다. 나는 아빠가 거짓말을 한다는 사실을 알았다. 아빠의 슈퍼 초울트라 강속구를 다시는 받을 수 없다고 생각하니 슬퍼졌다. 그때만은 아빠가 로봇이 되는 게 싫었다. 아니, 사실은 하루에도 몇 번씩 우리 아빠가 그냥 평범한 사람이라면 얼마나 좋을까 생각했다. 함께 놀고, 함께 목욕하고, 엄마 몰래 오락을 했던 그때처럼.

— 사랑해.

아빠가 그렇게 말했다. 전광판이 오래오래 반짝였다. 나도 아빠를 향해 눈을 세 번 깜박거렸다. 우리는 따로 말을 할 필요가 없었다. 배터리니까. 세상에서 제일 속궁합이 잘 맞는.

아빠사용설명서는 아빠 침대 옆에 걸어 놓았다. 힘들게 악당들을 물리치는 아빠인 만큼 고장이 잦을 수밖에 없었다. 처음 몇 가지 항목은 김 박사님이 적었지만 나머지는 나와 엄마가 채워 넣었다. 아빠가 산소를 잘 마시고 있는지 체크하고 로봇의 주원료인 유동식이라는 걸 먹을 때도 사례들리지 않게 조심해야 했다. 꼬박꼬박 주사도 맞아야 했는데 혈관을 찾는 건 내 몫이고 주사를 놓는 건 엄마였다.

나는 아빠를 씻겨 주는 일을 돕기도 했다. 아빠 로봇을 돌보는 건 정말 어려웠다. 강철로 변해서 딱딱해진 아빠의 팔다리를 씻기고 나면 기운이 쏙 빠졌다.

아빠가 완전히 로봇이 되기 전, 아직 얼굴에도 표정이 남아 있고 시간이 오래 걸리기는 하지만 말이라는 걸 할 수 있었던 어느 날, 아빠는 내게 이야기를 들려주었다.

"아빠는 널 처음으로 만났을 때를 아직도 기억한단다."

"그때가 언젠데?"

"넌 그때 엄마 배 속에 있었지. 손톱보다도 더 작았단다. 초음파라는 걸 통해서 널 봤는데, 그거 아니? 그때부터 난 너를 사랑하게 됐단다."

아빠는 잘 움직이지 않는 손으로 내 머리를 쓰다듬었다.

"내가 그렇게 작았는데도?"

"물론. 아빠는 너를 처음 본 순간 알아보았지. 그때 넌 눈코입도 없었는데 말이야. 그렇게 넌 엄마 배 속에서 열 달을 보냈어. 넌 기억하지 못하겠지만 아빠는 야구가 끝나고 나면 제일 먼저 달려와서 엄마 배에다가 대고 너한테 말을 걸었단다. 오늘은 삼진을 몇 개나 잡았고, 어떤 재미있는 일이 있었는지 하는 이야기들을."

"나 들은 기억이 나."

내 대답에 아빠는 쿡쿡 웃었다.

"이야기를 또 하나 해 줄까? 네가 엄마 배 속에서 이 세상으로 나올 때 아빠도 옆에 있었단다. 넌 머리가 꽤 큰 아기여서 엄마가 고생을 했지. 나오자마자 어떻게나 큰 소리로 울던지 의사 선생님도 귀를 막더구나. 난 갓 태어난 너를 안았어. 너무 작고 너무 보드랍고 너무 연약해서 안고 있는 동안 계속 눈물이 났지. 그때 아빠가 네 귀에다 대고 했던 약속도 기억나니?"

"아니. 그때는 신기해서 정신이 없었거든."

"언제까지나 너를 사랑할게. 아빠가 죽는 날까지, 아니 죽어서도 너를 사랑할게."

아빠는, 낮고 따뜻한 목소리로, 하지만 힘들게 숨을 몰아쉬며 또박 또박 말했다. 그러고는 울었다. 눈물이 아빠의 뺨을 타고 흘러내려 내 손을 적셨다. 아빠의 심장에 달려 있던 기계에서 기분 나쁜 소리가 났고, 간호사 누나들이 놀라서 달려왔다. 아빠의 눈물을 본 건 그때가 처음이었고 또 마지막이었다. 그날 이후로 아빠는 빠른 속도로 로봇이 되었다. 나는 아빠사용설명서에 한 가지를 더 추가했다.

24. 아빠를 울리지 말 것. 그리고 나도 울지 말 것.

4

어젯밤, 아파트가 무너졌다. 아침 뉴스에서는 원인을 알 수 없다고 말했지만 괴물이나 외계인의 짓이 분명했다. 그리고 아빠가 그것들을 물리쳤기 때문에 더 큰 피해가 없었다는 사실도 알 수 있었다. 별다른 말을 하지 않았지만 아빠가 유독 피곤해 보였기 때문에 쉽게 눈치챘다. 아빠는 눈도 제대로 뜨지 못했고 내가 말을 걸어도 묵묵부

답이었다. 전광판은 토라지기라도 한 것처럼 아무런 글자도 찍지 않았다.

또 고장이 난 게 아닌가 싶어 아빠사용설명서를 뒤적여 봤지만 어디에도 해당되지 않았다. 엄마는 김 박사님을 불렀다. 전에 없이 초조한 얼굴이었다. X자 표시가 가득한 받아쓰기 시험지를 엄마한테 보여 줘야 할 때의 내 표정과 똑같았다.

나는 공부를 못했다. 항상 아빠 생각을 했기 때문에 맞춤법이나 구구단 같은 것들이 내 머릿속으로 들어올 수가 없었다. 다른 친구들처럼 학원에 가지도 않았다. 나는 그런 것쯤 아무 상관도 없었다. 피아노는 계집애들이나 치는 거고 로봇을 못 그리게 하는 미술 수업은 따분하기만 했다. 종식이는 심지어 발레도 배웠는데 고추가 툭 튀어나와 보이는 그 옷을 입느니 차라리 매일 멸치 볶음을 먹겠다.

나는 학교보다 아빠와 이야기하는 게 더 좋았다. 전광판에 새겨지는 아빠의 이야기를 듣고 있으면 하늘을 날아다니는 듯 기분이 좋았다. 우리가 많은 이야기를 나누는 건 아니었다. 아빠는 충전을 위해서 쉬어야 했으므로 고작해야 서너 줄만 이야기할 때도 있었다. 어떤 날은 아무 말도 없이 내 이야기를 듣고만 있었다. 나는 아빠에게, 아빠가 그랬던 것처럼, 비밀 이야기를 많이 털어놓았다. 좋아하는 여자애가 생겼다느니, 종식이 의자에 압정을 숨겨 놓았다느니 뭐 그런 얘기들을.

엄마는 항상 얼굴이 어두웠다. 아무래도 아빠가 로봇이 된다는 사실이 마음에 안 드는 모양이었다. 엄마는 가끔 소리를 내지 않고 울기도 했다. 나는 그 마음을 알 것도 같았다. 나 역시 아빠가 로봇이 되는 바람에 하지 못하게 된 일이 많으니까. 하지만 운다고 해결되는 건 없다. 내가 그 이야기를 하자 엄마는 빙그레 웃었다.

언젠가는 이런 일도 있었다. 그날 나는 오후 수업을 안 듣고 학교를 빠져나왔는데 집으로 돌아가던 길에 엄마를 만났다. 엄마는 큰 가방을 들고 버스 정류장 앞에 서 있었다. 학교를 땡땡이쳤다는 사실도 잊고, 나도 모르게 엄마를 부르고 말았다.

"엄마."

엄마는 무척 놀란 얼굴로 나를 바라봤다.

"이 시간에 웬일이니?"

엄마가 물었다.

"근데 엄마는 어디 가?"

엄마가 없으면 집에는 아빠만 남는다. 엄마가 아빠만 두고 집을 비우는 건 처음 있는 일이었다.

"그냥 좀…… 일이 있어서."

자신 없는 목소리로 그렇게 말한 엄마는 정류장 의자에 털썩 주저앉았다. 나도 엄마 옆에 앉았다. 우리는 아무 말도 하지 않았는데, 엄마가 몹시 슬퍼서 금방이라도 울 것 같다는 사실만은 똑똑히 알 수 있었다. 나는 무슨 이야기라도 하고 싶었다. 엄마가 이대로 버스를 타고 가 버리면 영영 돌아오지 않을 것 같았다.

"엄마. 난 요즘 꿈을 자주 꿔. 진짜 무서운 꿈이야."

엄마는 내 이야기를 듣고만 있었다.

"로봇이 된 아빠가 저 멀리 우주로 날아가 버리는 거야. 아주 멀리.

그러니까 한 토성만큼? 난 아빠가 다시 못 돌아온다는 사실을 알고 엄청 많이 우는데, 더 슬픈 건 엄마도 없다는 거야. 나는 항상 큰 소리로 엄마를 찾다가 꿈에서 깨."

꿈 이야기를 하고 나니 바보 약골처럼 정말로 눈물이 날 것 같았다. 나도 모르게 엄마 손을 꼭 잡았다. 엄마는 몸을 떨고 있었다. 버스가 열 대나 지나가는 동안 엄마와 나는 꼼짝 않고 정류장에 앉아 있었다. 살짝 졸음이 쏟아지려 할 때쯤 엄마가 벌떡 일어났다. 그러고는 말했다.

"가자."

"어딜?"

"어디긴 집이지."

엄마는 가방을 들고 씩씩하게 앞장섰다. 나는 웃으면서 엄마 뒤를 따랐다. 엄마가 갑자기 그 질문을 하기 전까지는.

"참! 그런데 너 학교는 어쩌고 이렇게 일찍 왔어?"

"선생님이 아끼는 어항을 깨 버려서. 무서워서 도망쳤어."

"뭐? 이놈 자식이."

엄마는 무시무시한 얼굴로 꿀밤을 날렸는데, 초조하고 불안해하는 표정보다는 그때의 괴물 같은 얼굴이 훨씬 더 좋았다.

나는 엄마와 함께 김 박사님이 오기를 기다렸다. 엄마는 자꾸 아랫입술을 깨물었다. 아빠가 처음 병원에 갔을 때와 똑같은 모습이었다.

"아빠 괜찮지?"

내가 물었다. 엄마는 나를 물끄러미 바라보다가 그제야 생각이 난 듯 눈을 동그랗게 떴다.

"너 왜 아직 학교에 안 갔어."

"그냥. 아빠가 걱정돼서."

반은 핑계였지만 엄마는 의외로 순순히 넘어갔다. 그게 더 불안했다. 엄마는 선생님에게 전화를 해 주겠다며 방을 나갔다.

나는 아빠 얼굴을 가만히 들여다봤다. 무쇠로 변하면서 딱딱하게 굳어 버리긴 했지만 틀림없이 잘생긴 우리 아빠였다. 잔디처럼 바싹 깎은 아빠의 머리카락을 쓰다듬었다. 까끌까끌한 감촉이 느껴졌다.

"아빠 빨리 일어나. 일어나서 괴물과 싸운 이야기 해 줘야지."

이번 악당은 상대하기가 힘들었던 게 분명했다. 언젠가 한 번, 아빠가 로봇이 되기 전에도 비슷한 일이 있었다. 그날 아빠는 연습으로 수백 개의 공을 던지고 파김치가 되어서 집으로 돌아왔다. 이틀 뒤에 열리는 홈경기에 출전할지도 몰랐기 때문이다.

"아빠 힘들지?"

아빠와 목욕을 하며 내가 물었다. 아빠의 팔은 벌겋게 달아올라 있었다.

"아니. 아빠는 너랑 엄마를 위해서 던지는걸. 그렇게 생각하면 하나도 안 힘들어."

그날 밤 아빠는 녹초가 돼서 쿨쿨 코를 골며 잤다. 나는 잠자는 아빠의 귀에다 대고 파이팅이라고 속삭였다. 아빠는 우리를 위해 던졌던 것이다. 그리고 로봇이 된 지금도 우리를 위해 싸우는 거겠지.

나는 이번에도 아빠를 향해 파이팅이라고 외쳤다. 그 순간 아빠가 번쩍 눈을 떴다. 전광판에도 글자가 나타났다가 순식간에 사라졌다.

하지만 나는 똑똑히 읽었다.

— 아들.

엄마가 방으로 들어온 건 바로 그때였다.

"방금 선생님하고 통화했는데 너희 반 종식이가 실종됐대. 너도 학교에 안 와서 걱정하고 계시더라. 선생님이 조심하라고……."

종식이가 방울 귀신한테? 물론 깜짝 놀랄 일이지만 그것보다는 아빠가 더 중요했다.

"엄마, 아빠가 깨어났어."

내가 말을 마치기가 무섭게 끔찍한 경고음이 울리기 시작했다. 평소보다 훨씬 크게 들렸다. 나는 귀를 막았다. 일주일에도 서너 번씩 듣는 소리였지만 그 순간만은 가슴이 아프도록 무섭고 불안했다. 엄마 얼굴도 하얗게 변했다. 마침 김 박사님과 예쁜 간호사 누나들이 들이닥치지 않았더라면 나는 비명을 질렀을지도 모를 일이었다.

"아이고, 이걸 어째."

김 박사님은 이마에 땀을 뻘뻘 흘리며 아빠의 몸 여기저기를 살펴봤다. 간호사 누나들은 아빠에게 붙은 전선과 기계 들을 만지작거렸다.

"넌 나가 있어."

엄마가 말했다. 싫다고 대답하고 싶었지만 엄마의 표정을 보니 그럴 수가 없었다. 나는 조용히 문을 닫고 나왔다. 아빠도 아빠지만 겁에 질린 엄마의 얼굴이 눈앞에서 떠나지 않았다. 덩달아 내 가슴도 쿵쿵 뛰었다.

아무것도 할 게 없어진 나는 내 방 침대에 드러누웠다. 그제야 종식이 생각이 났다. 꼴좋다는 생각이 들면서도 한편으로는 무섭고 미안했다. 종식이가 방울 귀신한테 잡혀갔으면 좋겠다고 매일 밤 기도를 했기 때문이다. 종식이가 끝내 돌아오지 않으면 내가 벌을 받게 되는 걸까? 마음을 보는 눈이 있어서 거짓말도 다 알아챌 수 있다던 선생님의 말이 문득 생각났다. 아무래도 학교에 가지 않은 건 잘한 선택이었다.

그나저나 종식이는 어떻게 됐을까? 정말 방울 귀신이 잡아간 걸까? 종식이 형의 얼굴도 떠올랐다. 만약 내 동생이 사라졌다면 난 펑펑 울었을 것이다.

이런저런 생각을 하고 있을 때 방문이 열렸다. 김 박사님이었다. 크고 뭉툭한 코가 먼저 들어오고 볼록 튀어나온 배가 그다음이었다. 나는 침대에서 일어났다. 박사님은 킁킁 콧소리만 낼 뿐 아무 말도 하지 않았다.

"아빠 어떻게 됐어요?"

내가 먼저 물었다.

"그게 말이다. 좀 안 좋은 소식이 있단다."

김 박사님은 침대에 걸터앉았다. 삐걱 소리를 내며 푹 꺼진 침대처럼 내 마음도 밑바닥 어딘가로 쑥 내려갔다.

"아빠를 못 고쳤어요?"

"그래, 그렇다고 할 수 있지. 이번 고장은 심각해. 아주 치명적이야. 너도 알고 있겠지만 아빠는 악당들과 싸우느라 고생을 많이 했어요. 이제는 그 뭐냐, 좀 쉴 때가 되었단다. 멀리, 아주 멀리 가서 오랫동안 고쳐야 해. 고장 난 걸 말이다."

나는 박사님이 하는 말을 잘 이해할 수 없었다.

"박사님이 고치면 안 돼요?"

"난 할 수가 없어. 미안하다. 내 실력이 모자라서."

김 박사님의 얼굴이 갑자기 할아버지처럼 늙어 보였다. 그건 패배자의 얼굴이었다. 나는 화가 났다.

"아니야! 빨리 아빠를 고쳐 줘요. 빨리."

소리를 지르자 눈물도 같이 쏟아졌다. 고장 나서 다시는 사용할 수 없게 된 장난감들이 떠올랐다. 엄마가 재활용 쓰레기에 버렸던 고장 난 전기밥솥과 심이 계속 걸려서 결국 부러뜨려버린 고장 난 내 샤프도 떠올랐다. 엄마에게 털어놓았던 내 꿈도 생각났다. 우주 저 멀리로 날아가 버린 아빠.

"선생님. 빨리요."

거실에서 간호사 누나의 다급한 목소리가 들렸고 김 박사님은 기다렸다는 듯이 내 방을 나가 버렸다. 나가기 전, 박사님은 이렇게 말했다.

"아빠는 정말 수고하셨어."

나는 방 안에 멍하니 앉아 있었다. 당장에라도 아빠 방으로 뛰어들어가고 싶었지만 그러기가 무서웠다. 그때 머릿속에 한 가지 생각이 떠올랐다. 나는 서둘러 옷을 챙겨 입고 아빠의 사인볼을 가방에 넣었다. 아빠가 첫 승을 올린 경기에서 마지막 스트라이크를 잡았던 공이었다. 내가 제일 아끼는 보물.

소리를 죽이고 복도를 지나 현관문을 열고 밖으로 나갔다. 그리고 뛰었다. 한시가 급했다. 김 박사님이 고칠 수 없다면 부탁할 사람은 딱 하나였다. 장난감 아저씨. 뭐든지 다 고친다는 그 아저씨라면 아빠도 고칠 수 있을 것이다.

5

"아들. 공을 던질 때는 말이야, 집중이 제일 중요해. 아무 생각도
하지 말고 딱 하나, 포수 미트만 바라보는 거야."

 이유는 모르겠지만 장난감 아저씨를 찾으러 학교로 달려가는 내내
아빠의 말이 머릿속을 떠나지 않았다. 아빠의 사인볼이 가방 안에서
덜그럭거렸다.

 나는 쉬지 않고 달렸다. 햇빛이 반사되는 신작로를 내달렸고 희망
슈퍼와 또또 분식을 쏜살같이 지나쳤다. 엄청나게 덥고 끝장나게 힘
들었지만 멈출 수가 없었다. 잠시라도 쉬면 아빠가 사라질 것만 같
았다.

 건널목 앞에 경찰 아저씨들이 서 있었다. 왜 학교에 가지 않았느냐
고 물을까 봐 걱정이 되었지만 다행히 아무도 관심을 보이지 않았다.
나는 신호가 바뀌자마자 건널목을 건넜다. 그리고 왼쪽 골목으로 크
게 방향을 꺾었다. 초등학교 정문이 보였고, 우주 문구 상회가 보였
고, 색깔 입힌 병아리를 파는 할머니가 보였다. 하지만 장난감 아저
씨는 없었다. 아니, 아저씨의 좌판은 그대로였다. "뭐든지 고칩니다."
라고 손으로 적은 조그마한 나무 간판과 그 아래로 펼쳐진 여러 공
구와 장난감 앞에서 나는 숨을 골랐다. 정말로 심장이 튀어나올 것만
같았다. 숨 쉬기가 힘들어서 구역질이 날 정도였다.

겨우 정신을 차리고 아저씨의 좌판을 둘러봤다. 방금 전까지 있었던 것 같은데 어디로 갔을까? 마음이 급했다. 하필이면 지금 자리를 비우다니. 왈칵 울음이 터졌다. 병아리 할머니가 뭐라고 말을 한 것 같은데 잘 들리지 않았다. 나는 눈물과 콧물, 그리고 땀으로 범벅이 된 얼굴을 손등으로 닦았다. 머리가 핑 돌았다.

"왜 우니?"

그 순간 아저씨가 말을 걸어오지 않았다면 나는 정말로 쓰러졌을지도 모른다. 귀에 익은 목소리에 나는 얼른 뒤를 돌아봤다. 장난감 아저씨가 웃으면서 나를 쳐다보고 있었다.

"아저씨."

"응?"

쪽 팔리는 이야기이지만, 아저씨의 부드러운 목소리를 듣자마자 나는 우왕 울음을 터뜨렸다. 그리고 그다음부터는 뒤죽박죽 말을 이었다. 아빠가 세계 최고의 투수라는 것부터 시작해서 로봇이 되었다는 이야기, 악당들을 물리치고 종식이를 잡아간 방울 귀신도 물리쳐야 하니까 절대 고장 나면 안 된다는 이야기까지 정신없이 쏟아 냈다.

"그러니까 아저씨, 우리 아빠 빨리 고쳐 주세요."

참을성 있게 내 이야기를 듣고 난 장난감 아저씨는 엇차 하면서 무릎을 짚고 일어나더니 주섬주섬 짐을 챙기기 시작했다.

"고쳐 주시는 거예요?"

"그럼. 고쳐 줘야지."

아저씨가 나를 향해 빙긋 웃었다. 나도 웃었다. 그제야 안심이 되었다. 장난감 아저씨라면 문제없다는 생각이 들었다. 어쩌면, 병아리를 고쳤다는 말이 진짜일지도 몰랐다.

"하지만 로봇을 고치는 건 쉬운 일이 아니니까 일단 우리 집에 가서 장비를 더 들고 와야겠다. 너도 같이 가자."

"집이 어딘데요?"

마음이 급했지만 아저씨를 따라갈 수밖에 없었다. 장난감 아저씨는 익숙한 손놀림으로 커다란 가방에다 공구와 장난감을 넣고는 좌판을 반으로 접어 어깨에 멨다. 그러고는 나무 간판을 들고 걸음을 옮기기 시작했다. 나도 아저씨와 나란히 걸었다. 얼마쯤 갔을까, 아저씨가 나를 내려다보며 물었다.

"그런데 얘야, 내게 부탁하러 온다고 아무한테도 말 안 했지?"

나는 고개를 끄덕였다.

아저씨 집은 멀었다. 학교 뒤편 언덕길을 한참 동안 걸어 올라갔다. 처음 보는 숲 속이 나왔지만 아저씨는 멈추지 않았다. 학교까지 달려온 것도 모자라 한 시간 가까이 땡볕 아래를 걷다 보니 너무 힘들었다.

"아저씨 멀었어요?"

"조금만 더 가면 돼."

내 마음과 달리 아저씨의 목소리는 느긋하기만 했다. 뭐가 그렇게도 신 나는지 휘파람도 불었다.

"우리 아빠도 잘해요, 그거."

"뭐?"

아저씨가 휘파람을 멈추고 물었다.

"그거요, 휘파람. 엄청 잘 불어요."

"너희 아빠는 멋진 분이구나. 야구도 잘하고 휘파람도 잘 불고 악당을 물리치는 로봇이기도 하고."

장난감 아저씨가 아빠를 칭찬해 줘서 나는 기분이 좋아졌다. 아저씨는 말이 없어졌다. 바람이 모조리 빠져나간 것처럼 더 이상 휘파람도 불지 않았다. 그렇게 얼마쯤 걸었을까, 아저씨가 갑자기 이야기를 시작했다.

"아저씨 아빠는 말이야, 멋진 사람이 아니었어. 하루 종일 술만 퍼마시는 아주, 아주 나쁜 놈이었지."

여전히 즐겁게 느껴지는 목소리였지만 나는 조금 무서워졌다.

"우리 아빠도 술을 좋아했어요. 로봇이 되기 전에는."

어떻게 해야 할지 몰라 조심스럽게 대꾸했다.

"아니. 아니. 그런 정도가 아니야. 아주 그냥 술독에 빠져 살았다니까. 애새끼들이 굶는 건 신경도 쓰지 않았어. 나는, 이 아저씨는 말이야, 아빠가 확 죽어 버렸으면 좋겠다는 생각을 하루에도 몇 번씩 했지. 너랑 다르게."

지나다니는 사람이 아무도 없는 산길이었다. 아저씨와 내 발소리 말고는 사방이 조용했다. 나무가 우거져서 그런지 약간 어두워진 느낌이었다. 나는 침을 꿀꺽 삼켰다. 아저씨는 싱글싱글 웃고 있었다. 하지만 내가 알던 장난감 아저씨가 아니었다. 발걸음을 늦춰서 일부러 아저씨와 조금 떨어졌다. 순간, 방울 소리가 들렸다.

딸그랑. 딸그랑. 딸그랑.

소리는 아저씨가 메고 있는 가방에서 났다. 가방 안에 들어 있는 공구와 장난감 들이 부딪치며 마치 방울 소리처럼 들렸다.

"그래서 난 결심했지. 좋은 아빠가 되겠다고. 아이들을 사랑하고 예뻐해 주고 뭐든지 다 해 주는 멋진 아빠가 되겠다고."

나는 주춤주춤 뒤로 물러났다. 마음속 깊은 곳에서 빨리 도망치라는 소리가 들렸다. 몸을 홱 돌렸다. 방울 소리가 크게 울렸다. 아저씨가 내 팔을 낚아챘다.

"그런데 아이들은 나에게 기회를 주지 않더라. 다 울기만 하고 도망가려고만 했지."

장난감 아저씨가 나를 보고 웃었다. 커다랗게 벌린 입안에서 새빨간 혀가 지렁이처럼 꿈틀거렸다. 그러나 눈은 웃고 있지 않았다. 아저씨 눈 속에는 내가 비치지 않았다. 새까만 검은자위뿐이었다. 비명을 질렀지만 소리가 나오지 않았다. 배에 묵직한 통증이 느껴졌다. 아저씨가 내 머리카락을 잡아서 일으켜 세운다는 걸 느끼며, 나는 정신을 잃었다.

아빠는 세계 제일의 투수였지만 지기도 많이 졌다. 어떤 때는 패전 처리 투수로 마운드에 오르기도 했다. 내가 그 사실에 화를 내면 아빠는 웃으면서 말했다.

"아들, 때로는 말이야 끝을 뻔히 알면서도 게임을 해야 할 때도 있어. 그게 인생이라는 거지. 그리고 유능한 배터리는 그럴 때도 호흡을 잘 맞추어야 한단다."

끝을 알고 시작하는 게임은 왠지 슬프다. 질 게 뻔한 상황에서 아빠가 등판할 때면 나는 더 큰 소리로 응원했다. 아빠는 이런 말도 했다.

"아빠가 마운드에 오르면 아들, 네 목소리밖에 들리지 않아."

"거짓말."

"진짜라니까."

"내 목소리는 모깃소리만큼 작은데?"

"아빠와 아들은 원래 그런 거야. 그게 텔레파시라는 거지."

아마도, 장난감 아저씨는 아빠와 텔레파시가 통하지 않았나 보다. 그랬다면 아빠 욕을 하면서 다른 애들을 괴롭히지는 않았을 텐데.

나는 장난감 아저씨네 집 지하에 갇혔다. 정신을 차리고 보니 축축하고 냄새나는 지하실이었다. 바퀴벌레도 기어 다녔다. 아저씨는 휘파람을 불면서 짐을 정리하기 시작했다. 배는 여전히 아프고 온몸에 힘이 하나도 없었지만 간신히 머리는 돌아갔다. 아마 지금은 9회 말 투아웃 상황이겠지? 우리 팀이 한 점 차로 이기고 있지만 주자는 만루인 거야. 아웃카운트를 하나만 남겨 놓은 상황. 아빠라면 정신을 바짝 차리고 전력투구를 할 것이다.

"아저씨가 방울 귀신이에요?"

나는 눈치를 살피며 조용히 물었다. 장난감 아저씨는 대답이 없었다.

"종식이도 아저씨가 잡아갔어요?"

"종식이? 그 건방진 애 말이냐?"

아저씨가 나를 돌아보며 물었다. 고개를 끄덕이고 싶었지만 그럴 수 없었다. 아저씨의 얼굴이 너무 무서웠다. 학교 앞에서 아이들을 바라보며 미소 짓던 얼굴은 가면인 것 같았다. 그 가면을 벗자 무시무시한 표정이 그대로 드러났다.

"난 그냥 그애랑 같이 놀고 싶었을 뿐이야. 개도 순순히 따라오겠다고 했고."

지하실에는 창문이 없었다. 천장에 걸린 전구가 유일한 빛이었다. 아저씨는 손에 망치를 들고 있었다. 아저씨가 그 망치를 앞뒤로 흔들 때마다 시커먼 그림자가 휙휙 달려들었다. 정신을 차리자고 마음먹 었지만 너무 무서워서 자꾸 눈물이 났다. 딸꾹질이 날 것만 같았다. 나는 용기를 내서 입을 열었다.

"그냥 보내 주시면 안 돼요? 아빠가 기다려요."

"아니, 아니야. 이제부터는 내가 아빠야."

아저씨가 나를 향해 다가왔다. 가슴이 쿵쾅쿵쾅 뛰었다.

"아빠라고 불러 봐."

"싫어요."

아저씨가 내 뺨을 때렸다. 나는 벌렁 나가떨어졌다. 눈물이 주르륵 흘렀다.

"착하지, 아빠라고 불러 봐. 그러면 장난감을 줄게. 맛있는 것도 사 줄게."

무서웠다. 태어나서 제일 무서웠다. 무서웠지만, 화가 났다. 화가 났지만, 아저씨가 불쌍했다. 아저씨는 자기 아빠와 캐치볼을 한 적이 없을 것이다. 아빠가 수염 난 뺨을 부비며 뽀뽀를 퍼부은 적도, 잠들 기 전에 사랑한다고 말했던 적도, 목욕탕에서 발가벗고 앉아 함께 요 구르트를 먹었던 적도 없을 것이다. 한 번이라도 그랬다면 아저씨도 알았을 텐데.

"아빠라면 그렇게 하지 않아요."

나는 조용히 말했다. 눈물이 계속 흘렀다. 부끄럽지만, 콧물도 몇 번이나 들이마셨다. 그래도 말하는 걸 멈추지는 않았다.

"아빠라면, 무섭게 윽박지르지도 않고 때리지도 않아요. 아빠라면, 장난감이나 과자보다도 먼저 사랑한다고 말했을 거예요."

아저씨는 물끄러미 나를 바라봤다. 웃는 것 같기도 하고 화난 것 같기도 했다. 그때 아저씨 뒤쪽에서 우는 소리가 들렸다. 예방주사를 맞던 날 종식이가 터뜨렸던 울음과 같은 소리였다.

"이놈이고 저놈이고 전부 입을 막아 버려야지."

아저씨는 혼잣말처럼 중얼거리며 뒤쪽으로 걸어갔다. 종식아 고마워. 너도 도움이 될 때가 있구나. 나는 그 순간을 놓치지 않았다. 가방에서 아빠의 사인볼을 꺼냈다. 원래라면 아빠를 고쳐 주는 대신 장난감 아저씨에게 줄 공이었다.

"시끄러워."

장난감 아저씨가 어둠 속 어딘가를 향해 소리를 질렀다. 나는 크게 와인드업을 하고 전구를 노려봤다.

— 집중해, 아들.

머릿속에서 아빠 목소리가 들렸다. 아빠에게 배운 그대로 발끝에 힘을 주고 상체를 잔뜩 비틀었다. 숨을 참고 셋까지 센 뒤, 있는 힘껏 팔을 휘둘렀다. 공은 레이저 빔처럼 뻗어 나가 정확히 전구를 맞췄다. 스트라이크. 불이 꺼졌다.

아저씨가 내지르는 엇 하는 비명을 뒤로하고 나는 출구를 향해 달렸다. 발에 무언가가 차여서 큰 소리가 났지만 멈추지 않았다. 어둠이 성큼성큼 닥쳐왔다. 뭐가 튀어나올지 몰라 미치도록 무서웠다. 그래도 계속 달렸다. 아빠를 향해서.

"이 쥐새끼가."

아저씨 손이 내 머리카락을 스치고 지나갔다. 나는 계단에 부딪혀 넘어졌다. 정강이가 아팠다. 엉금엉금 기어서 계단을 올랐다. 지하실 문이 눈앞에 있었다. 몸으로 부딪치면서 문을 열었다. 낡은 철문은 끔찍한 소리를 내면서 나를 밖으로 뱉어 냈다. 정신을 잃고 끌려올 때는 몰랐는데 장난감 아저씨 집이라고 생각했던 건 새하얗고 텅 빈 창고였다.

나는 저 멀리 보이는 창고 문을 향해 또 달렸다. 아저씨가 밖으로 나오는 소리가 들렸다. 문은 너무 멀고, 아저씨는 너무 가까웠다. 바로 뒤에서 아저씨의 숨소리가 들렸다.

"얘야, 아가야."

아저씨는 미친 사람처럼 소리를 지르며 내 뒷덜미를 잡았다. 나는 참지 못하고 비명을 질렀다. 앞으로 고꾸라졌다. 울고 말았다. 아저씨가 쓰러진 내 위에 올라타더니 목을 조르기 시작했다. 매일매일 우리들의 장난감을 고쳐 주던 그 손으로. 나는 바보, 병신, 똥걸레처럼 울면서 컥컥 소리만 냈다. 완벽하게 안타를 맞았다. 타구는 저 멀리 외야로 날아가고 있었다. 동시에 내 의식도 점점 멀어졌다.

"그러게 아빠 말을 들어야지."

웃으면서 목을 졸라 오는 아저씨의 뒤편으로 흐릿한 그림자가 나타난 건 내가 정신을 잃기 직전이었다. 눈물이 가득 고인 내 눈에 그 그림자가 와인드업을 하는 게 보였다. 몇백 번도 더 본 멋진 자세였다. 세계 최고의 투수만이 할 수 있는 자세.

그림자는 힘차게 공을 던졌다. 정말로 슈우욱 하는 공기 가르는 소리가 들렸다. 공은 장난감 아저씨의 뒤통수를 강타했다. 타자 베이비. 백곰 아저씨도 혀를 내두를 만큼 엄청난 투구였다. 아저씨가 힘없이 쓰러진 것과 아저씨의 머리를 때린 야구공이 내 앞으로 떨어진 건 거의 동시였다.

'사랑하는 아들에게 첫 승을 바치며.'

아빠의 사인볼. 지하실에서 내가 던졌던 바로 그 공이었다. 아빠구나. 그 생각을 하고 있을 때 그림자가 다가왔다.

"아들. 너 꽤 용감하구나."

슈퍼 로봇으로 멋지게 변한 아빠가 내 앞에 서 있었다. 여전히 무표정이었지만 나를 향해 웃고 있다는 것쯤은 알 수 있었다. 우리는 속궁합 잘 맞는 배터리니까. 그래서 나는 아무 말도 하지 않았다. 그냥 울기만 했다. 아빠는 다 안다는 듯 고개를 끄덕여 주었다. 왠지 나도 아빠의 마음을 모두 알 것 같았다.

"수고했어. 아빠를 위해 애써 줘서 고마워."

아빠는 딱딱한 손으로 내 머리를 쓰다듬었다. 그러자 더 슬퍼졌다.

"아빠를 못 고쳐 줘서 미안해."

내가 할 수 있는 말은 이것뿐이었다. 아빠는 주먹으로 강철 가슴을 두 번 두드렸다. 그러고는 엄지를 들어 올렸다. 나도 아빠를 향해 엄지를 올렸다. 우리 둘은, 잠시 동안 서로 바라봤다. 아빠는 나를, 나는 아빠를.

"다음에도 기회가 있다면, 또 네 아빠가 되었으면 좋겠다."

아빠가 말했다. 로봇인데도 아빠는 울고 있었다. 아빠, 나도. 나도 또 아빠 아들이 될게. 눈물이 너무 많이 흘러 아빠의 모습이 흐릿해졌다. 아빠는 나에게 손을 흔드는 듯도 했다. 웃는 것처럼도 보였다. 저 멀리서 경찰차 소리가 들렸다. 주변이 시끄러워졌다. 나는 아빠를 향해 웃어 보이며 눈을 감았다. 아빠의 사인볼을 꼭 쥐고.

다시 정신을 차렸을 때는 구급차 안이었다. 내가 눈을 뜨자 구급대원 아저씨가 괜찮으냐고 물었다. 나는 고개를 끄덕였다. 학교에서도 자주 봤던 경찰 아저씨가 나에게 다가왔다. 계속해서 사이렌 소리가 들렸고 엄청 많은 사람이 왔다 갔다 했다.

"괜찮니? 큰일 날 뻔했구나."

"장난감 아저씨는 어떻게 됐어요?"

내가 물었다.

"병원에 실려 갔어. 머리가 완전 깨졌지. 죽지는 않겠다는데 어쨌든 감옥에는 가야지."

"종식이는요? 살아 있어요?"

"그 건방진 꼬마 말이냐? 경찰이 뭐 이렇게 늦게 왔냐며 화를 내더구나. 아무튼 건강해. 실종됐던 다른 애들도 마찬가지고."

다행이었다. 어쩌면, 장난감 아저씨는 정말로 아이를 갖고 싶었는지도 모른다. 그 방법이 서툴렀다는 게 문제지만.

나는 경찰 아저씨에게 몇 가지 이야기를 더 들었다. 경찰이 제때 출동할 수 있었던 건 병아리를 파는 할머니 때문이었다. 정신이 약간 이상한 것처럼 보여서 바보 할매라고 놀림 받던 그 할머니가 장난감 아저씨를 따라가는 나를 보고 경찰에 신고했다. 할머니는 장난감 아저씨와 유독 친하게 지냈던 아이들이 잇따라 실종된 걸 이상하게 생각하고 있었다. 나는 고맙다고 인사를 드려야겠다는 생각을 했다. 경찰 아저씨는 원래 너 같은 꼬마한테 이렇게 시시콜콜 설명해 줄 필요는 없다고 말하면서 진짜로 묻고 싶었던 질문을 했다.

"그런데 어떻게 한 거냐? 이 인간이 왜 쓰러졌는지 도통 모르겠구나."

"내가 한 게 아니에요."

나는 대답했다.

"그러면?"

"로봇요, 아빠 로봇요."

황당하다는 듯 바라보는 경찰 아저씨를 무시하고 나는 구급대원 아저씨에게 부탁했다.

"지금 바로 집에 데려다 줄 수 있어요?"

"왜?"

"아빠가 죽을지도 모르거든요."

나는 또 울었다. 기분이 이상했다. 더 이상 나올 눈물이 없다고 생각하는데도 눈물은 자꾸만 흘러내렸다. 구급대원 아저씨는 경찰 아저씨를 바라봤고 경찰 아저씨는 고개를 끄덕였다. 아이 연락처를 꼭 받아 두라는 경찰 아저씨의 당부를 뒤로하고, 구급대원 아저씨는 사이렌을 울리며 구급차를 몰기 시작했다. 나는 주머니에서 사인볼을 꺼내 바라봤다. 아빠가 이 세상에서 마지막으로 던진 공. 아빠는 외야에 떨어진 안타성 타구를 잡자마자 홈을 향해 빨랫줄 송구를 했다. 포수 미트로 빨려 들어간 공. 터치아웃. 그리고 우리의 승리.

구급차는 허무할 정도로 빨리 우리 집에 도착했다. 나는 차에서 뛰어내려 아파트 계단을 달려 올라갔다. 집에는 예쁜 간호사 누나 말고는 아무도 없었다. 누나는 놀란 얼굴로 나를 바라봤다.

"너 어디 갔었니? 지금 아빠 때문에 엄마가……."

누나의 말을 무시하고 나는 아빠 방으로 달려갔다. 침대는 텅 비어 있었다. 아빠는 고장 난 걸 수리하기 위해 머나먼 우주로 떠난 것이다. 하지만 나를 향한 마지막 메시지는 빠뜨리지 않았다. 전광판에 익숙한 글자가 깜박였다.

— 사랑해.

창문으로 가서 하늘을 향해 세 번 눈을 감았다 떴다. 그러고 나서 아빠사용설명서에 한 가지를 더 추가했다. 어쩌면 마지막 추가일지도 모를 일이다. 나는, 또박또박 적어 나갔다. 눈물이 설명서 위로 떨어졌지만 글은 읽을 수 있었다. 나는 스트라이크를 던지듯 힘차게 마침표를 찍었다.

아빠에게 자주 사랑한다고 말하기.

크루 벙크

정명섭

크루 벙크는 여객기 내부에 있는 승무원용 휴식 공간을 가리키는 말로
'벙커'라고 부르기도 한다.
여객기의 객실 상부나 하부 화물칸, 혹은 꼬리날개 쪽에 있다.
위치와 크기는 여객기 기종마다 다르다.

1

"사무장님, 창욱 씨가 그러는데 아까 그 인도 승객이 허니문 시트로 갔다는데요."

인터폰을 내려놓은 선영이 말했다. 티켓팅을 할 때 이코노미 클래스의 인도 승객과 파키스탄 승객을 같이 붙여 놓는 최악의 실수가 벌어졌다. 설상가상으로 파키스탄 승객이 인도 승객을 약 올리기 위해 소고기 스테이크를 주문하는 바람에 일이 더 커져 버리고 말았다. 버럭 화를 낸 인도 승객은 자리에서 일어나 퍼스트 클래스로 건너가 버렸다. 그 모습을 봤지만 모른 척했다. 둘이 붙어서 내내 말싸움을 하는 걸 보는 것보다 그편이 훨씬 나았기 때문이다. 어차피 퍼스트 클래스의 탑승률이 30퍼센트도 되지 않았다는 점도 모른 척하는 데

한몫했다. 하지만 조종사들이 쉬는 허니문 시트는 얘기가 달랐다.

"창욱 씨한테 인터폰 해서 그 손님한테 잘 얘기해 퍼스트 클래스의 빈 좌석으로 옮기라고 하세요."

"네."

나는 선영이 다시 인터폰을 드는 모습을 보고는 살짝 손목시계를 봤다. 22시 51분. 이제 갈 시간이었다. 빽빽한 이코노미 클래스 좌석들 사이를 지나서 크루 벙크로 향하는 계단으로 올라갔다. 꼬리날개 부분에 있는 크루 벙크는 대부분의 승객이 알지 못하는 공간이다. 승객들은 비행 승무원들이 마치 인조인간처럼 쉬지도 않고 일하거나 대기하는 존재로 알고 있다. 하지만 비행 승무원들도 사람이고, 쉬어야만 했다. 그리고 우리가 쉬는 곳은 승객들의 눈에 띄지 않는 곳에 있었다. 호주 시드니에서 출발해서 인천공항으로 가는 B747-400 기종인 이 여객기는 꼬리날개 끝에 크루 벙크가 있다. 갤리와 화장실을 지나가면 위쪽으로 올라가는 계단이 나온다. 천장에 작은 취침 등이 붙어 있지만 계단 전체를 비추기에는 턱없이 부족했다. 하지만 오랫동안 여객기를 탔던 나에게 이런 어둠은 익숙했다. 계단을 밟고 올라가자 앞을 가로막은 문이 보였다. 번호 키를 누른 다음 문을 열었다. 그녀는 없었다. 크루 벙크는 2미터도 되지 않는 높이에 사방이 4미터가 넘지 않는 좁은 공간이었다. 안에 있는 것은 2층 침대 네 개와 물품을 넣는 캐비닛이 전부였다. 그런데 그녀가 보이지 않았다. 문가에 자리 잡은 2층 침대 아래쪽에 담요가 구겨진 흔적이 있었지만 네 개의 2층 침대 어디에서도 모습을 찾아볼 수 없었다.

"어디 갔지?"

눈앞에 보이는 2층 침대의 아래 칸에 걸터앉으며 중얼거리는 순간 난기류가 비행기를 후려쳤다. 익숙한 흔들림에 몸을 맡기고 있는데 갑자기 캐비닛 문이 활짝 열렸다. 그리고 안에 있던 그녀가 앞으로 쿵 쓰러졌다. 카펫에 넘어지면서 큰 소리는 나지 않았지만 그것만으로도 놀라기에는 부족하지 않았다. 처음에는 장난을 치는 줄 알았다. 가끔 그녀는 데이트를 하다가 실신하는 척했는데 일종의 게임이었다. 그러면 나는 쓰러진 그녀를 호텔로 데려가 마치 강간이라도 하는 것처럼 거칠게 옷을 벗기고 관계를 맺곤 했다. 오랜 비행은 여객승무원들을 지치게 만들었고, 좁은 공간에 갇혀서 맹수처럼 변해 버린 승객들은 만만한 우리들을 물어뜯을 기회만 노렸다. 우리들은 그렇게 쌓인 스트레스를 나름의 방식으로 풀었다. 누구 말마따나 하늘은 사람을 미치게 만들기 때문이다. 나는 침대에서 일어나 넘어진 그녀에게 다가갔다.

"윤희야! 장난 그만하고 일어나."

꼼짝도 않고 있는 그녀를 보는 순간 전율이 난기류처럼 몸속으로 흘러들었다. 윤희의 목은 노란색 케이블 타이로 꽉 조인 상태였다. 그렇게 숨을 빼앗긴 얼굴은 파랗게 변한 채 경악과 공포로 얼룩졌다. 나는 서둘러 그녀의 목에 손가락을 대고 맥박을 짚었다. 아무 징후도 느껴지지 않았다. 죽었다. 죽음을 어떻게 받아들여야 할까? 비행 과정에서 생긴 온갖 돌발 상황에 관한 매뉴얼을 떠올려 봤지만 그 어떤 것도 어둠 속의 죽음과 대면했을 때 어떤 표정과 몸짓으로 맞서 싸워야 할지 가르쳐 주지 않았다. 살인이 벌어졌다고 소리쳐야만 할까? 한 시간 전, 그녀가 갑자기 크루 벙크에서 할 얘기가 있다고 했을 때 좀 더 신중하게 생각했어야만 했다. 무슨 일이냐고 물었지만 그녀는 중요한 얘기라고만 했다. 그리고 30분 후에 아프다고 연락을 하면 크루 벙크로 오라고 신신당부했다. 얘기를 듣고는 난감한 표정을 지었다.

"보는 눈들도 있고, 인천에 내려서 얘기하자."

"그럴 수 없어요. 제발 부탁이니까 시간을 내 줘요."

그녀의 간절한 눈빛보다는 서둘러 이 불편한 자리를 벗어나고 싶다는 생각에 승낙하고 말았다. 휴식시간과 순서를 정하는 것은 사무장인 내 권한이긴 하지만 휴식시간을 마음대로 조정하는 건 눈총을 받을 만한 일이었다. 더군다나 여객기 운행 중에 갑자기 특정 인물에게 휴식시간을 주는 건 두 사람의 관계를 의심하게 만들기에 충분했다. 물론 그녀와 내가 그렇고 그런 관계라는 사이라는 걸 모르는 회사 직원은 없었다. 하지만 알고 있는 것과 티를 내고 다니는 것은 하늘과 땅 차이였다. 더군다나 나는 이혼소송 중인 처지였다. 그녀가 꼭 할 말이 있다는 얘기만 하지 않았다면 이런 무리수를 두지는 않았을 것이다.

이제 그녀는 아무 말도 할 수 없는 처지에 놓였다. 그리고 난 꼼짝없이 살인범으로 몰릴 처지가 되고 말았다. 우선 내가 크루 벙크로 올라가는 걸 본 승객이나 승무원이 너무 많았다. 그런데 단둘이 있는 공간에서 한 사람이 죽었다고 한다면 첫 번째로 의심받을 건 뻔했다. 설사 아무 일이 없었다고 해도 왜 이곳에 둘이 있어야 했는지 해명하는 일도 난감했다. 그동안 쌓아 왔던 경력들이 도미노처럼 무너지는 모습을 상상하자 죽음 같은 오한이 찾아왔다. 고민하던 내 귀에 계단 밟는 소리가 들렸다. 그러자 자동으로 몸이 먼저 움직였다. 죽은 윤희의 시신을 들어서 2층 침대 아래 칸에 누였다. 축 늘어진 윤희의 몸은 평소 몸무게인 50킬로그램보다 두 배는 무겁게 느껴졌다. 계단을 올라오는 발소리의 주인공이 당장에라도 벌컥 문을 열 것 같았다. 겨우 문이 열리기 직전, 윤희의 시신을 침대에 누이고 담요로 머리끝까지 덮는 데 성공했다. 시신을 옮기느라 상기된 얼굴을 감추기 위해서 뒤로 돌아섰다.

"사무장님이 여긴 웬일이세요?"

등 뒤에서 들린 목소리의 주인공은 섹션 리더인 수현이었다. 나는 그녀의 질문 앞에서 갈등했다. 이제라도 윤희가 죽었다고 말할까? 하지만 그녀가 계단을 올라오기 전 윤희의 시신을 들어서 침대에 누이고 담요로 얼굴을 가린 것을 설명할 수 없었다. 거기다 눈물 한 방울 흘리지 않았다. 시신을 숨기고 슬퍼하지 않는 목격자라면 당연히 의심을 살 게 뻔했다. 두려움이 날이 서고 딱딱한 대답을 불러왔다.

"그런 수현 씨는 여기 무슨 일이지?"

"윤희 찾으러 왔어요. 밀 서비스가 다 끝나지도 않았는데 갑자기 안 보여서 찾았더니 사무장님한테만 얘기하고 여길 왔다는 얘기를 들어서요."

어느 정도 진정하고 돌아서자 기가 막히다는 표정을 짓고 있는 수현의 얼굴의 보였다. 그녀가 내 얼굴을 보더니 침대 쪽으로 시선을 돌렸다.

"여기 누워 있는 사람이 윤희 맞아요?"

나는 침대 쪽으로 다가오려는 그녀의 앞을 가로막았다. 만약 담요라도 젖히는 날에는 모든 게 끝장이었다.

"몸이 많이 안 좋은가 봐. 일단 좀 쉬라고 했어."

"섹션 리더인 저한테 말도 못 할 정도로요?"

발끈한 수현이 당장에라도 윤희의 머리를 덮은 담요를 벗길 것만 같았다. 나는 일부러 목소리를 높였다.

"팀원이 모두 제 역할을 다 해 주면 좋겠지만 그렇지 못할 팀원에게 일을 시키는 것도 안 좋아."

"사무장님답지 않게 인간적이시네요? 아니면 윤희라서 이러시는 건가요?"

"그건 무슨 뜻이지?"

내 물음에 수현이 대꾸했다.

"그건 저보다 사무장님이 더 잘 아시잖아요."

입안의 침이 바짝 말라 갔다. 물론 그녀가 나와 윤희의 관계를 모르지 않는다고 생각했지만 이렇게 대놓고 말할 줄은 몰랐다. 일이 점점 꼬여 간다는 생각에 머리가 아파 왔다. 하지만 애써 꾹 참고 그녀에게 차갑고 권위적인 눈길을 던졌다. 아직까지 눈가에 소용돌이치던 그녀의 호기심과 반발은 결국 사무장이라는 권위를 넘어서지 못하고 물러났다.

"알겠어요. 대신 인천에 도착해서 따로 얘기하는 건 뭐라고 하지 마세요."

"얼마든지."

수현이 문을 닫고 계단을 내려갔다. 태연한 척 버티고 서 있었지만 계단을 내려가는 발소리가 사라지자마자 다리 힘이 풀리고 말았다.

"내가 무슨 짓을 한 거지?"

후회가 물밀듯이 밀려왔다. 이제 돌아올 수 없는 선을 넘어가 버렸다. 지금 와서 윤희가 죽었다고 알려 봤자 의심만 더 사게 될 게 뻔했다. 어떻게든 이 일을 해결해야만 했다. 인천공항에 도착하기 전까지 말이다. 침대에 걸터앉았다가 무심코 담요를 뒤집어쓴 윤희의 시신을 건드리고 말았다. 마치 전기에 감전된 것처럼 펄쩍 일어난 나는 벽에 기댔다. 거칠게 몰아쉬는 숨소리가 귓가에 울려 퍼졌다. 시간이 없다는 생각과 방법을 찾아야 한다는 생각이 동시에 들었다. 어찌할 바를 모르던 내 머릿속에 고등학교 동창 모임에서 만난 느끼하고 재수 없는 녀석이 떠올랐다.

"그놈 이름이, 맞다. 민준혁이었지."

생전 들어 보지 못한 작가 이름을 딴 탐정 클럽의 명예 회원이라면서 으스댔다. 경찰도 손을 놓은 미제 사건들을 해결한 적이 있다고 큰소리치는 게 너무 같잖았다. 그래서 여객기 사무장이라는 얘기를 듣고는 예쁜 스튜어디스를 소개해 달라고 매달렸을 때도 그냥 무시해 버렸다. 지금 상황에서 물어볼 수 있는 건 이 친구밖에 없었다. 주머니에서 꺼낸 스마트폰을 켜고 주소록에서 이름을 검색한 다음 통화 버튼을 눌렀다. 통화 대기음이 길게 흘러나왔다.

"받아라. 제발."

안절부절못하고 있는데 갑자기 통화 대기음이 뚝 그치고 "어디야?"라는 목소리가 튀어나왔다. 안도의 한숨을 뱉은 다음 태연한 목소리로 말했다.

"어디긴, 4만 피트 상공이지."

"웬일이야. 원래 비행 중에는 전화 안 하잖아."

"물어볼 일이 생겨서, 승무원 물품이 도난당했어. 조용히 처리하려면 범인을 찾아야 하는데 좀 도와줘."

어떻게 그렇게 거짓말이 술술 나오는지 모르겠지만 일단 말은 술술 나왔다. 잠시 말이 없던 준혁이 특유의 거드름 피우는 목소리로 물었다.

"내가 어떻게?"

"너 추리소설가잖아. 탐정 클럽 회원이기도 하고 말이야."

"재미없다고 한 건 누군데?"

속으로 욕이 한가득 튀어나오려고 했지만 꾹 참고 스마트폰에 대고 애원조로 말했다.

"미안, 급하다니까."

"좋아. 대신 스튜어디스랑 소개팅이다."

"오케이."

"그러니까 승무원 물건이 없어졌다. 비행 중이니까 그 안에 있는 사람이 범인이겠네?"

"그렇지."

"그럼 간단하잖아. 착륙하고 난 다음에 방송으로 양해를 구하고 짐을 뒤져 보면 되지."

"간단한 문제가 아니야. 그러다가 승객들이 난리 피우면? 그리고 크루 벙크에서 없어졌어."

인내심을 가지고 차근차근 설명하자 준혁이 알은척했다.

"크루 벙크? 지난번에 얘기했던 그 승무원들 숙소 말이지. 거긴 일반 승객들이 못 들어가?"

"있는지도 모를걸."

"진작 얘기하지. 일단 용의자들을 추려 봐야지. 아마도 승무원이겠지?"

"아마도, 승객들은 존재도 모르는 데다가 여긴 비밀번호를 눌러야 들어올 수 있거든."

설명을 들은 준혁이 말했다.

"일단 거기에 올 만한 승무원들을 조사해 봐."

"어떻게?"

"그 시간에 어디서 뭘 했는지 물어보면 되잖아."

"자백하는 거나 다름없는데 묻는다고 제대로 대답하겠어?"

"머릴 굴리라고, 어디 있었냐고 묻는 건 페이크고, A라고 쳐. A한테 그걸 증명할 사람이 있는지 물어보란 말이야. 그럼 B랑 같이 있었다고 하겠지. 그러면 B한테 다시 물어봐. 봤다고 하면 서로 교차 검증이 되잖아."

잘하면 살인자를 찾을 수 있을 것 같다는 희망이 보이자 내 목소리는 조금씩 커져 갔다.

"그러니까 서로 모르는 사이에 목격자가 되는 거군."

"맞아. 그렇게 용의자를 좁혀 가는 거지. 그리고 한 가지 더. 현장을 주목해."

"현장?"

"그래, 범인은 현장에 항상 흔적을 남겨 놔. 그러니까 크루 벙크 안을 샅샅이 뒤져 봐."

"응, 고마워."

"약속 잊지 마."

준혁과의 통화가 끝나자마자 크루 벙크 안을 살펴봤다. 내가 윤희에게 배정한 휴식시간은 22시 30분부터였다. 물론 눈치 없이 휴식시간이 되자마자 오진 않았겠지만 최소한 35분부터는 여기 있었다고 봐야 했다. 크루 벙크 내부는 2층 침대 네 개, 그리고 캐비닛 두 개뿐이라 수색은 금방 끝났다. 그리고 땀에 흥건하게 젖은 손바닥에는 침대 바닥에서 찾아낸 금색 단추가 쥐어 있었다. 나는 단추를 꽉 움켜쥐고는 크루 벙크 밖으로 나왔다. 조심스럽게 문을 닫은 다음 계단을 내려오자 크루 벙크의 숨 막히는 어둠과는 다른 세상이 펼쳐졌다.

환한 빛 아래 줄지어 자리 잡은 시트에 앉은 승객들은 졸거나 떠들거나 혹은 뭔가를 우물거렸다. 범인은 이들이 아니라 승무원 중에 섞여 있을 것이다. 동료를 목 졸라 죽이고, 캐비닛에 쑤셔 넣은 다음에 태연하게 밖으로 나와서 미소로 무장한 채 승객들 사이를 거닐고 있을 살인자를 떠오르니 바짝 겁이 났다. 윤희의 목을 조르는 승무원의 모습을 떠올려 봤다. 적당한 얼굴이 나오지 않았다. 일단 천천히 통로를 걸어가면서 22시 35분에서 50분 사이에 크루 벙크로 들어갈 수 있는 승무원들을 머릿속으로 추려 봤다. 여객기 앞쪽 비즈니스 클래스를 담당하는 1팀은 불가능했다. 남은 건 뒤쪽 이코노미 클래스를 맡은 2팀의 승무원들밖에는 없었다. 몇 걸음 더 걸어가는데 털컹

거리며 비행기가 상승했다. 멈춰 있다가 갑자기 스타트한 에스컬레이터처럼 쿵쿵거리던 요동은 언제 그랬냐는 듯 힘없이 사라져 버렸다. 이어폰을 끼고 음악을 듣거나 잡담을 나누던 이코노미 클래스의 승객들 몇 명이 비행기를 들어 올린 거대한 손을 찾는 듯 주변을 두리번거렸다.

그들 사이를 지나가던 나는 살짝 치켜든 손 앞에서 걸음을 멈췄다. 손의 주인은 노란색 트레이닝복 차림의 20대 후반쯤 되는 여성이었다. 목덜미에 미치지 못하는 짧은 숏커트에 약간 넓적한 얼굴은 땀으로 번들거렸다. 내가 딱 질색하는 스타일이었지만 친절한 미소를 머금은 채 응대했다.

"뭘 도와 드릴까요?"

"저, 방금 난기류 지나간 거 맞죠? 왜 안내방송을 안 해요?"

"비행기 앞에는 레이더가 있어서 난기류는 감지가 됩니다. 안 그런 경우라면 레이더에 감지되지 않는 아주 작은 이상기류죠. 안심하셔도 됩니다. 여긴 안전하니까요."

안심하라는 말에 노란 트레이닝복 차림의 여자 승객은 수긍했는지 가만히 고개를 끄덕거렸다. 이제 살인자를 찾아야 했다. 내가 처음 간 곳은 이코노미 클래스 중앙에 있는 갤리였다. 커튼으로 가려진 갤리 안쪽은 전쟁터였다. 장거리를 뛰는 747-400기 같은 경우는 식사의 시작과 끝이 구분되어 있지 않다. 400명이나 되는 승객에게 밀 서비스가 나가다 보면 미처 서빙 하기도 전에 처음 식사를 준 곳에서는 식사가 끝나곤 했다. 갤리 안에는 2주 전에 팀에 처음 합류한 새내기 승무원 은주가 혼자 있었다. 뭔가를 먹고 있었는지 입을 우물거리던 그녀는 겁먹은 표정으로 나를 바라봤다.

"무슨 일이세요? 사무장님?"

나는 안심하라는 표정을 지으며 물었다.

"아까 랜딩 후에 크루 벙크 청소했나요?"

"네, 선영 선배가 시켜서 청소했는데요. 제가 혹시 청소하다가 뭘 빼먹었나요?"

"아니, 그게 아니고 혹시 청소하다가 이상한 거 본 거 없나 해서."

"이상한 거요?"

나는 눈을 동그랗게 뜬 은주에게 대수롭지 않은 일이라는 듯 둘러댔다.

"어. 재킷 소매 단추가 떨어졌는데 혹시 봤나 해서."

"놀래라. 제가 청소했을 땐 없었어요."

"알았어요. 바쁜데 번거롭게 해서 미안해요. 그리고 바에 눌어붙은 자국 더 추가하고 싶지 않으면 카트를 오븐에서 뺄 때 코팅된 장갑 말고 그냥 장갑 끼고 해요."

"네, 명심하겠습니다."

공손하게 인사하는 은주를 뒤로하고 갤리 밖으로 나왔다. 보통 크루 벙크는 여덟 시간 이상의 장거리 비행 시에 이용되었다. 랜딩 후에 크루 벙크를 청소할 때 바닥에 단추가 떨어진 것을 보지 못했다면 그 이후에 누군가 그곳에 들어갔다는 것을 의미했다. 이륙한 지 네 시간밖에 지나지 않은 상황이라서 아직 크루 벙크에는 죽은 윤희 말고는 들어가는 걸 허락받은 사람이 없었다. 나는 윤희 이외에는 휴식을 허락하지 않았으니 누군가가 내 지시를 어긴 것이다. 여객기 안에서 승무원이 사무장의 지시를 어긴다는 것은 있을 수 없는 일이었다. 아마 윤희가 크루 벙크로 가는 걸 보고 뒤따라갔던 누군가가 떨어뜨렸을 가능성이 컸다. 내가 크루 벙크의 침대 밑에서 찾은 재킷의 단추는 남자 승무원의 유니폼에 달린 것이었다. 그리고 이 여객기에는 나 말고 남자 승무원은 단 한 명, 고창욱뿐이었다. 생각이 거기까지 미치자 예전에 윤희가 했던 얘기가 떠올랐다.

"창욱 씨가 자꾸 추근거려요. 쉬는 날 전화해서 밥 먹자고 그러고, 좀 집요한 구석이 있는 것 같아요."

결혼 문제로 윤희와 미묘한 갈등을 벌이던 때라 그녀가 나에게 질투를 유발하려고 미끼를 던지는 것으로만 봤다. 이런저런 생각을 하느라 우두커니 서 있는데 수현이 다가왔다.

"괜찮으세요?"

"어, 눈에 뭐가 들어갔나 봐. 밀 서비스는 다 끝났나요?"

"네, 면세품 안내방송 하셔야죠."

"알았어요. 바로 방송할 테니까 스탠바이 해요."

가까운 R-5 도어로 걸어가서 도어 옆 인터폰을 집어 들었다.

"승객 여러분 안녕하십니까. 저는 337편의 사무장을 맡고 있는 조승준이라고 합니다. 지금부터 기내 면세품을 판매하도록 하겠습니다. 좌석에 비치된 카탈로그를 참고해 주시고, 필요하신 물품이 있으면 승무원들이 샘플이 실린 카트를 끌고 지나갈 때 말씀해 주시기 바랍니다. 감사합니다."

인터폰을 내려놓고 손짓으로 수현을 불렀다.

"승무원들한테 대충 카트 밀고 다니지 말고 충분히 설명하고 하나라도 더 팔라고 해요."

"알겠습니다. 면세품 판매가 끝나고 나면 교대로 휴식에 들어가도 되죠?"

"물론이죠."

당혹스러움을 감추기 위한 억지 미소 때문에 얼굴이 부서질 것 같았다. 크루 라운지에서 미팅 때 기내 면세품 판매가 끝나면 휴식을 주기로 했다. 그러니까 이제부터 한 팀은 휴식을 위해 크루 벙크로 들어가게 된다.

"길어 봤자 50분이군."

지친 몸을 이끌고 크루 벙크로 올라간 승무원이 윤희의 시신을 발견하는 모습을 떠올리자 눈앞이 깜깜했다. 그렇다고 이 좁은 비행기 안에서 그녀의 시신을 숨길 곳은 없었다. 그러니까 승무원들이 크루 벙크에 들어가기 전에 범인을 찾아야만 했다. 갤리의 인터폰을 집어 들고 침착한 목소리로 말했다.

"고창욱 씨한테 지금 2층 후방 갤리로 오라고 하세요."

2

4년 차 남자 승무원 창욱은 2층 후방 갤리로 오자마자 투덜거렸다.

"겨우 쫓아냈습니다. 너무 뻔뻔한데요."

조용히 얘기를 듣던 내가 불쑥 물었다.

"크루 벙크에는 무슨 일로 갔죠?"

"어, 거기 안 갔는데요?"

떨리는 그의 목소리가 거짓말이라는 것을 대놓고 드러냈다. 나는 창욱이 아까부터 숨기고 있던 한쪽 팔을 거칠게 움켜잡았다. 그러고는 단추가 떨어져 나간 재킷 소매에 쥐고 있던 단추를 갖다 댔다. 그러자 창욱의 얼굴이 사색이 되었다.

"그럼 이게 왜 거기 있는 거죠?"

붙잡힌 소매를 뿌리친 창욱이 갤리 밖으로 도망치려고 들었다. 나는 목을 낚아채고는 바닥에 넘어뜨리면서 팔꿈치로 창욱의 머리를 내리찍었다. 좁은 공간에서의 기묘한 난투극은 창욱의 자백과 함께 끝났다.

"크루 벙크에 갔었어요. 갔다고요."

"거기서 무슨 짓을 한 거야?"

"바지 단추가 떨어져서 갈아입으러 간 겁니다. 근데 윤희 씨가 갑자기 들어오는 바람에 그냥 나왔다고요."

"거짓말하지 마!"

그러자 창욱이 나에게 바지의 단추가 떨어져 나간 것을 보여 주며 하소연했다.

"정말입니다. 그냥 올라오는 소리에 서둘러 바지를 다시 입다가 딱 마주친 겁니다. 아무 짓도 안 했어요."

막상 눈앞에서 창욱의 하소연을 듣자 혼란이 찾아왔다. 잠시 흔들리던 마음을 다잡고 재차 물었다.

"그럼 이 단추는 알아서 떨어진 거야?"

"그, 그건."

창욱은 단추를 보면서 숨을 삼켰다. 나는 어서 자백하라고 눈빛으로 재촉했다. 그러자 체념한 표정을 지은 창욱이 뜻밖의 얘기를 털어놨다. 어이가 없어진 내가 쏘아보자 창욱이 떨리는 목소리로 말했다.

"사실입니다."

어찌할까 고민하던 나는 멱살을 잡은 손을 풀면서 말했다.

"앞장서."

그러자 옷매무새를 가다듬은 창욱이 갤리 밖으로 나갔다. 그가 데려간 곳은 이코노미 클래스 중간에 있는 좌석이었다. 화장품과 가방 샘플이 가득 실린 카트를 끌던 수현이 뭐 하는 짓이냐는 눈빛을 던졌지만 모른 척했다. 헤드폰을 끼고 퍼스널 텔레비전을 보던 노란 트레이닝복의 그녀는 앞으로 다가온 우리들을 물끄러미 바라봤다. 창욱이 파랗게 질린 얼굴로 말했다.

"이, 이 손님입니다."

나는 어이가 없다는 눈길로 물었다.

"이 손님이 가지고 있다고?"

"하도 받고 싶다고 졸라서요."

주저하는 창욱을 옆으로 밀친 나는 한쪽 무릎을 꿇고 그녀와 눈높이를 맞췄다. 짧은 숏커트를 한 여자 승객은 헤드폰을 벗어서 통통한 무릎 위에 올려놨다.

"아저씨 사무장 맞죠? 어쩐지 포스가 달라 보이네요."

"맞습니다. 혹시 여기 이 승무원한테 단추를 선물 받으셨습니까?"

"뒤쪽 갤리를 구경시켜 주면 대답해 드리죠."

잠깐 고민하던 나는 고개를 끄덕거렸다. 헤드폰 줄을 잭에서 뽑아서 둘둘 만 그녀가 자리에서 일어났다. 후방 갤리까지 걸어간 그녀가 한 손으로 커튼을 쥐고는 뒤돌아봤다. 어깨 너머로 갤리에 아무도 없다는 걸 확인한 내가 손을 뻗어서 커튼을 더 열어젖혔다. 그녀는 호기심 어린 눈길로 갤리 여기저기를 둘러봤다.

"이게 밀 카트인가요? 여기에 음식 넣어서 오븐에 넣는 거 맞죠? 여기 컴파운드에는 술안주랑 잡동사니들이 들어가고요. 여기에서 라면도 끓여 먹는다고 하던데요?"

"잘 아는군요. 승무원인가요?"

"승무원 지망생입니다. 사무장님."

휙 돌아선 그녀가 어설픈 경례를 하면서 웃었다.

"좋아요. 지망생. 이름이 뭐죠?"

"송진주라고 합니다."

승무원 지망생이라면 얘기가 쉽게 통할지도 모른다는 생각에 속으로 안도의 한숨을 쉬었다.

"아까 그 스튜어드한테 유니폼 단추를 선물 받았나요?"

"네."

"볼 수 있을까요?"

"다른 승무원들이 면세품을 판매 중인 걸 쳐다보지도 않던데 무슨 일이에요?"

"몰라도 됩니다. 그냥 단추가 있는지 보여 주세요."

"이봐요. 난 승객이고 당신은 승무원이라고요. 감히 나한테 이래라 저래라 할 수 있는 거예요?"

나는 손을 뻗어서 밖으로 나가려는 그녀를 가로막았다.

"중요한 범죄행위가 발생했습니다. 제가 보여 달라고 한 단추는 그 사건을 해결하는 중요한 열쇠고 말입니다."

신경질적이던 그녀는 내 얘기를 듣더니 어깨를 으쓱거렸다.

"아까 화장실에서 변기에 빠뜨렸어요."

의심이 들긴 했지만 일단 계속 물어보기로 했다.

"근데 왜 그런 걸 모으죠?"

내 물음에 그녀는 이마를 찌푸리면서 대꾸했다.

"부적이죠. 나보다 못생기고 공부도 못하는 것들은 잘만 붙던데 나만 계속 떨어지잖아요. 그래서 시험에 붙은 학원 동기한테 물어보니까 현직에 있는 승무원들 물건을 가지고 있으면 시험을 잘 본다고 해서요."

"그래서 달라고 부탁한 건가요?"

"네, 그 대신 서울에서 데이트하기로 했어요."

"단추는 어디서 받았죠?"

"제 자리에서요."

"시간 혹시 기억해요?"

"앤드루 어쩌고 하는 기장이 안내방송을 한 다음이었어요."

22시 40분, 나는 속으로 중얼거렸다. 윤희의 휴식시간은 22시 30분부터였고, 내가 크루 벙크에 올라간 시간은 22시 50분이 조금 넘은 시간이었다. 나는 머릿속으로 승무원 지망생의 좌석과 창욱이 있던 허니문 시트, 그리고 크루 벙크까지의 거리를 따져 보고는 고개를 저었다. 창욱이 크루 벙크에서 윤희를 죽이고 내가 서 있는 통로를 몰래 지나쳐서 허니문 시트가 있는 자기 위치로 돌아가는 건 불가능했다. 그 시간 내내 통로 중간에 내가 서 있었고, 다른 승무원들도 있었기 때문에 1팀에 속한 그가 크루 벙크가 있는 여객기의 후방까지 간다면 다른 사람의 눈에 띄지 않을 리 없었다. 벽에 부딪혔다는 생각에 나도 모르게 한숨이 나왔다. 그러다 송진주의 의아해하는 눈과 마주쳤다. 나는 허리를 펴고 말했다.

"자리에 돌아가도 좋습니다. 얌전히 앉아 있으면 내리기 전에 부적으로 쓸 만한 걸 넘겨주죠."

"좋아요."

알 수 없는 미소를 지어 보인 그녀가 갤리의 커튼을 젖혔다. 밖에서 기다리고 있던 소음들이 한꺼번에 밀려들었다. 땀에 젖은 얼굴로 기다리고 있던 창욱에게 가서 일하라는 손짓을 했다. 이제 다른 사람을 찾아야만 했다. 누구를 먼저 확인할까 고민하던 중에 소름 끼치는 사실 하나를 깨달았다. 무심코 소매를 더듬다가 내 재킷 소매에서도 단추가 하나 떨어져 나간 것을 알아챈 것이다. 언제 떨어져 나간 것인지 기억을 더듬어 봤지만 생각이 나지 않았다.

"맙소사."

누군가 윤희를 죽이고 시체를 캐비닛에 숨긴 다음에 눈에 띄지 않는 침대 바닥에 내 재킷 소매에서 떼어 낸 단추를 던져 놓은 것이다. 생각보다 깊은 함정에 빠졌다는 생각에 갑자기 주변이 어두워졌다. 어서 진범을 찾아야만 했다. 필사적으로 생각하는 가운데 생각지도 못한 사람이 한 명 떠올랐다. 마음을 진정시킨 다음 갤리 밖으로 나갔다.

3

"잠깐만, 22시 30분 이후에 어디 있었죠?"

이코노미 클래스의 중앙 갤리에서 만난 윤희의 동기인 미애는 질문을 받고는 고개를 갸우뚱거리다가 대답했다.

"저요? 드링크 서비스 끝내고 갤리에서 정리 중이었는데요."

"누구랑 같이 있었나요?"

머뭇거리던 미애는 한쪽 눈을 찡그리며 기억을 더듬었다.

"윤희랑요. 드링크 서비스 끝나고 갤리 오븐에서 음식 데우고 있었는데 갑자기 아프다고 하면서 앞치마 벗더니 인터폰으로 사무장님에게 전화를 해서 쉬고 싶다고 하고는 허락을 받았다면서 크루 벙크로 가 버렸어요."

아까 인터폰으로 그녀의 연락을 받았을 때를 떠올렸다. 윤희는 건조한 목소리로 몸이 갑자기 아파서 크루 벙크로 가서 쉬고 싶다고 말했다. 그 전에 이미 약속한 대로 나는 휴식을 허락했다. 그러자 그녀가 한숨을 쉬면서 낮은 목소리로 속삭였다.

"꼭 오세요."

"알았어."

그때 들은 것이 그녀의 마지막 목소리였다. 그녀는 대체 무슨 얘기를 하려고 했던 것일까? 내가 생각에 잠겨 있는 사이 미애가 계속 얘기를 했다.

"아파 보이기는 했는데 밀 서비스가 끝나기도 전이라 바로 인터폰으로 후방 갤리에 있는 수현 선배한테 보고했어요."

"드링크 서비스 끝나고 밀 서비스 나가기 전이군. 좀 지나서 기장 안내방송이 나왔지?"

그녀는 대답 대신 고개를 끄덕거렸다. 그렇다면 기장의 안내방송이 나온 것은 22시 35분에서 40분 사이였다. 그녀가 내게 할 얘기가 있으니까 크루 벙크에서 기다리겠다고 해서 휴식을 허락한 시간이었다.

"그 후에는 갤리에서 혼자 정리하고 있었나요?"

"아뇨. 수현 선배한테 손이 모자란다고 하니까 조금 있다가 은주가 왔어요. 그때부터 방금 전까지 쭉 함께 일했고요. 그리고 아까 수현 선배가 찾아와서 무슨 일이냐고 물었어요. 그래서 들은 대로 얘기했죠."

실마리가 점점 풀려 간다는 생각에 심장이 두근거려 왔다. 나는 떨리는 가슴을 진정시키며 물었다.

"그러니까 수현 씨가 뭐라고 하던가요?"

"'뭐 내가 알아볼게.'라고 했어요."

"그럼 수현 씨가 바로 크루 벙크로 갔나요?"

"모르겠어요. 은주가 실수를 자꾸 해서 거기 신경 쓰느라 정신이 없었거든요."

"혹시 선영 씨는 뭐 하는지 못 봤어요?"

"기장 안내방송 나오기 직전에 사무장님이랑 같이 있었잖아요. 그러다가 사무장님이 자리를 뜨고 비즈니스 쪽 손님이 클레임을 걸어서 처리하러 간다고 한 다음부터는 못 봤어요."

머릿속에서 용의자들이 차례대로 지워져 갔다. 선영은 윤희가 크루 벙크로 갈 때부터 내가 그곳으로 갈 때까지 내내 나와 함께 있었다. 그러다 여객기 앞쪽인 비즈니스 쪽으로 넘어갔다면 그 시간에는 절대로 크루 벙크에 오지 못했다. 미애와 은주는 밀 서비스 중이었으니까 빠져나갈 틈이 없었고, 수현은 내가 크루 벙크에 도착하고 5분 후에 나타났다. 내가 이코노미 클래스의 통로를 거쳐 가는 동안 수현을 보지 못했으니까 적어도 살인 현장인 크루 벙크에 있을 수는 없었다. 이런저런 생각을 하느라 그랬는지 머리가 지끈거려왔다. 나는 한 손으로 관자놀이를 꾹 누른 채 대답했다.

"알았어요."

"어디 아프세요? 땀을 너무 많이 흘리시는데요."

나는 괜찮다고 하고 돌아섰다. 물론 괜찮지는 않았다. 머리가 지끈거리다 못해 터질 지경이었다. 통로 중간에서 만난 은주는 미애의 말을 확인해 줬다.

"화장실 청소하고 있는데 수현 선배가 밀 서비스를 도와주라고 해서 바로 이코노미 중앙 갤리로 갔어요."

머릿속에 복잡한 그림이 그려졌다. 가장 유력한 용의자였던 창욱부터, 섹션 리더인 수현, 죽은 윤희와 동기인 미애, 그리고 막내 은주와 또 다른 승무원 선영까지 모두 자기 일에 정신이 없었고, 누군가 봤거나 혹은 그 시간에 크루 벙크에 있는 것은 불가능했다. 그녀의 얘기까지 듣고는 후방 갤리로 갔다. 그리고 주머니에 넣어 둔 스마트폰을 꺼내서 통화 버튼을 눌렀다. 준혁은 대기라도 하고 있었는지 두 번째 신호음이 울리기도 전에 받았다.

"또 전화 올 줄 알았다."

거드름을 피우는 목소리가 짜증이 났지만 어쩔 수 없었다.

"막혔다. 좀 도와줘."

"얘기해 봐."

"시키는 대로 알리바이를 교차해서 확인해 봤는데 도통 모르겠어."

"몇 명 걸러 냈는데?"

"총 다섯 명, 모두 알리바이가 있어."

"그럼 네가 범인이네."

장난스러운 얘기에 울컥했지만 애써 참고 말했다.

"장난칠 기분 아니야."

"미안, 어떻게 알리바이를 확인했는지 얘기해 봐."

"그러니까 두 명씩 서로 알리바이를 교차해서 확인해 줬고, 한 명은 승객이 확인해 줬어."

얘기를 들은 준혁이 아무 말이 없자 초조해지기 시작했다. 잠시 후, 준혁의 목소리가 스마트폰을 통해 흘러나왔다.

"혹시 모르니까 알리바이를 확인해 준 사람을 확인해 봐. 서로 짜고 알리바이를 만들어 준 것일 수도 있으니까 말이야. 그리고 혹시 사건 발생 이후에 현장에 온 사람 있었어?"

"그건 왜?"

"범죄자는 항상 현장에 다시 돌아오는 법이거든."

그것도 모르느냐는 듯 비아냥거리는 말투가 거슬렸지만 일단은 아쉬웠기 때문에 차분하게 대꾸했다.

"알았어. 참고할게."

"머리를 잘 굴려 봐. 그럼 수고하셔."

통화를 끝낸 스마트폰은 손바닥에서 흘러나온 땀에 흠뻑 젖은 상태였다. 통화를 끝내고 범죄자는 항상 현장에 다시 돌아오는 법이라는 말을 곱씹었다. 윤희의 시신을 발견한 직후 수현이 찾아오는 바람에 하마터면 들킬 뻔했다. 그러고 보니 그녀가 굳이 크루 벙크까지 올 이유는 없었다. 인터폰으로 확인해도 됐고, 아니면 휴식을 허락한 나에게 물어봐도 될 문제였기 때문이다. 무엇보다 처음 들어왔을 때 수현의 말투에서 실망감이 묻어났던 것 같다. 준혁이 녀석 말대로 현장으로 돌아온 건가? 일단 크루 벙크로 누가 올라가는 돌발 사태를 막아야만 했다. 이코노미 클래스의 후방 갤리 쪽 통로에 서서 앞쪽을 쳐다보는데 승무원 한 명이 종종걸음으로 다가오는 게 보였다. 윤희의 후배인 선영이었다.

"어디 가?"

"크루 벙크요. 머리가 아파서 두통약을 먹으려고요."

심장이 철렁 내려앉았다.

"좀 참지그래."

"그러려고 했는데, 오늘따라 머리가 너무 아픈데요."

"미애 씨가 아스피린 가지고 있을 거야."

"제 약이 더 효과가 좋아요."

나는 옆으로 비켜 가려는 선영의 앞을 가로막았다. 어떻게든 들어가지 못하게 막아야만 했다. 급한 대로 거짓말을 하기로 했다.

"문제가 좀 생겨서 크루 벙크를 폐쇄했어."

"네? 그게 무슨 말씀이세요?"

눈을 동그랗게 뜬 선영이 물었다. 나는 침을 꿀꺽 삼키고는 입을 열었다.

"창욱 씨가 윤희 씨를 성추행한 것 같아. 지금 심한 충격을 받아서 안정이 필요해."

"어머나."

"모른 척하도록 해. 창욱 씨가 기내에서 난동을 부릴 수도 있으니까 말이야."

그녀가 내 말을 믿었는지 진지한 표정으로 물었다.

"제가 들어가서 같이 있어 줄까요?"

"옆에 누가 있으면 몹시 겁을 냈어. 아무한테도 얘기하지 마. 근데 아까 22시 40분쯤에 어디 있었어?"

"비즈니스에 있었어요. 홍콩 아줌마가 자꾸 의자가 불편하다고 해서요. 창욱 씨는 어, 아마 허니문 시트 쪽에 문제가 생겼다고 가는 걸 보긴 봤어요."

"알았어요."

"네. 수현 선배가 중앙 갤리에서 잠깐 보자고 하시던데요."

간신히 위기를 넘기고, 남은 세 명에 대해서 생각했다. 섹션 리더 역할을 맡은 수현과 죽은 윤희의 동기인 미애, 후배인 선영은 안내방송 이후 그가 보이는 곳에 있었다. 막내 은주는 이번 비행에서 처음으로 윤희를 만났다. 이들 중에 범인이 있는 게 확실한데 다들 알리바이가 있거나 살인을 저지를 이유가 없었다. 고민을 거듭하다가 다시 시간을 봤다. 벌써 20분이 지났다. 다 포기하고 털어놓자는 유혹이 불현듯 치밀어 올랐다. 하지만 진실을 인정받기 위해선 너무 많은 벽을 넘어야만 했다. 사무장과 승무원이 단둘이 크루 벙크에서 뭘 하고 있었을까? 걔 이혼남이라지. 선물도 팍팍 뿌리고 말이야. 뒤죽박죽된 생각 때문에 열이 잔뜩 오른 머리가 부서질 것 같았다.

"젠장, 막막하군. 머리를 쓰라고?"

돌파구를 찾기 위해 생각을 집중해 보려고 노력했다. 땀에 젖은 셔츠가 갑옷처럼 묵직하게 어깨를 짓눌렀다. 통로를 걸어서 중앙 갤리 쪽으로 가자 기다리고 있던 수현이 고개를 내밀고 바라봤다. 그리고 내가 들어서자마자 커튼을 닫았다.

"무슨 일이죠?"

"윤희 때문에 상의드릴 일이 있어서요."

"왜?"

잔뜩 긴장한 목에서 갈라진 목소리가 나왔다.

"정말 아무 문제 없는 거죠?"

"무슨 문제?"

"비행 전 미팅 끝나고 나한테 두 사람이 원하는 대로 해 주지 않을 거라고 했어요."

"뭐?"

머릿속이 하얗게 변해 버렸다. 침착함을 유지하려고 애쓰는데 수현이 말했다.

"무슨 소리냐고 물으니까 곧 알게 될 거라고 하면서 가 버렸어요."

머릿속에 심장이 들어 있는 것처럼 관자놀이가 쿵쿵 뛰었다. 한꺼번에 흘러내린 땀이 이마로 빠져나오기 직전 겨우 손으로 가렸다.

"걔가 신입 사원 시절부터 사무장님 좋아했던 걸로 유명했잖아요. 그런데 아까 윤희만 따로 휴식시간을 주고 좀 있다가 당신도 올라가는 거 보고 좀 걱정했어요."

나는 그녀의 어깨에 손을 올리면서 말했다.

"그래서 올라왔던 거군."

"미안해요."

"걔와는 아무 사이도 아니야. 나 믿지."

"그럼요."

내 필살기인 부드러운 눈빛에 그녀가 순순히 고개를 끄덕거렸다.

"근데 크루 벙크에서 무슨 얘기 했어요?"

"나한테 할 얘기가 있다고 해서 시간을 쪼개 줬는데 막상 올라가니까 그냥 자고 있었어."

"그래요? 내리면 따끔하게 혼내 줘도 되죠?"

"그거야 섹션 리더 몫이지."

위기를 넘겼다는 생각에 미소가 흘러넘쳤다. 그러자 수현이 내 턱에 묻은 땀을 손가락으로 닦아 내면서 말했다.

"내가 비행기에서 그렇게 웃지 말라고 그랬잖아요. 다들 홀딱 넘어간다니까요."

나는 살짝 눈을 흘기는 수현의 엉덩이를 토닥거렸다. 슬림한 몸매의 소유자였지만 엉덩이 하나만은 일품이었다. 수현은 내 말을 완전히 믿었는지 의심을 거둔 눈치였다. 어쨌든 위기를 넘기고 얘기를 끝낸 나는 커튼을 젖히고 바깥으로 나오면서 슬쩍 물었다.

"근데 아까 기장 안내방송 나올 때 어디 있었어?"

"여기에서 드링크 서비스 나가는 거 지켜봤어요."

"그랬군."

커튼을 닫고 밖으로 나온 내 가슴은 싸늘하게 얼어붙었다. 거짓말이었다. 여기에서 미애에게 보고를 받고 크루 벙크로 그렇게 빨리 올 수는 없었다. 후방 갤리로 가는 도중 어떻게 하면 그녀의 말을 확인할 수 있는지 방법이 떠올랐다. 정확하게는 누군가를 떠올린 것이다. 후방 갤리로 가서 기념품 상자를 뒤진 다음 적당한 걸 찾아냈다. 그걸 가지고 수현의 거짓말을 확인해 줄 만한 증인을 찾아갔다.

4

"이게 뭐예요?"

노란색 트레이닝복 차림의 송진주는 내가 건네준 작은 비행기 모양의 탁상시계를 만지작거리며 물었다.

"예전에 나왔던 기념품입니다. 희귀한 거라 부적으로는 안성맞춤이죠."

송진주는 탁상시계를 무릎에 올려놓은 채 나를 올려다봤다.

"원하는 게 뭐예요? 데이트라면 이런 거 안 줘도 해 드릴 수 있는데요."

"비행 내내 여기에서 지나가는 승무원들을 관찰했죠?"

내 물음에 그녀가 고개를 끄덕거렸다.

"네."

"그럼 아까 기장 안내방송이 나올 때쯤 뒤쪽으로 간 승무원들이 누군지 얘기해 줄 수 있어요? 카트 끈 승무원 말고."

"아까 얘기한 그 중대한 범죄행위와 연관이 있는 건가요?"

눈치 하나는 기가 막히게 빠르다고 속으로 생각하면서 짧게 대답했다.

"아마도."

"좋아요. 키 크고 창백한 얼굴을 한 스튜어디스 한 명이 인상을 쓰면서 뒤로 갔어요. 그리고 기장 안내방송이 나온 이후에 좀 있다가 나이 든 스튜어디스 한 명이 갔고요. 그다음은 사무장님이고요."

송진주의 얘기를 들으면서 나도 모르게 침을 꿀꺽 삼켰다. 애써 태연한 표정을 지으며 한쪽 손으로 오른쪽 가슴을 가리켰다.

"두 번째로 본 승무원이 혹시 붉은색 상의에 오른쪽에 윙을 달았나요?"

"네."

"혹시 반대로 나간 승무원은 못 봤나요? 당신이 나한테 난기류에 대해서 물어보기 전까지요."

그녀는 고개를 저으면서 대답했다.

"아뇨. 그다음에는 영화 보고 있었고, 아까 데리고 온 남자 승무원한테 부적을 달라고 얘기하는 바람에 누가 오가는지 신경을 못 썼어요. 이 정도면 도움이 되었나요?"

"많은 도움이 되었네요."

후방 갤리로 가면서 차곡차곡 생각을 정리했다. 윤희가 먼저 가고, 뒤따라 수현이 크루 벙크로 갔다. 시간상이나 위치상으로 봐도 미애에게 보고를 받고 움직였다고 보기에는 너무 일렀다. 그렇게 생각하면 살인의 이유도 충분했다. 나와 수현의 관계를 눈치챈 윤희가 크루 벙크로 수현을 불러서 관계를 폭로했을 수도 있다. 아마 나를 부른 건 삼자대면을 하려고 했던 것 같다. 안 그래도 수현과의 관계를 의심한 윤희가 몇 번이고 캐물은 적이 있었지만 그때마다 발뺌을 하곤 했었다. 하지만 크루 벙크에서 삼자대면을 하면 내가 피할 수 없다는 것을 계산에 넣은 모양이었다. 윤희의 얘기를 듣고 격분한 수현이 케이블 타이로 그녀의 목을 조르고 나서 캐비닛에 시신을 숨기는 모습을 떠올려 봤다. 한 가지 문제는 내가 크루 벙크로 갔을 때 수현이 그곳에 없었다는 점이다. 통로를 쭉 걸으면서 몸을 숨길 만한 곳을 찾아봤지만 그런 곳이 있을 리가 없었다. 그러다 후방 갤리에 붙어 있는 화장실 앞에서 걸음을 멈췄다.

"여기라면."

크루 벙크에서 윤희를 죽이고 시신을 캐비닛에 숨긴 수현이 계단을 내려오다가 통로를 걸어오는 나를 봤다면 여기 여자 화장실에 숨을 수 있었다. 그리고 내가 계단을 올라간 후에 문을 열고 나와서 크루 벙크로 뒤따라 올라왔다면 모든 것이 맞아떨어졌다.

"시체와 함께 있는 나를 보고 목격자 노릇을 하려고 했군. 이 단추도 던져 놓고 말이야."

쓸쓸하게 웃은 나는 단추가 하나 사라진 소매 끝을 만지작거렸다. 살인자는 찾아낸 것 같은데 그다음이 문제였다. 내 추측만 있을 뿐 그녀가 살인자라는 명백한 증거도 없었다. 그렇다고 수현이 순순히 자백할 리도 없었다. 시간과 기회가 있었다고 해도 살인의 이유로 삼각관계는 너무 약했다. 차라리 머리를 쥐어뜯고 싸웠다면 모를까 살인이라니, 너무 터무니없었다. 고민을 하다가 시계를 슬쩍 보니까 이제 25분 정도밖에 안 남았다. 다시 스마트폰으로 준혁에게 전화를 걸었다.

"왜? 또 막혔어?"

"범인은 찾은 것 같은데 어떻게 자백을 받지?"

"범인이 확실해?"

준혁의 물음에 고개를 끄덕거리며 대답했다.

"그런 것 같아."

"그러면 조용한 데 불러다가 압박을 해."

"압박?"

"그래, 「CSI」 보면 증거를 가지고 자백하게끔 압박하잖아."

"말이 쉽지."라는 얘기가 입가에 맴돌았지만 한시가 급했다. 나는 스마트폰에 대고 물었다.

"어떻게?"

"증거를 들이밀고 자백하라고 하는 거야. 그러면 조용히 처리해 주겠다고 말이야. 그럼 범행이 들통 났다는 충격에 쉽게 자백을 해."

"말이 쉽지. 알았다."

"비행기 안에서 도난 사고라니 재미있는데? 해결되면 나한테 좀 알려 줘. 추리소설 소재로 딱이겠다."

알겠다고 대답하고 전화를 끊은 나는 숨을 깊게 들이마시고 크루 벙크로 향하는 계단으로 올라갔다. 그러고는 윤희의 시신을 담요로 둘둘 말아서 캐비닛에 쑤셔 넣었다. 억지로 문을 닫는데 윤희가 오른손에 쥐고 있던 게 바닥에 떨어졌다. 일단 문을 닫은 다음 바닥에 떨어진 것을 집어 들었다. 임신 테스트기였다.

"맙소사!"

뜻밖의 물건을 보고 놀랐다가 지난번 발리의 클럽에서 윤희가 했던 말이 떠올랐다.

"나한테는 당신을 사로잡을 무기가 있다고요."

나는 배시시 웃는 그녀에게 물었다.

"그게 뭔데?"

그러자 그녀는 말없이 웃으면서 코로나를 마셨다.

"젠장."

윤희의 시신이 누워 있던 침대에 털썩 걸터앉아서 머리를 쥐어뜯었다. 머릿속으로 살인의 순간이 그려졌다. 윤희가 임신 테스트기를 수현에게 들이미는 모습이 시작이었다. 윤희의 얼굴에 깃든 승리자의 표정을 보고 격분한 수현은 이성을 잃고 가지고 있던 케이블 타이로 그녀의 목을 졸라 버렸을 것이다. 그런 다음 시신을 캐비닛에 숨기고 서둘러 크루 벙크 밖으로 나가는 수현의 모습이 눈앞에 펼쳐졌다. 이제 마무리를 할 시간이었다. 가까스로 정신을 차리고는 수현에게 크루 벙크로 오라는 문자를 날렸다. 잠시 후 계단을 밟는 소리가 들렸다. 문을 열고 들어온 그녀는 침대에 걸터앉아 있던 나를 보고는 활짝 미소를 지었다가 손에 든 테스트기를 보고는 표정이 굳어버렸다. 나는 테스트기를 움켜쥔 채 물었다.

"윤희가 내 아이를 임신했다고 했어?"

"아, 아니."

"그래서 화가 나서 죽인 거야?"

"죽였다니? 죽고 싶은 건 나였어. 그 테스트기 내 거야."

그녀의 말을 듣고 놀란 나머지 할 말을 잊었다. 내게 다가온 수현이 임신 테스트기를 낚아챘다.

"자기 모르게 걔가 얼마나 나를 들볶았는지 알아? 아까도 제멋대로 크루 벙크에서 할 얘기가 있다고 해서 부르더니 지난번에 발리에서 나 몰래 둘이 클럽에 놀러 갔다고 하더라. 그리고 화장실에서 관계를 맺었다고 그러더라. 두 번이나 말이야. 그래서 떼어 내려고 이걸 보여 줬어."

넋이 나간 나는 부들부들 떨고 있는 그녀에게 물었다.

"진짜 임신한 거야?"

"아니, 우리 언니 거야. 이렇게 하면 떨어뜨릴 것 같아서. 그런데 가방을 보여 주더라고."

"가방?"

"그래, 자기가 사 줬다는 그 루이뷔통 가방 말이야. 나한테 사 준 거랑 똑같은 거. 그래서 더 말하지 못하고 내려왔어."

그녀는 생각만 해도 분하다는 표정으로 말을 이어 갔다. 하마터면 엉뚱한 사람을 범인으로 몰 뻔했다는 생각에 심장이 터져 나갈 것 같았다. 가까스로 진정하고는 입을 열었다.

"내가 오기 직전이었군. 내가 오는 걸 보고 화장실에 숨은 거야?"

"아니, 속상해서 화장실에 들어가서 울었어. 나가려고 했는데 자기가 올라가는 소리가 들려서 무슨 얘길 하는지 궁금해서 뒤따라간 거야. 그런데 무슨 얘기야? 죽었다는 게?"

수현의 물음에 나는 얼른 캐비닛 앞을 가로막은 채 대꾸했다.

"아, 아냐. 나한테 죽고 싶다고 자살 소동을 벌여서 일단 허니문 시트에서 쉬라고 했어."

"저런."

"나한테는 자기가 자꾸 괴롭혀서 못살겠다고 해서 따로 얘기를 들어 보려고 한 거지."

수현이 눈을 가늘게 뜨고 노려보면서 물었다.

"그 얘길 정말 믿은 거야?"

"설마, 무시하면 자꾸 얘기가 새어 나갈 것 같아서 그런 거야."

나는 그녀의 어깨를 다정하게 끌어안으며 대답했다. 억지로 캐비닛에 욱여넣은 시체가 언제 튕겨 나올지 몰라 심장이 터질 것만 같았다. 일단 수현을 크루 벙크 밖으로 데리고 나가기로 했다. 한 손으로 그녀의 어깨를 감싸 쥔 채 다른 한 손으로 크루 벙크의 문을 열었다.

"비행 끝날 때까지 쉬라고 했으니까 자기도 모른 척해. 알았지."

나는 그녀와 함께 계단을 내려가면서 속으로 남은 시간을 떠올려 봤다. 아무리 많게 잡아도 15분? 어떻게 할지 고민하고 있는데 앞장서서 계단을 내려가던 수현이 물었다.

"참, 그 가방은 뭐야?"

"지난주가 개가 우리 팀 된 지 1년째 된 날이잖아. 우리 팀 전통 알면서."

"하여튼 돈도 많아. 생일이다, 1주년이다, 툭하면 핸드백 사 주고 말이야. 나랑 결혼하면 그런 거 국물도 없다."

"당연하지."

웃으며 얘기하는 내내 수현의 말이 진실인지 머릿속으로 정리해 봤다. 일단 믿고 싶었다. 나랑 결혼하는 게 꿈인 그녀가 내 운명을 그렇게 나락으로 몰고 갈 일을 저지르지는 않았을 것이라는 믿음 때문이었다. 후방 갤리의 커튼을 열고 통로를 걷는 내내 생각에 잠겼다. 그럼 그녀가 아니라면 진짜 범인은 누구일까? 다시 머릿속으로 윤희의 죽음과 관련된 시간들을 맞춰 봤다. 22시 30분에서 35분 사이에 윤희가 내게 크루 벙크에서 쉬고 싶다고 인터폰을 했다. 그 이후 윤희는 35분쯤에 크루 벙크에 도착했을 것이다. 그리고 중간에 기장의 안내방송이 40분쯤 있었고, 내가 도착한 시간은 51분 이후였다. 송진주는 그사이에 여객기 후방으로 간 것은 윤희와 수현, 그리고 나밖에는 없었다고 말했다. 미애와 은주는 한 팀이 돼서 밀 서비스 준비 중이었고, 창욱은 비즈니스 클래스의 허니문 시트에 있는 인도 승객을 쫓아내는 중이었다. 의심스럽긴 했지만 수현 역시 윤희가 죽기 전에 크루 벙크에서 나왔다. 시간의 틈바구니에서 벌어진 살인을 찾아야만 했다. 그러다 문득 교차 검증하라는 준혁의 말이 떠올랐다.

"아까 크루 벙크로 갔을 때 이상한 점 없었어?"

"별다른 건 없었고, 아, 노란 트레이닝복을 입은 승객이 후방 갤리 쪽에 있었어."

"뭐라고?"

나는 고개를 돌려 방금 지나쳐 온 송진주를 쳐다봤다. 이어폰을 귀에 꽂은 그녀가 고개를 까닥거리는 모습이 보였다.

"저 승객?"

수현이 고개를 끄덕거리면서 대답했다.

"맞아."

"언제?"

"윤희 만나고 내려왔을 때, 뭐 하느냐고 물어보니까 화장실 찾는 다고 하더라고. 좀 이상했어. 그 전에도 호출 버튼을 눌러서 꼭 윤희를 불러 달라고 해서 이것저것 얘기하던데. 얘기를 듣던 윤희는 짜증을 냈고 말이야."

나는 걸음을 멈추고 그녀를 봤다. 그리고 수현에게 계속 물었다.

"그다음은?"

"모르겠어. 화장실에서 우느라고."

"안에서는 얼마나 있었어?"

"화장까지 고쳤으니까 한 10분?"

"그리고 나오다가 날 보고 다시 화장실로 들어간 거군."

수현은 대답 대신 고개를 끄덕거렸다. 그 10분 사이에 살인이 벌어졌고, 뜻밖의 용의자가 수면 위로 떠오른 것이다. 비행기 승무원 지망생이었고, 학원까지 다녔다면 비행기 내부 구조나 크루 벙크에 대해서도 알고 있었을 것이다. 나는 한 손으로 머리를 감싸 쥐면서 신음 소리를 냈다. 그러자 수현이 걱정스러운 표정으로 물었다.

"괜찮아?"

"이것저것 신경을 썼더니 머리가 좀 아프네. 미안한데 면세품 파는 것 좀 마무리해 줘. 난 크루 벙크에 가서 좀 쉬었다가 나올게."

"알았어."

수현과 헤어지고 곧장 크루 벙크로 돌아왔다. 이제 남은 시간은 아무리 넉넉하게 잡아도 10분 정도였다. 떨리는 손으로 캐비닛을 열고 윤희의 가방 속에서 스마트폰을 꺼냈다. 패턴으로 잠그는 장치가 있었지만 오랫동안 쓴 탓에 액정에 희미한 흔적이 보였다. 그 흔적대로 U자 모양으로 패턴을 그리자 잠금화면이 풀렸다. 통화목록과 문자 메시지를 살펴보자 짐작 가는 번호가 나왔다. 나는 그녀의 스마트폰을 손에 쥐고 크루 벙크를 내려왔다. 후방 갤리에서 송진주가 자리에 앉아 있는 걸 확인한 후 윤희의 스마트폰으로 문자를 보냈다.

— 크루 벙크에서 잠깐 봐요.

전송 버튼을 누르려고 하다가 멈췄다. 만약 그녀가 윤희를 죽인 범인이라면 그녀의 휴대폰으로 온 문자를 보면 의심할 게 뻔했기 때문이다. 시간이 없었다. 초조하게 고민하다가 다른 방식으로 접근하기로 했다. 방금 전의 문자를 지우고 새로운 내용의 문자를 보냈다.

— 윤희가 죽은 걸 알고 있다. 조용히 해결하고 싶으면 지금 당장 크루 벙크로 와라.

전송 버튼을 누르자 잠시 후 이어폰을 벗은 그녀가 휴대전화를 확인하는 모습이 보였다. 그녀가 자리에서 일어날 기미를 보이자 재빨리 후방 갤리에 있는 남자 화장실로 들어갔다. 그리고 안으로 접히는 문에 바짝 붙어서 바깥에 귀를 기울였다. 카펫이 깔린 바닥을 밟는 발소리가 다가왔다가 계단을 밟는 소리로 변했다. 발소리가 멀어지는 걸 확인하고는 재빨리 화장실 밖으로 나왔다. 그리고 송진주의 자리로 가서 그녀가 자리에 놓고 간 핸드백과 좌석 위의 짐칸에 넣어둔 초록색 보스턴백을 집어 들었다. 그리고 의아해하는 승객들을 뒤로한 채 중앙 갤리로 향했다. 커튼을 젖히고 안으로 들어가자 미애가 놀란 눈으로 쳐다봤다. 중앙 갤리 너머에서 면세품 판매를 마치고 크루 벙크로 쉬러 가는 1팀 승무원들이 다가오는 게 보였다. 다급해진 나는 미애에게 핸드백을 건넸다.

"안에 있는 거 다 꺼내 봐. 빨리."

미애가 핸드백을 열고 안을 살피는 사이 보스턴백을 열고 물건들을 바닥에 쏟았다. 그렇게 쏟아진 물건 사이에서 원하는 걸 찾았다. 루이뷔통 핸드백의 지퍼를 열고 안쪽을 손으로 더듬거렸다. 노란색 케이블 타이 뭉치가 잡혔다. 나는 창욱에게 따라오라고 말하고는 곧장 크루 벙크 쪽으로 향했다. 그리고 계단을 지키라고 말하고는 혼자서 안으로 들어갔다. 창욱까지 안에 들어오면 너무 좁아질 것 같았기 때문이다. 문을 열고 들어서자 침대 곁에 서서 서성거리고 있던 송진주는 놀란 눈으로 나를 바라봤다. 그녀의 발밑에 케이블 타이 뭉치를 던졌다.

"당신 가방에서 찾은 겁니다."

파랗게 질린 그녀가 쏘아붙였다.

"함부로 승객 가방을 뒤져도 되는 건가요?"

"이런 경우는 그래도 됩니다."

나는 캐비닛 문을 활짝 열었다. 간신히 세워져 있던 윤희의 시신이 쿵 하고 바닥에 떨어졌다. 둘둘 말려진 담요 사이로 파랗게 질린 그녀의 얼굴을 본 송진주가 짧게 지른 비명이 크루 벙크 안에 울려 퍼졌다.

"죽은 승무원 목에 걸린 케이블 타이와 같은 게 당신 가방 안에 있었어요."

"그래서 내가 죽였다는 얘긴가요?"

"두 번째 증거는 이거죠."

나는 윤희의 스마트폰을 꺼내서 그녀에게 보여 줬다.

"통화목록을 조사해 보니까 비행하는 동안 당신이 계속 전화와 문자를 했더군요. 그리고 승무원에게 확인해 보니까 윤희를 계속 호출해서 이것저것 주문을 했다고 하던데요. 둘이 알던 사이 맞죠?"

그녀가 우물쭈물하는 사이 거세게 몰아붙였다.

"그런데 동기는 시험에 합격해서 당당히 승무원이 됐는데 자기는 계속 떨어지니까 질투가 났겠죠. 그래서 비행 스케줄에 맞춰서 승객으로 타면서 내내 귀찮게 했죠? 그러다가 여기서 말다툼이 벌어진 거고, 결국 케이블 타이로 목 졸라 죽인 거죠. 아닙니까?"

"케이블 타이 하나 가지고 너무 많이 상상하셨는데요?"

팔짱을 낀 그녀가 비아냥거리자 나는 비장의 무기를 꺼냈다.

"이 전리품만 아니었어도 그렇게 믿었을 겁니다."

루이뷔통 핸드백을 본 그녀의 표정이 단숨에 어두워졌다.

"이거 어디서 찾았어요?"

"당신 짐 속에서요. 친구가 죽는 와중에도 부적은 챙기고 싶었나요? 이건 내가 윤희한테 선물한 겁니다. 그런데 이게 왜 당신 보스턴 백 안에 있었던 거죠?"

그걸로 게임은 끝났다. 파랗게 질린 그녀는 침대에 털썩 주저앉았다. 그녀를 결박해 놓을 생각으로 케이블 타이를 집어 드는 순간, 송진주의 눈빛이 반짝거리는 게 보였다. 위험을 느끼고 몸을 피했지만 한발 늦고 말았다. 손목을 잡힌 상태에서 바닥에 내동댕이쳐진 몸 위로 그녀가 올라탔다. 빠져나가기 위해 몸을 움직여 봤지만 그녀의 억센 손아귀에 목이 잡히는 바람에 꼼짝도 할 수 없었다. 주말에 가끔 봤던 UFC에서 선수들이 하는 목조르기 같았다. 밖에 있는 창욱을 부르고 싶었지만 목소리도 나오지 않았다. 눈앞이 점점 하얗게 변해 가는 가운데 그녀의 목소리가 들려왔다.

"기절만 시킬 테니까 너무 겁먹지 마요."

그 얘기를 하면서 균형이 미묘하게 흔들렸다. 그 틈을 놓치지 않고 오른손을 바지 주머니에 집어넣었다. 그걸 꺼내는 데 걸리는 시간은 마치 천년같이 길게 느껴졌다. 그녀는 목을 조르고 있느라 내가 주머니에서 전기충격기를 꺼내는 걸 보지 못했다. 전기충격기가 옆구리에 닿자 그녀가 간질 환자처럼 몸을 뒤틀면서 쓰러지는 바람에 겨우 풀려났다. 쓰러진 그녀에게 전기충격기를 갖다 대서 완벽하게 제압한 후에 케이블 타이로 손과 발을 묶었다. 마지막으로 재갈을 물린 다음 침대에 눕혔다. 그리고 한숨을 돌리고 있는데 창욱이 문을 열고 안을 들여다봤다. 크루 벙크 안의 광경을 본 창욱이 조심스럽게 물었다.

"이럴 필요까지 있습니까?"

그 얘기를 들은 나는 목에 난 상처를 보여 주면서 대꾸했다.

"나도 그렇게 생각했다가 당할 뻔했어. 크루 벙크는 폐쇄할 거니까 나가 봐."

창욱이 밖으로 나가자 그때까지 지탱해 왔던 긴장감이 눈 녹듯 사라졌다. 다리에 힘이 풀리면서 침대에 기댔다. 그러다가 뒤늦게 바닥에 쓰러진 윤희의 시신이 생각났다. 나는 그녀의 시신을 들어서 조심스럽게 빈 침대의 아래 칸에 눕혔다. 그러자 맞은편에 재갈이 물린 채 누워 있던 송진주가 고개를 돌렸다. 모든 것이 끝났다는 안도감

뒤로 무거운 슬픔이 찾아왔다. 크루 벙크의 문을 닫고 힘없이 계단을 걸어 내려오다가 결국 중간에 주저앉아서 울음을 터뜨렸다. 계단 앞에 나타난 수현이 말없이 내 어깨를 토닥거렸다.

5

"……이게 여객기 안에서 벌어진 일이야."

이야기를 마친 승준은 탁자 위에 놓아둔 담배를 꺼내 불을 붙였다. 담배를 피우는 승준 때문에 쌀쌀한 가을 날씨에도 불구하고 커피숍의 테라스로 나와야 했던 준혁은 무릎 담요를 두 장이나 덮은 채 정신없이 노트북으로 타이핑을 했다. 겨우 한숨을 돌린 준혁은 뿜어져 나오는 담배 연기를 보면서 인상을 찌푸렸다.

"담배 끊었다며."

"다시 피우기 시작했어."

"하긴 그럴 만도 하지. 그래서 그 노란 트레이닝복은 경찰에 끌려간 거야?"

"응, 그리고 내 직장도 날아가 버렸어. 사흘 전에 사표 냈다."

"왜? 비행기 안에서 벌어진 살인 사건을 멋지게 해결했잖아."

의아해하는 준혁의 물음에 승준은 피식 웃었다.

"그게 말이야. 복잡한 사정이 있었어. 사표 내는 걸로 조용히 묻은 거지."

고개를 끄덕거린 준혁은 타이핑한 노트북 화면을 들여다보면서 물었다.

"이제 뭐 할 거냐?"

"잘 모르겠어. 어쨌든 지상의 중력은 내게 너무 부담스러워."

틀린 글자를 발견했는지 키보드를 두드리던 준혁이 얘기했다.

"그럼 하늘은 편해?"

승준은 빨대로 아이스커피를 한 모금 마시고는 화제를 돌렸다.

"아무튼 이걸로 소개팅 땜빵이다. 엄청 바쁜데 약속 지키려고 온 거야."

"그러셔. 대신 이 얘기는 이름 바꿔서 소설로 낸다."

"그건 알아서 해, 그런데 결말이 좀 촌스럽지 않냐?"

"그런가?"

얘기를 들은 준혁이 머리를 긁적거리며 노트북을 쳐다보는 사이 승준은 커피 전문점이 있는 골목길 입구를 슬쩍 쳐다보고는 자리에서 일어났다.

"잠깐 화장실 좀 갔다 올게."

"그래."

승준이 자리를 비운 사이 노트북을 들여다보면서 틀린 글자를 고치던 준혁은 골목길에 울려 퍼지는 시끄러운 발소리에 고개를 들었다. 그리고 무심코 중얼거렸다.

"노란 트레이닝복, 아니 송진주?"

승준이 너무나 자세하게 외모를 설명한 탓에 노란 트레이닝복은 안 입었지만 단번에 그녀를 알아볼 수 있었다.

"다, 당신 윤희 씨 살인범으로 경찰에 체포된 거 아니었어요?

그러자 송진주는 가볍게 숨을 몰아쉬면서 물었다.

"조승준 씨 어디 있어요?"

"걔는 왜요?"

"묻는 말에 대답이나 해요."

눈을 부라리며 다그치는 기세에 놀란 준혁은 커피숍 안쪽을 가리켰다.

"화장실에 간다고 들어갔어요."

그의 말이 채 끝나기도 전에 노란 트레이닝복을 뒤따라온 건장한 두 사내가 안으로 뛰어 들어갔다.

얼떨떨해진 준혁이 그녀에게 물었다.

"당신 체포된 거 아니었어요?"

노란 트레이닝복은 한숨을 쉬면서 대답 대신 경찰 신분증을 보여 줬다.

잠시 후 커피숍 테라스로 나온 두 사내가 고개를 저었다. 갈피를 못 잡은 준혁에게 그녀가 물었다.

"조승준 씨와 무슨 관계예요?"

"고등학교 동창요. 저는 추리소설가이자 김내성 탐정 클럽 회원인 민준혁이라고 합니다."

준혁이 서둘러 가방의 지퍼를 열고 집에서 직접 프린트한 명함을 보여 줬다. 그녀는 신분증도 함께 요구했다. 지갑 안에 든 주민등록증을 보여 주자 그녀가 뚫어지게 바라보다가 건네줬다. 주민등록증을 챙긴 준혁이 물었다.

"그런데 대체 무슨 일인지 설명해 줄 수 있어요?"

그러자 송진주는 테라스 난간에 기댄 채 입을 열었다.

"조승준 씨는 여자 승무원들에게 루이뷔통 같은 명품 핸드백을 자주 선물해 줬어요. 그리고 그 안에 외국에서 산 다이아몬드를 몰래 넣어 뒀죠. 그리고 귀국해 데이트하면서 자연스럽게 다이아몬드를 회수한 거죠."

"밀수를 했다는 말인가요?"

내 물음에 그녀가 고개를 끄덕거렸다.

"여자들한테 고가의 선물들을 하고, 사치스럽게 지내느라 돈이 많이 필요해서 밀수에 손을 댄 모양이에요."

고등학교 동창회 때 나타난 녀석의 옷차림과 차는 보통의 월급쟁이 수준으로는 감당할 정도가 아니었다. 고개를 절레절레 흔든 준혁에게 그녀가 계속 설명했다.

"첩보를 입수하긴 했는데 워낙 용의주도해서 단서를 잡을 수 없었죠. 그러다 죽은 정윤희 양과 접촉해서 현장을 덮치기로 한 건데 먼저 눈치를 채고 그녀를 살해한 겁니다."

"그럼 지금까지 나한테 했던 얘기는 전부 거짓말이었다는 건가요? 그러니까 범인을 찾았던 게 아니라 죽은 여자 승무원과 손잡은 경찰을 찾으려고 나한테 전화로 물어봤던 거네요."

이번에는 그녀가 준혁에게 무슨 말이냐고 물었다. 준혁은 승준이 갑자기 전화를 걸어서 비행기 안에서 도난 사고가 벌어졌는데 범인을 어떻게 찾아야 하는지 조언을 구했었다고 간단하게 설명했다. 준혁의 얘기를 들은 그녀가 한숨을 쉬면서 말했다.

"윤희 씨는 용의자를 좋아했어요. 그래서 체포되기 전에 크루 벙크로 불러서 자수하라고 설득하려고 한 거죠."

"그럼 당신이 크루 벙크에서 나온 후에 화장실에 숨어 있던 승준이가 안으로 들어가서 그 여자 승무원을 죽였군요."

그러자 그녀가 분하다는 표정으로 말했다.

"윤희 씨와 얘기를 나눈 경찰이 여객기 안에 있다는 사실을 눈치 채고 찾아 나선 거죠. 전 윤희 씨가 죽은 줄 까맣게 모르고 있다가 문자를 받고 크루 벙크로 갔었어요. 안에 없어서 기다리고 있는데 갑자기 기세등등하게 들이닥쳐서 가짜 증거를 가지고 살인범으로 모는 바람에 꼼짝 못했어요."

"녀석이 당신을 범인으로 본 것도 자기 범죄를 숨기기 위해서였군요. 그래서 케이블 타이로 손발을 묶고 재갈까지 물렸군요. 당신이 경찰인 걸 다른 승무원이나 승객이 알지 못하게 하려고 말이죠."

준혁의 얘기를 들은 그녀가 허탈하게 웃었다.

"핸드백에 있는 제 경찰 신분증까지 감추는 바람에 신분을 밝히는 데 시간이 걸렸죠. 그사이에 조승준 씨는 유유히 자기 차를 몰고 공항 밖으로 빠져나갔고요."

얘기를 마친 그녀는 자기 명함을 준혁에게 건네줬다.

"그 사람한테 연락이 오면 바로 전화 주세요."

"그러죠. 근데 연락이 올 것 같지는 않은데요."

"혹시 모르죠. 그런데 명색이 탐정이라고 하면서 얘기를 듣고 이상한 점 못 찾았어요?"

그녀의 반문에 준혁은 아무 대답도 하지 못했다. 그러자 한심한 눈으로 그를 바라본 송진주가 입을 열었다.

"내가 윤희 씨를 죽인 범인이라면 그녀 휴대전화로 온 문자를 받고 순순히 움직였겠어요? 거기다 사무장인 조승준이 전기충격기를 가지고 있었다는 대목도 이상하잖아요. 처음부터 윤희 씨와 날 제압하기 위해서 챙겼던 거라고요."

"그, 그건 그러네요."

생각지도 못한 지적에 준혁이 아무 말도 못 하자 그녀는 혀를 차면서 돌아섰다. 그러자 다른 두 사내도 뒤를 따라갔다. 준혁은 멍한 눈으로 골목길을 벗어나는 그들을 바라봤다. 테이블의 재떨이에는 여전히 승준이 피우던 담배가 연기를 뿜어내고 있었다.

15minutes

염기원

"Input your ID card."

태일은 익숙하게 셔츠 안에 있던 ID 카드를 꺼내서 튜브 옆, '투입구'라고 적혀 있는 곳에 집어넣었다. 여름이지만 손에 닿는 기계의 느낌은 서늘하다. 모니터에는 언어를 선택하라는 메시지가 출력되었다. 제일 위에 있는 'Korean'을 선택했다.

사회보장번호 #1821092-213-342134.

성명: 송태일.

나이: 36세.

성별: 남.

혈액형: A. Rh+.

몽골로이드.

국적: 대한민국.

직업: 애널리스트.

위 사항이 맞습니까?

　태일은 'YES' 버튼을 손가락으로 누른다. "잠시만 기다리십시오." 잠시는 아마도 2분이 조금 넘는 시간이 될 것이다. '숍' 안에는 태일 외에 아무런 손님이 없었다. 튜브가 다섯 개 있는 평범한 크기의 숍이다. 튜브의 문이 천천히 열리자 태일이 몸을 집어넣는다. 녹색 빛이 태일의 발끝부터 머리끝까지 천천히 비추며 훑는다. 레이저가 그의 몸을 스캔한 것이다. 15분이 지난 후 태일은 튜브에서 나와 거울을 보며 머리를 다시 손질하고는 숍 밖으로 나왔다. 숍에는 흰 가운을 입은 주인이 한가로이 신문을 보고 있을 뿐이었다.

　쇼윈도 밖의 거리는 한산하다. 가뜩이나 더운 날씨에 습도가 높아 태일은 자신도 모르게 인상을 찌푸렸다. 셔츠의 소매를 접기 시작해 롤업 스타일을 시도했으나 자꾸 풀려 내려간다. 두어 번 시도하다 잔뜩 짜증이 나 그냥 접어 올려 버렸다. 가방 안 어디엔가 있을 두통약을 꺼내려고 손을 집어넣어 만지작거린다. 합금으로 된 슈트에 자동화기로 완전무장 한 경찰이 기계적으로 순찰을 돌고 있다. 고개를 돌린 태일과 신문을 보고 있던 흰 가운을 입은 백인의 눈이 마주쳤다. 숍의 주인은 바로 태일의 친구 '토니'였다.

　드레이크 방정식의 해가 풀리는 날이 정확히 석 달 남았다는 뉴스가 속보로 방송되고 있는 오늘은 미국의 독립 기념일이다. 서기

2018년, 과학의 환상이 실현되고 또 깨어져 버린 올해는 인류 역사에 가장 중요한 역사적 시기로 평가될 것이다. 세티(SETI) 프로그램의 실패 이후 가장 관심을 끌었고 천문학적인 투자가 이루어진 프로젝트가 성공한 지 3년째 되는 해이기도 하다. 미국 내 유대인들을 중심으로 전 세계 종교인과 철학자가 로비, 테러, 심지어 '아마겟돈'이 될 뻔한 전쟁을 시도하면서까지 반대했음에도 불구하고, 결국 '위대한 인류의 불멸을 위한 프로젝트'는 성공을 거두었다. 미국 대통령은 2015년 크리스마스이브 날, 이제 인류는 불사(不死)의 존재가 될 것이란 내용을 전 세계에 선포한 바 있다.

2015년은 잔혹한 해였다. 탐사선 WINTUS는 태양의 수소 핵융합 반응의 정확한 시간을 관측하였고, 70억 년은 더 지난 후나 진행될 것으로 예상했던 태양계 붕괴가 앞당겨질 것이라는 비관적인 내용의 기사가 과학 저널 《네이처》에 실렸다. 여전히 인류가 보낸 시간과도 비교가 안 될 만큼 긴 시간이 남아 있었지만 잇따른 집단자살, 비밀결사, 학살이 자행되었다. 게다가 에볼라 바이러스의 새로운 변종은 중세의 흑사병보다 더 빨리 전 세계에 퍼져서 제3세계는 때아닌 종말론으로 혼란에 빠져 있었다. 여기에 '위대한 인류의 불멸을 위한 프로젝트'는 서방과 아시아 선진국의 과학자가 모여 오랫동안 금기되었던 인간의 육체와 정신에 대해 다룬 최후의 처방이었다.

도대체 나는 누구인가? 인간은 무엇인가? 과연 신은 있는가? 나는 선문답을 좋아하는 편이 아니다. 지루한 철학에 관심이 있는 것은 더더욱 아니다. 다만 너무도 혼란스러울 따름이다. 생명이란 무엇이고 죽음이란 무엇인가? 나는 내가 배운 대로 알 뿐이다. 신이 있다면 그가 인간을 창조했다는 것은 음모이다. 지금 나는 어렵게 구한 권총 한 자루를 들고 있다. 손끝에 와 닿는 그 차가운 금속의 느낌이 좋다. 이 녀석으로 내 머리를 쏘면 어떻게 될까? 만약에 신이 있다면 이것이야말로 그에 대한 최대의 반항이자 조롱이 될 것이다. 그렇다. 신은 없다. 우리를 태어나게 하고 목숨을 거둘 수 있는 건 이제 우리 자신들뿐이다. 두렵다. 단 한 방으로 누군가의 목숨을 가져갈 수 있는 무기가 내 손에 있는 게 두렵다. 창밖의 아무나 겨누어 본다. 종종걸음으로 지나가는 짧은 치마 아가씨, 야구 모자를 눌러쓴 청년, 지팡이를 짚고 있는 노파의 목숨은 내 손가락 힘의 작은 조절에 달려 있다. 장전도 되어 있으니 방아쇠만 조금 더 당기면 난 신이 될 수 있다. 그러나 방아쇠를 당길 수가 없다. 그 이유는 뭘까?

"안녕, 토니? 잘 지냈나? 자네의 사랑스러운 왼발도 안녕하신지? 자네 한국 온 지가 몇 달인데 이제야 보나?"

"오, 이게 얼마 만이야, 베이비? 나야 항상 그렇지 뭐. 넌 요즘 재미 어때, 쏭?"

"재미는 무슨, 젠장. 죽을 맛이지. 마리아와 아이들은? 잘 있나?"

"그냥 잘 있겠지. 이번 휴가 때는 얼굴 좀 볼 수 있을지 모르겠네."

"빌어먹을, 부럽군. 휴가라니."

"이봐 친구, 아직도 매사에 불만뿐이구먼. 술 냄새도 여전하고. 시간 나면 나한테 진찰 좀 받게, 돌팔이 애널리스트님."

"제길, 술 없이 어떻게 이 세상을 사나? 차라리 내 뇌를 꺼내 주게, 돌팔이 의사 선생. 두통 하나 해결 못 하면서 이게 무슨 21세기야?"

"미치광이 같으니라고, 두 손 들었네. 자네 악센트처럼 자네 정신 상태도 나아지면 좋겠는데? 아무튼 지나친 음주는 자네처럼 나이 먹어 결혼도 못 하고 혼자 사는 사람에게 좋지 않아."

"잔말 말고 퇴근하면 술이나 한잔 사. 할 얘기도 있으니까, 친구."

태일과 토니는 오랜 친구 사이다. 예일 대학교 천문학과에서 천체물리학 박사 학위를 취득한 태일은 이듬해인 2008년 봄, NASA 산하의 연구 기관에 채용되었다. 한국에서 학부 시절 지도 교수였던 김원철 박사의 추천으로 'WINTUS 프로젝트'에 투입되었던 것이다. 그런데 탐사선이 전송한 정보를 해독하던 도중 영웅심으로 가득했던 한 프리랜서 기자에 의해 인류 역사에 대한 비관적인 정보가 유출되는 사건이 발생했다. 그 파장은 예상보다 컸다. 아니, 치명적이었다. 처음에는 타블로이드 신문이나 '믿거나 말거나'류의 신문에 소개되었다가 결국 그 기자와 《네이처》의 단독 인터뷰가 성사되는 바람에 전 세계에 퍼지게 되었다.

이에 따라 미국의 국방부와 NASA에서는 특별대책본부가 소집되었다. 토니는 당시 안드로이드를 연구하던 의학박사였다. 정신과 전문으로서 그가 투입된 부서는 홍보팀이었다. 마침 WINTUS의 팀원이었던 태일도 홍보팀에 합류하게 되었다. 각 분야의 전문가들과 국방부 소속 요원들, 굴지의 컨설팅 그룹에서 선택받은 컨설턴트들은 모든 지구인을 상대로 세계대전 이후 최대의 선동을 해야 했다. 전 세계 최고의 인력들이 금세기 최악의 거짓을 그럴듯하게 하는 데에 동원된 것이다.

그해 9월 16일, 워싱턴에서 NGO 회원들과 종교단체가 대규모 집회를 열었다. 사실 처음에는 일반인이 위기감을 느낄 정도는 아니었다. 대부분의 사람들은 선정적인 보도의 일종이라 여겼고, 대서양에서 유조선이 침몰하여 환경단체가 항의하는 사건 정도로 체감했다. 시간이 지나면 뉴스거리도 되지 않을 것이라 생각한 것이다. 그러나 연방 경찰과 시위 군중과의 위태로운 대치 장면이 CNN에 방송되었고, 시위 군중이 단순히 음모론 숭배자들이 아니라 미국 내의 종교지도자와 과학자였으며 그들의 성명이 인터넷을 통해 공개되면서 세계 각국에서 크고 작은 집회가 잇따랐다. 이는 쌓아 놓은 성냥개비 탑에 불을 그은 것처럼 미국의 거대한 음모에 대해 쌓인 다른 모든 국가들의 불안감이 일순간 폭발한 결과였다.

이제 문제는 WINTUS 프로젝트가 아니었다. 세계 각국은 미국의 군사적 압력에 대해, 정보 통제에 대해 분노를 드러내기 시작했다. 음모론의 종합선물세트가 전 세계에 배달된 양 온갖 종류의 낭설이 퍼졌다. 비밀 기관에서 은퇴한 요원들은 유럽과 아시아 일부 국가에 망명하며 자신이 알고 있는 내용을 폭로했다. 미국 백악관 지하에 외계인이 감금되어 있다는 고전적인 루머부터 시작해서 지구를 버리고 우주로 망명할 거대한 우주선을 NASA에서 만들고 있다는 괴소문이 쥐라기 공원의 재현보다 현실적으로 다가왔다.

세계 주요 도시 곳곳에서 태워지는 성조기가 텔레비전 뉴스에 방영되자 이제는 미국 정부가 강경책이란 카드를 꺼내 들었다. 한국에서도 미국 대사관 앞에 성난 시민들이 몰려들자 미국 정부의 강력한 압박이 있었고, 10월이 되면서 시위 현장의 경찰에게 실탄이 지급되었다. 태일과 토니의 홍보팀은 매주 성명을 발표해야 했고, 각국 정부에 협력을 요청하는 한편 WINTUS 프로젝트에 개입된 음모론을 희석시켜야 했다.

사실 홍보팀의 수석팀장인 윌슨을 비롯한 팀원들조차 WINTUS에 음모가 있는지 여부는 알지 못했다. 국방부 소속의 요원들을 제외하면 그들 대부분은 그저 순수한 과학자였고 그들이 알고 있는 WINTUS는 탐사선일 뿐이었다. 10월 9일, 워싱턴 DC에서 텐트를 치고 시위를 계속하던 무리들 앞에서 홍보팀은 직접 브리핑을 하고 질문에 답하는 소통 프로그램을 진행하기로 했다. 홍보팀 중 태일과 토니를 포함한 네 명이 성난 군중 앞에 직접 나서서 해명해야 했다.

"……이 프로젝트는 NASA가 추진하고 전 세계의 우수한 과학자들이 모여 7년째 준비한 것입니다. 이는 1966년부터 시작된 수많은 우주탐사계획 중 하나일 뿐입니다. 본 탐사의 목적은 결코 군사적인 것이 아닙니다. 은하의 진화를 탐구하기 위한 것입니다. 그 결과 우리 인류에 조금은 비관적인 결과가 나오긴 했지만, 지구의 멸망이 내일모레로 다가온 것은 아닙니다. 태양의 확장이 조금 일찍 일어난다고 해도 지금으로서는 그때까지 인류가 존재할 가능성이 훨씬 더 낮은 것이 사실입니다. 그리고 지구의 운명은 이미 오래전에 예견된 것입니다. 단지 이번 사건을 통해 더 많은 사람이 그 사실을 알게 된 것일 뿐입니다. 우리 인류는 영원에 가까운 우주의 시간 중 눈을 깜빡이는 정도의 순간을 살고 있습니다. 여러분, 앞으로 몇십억 년 후의 일을 걱정하는 것보다는 지금 우리가 살고 있는 이 땅의 환경을 보호하고 평화를 추구하며 화합하는 게 인류를 위한 것입니다……."

마련된 단상 앞에 먼저 토니가 올라가서 준비된 글을 읽고 있는데 웅성대던 군중이 다시 흥분하기 시작했다.

"웃기지 마, 이 더러운 거짓말쟁이들아!"

"우리를 속이지 마!"

타앙! 순간 총소리가 들리고 토니가 뒤로 쓰러졌다. 토니의 왼쪽 허벅지에서 붉은 피가 뿜어져 나와 바닥에 퍼지기 시작했다. 총소리에 놀란 태일은 경황이 없어 멍하니 서 있었다. 타앙! 두 번째 총소리를 들으며 정신이 든 태일은 피를 흘리는 토니의 허리춤을 붙잡아 단상 아래로 끌어내리고 구급대원과 함께 대기 중이던 구급차에 실었다. 경찰 한 명이 태일의 손과 배에서 흘러나온 피를 보고 태일 역시 같이 병원으로 후송시켰다.

연방수사국에서 나온 요원이 공포탄을 쏘며 군중을 자리에 앉게 했고 놀란 군중들은 조용해졌다. 수사 결과 현장에서 도주한 범인은 아랍계 미국인으로, 기존에 있던 시위대에 속하지 않은 인물로 밝혀졌다. 그는 다음 날 카운티 보안관에 의해 고속도로에서 체포되었고 "이 모든 게 신의 뜻."이라는 말을 남겼다. 이 모든 사태 역시 로이터 통신, CNN, ABC, 알자지라 등을 통해 전 세계에 알려졌다.

각국의 텔레비전에서는 과학자, 심리학자, 종교인 등이 나와서 연일 토론을 벌였다. 과학자들은 이 사태에 대해 유감을 표명하면서 수소 핵융합 반응으로 만드는 인공태양이 한국의 카이스트에서 어떻게 성공했는지부터 시작하여 우주 탐사의 역사, WINTUS 프로젝트 까지 현대 과학에서 이슈가 되는 모든 것을 친절하게 설명해 주었지 만, 시청자들은 이미 과학자의 말은 믿지 않았다.

심리학자들은 전 세계인이 정신적 공황상태에 빠져 있다며 종말과 외계 문명에 대한 막연한 두려움을 버리라고 충고했고, 디지털 시대 에서 현대인이 겪게 되는 세계관의 왜곡이 결국 부정적인 집단 무의 식을 형성하여 폭력성을 띠게 되었다고 떠들어 댔다. 종교인들은 심 판이 머지않다고도 했고, 불의 심판은 결국 태양에 의해 지구가 타 없어지는 것이라며 성경에 기술된 내용은 모두 과학적이라고 주장 했다.

병원에 이송된 토니는 파편에 오른손과 복부를 다친 태일과 같은 병실에 입원해서 '왜 우리가 텔레비전으로 이런 헛소리들을 들어야 하는지'부터 시작하여 많은 이야기를 나눌 수 있었다. 같은 팀에서 일하던 업무 관계 이상도 이하도 아닌 둘이었지만, 같은 병실에 입원 하여 둘만의 시간을 많이 보내게 되었다. 같은 미식축구팀을 응원하 는 것을 계기로 둘은 더욱 친해졌고 토니의 가족들은 타국에서 혼자 생활하던 태일을 따뜻하게 대해 주었다. 알고 보니 토니는 태일과 같 은 예일 대학교 출신이었고 태일보다는 네 살이 많았다. 퇴원 후 토 니는 WINTUS에 복귀하였고 태일은 일을 그만두고 한국으로 돌아오 게 되었다.

그해 10월 말까지도 혼란은 계속되었다. 인터넷상에서는 새롭게 등장한 음모 이론이 눈길을 끌었다. 중국을 중심으로 하여 러시아,

일본, 인도, 스페인 등이 미국 군사력의 독주를 막기 위해 WINTUS 프로젝트를 중단시키려 음모를 꾸몄다는 것이었다. 이는 천문학이 국방력과 가장 밀접한 관계가 있다는 점에서 꽤나 설득력이 있었다. 특히 중국의 유명한 추리소설가가 쓴 반미적인 내용의 소설이 베스트셀러가 되고 각국 언어로 번역되어 삽시간에 퍼져 나가면서 WINTUS 프로젝트는 곧 미국의 야심을 의미했고, 세계 통제 계획과 동일한 의미가 되었다.

국내외의 압박에 의해 결국 WINTUS 프로젝트는 중단되었다고 발표되었지만 그 여파는 엄청났다. 종말이란 불안감에 싸여 있던 사람들은 극도의 긴장 속에 하루하루를 살아야 했다. 특히 일본에서 일어난 화산 폭발과 지진이 최초 보도에서 상당한 규모의 핵폭발이라고 잘못 알려져 전 세계를 가슴 졸이게 했다.

11월 초, 종말론을 주장하는 종교단체들과 비밀결사대가 경찰 병력과 총격전을 벌여서 뉴욕에서만 3000여 명이 사망하는 유혈사태가 일어났고 일본에서는 1500명이 넘는 시민이 집단자살을 했다. 신나치주의자들이 유대인과 동양인을 습격하는 일은 결국 대학 내 총격전으로 이어져서 대부분의 대학이 휴교상태에 들어갔다. 컬럼비아 대학의 기숙사에서는 폭탄 테러로 건물 한 채가 순식간에 날아갔다. 백인우월주의 과격단체들은 "신은 순수 아리아인만을 구원해 준다."라며 날마다 유색 인종을 습격했다. 중국 역시 크게 썩어 갔다. 지방 도시에는 에볼라 바이러스의 변종이 급속도로 퍼졌고 500만 명에 달하던 사망자는 측정이 어려울 정도로 증가했다.

11월 말이 되자 지구는 이제 인류의 종말이 무색하지 않은 상황에 놓였다. 두려움이란 괴물이 인류를 잡아 삼키는 듯했다. 심지어 몇 개 국가의 반군들과 독립 단체들이 핵전쟁을 준비한다는 루머가 퍼졌다. 북미는 물론이고 유럽부터 아시아에 이르기까지 주요 시설에 대한 테러가 잇달았다. 대도시들은 시위와 테러, 방화로 인해 교통이 마비되었다. 테러의 여파로 전기 공급이 끊기고 통신이 두절되었으며 비상식량과 방독면, 핵겨울에 대비한 방한복이 불티나게 팔려 나갔다. UFO와 관련된 책들이 인기를 끌었으며 불안한 사람들은 저마다 종교 시설로 모여들었다.

12월 초, 제3차 세계대전의 무거운 공기가 감돌 무렵, 유엔의 안전 보장이사회가 소집되었다. 장기간의 회의를 거쳐 상임 이사국 모두의 찬성표를 얻고 비상임 이사국 중 아랍 국가 한 곳을 제외한 나머지 모든 국가의 동의를 얻으며 '세계 평화를 위한 긴급 결의'를 채택하였다. 이를 바탕으로 국가들은 자국의 소요를 군 병력까지 동원하며 막았고, 사태가 심각한 곳에는 유엔군이 직접 개입하면서 전 세계의 소요를 잠재우는 데에는 꼬박 1년이 걸렸다.

미군은 세계 각지에 파견된 기존 병력을 증원하였고, 중국과 러시아는 일본과의 주요 분쟁 지역에 병력을 투입하며 동아시아의 긴장감을 높였다. 헌법을 개정한 일본이 국방비를 증액시켜 인력과 장비 모두 보강되었고, 특히 해상 자위대는 어느 나라도 두렵지 않은 위용을 자랑하게 되었다. 동남아시아에도 파병된 자위대는 반국가 세력의 무장을 해제하고 수많은 반군을 사살하였다. 중국과 일본, 러시아와 일본 간의 케케묵은 영토 다툼은 심각한 지경에 이르러 제3차 세계대전이 시작될 수 있다는 우려를 낳았다. 하지만 핵을 앞세운 북

한의 대일 압박으로 인해 한반도까지 신경을 쓰다 보니 병력이 분산 배치되어 일본이 중국과 러시아를 동시에 견제하기란 힘들었다. 다행히도 전쟁은 일어나지 않았다.

2015년 크리스마스, 미국 대통령은 '위대한 인류의 불멸을 위한 프로젝트'를 발표하였다. 토니가 속해 있던 안드로이드 팀이 준비한 그 계획은 실로 엄청난 것이었다. 3년 안에 인간 신체 기관의 대부분을 안드로이드가 대체할 수 있고 인류의 수명은 두 배 이상 증가할 것이라고 했다. 또 암세포의 원리를 역으로 이용하여 궁극적으로 인류가 불사의 힘을 얻을 것이라는 내용에는 에볼라 바이러스의 변종을 치료할 수 있는 치료약도 포함되었다. 여기에는 대통령 직속인 특별대책본부의 공이 컸다. 그들은 세계인의 심리 상태를 파악하였고 그들이 필요로 하는 것을 절묘하게 도출하여 결국 미국이 모든 혼란과 소요를 잠재우는 경찰의 역할을 수행할 수 있게 하였다. 전 세계의 보안관 행세를 하던 미국이 이제는 세계인에게 희망을 주는 천사장의 역할까지 맡게 된 것이다.

전쟁의 상처, 종교적 반목을 치유하고 이제 위대한 인류로 다시금 일어설 수 있게 된 것이다. "보라, 결국 미국은 작은 희생도 없이 의도했던 모든 것을 얻었다."라는 주장도 있었으나 사람들은 더 이상 불안해하고 싶지 않았고 의심할 여력도 없었다. 군사력과 경제력으로 이미 미국을 압도한 것 같았던 중국은 미국에 많은 돈을 주고 치료약을 수입하기 시작하였다. 중국 내에는 반대 의견이 많았다. 바이러스란 것이 자신이 보다 넓게 전파되기 위해 치사율을 줄이는 방향으로 진화하게 되어 있으며 새롭게 등장하는 변종은 미국에서 일부러 퍼뜨린 것으로 의심된다는 주장이 나왔다. 실제로 중국 정부가 에볼라 위험 지역인 지방 도시 주변의 통행을 차단하는 조처를 한 것만으로도 사망률과 감염률이 눈에 띄게 내려가고 있었다.

　방아쇠를 당길 수 없던 이유를 생각해 보았다. 역시 두려움 때문이다. 무엇에 대해? 신을 믿지 않는 나에게 살인은 법률과 도덕적 책임뿐이다. 그러나 법률과 도덕은 무엇인가? 인간이 만든 것이다. 동물들은 서로 죽여도 아무런 죄의식이 없다. 왜 인간은 죄의식을 가지고 있는 것일까? 원죄가 있기 때문에? 아니다, 그런 건 유대인의 창의적 발상에 지나지 않는다. 법률과 도덕이라, 그것은 음모다. 그래, 착취를 위한 지배층의 음모다. 살인이 나쁘다는 것은 살해당하고 싶지 않기 때문이다. 도둑질하지 말라는 것은 도둑맞기 싫기 때문이다. 이웃의 아내를 탐하지 말라는 것은 내 아내를 지키기 위함이다. 그렇다면 이런 것들은 누구를 위한 것인가, 진정 모든 인간을 위한 것인가? 살해당하고 싶지 않고, 도둑맞기 싫고, 지킬 아내가 있다는 것은 무엇을 의미하는가? 아주 처음으로 돌아가서 살펴보자. 인간이 영장이 되면서 사회가 성립되었다. 아, 그런데 왜 살인이 금지되기 시작한 걸까? 죽는 게 아파서일까? 아니 두렵기 때문이다. 죽음이란 누구도 겪어 보지 못한 것이기에 두려운 것이다. 갓난아기들은 불을 두려워하지 않는다. 사고할 줄 아는 존재이기에 두려운 것일까? 죽음은 학습될 성질의 것도 아닌데. 두려워하는 것이 싫다. 두려움은 학습의 산물이라고 알고 있는데, 왜 죽음을 두려워하는 것일까? 소유의 시작이 두려움의 시작인가? 아, 이건 마치 동양의 도교 철학 같군. 아무튼 확실한 건, 두려움의 시작은 무지라는 것이다.

'Big Crunch', 불길한 이름이 깜박이는 네온사인 간판을 단 술집은 태일의 단골집이었다. 대전 외곽에 있는 태일의 모교 '쪽문'을 나와 조금 걷다 보면 학생들의 유흥가인 로데오 거리가 나오고, 거기서 조금 더 지나가 주택가와 맞닿는 부근에는 인적이 드물고 가로등도 별로 없는 구석진 골목이 나온다. 골목의 끝에 이르면 조용한 바와 카페가 몇 개 줄 서 있는 큰 건물이 하나 있다. 경비실이 있는 정문을 지나 조그마한 문을 열고 들어가 검은 천이 깔린 계단을 통해 지하로 내려가면 굳게 닫힌 문이 있다. 그 문에는 나스카 문화에서 '켄티'란 이름으로 숭앙받던 악어새가 새겨져 있는데, 새의 부리 부분에 스캐너가 있다. 방문자가 그곳에 ID 카드를 접촉해서 확인이 되어야 문이 열리는 회원제로 운영되고 있다. 태일이 자신의 ID 카드를 새 부리에 가져다 댄 후 문을 연다.

"지환아, 형님 오셨다."

문을 밀고 들어가며 태일이 호기롭게 외치자 젊은 청년이 미소를 머금고 반긴다.

"태일이 형! 오랜만이네? 바빴어요?"

"뭐 돈 벌 욕심을 거세한 프리랜서가 바쁠 일이 있냐? 여기 말고 다른 데서 술 먹고 다닌 거지, 뭐. 여긴 좀 칙칙하잖아? 요즘 같은 날씨에 지하에 들어오기도 싫고."

"하하, 서운하네? 그런데 옆에 있는 잘생긴 분은 누구예요? 애인이에요?"

"어, 인사해라. 나 미국에 있을 때 친구야. 토니, 이 녀석은 대학 후밴데 캐나다 빅토리아 대학에서 석사까지 마치고 잘나갔었지, 돈도 좀 만지고. 그러다가 한동안 잠수 타고 놀기 시작하더니 결국 자기 다니던 학교 앞에서 술장사하는 한심한 놈이야. 영어도 나만큼은 하니까 편하게 지내라고."

학부 시절 지환은 태일과 같은 과 동기였고, 학교 근처 빌라에서 같이 살던 룸메이트였다. 서울에서 나고 자라 서울에 있는 대학을 1학기 다니다가 재수를 하여 이곳 대전에 있는 대학에 입학한 태일은 두 살 어린 동기인 지환과 대학 오리엔테이션 때 만나 술자리를 가진 것이 인연이 되어 기숙사에 사는 대신 같이 자취하기로 의기투합을 했다. 지환은 원래 부모님과 대전에서 살던 토박이였으나 고등학교 때부터 기숙사 생활을 하였고 대학에 들어가면 독립하기로 부모와 약속을 한 터였다.

둘의 대학 새내기 생활은 술로 점철되었다. 필수과목을 이수하려면 살인적인 공부가 필요했지만 둘 다 머리가 좋은 편이라 음주가무를 즐기는 데 방해요소로 작용하지는 않았다. 다만 과학고를 나온 지환이 일부 과목에 기초가 부족한 태일에게 가끔 과외를 해 주었고 과외비는 물론 술값으로 대신했다. 관심사도 비슷한 둘은 인문학 서적을 놓고 술을 마시며 밤새 토론을 하기도 하였다.

친가와 외가 양쪽으로부터 탈모를 유발하는 유전자를 물려받은 지환은 학부 때부터 이미 이마의 영역 확장이 중국의 사막화처럼 왕성히 이루어졌다. 지금은 아예 삭발한 머리를 검은색 가죽 모자로 가린 모습이 동양계 갱 같다. 태일과 키가 비슷하지만 뼈에 살짝 튀김옷을 입힌 듯 최소한의 근육과 살갖으로 구성된 태일의 몸과 달리 어깨가 벌어진 탄탄한 체형이라 더 커 보인다. 머리의 위와 아래의 털은 빈부격차가 커서 구레나룻으로부터 이어져 턱을 덮은 수염이 덥수룩하다.

"오우, 안녕하세요? 앤터니입니다. 토니라고 불러 주세요."

"반갑습니다. 이름답게 멋지시네요, 하하. 저는 박입니다."

"처음 뵙겠습니다, 박. 수염이 아주 멋지군요. 그런데 문에 있던 새 그림 말이에요, 어디서 많이 본 듯하던데?"

"아, 그건 아즈텍 평원에 새겨진 걸로 유명한 악어새 그림이죠."

"오호라, 악어새? 흠, 잉카 문화에 관심이 있으신가 보죠?"

에어컨 바람에 땀이 식어 셔츠 소매를 다시 정돈한 태일이 둘의 대화에 끼어든다.

"토니, 됐어. 이 녀석이 문화는 무슨, 머리가 약간 이상한 놈이야. 학생 때도 나한테 욕먹을 거 다 먹으면서 갑자기 공부를 시작해서 악착같이 장학금을 타 오더니 그 돈으로 중남미 일주를 하고 오지 뭔가. 자네도 알잖아, 황금 비행선. 페루에서 그걸 보고 오더니 허구한 날 잉카, 마야 문명에만 매달리더군. 그쪽은 우리 코리안의 후예들 아닌가, 같은 몽골로이드고. 어느 날은 첨성대가 외계인과 연락하는 기지라고 주장하다가 학회 세미나에서 망신만 크게 당했지. 이 녀석하고는 차차 친해지고 우리 얘기나 하자고. 아 참, 술은 어떤 걸로 할까? 싱글 몰트?"

"흠, 황금 비행선과 첨성대라, 재미있군. 쯧 자네도 뇌 구조가 이상하긴 마찬가지 아닌가, 하하. 오늘은 내가 좋아하는 테킬라로 하지."

토니의 말을 듣고 진열장에서 테킬라 보틀을 꺼내며 지환이 입을 연다.

"토니 씨도 참 신비한 분입니다. 겉모습은 백인인데 말투는 흑인이고, 술 고르는 건 히스패닉이네요."

"하하, 여자는 동양인 취향이지요, 특히 귀여운 한국 여자. 쏭하고 간만에 만나서 벌써 삼겹살에 소주 한잔해서 배불러요. 안주는 간단히 씹을 수 있는 것으로 주세요."

서서 이야기를 나누다가 바에 앉은 태일과 토니는 술과 안주를 기다리며 각자 담배를 꺼내 물었다. 바에는 다른 손님이 없었고 커플로 보이는 남녀가 두 테이블, 혼자 와서 위스키를 홀짝이는 중년 남자가 하나 있었다. 토니가 연기를 길게 내뿜으며 먼저 말문을 열었다.

"태일, 할 말이 있다면서?"

"이봐, 토니, 우리 어머니가 머리가 될지언정 꼬리는 되지 말라고 항상 말씀하셨다고 얘기한 적이 있을 텐데? '앤토니어'로 부르기 전에 내 라스트 네임은 부르지 말라고."

태일이 처음 미국에 갔을 때 그의 이름은 다른 한국인과는 달리 영어로 발음하기가 편해 좋았다. 그는 자신의 이름을 소개할 때 '이야기라는 뜻의 tale'이라고 소개했다. 그런데 하루는 세미나 뒤풀이에서 흑인 학생과 농담 따먹기를 하다가 그가 'tail'이란 단어로 술집 종업원을 두고 음담패설을 하는 것을 들었다. 뜻이 궁금하여 다음 날 친구에게 물어보니 tail이 욕설로, 특히 여자에 대해 음담을 할 때 쓰인다는 것을 알았다. 그 후로 태일은 이름보다는 '미스터 쏭'으로 불리고 싶어 했다. 그런 사정을 아는 토니는 가끔 일부러 태일의 이름을 불러 놀리곤 했는데 그럴 때면 태일은 '앤토니어'라 부르며 반격을 가하곤 했다.

앤토니어는 토니가 태일과 입원해 있을 때 그들을 담당하던 이탈리아 출신의 간호사였다. '앤터니'라는 토니의 이름과 비슷한 데다가, 훌륭한 몸매와 매력적인 미소를 지녀서 두 젊은 총각의 병실 생활이 지루하지 않았다. 태일이 서울로 떠나 병실에 혼자 남은 토니의 말동무가 되어 준 것도 그녀였다. 퇴원하기 전 토니가 특유의 근사한 매너로 데이트 신청을 했고 앤토니어는 상냥한 미소로 답했다. 토니는 퇴원 후 통원 치료를 받았는데, 진료가 끝난 뒤에 병원 근처 카페에서 책을 읽으며 앤토니어를 기다렸고 둘은 그런 방식으로 만남을 가졌다.

둘이 한창 데이트를 할 무렵 토니의 대학 후배였던 마리아가 느닷없이 토니에게 청혼을 해 왔다. 변호사 부모를 둔 마리아는 20대 중반의 꽃다운 나이였다. 미모도 물이 올랐고, 공인회계사로서 버는 수입도 한창 상승 곡선을 그리고 있었다. 졸지에 양손에 꽃을 든 꼴이 된 토니는 마침내 전망도 능력도 나이도 맘에 드는 마리아를 택했는데, 문제는 성격 무르기로 소문난 토니가 앤토니어를 쉽게 정리하지 못하는 것이었다. 앤토니어에게 마리아에 대한 얘기를 꺼내지도 못한 채 영혼 없는 데이트를 계속하던 토니였다. 모든 여자에게 착한 남자는 최악의 남자가 될 수 있음을 토니는 절실히 느꼈고 매일 괴로운 시간이 흘러갔다. 태일에게 국제전화로 고민 상담을 하던 토니는 나중에는 알아듣지도 못하는 태일의 한국어 욕을 한 바가지는 먹었다.

두 여자 사이를 오가며 흐지부지 시간은 흘렀고 통원 치료까지 끝나던 날 앤토니어는 토니에게 축하주를 샀다. 그날 토니는 술기운을 빌려 다른 여자가 생겼으니 헤어지자는 말을 겨우 꺼냈다. 그런데 술에 취한 앤토니어가 체면도 잊고 엉엉 울기 시작하는 것이었다. 앤토니어의 눈에는 마스카라가 번지고 나중에는 콘택트렌즈까지 빠져나와 술잔으로 들어갔다고 한다. 정신과 의사가 할 수 있는 일은 그저 미안하다며 달래 주는 것뿐이었다. 그러다가 앤토니어가 냉정을 찾았는지 눈물을 닦은 후 먼저 가겠다며 일어서 비틀거리는 걸 토니가 부축하러 가다가 발을 헛디뎠다. 크게 넘어진 토니는 수술한 다리의 봉합이 터져서 자기가 몇 달을 누웠던 침대에 다시 눕게 되었다. 이 사건을 계기로 태일은 앤토니어란 이름을 토니를 놀리는 수단으로 써먹을 뿐만 아니라, 지금은 토니의 부인이 된 마리아에게 고자질하겠다며 협박하여 여러 번 술을 얻어먹기도 했다.

"알았어, 쏭. 앤토니어 얘기는 이제 제발 그만하라고. 난 성실한 가장이란 말이야."

"으흠, 성실한 가장이라. 이봐, 토니, 내가 알기로는 식구들을 본토에 놔두고 혼자 이 먼 한국에 교환교수로 온 사람, 게다가 연락도 잘안 하는 남자를 성실한 가장이라 부르긴 힘들다고 아는데 말이야?"

"쏭, 그건 여기 한국 정부 때문이야. 물론 우리네 대통령의 정책 때문이기도 하지만 말이야. 안드로이드 기술뿐만 아니라 에볼라 바이러스의 변종에 대한 치료법도 전수해야 하지 않나? 내 동료 하워드는 중국으로 갔다네. 고약하지. 보균자가 6000만을 넘어섰다고 하네. 아무튼 난 당신 때문에 한국에 온 게 좋았는데, 자기는 그렇지 않나 보군? 섭섭한데? 오는 비행기에서 내내 당신 엉덩이만 생각했는데."

"윽, 역시 못 당하겠구면. 그런데 아까 그 숍은 어떻게 된 거야? 교수가 숍을 차린 건가?"

"내가 와 있는 대학 소유야. 병원이 상점으로 전락하다니, 대단하지? 대전에만 내가 관리해야 할 숍이 스무 개가 넘는다고. 뭐 하나씩 돌면서 시스템 점검하는 정도야. 사실 별것도 아닌데 자네도 예전에 겪었던 그 빌어먹을 놈의 보안 때문에 내가 직접 해야 한다는구면. 그나마 대전이라 다행이지, 저 아래 동네로 배치받은 매튜는 하루 종일 운전하는 게 일이더라고. 그런데 자네 아까 왜 튜브에 들어갔나? 성기확대 수술이라도 받으려고?"

"이봐, 난 고자가 되는 한이 있더라도 그곳만은 건드리기 싫다고. 왠지 오줌 눌 때 그 뻐근한 청량감이 그리워질 거 같아서 말이야."

"걱정 말게. 성감까지 더욱 잘 느낄 수 있게 친절히 설계했다고 하니. 성기가 제법 비싸긴 하지. 워낙 예민하고 복잡한 부위라서 말이야. 그럼 왜 들어간 거야? 자네 혹시, 쏭 주니어를 잉태한 건가?"

"갈수록 태산이군. 이봐, 미치광이 의사들이 남자까지 임신할 수 있게 한 건 아무리 생각해도 맛이 갈 일이야. 어차피 태아도 배양기에 집어넣을 거면 남자든 여자든 임신하지 않는 게 편하지 않나? 아마도 페미니스트들이 압력을 가한 거겠지?"

"모성을 수호하자는 데 무슨 할 말이 있나. 배안에 한번 품기라도 해야지."

"모성이라. 제기랄, 부레가 끓는 소리하고는."

태일이 담배를 한 개비 더 입에 문다. 토니가 불을 붙여 주고는 자기 입에도 하나를 문다. 테킬라를 한 잔 비운 후 토니가 입을 연다.

"자네 말 잘했네, 부레라. 안 그래도 화성으로의 이주 계획이 실패할 때를 대비해서 부레를 이용한 수중인간을 만들려는 안건이 통과되었다네. 인간이 육지에서만 살 수 있는 건 앞으로 200년 안쪽이야. 이제 죽지도 않을 테니 말이야. 에볼라가 다양한 변종을 만들지 않았으면 큰일 날 뻔했지."

"조만간 물갈퀴 달린 인간도 보겠구먼. 내가 그런 꼴 안 보고 빨리 죽어야지. 날개 달린 인간 만들 계획은 없나? 이봐, 나 한 잔 더 따라 달라고. 날개라, 한국에 『날개』라는 유명한 소설이 있지."

"이봐, 튜브에 왜 들어간 건지는 정말 비밀이야? 묻지 말까?"

토니가 또 한 잔을 마시더니 프레첼 서너 개를 입에 털어 넣는다.

"아, 아까는 검진을 받는 날이라 갔던 거야. 간에 좀 무리가 간 것 같아서 말이야. 그런데 담낭에 용종이 조금 더 커졌다고 하더라고. 그 녀석은 꽤 오래 몸에 담고 있어서 정도 좀 들었는데 왠지 오늘은 이별해야 할 것 같더라고. 간단히 치료받고 나왔어. 굿바이, 용종. 담낭 용종을 제거하는 데 15분이 걸리더군, 15분이. 파스타 한 접시 먹을 시간 아닌가? 튜브란 녀석 참 신기하단 말이야. 아무튼 간에는 큰 이상이 없어서 다행이야, 아직 먹을 술이 많이 남았다는 거지."

"자네 간은 인공 간보다 더 성능이 좋은 거 같아. 아니, 한국인들은 간이 유난히 튼튼한가 봐. 난 요즘 한국인들 술 마시는 거 보고 적잖이 놀란다네. 그런데 자네 할 말 있다던 게 뭔가? 궁금해 죽겠군. 자네의 그 할 말이란 것에 하도 당했더니."

"아, 내가 궁금한 건 말이야 안드로이드 그 자체야. 이봐, 당신네 나라만 빼고 전 세계가 지금 난리라고. 그리고 암 치료제와 수명 연장도 그렇고. 인류 전체를 위한 것이라면 왜 기술 공개를 하지 않는 거지?"

"으흠, 이 질문은?"

토니가 잠시 뜸을 들이더니 태일의 눈을 뚫어지게 쳐다본다. 태일이 담배를 비벼 끄더니 레몬즙을 몇 방울 술에 타서 마시고는 토니의 어깨에 손을 얹고 말한다.

"에이, 이 빌어먹을 친구야. 걱정 말게. 오프더레코드로 해 줄 테니. 내가 하도 궁금해서 그래."

"이런, 이런, 딱한 친구. 그대가 애널리스트로서 처음으로 한 건 올릴 기회일 텐데 아깝지도 않나? 아무튼 내가 아는 대로 대답해 주지. 오프더레코드로 해 주면 좋고 아니면 적어도 취재원비닉은 지켜 주게나."

토니가 태일에게 대충 설명을 마치고 나니 어느새 테킬라 한 병이 비워졌다. 언제 틀어 놓은 건지 조용했던 실내는 사이먼과 가펑클의 목소리로 채워졌다. 엘피반 수집이 취미인 지환이 틀어 놓은 것이다. 「엘 콘도르 파사」, 한국어로는 「철새는 날아가고」라는 어처구니없는 제목으로 번역된 이 곡은 잉카인들의 안데스 토속 음악을 바탕으로 1970년대에 사이먼과 가펑클이 편곡하여 불러 유명해진 곡이다. 콘도르는 맹금류 중 가장 큰 새로 안데스 산맥의 절벽에 사는 '텃새'다.

왜곡은 멀리 있는 것이 아니다. 잉카인들에게 공포의 대상이었던 말을 타고 총을 든 스페인 군대는 잉카 제국의 황금을 약탈해 갔고 학살을 자행했다. 잉카인들의 슬픔이 스며들어 있는 캐나의 선율이 안데스 산맥의 골짜기에서 커다란 날개를 활짝 펴고 하늘을 누비는 콘도르를 다시 살려 내고 있다.

전 세계의 석학들이 모여 이루어 낸 위대한 업적인 '위대한 인류의 불멸을 위한 프로젝트'는 암, 바이러스, 안드로이드의 세 팀으로 나뉘어 있었다. 토니가 한국에 교환교수로 온 것은 안드로이드 프로젝트 요원 중 한 명으로서, 그 기술을 전파한다는 명목이지만 한편으로는 비밀을 유지하기 위해서였다. 암은 세포가 진화상의 과거로 후퇴하는 것이라는 점에서 착안하여 세포의 인위적 진화 실험이 먼저 시작되었다. 그 결과 암세포를 파괴하는 물질을 추출할 수 있었으며 오히려 암세포의 분화 과정을 통해 불로의 가능성이 열리게 되었다. 바이러스 팀은 완치율이 70퍼센트에 육박하는 치료제를 개발하는 쾌거를 거두었다.

문제는 안드로이드 팀이었다. 복제인간으로 인한 사회적 파장은 너무도 컸기 때문이다. 이에 대해 인공장기와 혈액을 넘어서 고전적 의미의 사이보그를 가능케 하기 위한 프로젝트는 이미 30여 년 전부터 추진되고 있었다. 기술 발전에 따라 사이보그의 의미는 퇴색되었고 안드로이드가 기존의 사이보그와 안드로이드에 필요한 기술 모두를 포괄하게 되었다. 토니를 포함한 수많은 의학박사들이 동원되었고, 2015년 말에는 드디어 인간의 몸 전체를 인공으로 대체할 수 있게 되었다. 당사자와 보호자가 동의한 시한부 환자들을 대상으로 한 테스트에서는 항원항체 반응으로 15퍼센트 정도가 실패했지만, 결국 이마저 극복해 내었다.

마침내 안드로이드는 전 세계를 대상으로 확대되었다. 처음에는 치명적인 손상을 입은 환자에 한해서 장기이식에 사용되었지만, 성능이 검증되면서 가벼운 팔목 골절상만 입어도 아예 인공 팔을 이식하는 부유층이 늘어나기 시작했다. 이로 인해 기존의 병원은 저소득층이 사는 곳에만 몇 군데 남아 있을 뿐 대도시의 의료 시술은 대부분 기계가 진단과 치료를 하는 '숍'이 대신하게 되었다. 아직은 비용이 많이 드는 데다 종교적, 윤리적 이유로 거부감이 있지만 종국에는 인간의 전신이 안드로이드가 되어 질병이 정복되고 불멸의 존재가 될 수 있으리란 꿈을 실현하는 데 가깝게 접근한 것이다.

"난 눈으로 보면서도 믿을 수가 없네. 내 몸을 치료하면서도 말이야."

"나도 그래. 이런 혁명이 우리 시대에 일어날 줄 누가 알았나? 이집트의 고문서에서 말이야, 안드로이드에 대한 예언이 있었다던데. 물론 아직도 종교전쟁의 여지는 남아 있어. 이건 기술만의 문제는 아니지. 그런데 구도가 참 이상하지 말이야. 기독교와 이슬람의 대결에서 이제는 종교인과 비종교인의 대결이 되었으니. 이번에 교황이 사망할 때도 안드로이드로 만들자던 파와 반대하는 파가 크게 대립했다는 얘기가 있어."

"신을 믿지는 않지만 나도 종교인들이 이해가 가. 안드로이드는 SF 소설에나 나오던 얘기였지, 우리 삶에 금방 다가오리라고는 생각도 못 했으니까. 그런데 하나 궁금한 건, 모든 신경 전달이 전자 회로로 대체되는 것은 과학적으로 이해가 가는데 피부는 대체 어떻게 만든 것인가?"

"성서에 나온 대로야. 흙으로 인간의 살을 빚었다는 야훼처럼 우리도 흙의 성분에서 모든 물질을 추출하였네. 촉감까지 똑같을 줄은 나도 몰랐지."

"그런 걸 보면 참 신기하단 말이야. 창세기 1장과 빅뱅 이론이 맞아떨어지는 것도 그렇고. 신이 있다면 전공은 과학이겠지, 광야가 아니라? 아 참, 더욱 궁금한 건 말이야, 아까 자네 말대로 기술 유지를 통해 미국이 얻을 수 있는 게 독점의 이득이라면 인공장기의 단가도 치솟겠군. 결국 부유한 안드로이드와 가난한 순수 인간들로 나뉘어 계층 간 대립도 극심해지겠면? 죽지도 않는 부유층과 나이가 들면 죽는 서민들이라, 이걸 보고 인류의 진보라 말할 수 있는가?"

"나도 모르겠어, 쏭. 그런 걸 생각하자면 나도 두개골이 멀미를 한다니까. 안드로이드의 정신적 문제를 전담한 나이지만 가치관 문제에까지 이르면 할 말이 없어. 그저 『안드로이드 시대』에 의지할 수밖에. 그런 걸 판단하는 건 오래전부터 프랑스인들의 몫이잖아. 우리 미국인은 그저 나아갈 뿐이지, 그 앞에 뭐가 있는지 보려고 하지는 않아."

『안드로이드 시대』는 프랑스의 철학자이자 문학가인 알리나 레이가 쓴 책이다. 그녀의 고향인 보르도까지 안드로이드 숍이 들어서고 어릴 때부터 다니던 병원이 숍으로 변하자 그녀는 이 유작을 남기고는 손목을 긋는 아주 원시적인 방법으로 자살했다. 그녀는 정신분석학 내지는 심리학과 철학, 사학에도 조예가 깊었는데 인간의 정신, 특히 종교와 철학은 죽음에 대해 생각하는 능력, 보다 근원적으로는 인간만이 가지고 있는 깊은 사고력 때문에 발달하였다고 주장했다. 원래 인간의 生과 死는 동물과 평등하다. 즉 無에서 無로 돌아간다는 것이다. 영혼이나 神 따위는 존재하지 않는다. 그러나 어느 순간부터 '사고'하기 시작한 인간이 겪게 된 최초의 것은 바로 '죽음에 대한 두려움'이었다. 짐승들도 자기 목숨이 끊기는 것에 대해 두려워하지만 그것은 본능일 뿐이고 인간은 그 두려움에 대해 깊이 사고하고 고찰하기 때문에 몇억 배나 더 큰 두려움이 생긴 것이다. 논리와 철학의 원형이 생기고 이것이 점차 발달하면서 인간은 삶과 죽음에 대해 뭔가 인간만의 특별함을 생각하고 싶어 했다. 인간의 위대함은 여기서 신이라는 개념을 창조해 내었다. 즉 신은 인간의 피조물이라는 것이다. 그리고 인간은 나아가 '영혼'이라는 개념을 만들고 결국 내세라는 도피처를 만들어 내어 두려움을 덜려 했던 것이다.

하지만 지배층은 끝없이 신과 죽음이라는 개념을 잘도 이용해 내어 이를 통치와 자기 야욕을 위한 지배 수단으로 써먹어 왔다. 그리고 윤리와 도덕, 규범 같은 것들과 종교를 융합시켜서 '논리'라는 이데올로기에 꿰맞추어, 지배당하는 인간들을 설득해 왔고 우리 모두는 이미 오랫동안 그런 것들에 대해 익숙해져 있어 저항할 힘도 없고 저항의 이유도 못 느낀다는 것이다. 이미 서구에는 이런 것들을 파악한 소수들이 자신들만의 커뮤니티를 만들어서 철학과 종교의 해체를 통해 진정한 자유를 되찾았다고 한다. 하지만 이런 비밀들을 모든 사람에게 깨닫게 해 주는 것은 너무 위험한 일이라고 한다. 인류 역사를 유지해 온 하나의 홀로그램이 파괴되면 이를 견디지 못해 폭동과 집단자살, 테러가 발생해 결국 인류는 사고력이라는 커다란 선물에 의해 자멸한다는 것이다. 결국 안드로이드는 신과 죽음을 파괴하는 최후의 발명품이라는 것이다.

안드로이드가 가져온 혼란을 그녀는 세 가지로 나누어 제시했다.

첫째는 20세기부터 시작돼 온 몸에 대한 담론의 연장선 상이다. 안드로이드는 인간에게 건강한 새 몸을 주는 것이 아니라 몸이 없고 영혼만 있는 유령으로 진화되는 저주일 뿐이라는 것이다.

둘째는 삶과 죽음의 경계선의 문제이다. 뇌와 심장까지도 인공으로 대체하게 된 마당에 생명이란 무엇이냐는 문제가 새삼 떠오르게 된 것이다. 인간의 기억까지 2진법으로 분해하게 된 이상, 생명이라는 풀 수 없는 수수께끼의 문제는 인간의 수중으로 넘어왔고 인간은 이를 감당할 수 없다고 그녀는 말하였다.

마지막은 가장 비관적인 것으로, 이미 종말은 시작되었다는 것이다. 지구의 엔트로피는 이미 그 끝에 이르렀고 안드로이드들 역시 그 힘에 의해 멸망할 것이기에 지구는 다시 원시로 돌아가고 문명은 산업혁명 이전으로 돌아가게 되어 진보를 거듭하다가 안드로이드에 이르게 되면 다시 파멸을 맞이하게 되는 윤회의 수레를 벗어날 수 없다는 말을 마지막으로 남긴 채 그녀는 세상을 저주하며 자살하였다.

이식된 장기의 문제점은 이제 거의 해결되었다. 처음에는 움직임의 시차와 무게 차이가 가장 큰 문제였다. 인간 신경의 전달 속도와 광속에 가까운 인공 신경의 전달 속도는 이론적으로는 같지만 실제로는 원인 모를 미세한 차이가 있어서 어느 시점부터는 불편을 느낄 수 있었다. 또한 인간의 골격보다 무거운 인공의 뼈 때문에 대칭 구조로 되어 있는 팔다리 등은 한쪽만 이상이 생겨도 둘 다 수술을 해야 했다. 그런데 이마저 극복되었다. 인간의 능력의 한계가 어디까지인지는 이제 아무도 모른다. 우리는 신이 되어 버린 것인가? 다시 한 번 총을 들어 보았다. 이제 정말 아무도 죽일 수가 없을 것이다. 두려움 이전의 문제이다. 인간의 정신마저 기억 장치에 담을 수 있게 된다면 뇌를, 심장을 겨냥하여 쏘아도 그를 죽일 수 없게 된다. 결국 인간은 누구나 안드로이드가 되어 자신의 정신을 기억 장치에 저장하게 될 것이다. 그런데, 그 기억 장치를 제거하고 뇌를 제외한 모든 부분을 해체한다면 그를 인간이라 부를 수 있는 것인가? 사고는 하겠지만 아무런 감각 기관도 없고 숨도 쉬지 않는 그는 인간인가, 영혼인가? 그의 불멸은 축복인가 저주인가? 새로운 기억을 이식한다면 자아(自我)는 무엇인가? 머지않아 지구는 좀비들만이 들끓게 될 것이다. 죽고 싶어도 죽을 수 없는 형벌은 죽음보다 끔찍할 것이다. 그 전에 내 생명을 끊고 싶다. 하지만 아직도 죽음의 정체는 파악되지 않았다. 여전히 난 죽음이 두렵다. 빈 탄창을 돌려 본 후 내 머리에 겨눈다. 머리를 겨눈 채 화장실의 거울을 본다. 결과를 뻔히 알면서도 방아쇠를 당길 때마다 눈을 감게 된다. 거울을 향해 겨눈다. 정확히 두개골을 향해 쏜다. 그러나 거울 속의 나는 죽지 않는다. 언젠가부터 하루도 빠짐없이 죽음을 꿈꾸게 된다. 정작 죽지도 못하면서. 그래, 때가 되면 당당하게 죽을 테다. 탄창을 가득 채우고 멋지게 겨냥하여 갈겨 버릴 것이다.

토니를 만나고 며칠이 지났다. 태일은 여느 때처럼 집에서 영화를 보며 소일하였다. 어두운 그의 오피스텔은 담배 연기로 자욱하고 빈 맥주 캔이 여기저기 널려 있다. 예일 대학교 석사 출신에 WINTUS 프로젝트에까지 참여한 그였지만 그가 연구하던 과학의 테제들은 이제 더 이상 학문의 가치가 없다. 연금술의 비밀을 제외한 거의 모든 과학의 꿈이 이루어졌다. 「콘택트」라는 제목의 영화는 거의 끝나 가고 있었다. 태일이 열 번도 넘게 본 영화이다. 이 영화를 처음 보았을 때 태일은 대학 신입생이었다. 20세기 말, 그때는 적어도 과학에 낭만이 있었다. 마치 에테르의 가설처럼, 태일이 아끼는 10년도 더 묵은 전자 기타의 소리처럼, 이 영화처럼, 쥐라기 공원처럼. 무엇인지 정확하게 설명할 수는 없더라도 사람을 미소 짓게 하는 무언가가 있었다. 태일은 리모컨을 들어 전원 스위치를 누른다. 냉장고에 있는 캔 맥주를 꺼내 시원하게 들이켜 보지만 갈증은 해소되지 않는다. 책상 위에 있던 단말기가 진동음을 낸다.

— 여보세요?

— 쏭, 오늘 《스페이스컴》 기사 잘 봤어. 자네 글 대단하던데?

— 오, 토니. 다 그대 덕이지, 뭐. 지금 어디야, 바쁜가? 술이나 한잔하지.

— 술이라, 자네 정말 조만간 간 하나 장만해야겠는걸? 간은 아직 꽤 비싸단 말이야.

— 폐는 싼가? 내 간이 걱정되면 자네도 담배를 끊지. 그러면 6시에 'Big Crunch'에서 보도록 하지.

— 잠깐! 이봐, 이번에는 자네가 사라고! 《사이언스 뉴스》에서도
자네 글이 제일 비싸다고 하던데.

— 한 달 봉급만 50만 불인 부르주아가 프롤레타리아를 착취하는
구먼. 알았네.

— 아니, 오늘이 마침 금요일이니 아예 미스터 박과 가게 문 닫고
마시자고, 어때?

— 그러지 뭐, 박이 자네와 밤새는 걸 좋아할진 모르겠지만.

— 그럼 이따 보세. 오늘은 내가 할 말이 있네.

6시면 아직 세 시간이 남았다. 태일은 맥주 캔을 마저 비우고는 아
직 봉투도 뜯지 않은 《스페이스컴》 8월 호를 손에 들고는 욕실로 들
어갔다. 한여름의 더운 날씨지만 태일은 따뜻한 물을 욕조에 가득 담
아 놓고는 태국 여행에서 사 온 허브 오일을 반병 정도 뿌리고 몸을
담갔다. 잠시 눈을 붙이고 있던 태일은 갑자기 욕조 안에서 허우적거
리다가 무엇에 깜짝 놀란 듯 깨더니 두 손을 들어 자세히 살펴본다.

'휴우, 꿈이었군. 물갈퀴가 달린 손은 끔찍한걸?'

태일은 숨을 돌리고는 "몇 시?"라고 말한다. 욕실 천장에 달린 음
성 인식기의 빨간 램프가 반짝이더니, "오후 4시 12분입니다."라고
말하는 여자의 목소리가 욕실에 울린다. 사물 인터넷이 발전하였다
고 해도 아직 실생활에서 접하는 UX는 크게 발전하지 않았다. 태일
은 가장 좋아하는 여자 보컬의 목소리를 집을 통합 관리하는 시스템
에 입력해 놓았다. 원래는 정아의 목소리였지만 그녀가 시집 갔다는
얘기를 듣고는 곧바로 바꾸어 버렸다. 정아는 태일이 6년 동안이나

교제하던 여자였다. 태일의 욕실에서 둘이 같이 몸을 담갔던 것은 벌써 오래전의 일이다.

태일을 따라 같이 미국에 가서 디자인 공부를 하던 정아는 얼굴을 보기 힘든 태일 대신 인턴으로 근무하던 회사의 상사와 교제했고 결국 작년에 결혼했다. 태일은 그녀가 하필 흑인을 선택한 것이 기분이 나빴다. '나는 인종 차별주의자가 아니야.'라고 생각하면서도 대학 시절, 클럽에서 한국 여자의 허리를 뒤에서 안고 성행위를 연상케 하는 춤을 추던 흑인 GI와 싫지 않은 표정으로 같이 춤을 추고 결국 같이 어딘가로 나가 버린 그 한국 여자가 연상되어 왠지 불결했다. 흑인 남자와 한국 여자의 교제를 보면 자신도 모르게 흑인의 아랫도리를 눈여겨보곤 하던 태일이었다.

"마사지."라고 말하니 월풀 욕조의 강한 물줄기가 태일의 몸을 두드린다. 깜빡 잊고 있던 잡지의 포장을 뜯는다. 태일은 자신의 원고가 실린 잡지도 잘 살펴보지 않는 편이다. 대충 기사를 훑어본 태일은 가운을 입고 거실로 나와서 진한 에스프레소를 마셨다. 순간 요란한 소리와 함께 번개가 커다란 창문을 갈랐다. 소나기가 오려는지 하늘은 온통 시꺼먼 먹구름이 깔렸다. "더럽게 기분 나쁜 날씨구먼." 태일은 중얼거리며 외출 준비를 했다.

오늘은 수산 시장에 들렀다. 더러운 모자를 눌러쓴 중년의 여자는 망설임도 없이 생선의 목을 자른다. 과학기술이 이토록 발전해도 한 끼 밥을 위해 보통의 인간이 해야 할 일에는 큰 변화가 없다. 목이 잘려도 지느러미를 퍼덕이는 생선을 뒤로하고 어느 포장마차에 들러 낙지회를 먹었다.

날카로운 칼로 난도질당한 낙지는 그러나 내 목구멍에 들어갈 때까지도 꿈틀거린다. 그의 고통을 조금이라도 빨리 덜어 주기 위해 난 재빠르게 씹어 삼켰다. 제 다리가 잘린 걸 아는지 낙지의 몸은 우는 듯했다. 낙지의 다리도 그가 원래 붙어 있던 곳으로 가고 싶었나 보다. 참기름 대신 피 색깔의 초고추장을 낙지의 잘린 다리에 발라 주었다. 그제야 기분이 조금 나아졌다. 내 위장 속에서 낙지는 얼마나 더 살아 있었을까? 낙지처럼 죽기는 싫다. 기요틴에 목이 베어 죽는 것도 행복할 시대가 올 것이다. 도저히 죽으려고 해도 죽을 수가 없다.

장마가 지나간 지 얼마 되지 않았는데도 천둥 번개와 함께 억수 같은 비가 대전을 적시고 있다. 'Big Crunch'에는 세 명의 사내가 한창 취해 떠들고 있었다. 가게 안의 시계는 벌써 새벽 1시를 향해 가고 있었다. 테이블 위에는 싱글 몰트 위스키 두 병이 바닥난 상태로 서 있다. 셋은 통조림에 든 캐비아를 안주 삼아 보드카를 스트레이트로 마시고 있었다. 태일은 반바지에 티셔츠 차림이었고 토니와 지환은 셔츠에 양복바지를 입고 있었다. 실내에는 끈적끈적한 흑인 여자의 목소리가 울려 퍼지고 있었다. 비 오는 날 지환이 항상 틀어 놓는 재즈 앨범이었다. 지환과 토니가 늘어지는 발음으로 대화하고 있다.
"그러니까, 토니 씨가 최초의 안드로이드란 말이에요?"
"네, 물론 어쩔 수 없는 선택이었지요."
"그때 총에 맞았다던 그 다리란 말이요?"
"그래요. 바로 지금 신사분들이 보고 있는 이 다리지."
토니는 회색 양복바지에 가려져 있던 오른쪽 다리를 드러냈다. 태일이 눈이 휘둥그레져서 토니의 다리를 본다.

"이거 정말 진짜보다 더 진짜 같구먼. 그런데 자네 그렇게 심각한 상태였나?"

"쏭, 자네는 예상하고 있었을 텐데?"

"예상은 했지. 자네 팀으로 볼 때 자네의 부상은 좋은 기회였을 테니까."

"그렇지. 역시 알고 있었구먼."

"자네, 다리를 자르고 얼마 받았나?"

"이런, 이런, 역시 메스처럼 예리한 사람이군. 100만 달러를 수표로 받았지."

"물론 그 정도의 돈 때문만은 아니었을 테고?"

"허허, 자넨 정신과 의사의 머리 꼭대기에 서 있군그래? 맞아. 실은 CIA가 연관되어 있었어. 가장 무서웠던 건 역시 무언의 압박이었지. 가족이 있다는 것도 신경이 쓰였고."

순간 실내의 조명이 두어 번 깜빡이더니 정전이 되었다. "15분 뒤 자체 동력이 가동됩니다." 음악이 잠시 멈추고 스피커에서 안드로이드 목소리의 안내방송이 나왔다. 지환이 라이터 불빛에 의지해 수납장을 한참 뒤적이더니 초를 몇 개 꺼내 불을 붙인다. 제법 분위기 있는 조명이 되었다.

"이런, 비 때문인가? 정전이네요. 요즘 세상에 정전이라, 이거 정말 오랜만에 겪어 보는데요? 옛날에 태일이 형이랑 자취할 때 정전이 된 적이 있는데, 그때 촛불을 켜고 둘이 멀뚱멀뚱 담배만 피웠거든요. 그러다가 냉장고 안에 있는 묵은 김치와 소주를 꺼내서 밤새워 마셨죠. 왜 그렇게 정전이 오래됐나 했더니 태일이 형이 술 더 먹고 싶어서 차단기를 아예 내려 두었더라고요, 하하. 다음 날 정말 중요한 시험이 있었는데."

"오 마이 갓, 태일은 정말 알코올로 움직이는 사람이에요. 그런데 정전됐는데 가게 괜찮아요? 냉장고도 꺼진 거 아니에요?"

"토니 씨, 여기도 예비 전력이 설치되어 있어요. 냉난방 장치하고 조명만 꺼진 건데, 15분만 기다리시면 다시 들어올 겁니다. 저 잠깐 나갔다 올 테니까 두 분이 말씀 나누세요. 아무래도 죄를 많이 지은 태일이 형이 와 있으니 벼락을 맞았나 봐요, 하하. 마침 담배도 떨어졌으니 새로 사 와야겠네요."

가게에 있던 우산을 들고 지환이 밖으로 나가고 토니와 태일만 남았다.

"토니, 할 말이 뭔가? 자네 다리와 관련된 일인가?"

"맞아. 자네가 궁금해하던 일들을 오늘 좀 얘기해 줄까 하네."

"음, 요컨대 미국의 음모 얘기일 테지?"

"나도 몰랐던 사실이 하나 더 있더군. 지금 전 세계의 안드로이드는 약 12퍼센트로 집계되고 있어."

"물론 머지않아 순수 인간은 사라지겠지."

"그래, 잘 보게."

토니는 자신의 ID 카드를 꺼내 카운터 앞에 있는 스캐너에 올려놓았다.

신상정보가 모니터에 출력되었다.

SSN #0132315-425-523574.

Name: Anthony, Albert.

Age: 40.

Sex: male.

Blood type: B. Rh-.

White.

Nationality: U. S. A..

Occupation: Psychiatrist.

ID 카드는 너무 고전적인 신분 확인 방식이지만 전자 칩 이식이 현실로 다가왔을 때 종교단체들의 항의가 너무 심해 차선책으로 선택된 방식이다. 전자 칩이 계시록에서 등장하는 '짐승의 표'인 '666'이라는, 비과학적이며 심지어 종교적 관점에서의 해석에도 맞지 않는 주장이 한국에서는 승리를 거두었던 것이다. 수십 년 전 바코드 이슈가 있을 때에도 666 논란이 있었지만 결국은 해프닝으로 끝나고 말았다. 전자 칩 대신 ID 카드를 발급해 주면서 기존의 주민등록번호는 전면 폐기되었다. 어차피 한국의 주민등록번호, 홍채, 지문, 정맥 정보 등 디지털화된 개인정보가 대부분 중국에 팔려 나가 주민등록번호 자체가 의미 없게 되어 버린 지 오래였다.

"쏭, 사회보장번호의 가운데 세 자리가 어떤 의미인지 알고 있나?"

"글쎄, 앞의 일곱 자리는 알고 있는데 가운데 자리에도 의미가 있었나?"

"자네도 알다시피 사회보장번호는 각 국가가 국민들을 통제할 수단으로 쓰이게 되겠지. 가운데 세 자리의 의미는 생리적 정보일세. 그런데, 여기에 중요한 게 있어. 그 숫자의 합이 홀수인 자는 안드로이드라는 뜻이야."

"그런 의미가 있었나? 뭐 별 놀라운 거 아니구면. 사회보장번호야 신청에 의해 바꿀 수 있는 거 아니겠어? 안드로이드는 자꾸 늘어날 텐데 굳이 구분할 필요도 없을 것 같고. 아무튼 아주 단순한 방식이구면."

"그러네. 그런데 여기에는 더 큰 의미가 있지."

"어떤……?"

"자네가 의심하던 미국의 음모 말이야, 안드로이드에 담긴. 그건 바로, '통제력'일세."

"맙소사, 술이 다 깨는군. 어떤 통제 말인가? 사회보장번호의 해독에 따른 것인가?"

"아니, 안드로이드에게 이식된 몸 그 자체를 말하는 거지."

"그게 무슨 말이야? 쉽게 설명을 해 주게."

"이를테면, 내 다리에도 초소형 전자 칩이 있지. 이는 신경 조직과 연관되어 운동 기능은 물론 자극에 대한 반응을 가능케 하고 있어. 그런데 이 칩은 그 자체가 하나의 생명체적 특성을 띠고 있어."

"세상에…… 끔찍하군."

"그건 애초에 계획된 일이었어. 나도 여기까진 알고 있었네. 그런데 그 칩 내부에 송수신 기능이 탑재되어 있다는 거야. 자네는 무슨 의민지 바로 알겠지? 이 비밀을 알고 있는 건 바로 미국뿐이라네. 쏭, 지금 내가 하는 이 말 역시 정보요원이 듣고 있을지 모른다는 것이야."

"섬뜩한 일이군. 단지 도청의 목적만은 아닐 테고?"

"그래, 바로 '완전한 통제'를 원하는 거야."

"아니 대체 무엇을 위한 일인가? 그 많은 안드로이드를 전부 통제할 수는 없을 텐데."

"나도 목적은 잘 모르겠어. 하지만 확실한 건 통제의 가능성이란 말이야. 이식된 칩에서는 나노 단위의 작은 크기의 해면질 촉수가 자라게 되지. 칩이 1년 이상 성장하면 뇌에 이르러 그곳에 섞여들게 되고 그때는 외부의 수신에 반응하게 되는 것이야."

"믿을 수 없어, 이건 악몽이야."

"더 믿을 수 없는 얘기를 해 줄까?"

"후우, 놀랄 일이 더 있나?"

"드디어 인간의 두뇌 정보를 기계에 이식할 수 있게 되었네. 물론 단순히 의료 목적으로 뇌의 정보를 저장하려는 건 아니지."

"그렇다면?"

"자네가 생각하는 대로야, 쏭."

"내가 쓴 글대로군. 몸과 정신의 분리라. 이봐, 난 그렇게 될 일은 없으리라 믿고 쓴 글이었단 말이네. 그런 연구를 하지 말라는 경고의 차원이었어! 맙소사!"

"소수의 사람들은 기억 장치에 자신의 의식을 저장하겠지. 또 그것의 복사본도 만들어 놓을 거고 말이야. 진정한 불멸의 몸이 되는 거지."

"토니, 그렇다고 해도 불멸은 아니겠지. 기억 장치의 동력원은 필요할 테니. 무한 동력 장치는 없지 않나. 아무튼 생명이 무엇인지에 대해 더 큰 파장이 일겠군. 기억 장치를 분석하기 위한 클라우드 분야에 또 정부 예산이 무지하게 들어가겠구먼."

"그래서 말이야, 쏭……."

"아니, 이게 뭐야, 토니!"

충혈된 눈의 토니는 어느새 권총을 뽑아 들어 자신을 겨누고 있었다. 그의 손은 부들부들 떨리고 있었지만 눈빛은 흔들리지 않았다. 찰카닥, 노리쇠를 움직여 장전하는 소리가 조용한 'Big Crunch'의 실내에 울려 퍼졌다. 테이블 위의 촛불이 격렬하게 춤추고 있었다.

"이제 모든 게 끝났어, 쏭. 우리에게는 죽을 권리도 남아 있지 않다고. 차라리 인간답게 우리 손으로 이 지옥에서 벗어나세. 자네가 싫다면 나라도 먼저 가겠네. 앞으로의 세상이 상상이 되지? 대부분의 사람은 권력층의, 그것도 미국의 로봇이 될 걸세."

"믿을 수 없네, 토니. 그 통제의 목적이 치안 유지일 수도 있지 않나. 자넨 과대망상증이야. 정신과 환자들만 보다가 자네도 미친 거라고. 정신 차려, 이 사람아!"

"절대 아니야. 난 미국을 잘 아네. 신을 믿는 나라라고 하지만 그들이 믿는 건 신이 아니었어. 그들은 인간을, 권력을, 자본을 믿었던 거야. 신도 죽이고 이제는 인간도 죽이고 있어. 내 왼발, 내 것이지만 내 것이 아닌 그 느낌을 자네는 아나? 체온은 있지만 따뜻하지 않고 감각은 있으나 편하지 않은 그 이물감을 아느냐고. 이제 모두가 이런 세상에 살게 되는 거야. 인간은 더 이상 자기 몸의 주인이 아니라고.

젠장, 차라리 신이 지배했던 중세 암흑시대가 낫지. 이게 뭔가!"

"진정해 토니, 총은 내려놓고."

태일의 말에 토니는 잠시 머뭇거리다가 권총을 자신의 스트레이트 잔 옆에 내려놓았다. 태일이 떨리는 손으로 토니의 잔에 보드카를 채워 주었다.

"진정하라고, 자네답지 않구먼. 대관절 이 나라에서 총은 어떻게 구한 거야?"

토니는 대답하지 않고 빈 병을 들어 올렸다.

"잘 봐, 쏭. 자네 엔트로피에 대해서도 글을 쓴 적이 있지?"

"아, 그렇지. 오랜만에 들으니 참 신선한 단어구먼."

토니는 손에 들고 있던 빈 병을 바닥에 힘껏 내던졌다. 당연히 병은 날카로운 소리와 함께 산산조각 났다.

"자, 엔트로피는 이렇게 증가하고 있다네."

"토니, 대체 왜 이러는 건가? 자네 많이 취한 거면 내가 집으로 바래다주지."

"쏭, 난 취하지 않았어. 나는 지금 엔트로피에 대해 말하고 있다고."

"그래, 엔트로피. 자네로 인해 엔트로피는 계속 증가하고 있다네, 토니. 내 심박수도 덩달아 증가하고 있다고."

"농담하고 싶은 기분이 아닐세. 우리 은하와 태양계, 지구의 차원이 아니야. 인류는 스스로 파멸을 향해 달려가고 있다네. 자네 에볼라 변종이 왜 생겼는지 아는가?"

"미국이 악의적으로 바이러스를 전파시킨다는 그 음모론을 말하고 싶은 건가?”

“음모론! 그 빌어먹을 놈의 음모론, 그래 나도 음모론이라 믿고 싶어. 소수의 불멸과 행복을 위해 나머지 다수를 죽여도 된다는 무서운 생각이 현실로 벌어지고 있는 이 현실을 믿고 싶지 않다고! 우리의 적은 자연재해도, 운석의 충돌도, 태양계의 붕괴도, 외계인도 아니었어. 사람들이 느끼는 막연한 두려움의 시작은 핵전쟁으로 인한 지구 멸망이나 에볼라 바이러스 혹은 신의 심판으로 인한 인류의 멸종이었겠지. 그런 두려움은 실체가 보이거나 상상할 수 있잖아. 그런데 ‘위대한 인류의 불멸을 위한 프로젝트’는 그런 차원의 것이 아니야. 인간이 인간이기를 포기하자는 위험한 계획이란 말이야.”

토니의 충혈된 눈에서는 한없이 눈물이 흘러내리고 있었다. 태일은 말없이 담배에 불을 붙였다. 토니에게도 불을 붙인 담배를 건네주었다. 토니가 담배 연기를 깊게 들이마신 후 천장으로 내뿜었다. 검은 천장을 하얀 담배 연기가 채우는 모습이 왠지 을씨년스럽게 느껴지는 순간 탈칵 소리와 함께 자체 동력이 가동되며 불이 들어오는 듯했다. 그러나 한 번 깜빡였을 뿐 여전히 촛불에 의지할 수밖에 없었다. 촛불의 희미한 불빛에 비친 토니의 얼굴에는 세월이 만든 굴곡이 보였다. 연달아 담배 두 개비를 피운 토니가 떨리는 목소리로 입을 열었다.

“쏭, 나의 친구…… 너무 두렵다네……. 이봐, 난 사실 유대인이란 말이야.”

“뭐라고? 이봐 안드로이드 팀에 종교를 가진 이는 하나도 참여하지 않았잖아? 아니, 참여할 수 있는 시스템이 아니었잖나.”

"그랬지. 그래서 유대인임을 속여야 했지. 나는 이제 신을 믿을 수가 없네. 우리는 누가 구원하게 되는가? 몸 없이 영원히 살아가는 것보다 나는 아늑하게 죽고 싶네. 이제는 쉬어야겠어. 난 인간의 영혼이 감당할 수 있는 충격의 한계를 넘어섰어."

"그래, 알았네. 일단 진정하라고. 나도 카오스 이론의 측면에서 안드로이드에 대해 커다란 의심을 품고 있었지. 사실 쥐라기 공원을 만드는 것보다는 쉬운 일일지 모르지만, 안드로이드가 어떤 결과를 초래할지를 상상해 보는 것은 자네 엉덩이를 상상하는 것보다 끔찍한 일이란 말이야."

태일의 말에 토니가 씁쓸하게 미소를 띠었다.

"역시, 역시 자네는 내 친구야, 쏭. 혹시라도…… 만약에 신이 있다면…… 만약에 저세상이란 게 있다면 그곳에서도 자네가 내 친구였으면 좋겠네. 그런데 이곳에서는, 더 이상 자네의 친구로 살 수가 없구먼. 자네를 보면서 죽을 수 있다니 행운이야."

"아니야, 토니! 끝까지 살아 보자. 우리가 그들의 음모를 세상에 밝히자고. 죽는다는 게 무슨 소리인가, 자네는 가족도 있잖아, 토니!"

순간 문이 열리는 소리가 들렸다. 지환이 돌아온 듯했다. 토니가 태일에게 향한 시선을 유지한 채 다시 앞에 있던 권총을 들었다.

"쏭, 주사위는 던져졌어. 지구는 이제 지옥이야. 난 내 몸을 지키고 싶네, 친구. 내 잘려 나간 다리는 소각되었지. 가루가 된 채 아직도 내 몸을 찾고 있을 거야. 자네, 사람이 죽으면 별이 된다고 했지? 몇 십억 년 뒤에 보자고. 내가 자네 머리 위에 떠 있을 테니까."

"안 돼!"

토니가 방아쇠를 당겼다.

타앙.

총소리가 실내를 울리며 토니의 머리에서 피가 펑펑 흘러나왔다.

"안 돼, 토니! 자네만, 자네가 이렇게 가면 어떡해! 남은 사람들이 어떻게 살아야 할지 알려 줘야 할 것 아닌가!"

몇 초의 시간이 지났다. 인기척을 느낀 태일이 고개를 들어 주변을 둘러보니 문 근처에서 검은 양복을 입은 남자가 재빠르게 멀어져 갔다.

'지환이 들어온 게 아니었나? 왜 뛰쳐나간 거지? 구급차를 부르러 간 건가?'

아무도 없는 문을 바라보던 태일은 넋이 나간 채로 그저 멍하니 있었다. 잠시 뒤에 지환이 들어오는 것도, 비명을 지르는 것도 알지 못했다.

한국 경찰의 조사에 따르면 애초에 토니의 탄창에는 총알이 들어 있지 않았다.

이제 결심했다. 40년간 나를 이끌어 온 모든 것들을 이제 놓아주려고 한다. 내 몸을 지켜야 한다. 누군가 나를 계속 지켜보고 있다는 것을 알고 있다. 신이시여, 어머니의 자궁처럼 편안한 곳으로 나를 인도하소서. 당신이 주신 이 육신을 보살펴 주소서. 저주받은 이 땅을 불로 멸하소서. 영혼이 있나이까. 영혼은 무엇이나이까. 그런 건 애초에 없던 것입니까. 그래 영혼 따윈 없다. 신도 없다. 우리는 몸을 잃었고 모두가 잃게 될 것이다. 우리의 정신도 컴퓨터 속으로 저장되어 원래 담겨 있던 몸을 벗어날 것이다. 오른쪽 다리가 간지럽다. 이것은 내 몸이 아니다. 정보국 본부의 하드 디스크에 저장된 내 의식이 내가 아니듯이 이 다리는 나에게 속한 것이 아니다. 잘라 버려야겠다. 그런데 막상 칼을 드니 두려워진다. 한국에 와서 처음 본 낙지가 생각난다. 잘린 다리가 꿈틀대던 것이 기억난다. 미국에서 고등학교에 다닐 때 병아리 부화 공장에서 갓 태어난 병아리를 감별해 하루에만 10만 마리씩 분쇄기에 넣어 죽이는 끔찍한 장면을 본 적이 있다. 나도 그 분쇄기 속으로 뛰어들고 싶은 욕망이 터져 오른다. 이 모든 일이 꿈이었으면 좋겠다. 평생 꾸기 싫은, 가장 무서운 악몽.

토니가 머리에 총을 쏜 지 열흘이 지났다. 버지니아 주의 날씨는 오늘도 맑다. 미국 중앙정보국 국장 허만은 엘리베이터를 타고 지하 깊은 벙커 안으로 들어간다. 조선소보다 큰 규모의 데이터 센터는 세계에서 가장 큰 규모의 냉각 설비가 갖춰져 있다. 거대한 발전기는 인류 역사상 가장 큰 핵폭발과 지진이 일어나도 안정적으로 전원을 공급할 수 있도록 만들어졌다. 다섯 단계의 보안 검사를 통과하면 전 세계에서 가장 은밀하고 중요한 곳으로 들어갈 수 있다.

벙커 안으로 들어간 허만이 자신의 이름이 적힌 컴퓨터 앞에 앉자 카메라 로봇의 관절이 유연하게 움직이며 허만의 홍채와 정맥을 스캔한 후 사용권을 부여한다. 컴퓨터 사용에 대한 권한은 단 한 명으로부터 주어진다. 전 세계 모든 인류 중 오직 미합중국 대통령 한 사람만이 '위대한 인류의 불멸을 위한 프로젝트'의 심장부인 메인 컴퓨터에 접근할 수 있다. 그 권한을 위임받은 것은 허만 국장을 포함해서 세 명밖에 없다. 허만이 모니터를 터치한다. 몇 번의 터치를 거

치자 "정말로 삭제하시겠습니까?"라는 경고문이 모니터 중앙에 나타난다. 허만은 '확인'이란 글자에 손가락을 대고 천천히 누르며 중얼거린다.

"안됐군, 앤터니. 이제 영원히 살 수 있는 세상인데 말이야. 자네는 너무 많은 걸 알려고 했어."

모니터의 화면이 바뀌고 클라우드 서버는 빠르게 업데이트를 시작한다. 토니는 유대인 전통의 장례 의식을 치르지 못하고 모교의 납골당에 담겨 별이 되기를 기다렸다. 그리고 그의 의식은 열흘이 지난 지금에서야 지워지고 있다. 허만이 무거운 몸을 일으킨다. 그의 모니터에는 앤터니가 세상에 살았던 마지막 증거가 사라지기까지 남은 시간이 표시되고 있다.

SSN #0132315-425-523574.

NOW Deleting.

Remaining Times: 15minutes.

데인저러스 코드

이대코

위험에 대한 공포는 위험 그 자체보다 천 배나 무겁다.

— 대니얼 디포

1

"오늘 새벽 6시, 대전시 유성구에서 40대 남성 데코(데인저러스 코드) 보유자가 발견되었습니다. 외계 대책반은 신속하게 대전 우주대학 병원에 이 남성을 이송, 격리 조처를 했습니다. 데코 보유자는 갈수록 늘어나는 추세인데요, 아직 정부에서도 정확한 데코 보유자 현황을 파악하지 못하는 상태입니다. 다만, 유엔이 외계인과의 접촉을 공식적으로 인정한 이후, 데코라 불리는 외계 기생 삽입체가 지구에 대한 정보 수집의 목적으로 인간에게 심어지고 있다는……."

세상은 온통 데코에 대한 공포로 가득 찼다. 언론 매체는 데코 공포를 나서서 확산하고 있었다. 뉴스를 본 사람들은 밖에 나가는 것조차 꺼렸고, 혹여 외계인에게 납치당할까 봐 불안에 떨었다. 여러 가지 억측과 괴담, 외계인에 납치당했다는 사람들의 믿거나 말거나 경험담이 쏟아져 나왔지만, 어느 것 하나 밝혀진 사실은 없었다. 정부는 연일 노력한다는 말만 되풀이했다.

"또 나타났구먼. 또 나타났어! 저 데코. 저거, 저거, 의심스러운 놈들 싹 다 잡아다가 검사해 봐야 뎌. 다 외계 스파이 놈들 아니여. 지난번 부녀자 살인 사건도 저놈들 짓이라더구먼. 흉악한 놈들. 다 잡아다 족치고 사살시켜야 뎌, 아유."

옆자리 할머니는 데코에 대한 반감을 넘어 악에 받친 증오를 내뿜고 있었다.

"할머니, 저 사람들도 저렇게 되고 싶어서 됐겠어요? 어쩔 수 없이 재수 없어서 걸린 거지. 비난하기보단 잘 치료되길 바라야죠."

할머니 옆자리 남자가 듣기 거북하다는 듯 말했다. 어쩌면 이 남자의 가족이나 친구 중에 데코 보유자가 있는지 모를 일이다. 그래서 참지 못하고 할머니의 무지함을 타박하듯 말하는 것일지 모른다. 어쨌거나 윤주는 두 사람의 말다툼을 더는 듣고 싶지 않아서 멀리 떨어진 곳으로 자리를 옮겼다.

— 아직 자고 있어? 병원에서 뉴스 틀어 줘서 옆자리에서 데코 얘기로 싸우는데 시끄러워 죽겠어. 짜증 나서 자리 옮기는 중.

윤주는 왼손에 찬 스마트워치로 남친 태현에게 문자를 보냈다. 출시되자마자 줄을 서서 산 이 신제품 기기는 고화질 홀로그램으로 찡그린 그녀의 얼굴을 태현에게 전송했다.

— 야, 그거 이식되면 몸이 기형으로 변한다더라. 검진 자~알 받고 와. 너도 요즘 뭔가 몸이 기형적으로 말라 가고 있잖아ㅋㅋ

— 이게, 진짜! 그게 다 너 때문에 고생해서 그런 거잖아.

— 그래, 그래. 울 할매. 기운 내! 그래야 돈 많이 벌어 오지ㅋㅋ 남 싸움에 예민해지지 말고!

"정윤주 환자님."

간호사가 큰 소리로 불렀다.

윤주는 "네." 하고 대답하고서 검사실로 향했다.

침대에 눕자 묘한 긴장감이 감돌았다. 두 명의 여의사가 복잡해 보이는 각종 의료장비를 조율하고, 주사와 기구들을 세팅했다. 그 기계적인 움직임에 자신도 모르게 움츠러들었다. 구부정한 자세로 앞으로 행해질 검사를 기다리자니 자신이 인간이 아닌 실험체가 된 기분이 들었다. 실험용 동물도 이런 기분일까? 그런 실험을 통해 만들어진 화장품이 자신에 피부에 발라졌다고 생각하니 끔찍했다.

"마우스피스 무세요. 주사 놓을게요."

건강검진의 마지막은 내시경 검사. 태아처럼 웅크린 채 모로 누워서 마우스피스를 입에 물었다. 수면상태에서 진행되겠지만, 기다란 관이 입과 항문에 삽입되는 생각을 하니 수치심에 몸서리가 쳐졌다. 주삿바늘이 꽂힌 팔에는 알 수 없는 약물들이 계속 흘러들었다. 대체 얼마나 건강하게 살려고 여기서 이러는 건지. 이런 넋두리를 하는 동안 저도 모르게 스르르 눈이 감겼다.

"계속 이 병실에 둘까요, 아니면 깨기 전에 병실을 옮길까요?"

"내버려 둬. 어차피 약 기운 때문에 정신 못 차릴 거야. 일어나면 그쪽에서 가르쳐 준 대로 얘기하면 돼."

귓가에 웅웅거리는 대화 소리에 천천히 눈꺼풀을 들어 올렸다.

"검사 다 끄나은나요?"

꿈인지 현실인지 분간이 안 되는 상황에서 뻣뻣한 혀로 물었다. 마취가 아직 덜 풀렸나 보다.

"빨리 깨셨네. 좀 더 주무세요."

"저은 이제 가면 되나요? 아…… 어지러웁네에요."

"용종이 있어서 대기하셔야 해요. 요즘 나노테크닉 덕에 용종 정도는 손쉽게 제거되니간 걱정 말고 좀 더 주무시고 계세요."

용종이라는 말에 살짝 걱정이 됐지만 별거 아니라고 하니 마음을 놓고 다시 잠에 빠져들었다. 잠든 상태에서 어딘가로 옮겨지는 듯한 느낌이 들었으나 굳이 눈을 뜨진 않았다. 간호사들의 대화가 잠결에 들렸다.

"얘, 이 환자 데코 보유자라며?"

"이번이 몇 번째야? 좀 있으면 외계 대책반이 또 들이닥치겠네."

"쉿! 들을라."

"에이, 괜찮아. 한참 잠에 빠져 있는데 뭘. 처음 봤을 때부터 되게 삐쩍 마른 게 딱 느낌이 오더라. 데코들은 다들 좀 이상하게 생겼잖아. 외계인같이 생겼다고 할까. 암튼 뭐 그런 거."

"근데 데코들 외계 대책반에 끌려가면 몸을 다 헤집어 놓는다면서? 어휴, 소름 돋아."

"그렇게 했는데도 제거가 안 되면 평생 격리된대."

"대전에서만 자꾸 발생하는 게 이상하지 않아? 왜 만날 건강검진할 때 발견되고 지랄이야. 기분 나쁘게."

설마…… 내 얘긴 아니겠지? 잠결에 들은 간호사들의 대화에 괜한 불안감을 느꼈다. 아냐, 그럴 리가 없지. 외계인은커녕 그 흔한 우주여행도 못 가 봤는데. 그럼에도 윤주는 의심을 지울 수가 없었다. 다른 환자가 옆에 또 있는 걸까. 살짝 실눈을 떠 보았지만 다른 환자는 보이지 않았다. 삐쩍 말랐다는 말이 자꾸만 신경 쓰였다. 왠지 눈을 뜨면 안 될 듯해서 계속 자는 척했다.

뒤이어 간호사가 한 말에 마음은 더욱 심란해졌다.

"외계 대책반이 올 때까지 붙들어 놔야 해. 30분이면 충분하니깐 정신 바짝 차리고 지켜봐."

잠잠해지자 눈을 뜨고 주변을 둘러보았다. 제일 먼저 스마트워치가 떠올랐다. 아무리 찾아도 보이지 않았다. 조금 전 들은 말 때문에 꺼림칙했지만 하는 수 없이 간호사를 불렀다.

"저기, 제 스마트워치가 없어서요. 분명히 검사하기 전에 가져가셨는데, 여기 없네요."

"아까 드렸는데요?"

"네? 무슨 소리예요. 전 받은 기억이 없는데."

"프로포폴 때문에 잊으셨나 보네. 종종 그런 일이 있거든요. 남자친구한테 연락해야 한다고 바로 가져가셨잖아요. 어디 다른 데 벗어 놓으신 거 아니에요?"

"정말 없다니까요! 제가 중간에 벗어 놓을 데가 어디 있어요? 바로 실려 왔는데."

"병실 안에 잘 찾아보셨어요? 한 번 더 확인해 보세요."

"그러면 제 번호로 전화 좀 해주세요. 010-XXX-XXXXX."

간호사는 떨떠름한 얼굴로 마지못해 자기 폰으로 전화를 걸었다. 수화기에서 신호음이 흘러나왔지만, 윤주의 스마트워치 벨 소리는 병실 안 어디서도 들리지 않았다. 간호사는 "다른 데서 흘렸나 보네요. 분실물 신고해 드릴게요."라며 사무적인 태도로 말하고 밖으로 나갔다.

머릿속이 멍했다. 아까 그들의 대화로 미루어 보아 뭔가 일이 잘못 돌아가는 게 분명했다. 자리에 누워 있던 윤주는 벌떡 일어나 문으로 다가갔다. 찬물에 세수라도 해야지. 병실 문을 열자마자 간호사가 그 앞에 버티고 서 있었다.

"어디 가세요?"

"아, 화장실 좀 다녀오려고요. 머리가 너무 아파서 세수라도 하려고요."

"용종제거 수술이 20분도 안 남았어요. 대기하고 계세요."

간호사는 문을 가로막으며 강압적인 투로 말했다. 윤주는 주눅이 들어 뒤로 물러났다. 간호사는 마치 수문장처럼 문 앞에 버티고 서서 그녀를 말없이 바라보았다. 무언의 압박이 느껴졌다. 그녀가 자신을 이곳에 가둬 두려 한다는 느낌이 강하게 들었다. 다시 침대로 돌아가자 그제야 간호사는 문을 닫고 나갔다. 닫힌 문에 난 창으로 간호사와 눈이 마주쳤다. 황급히 고개를 돌리는 그녀를 보자 불안감이 더욱 깊어졌다. 용종제거 수술과 외계 대책반, 그리고 데코. 낯선 퍼즐 조각들이 불쑥 그녀 인생에 끼어들었다. 이 불쾌한 조합들을 곱씹자 불길한 예감이 점차 확신으로 변해 갔다.

문에 난 창으로 간호사가 멀어지는 걸 확인하자 살며시 문을 열고 나왔다. 일단 병원 출구 쪽을 향해 빠르게 걸어갔다. 주변을 살피며 걷는 도중에 1층 로비로 '외계 대책반'이라고 적힌 검은색 유니폼 차림의 남자 두 명이 들어오는 게 보였다. 윤주는 화들짝 놀라 얼른 고개를 돌렸다. 손에 식은땀이 났다. 그들 뒤로 선글라스를 낀 정장남이 따라 들어왔다. 남자는 유니폼들에게 명령했다.

"가서 정윤주 데려와."

윤주는 흠칫 몸을 떨었다. 온몸의 털이 곤두섰다.

남자는 선글라스를 벗어서 정장 재킷 윗주머니에 꽂았다. 눈초리가 위로 치켜 올라간 게 영락없는 매 눈이었다. 그는 먹이를 찾듯 병원 로비를 슥 훑었다. 그의 레이더망에 걸리지 않으려고 윤주는 긴 머리카락으로 얼굴을 가렸다.

2

집에 왔을 때, 태현은 평소처럼 침대에 누워 모바일 게임을 하고 있었다.

"어, 왔어?"

그는 윤주를 쳐다보지도 않고 말했다. 이럴 때 따뜻한 말 한마디 건네지 않는 남친이 야속할 만도 할 터인데, 오히려 그런 평소 같은 모습이 그녀는 반가웠다. 조금 전까지 겪었던 상황들이 모두 꿈같았다. 이제야 안전한 일상으로 돌아온 듯해 안도감이 들었다.

"태현아……."

떨리는 목소리로 말하고서 쓰러지듯 그를 꼭 끌어안았다.

"뭐야, 갑자기 왜 이래? 병원에서 무슨 일 있었어? 어디 안 좋대?"

그에게 어떻게 설명해야 좋을지 몰라서 연신 고개만 저었다. 눈물이 왈칵 쏟아졌다. 놀란 태현이 휴대전화를 내려놓고 재차 물었다.

"무슨 일이야? 무슨 일인데? 말을 해야 알지!"

간신히 마음을 진정시키고 천천히 입을 열었다.

"병원에서…… 날 데코 환자로 오진한 것 같아. 갑자기 외계 대책반까지 날 쫓아오는데, 정신이 하나도 없어. 내가 그럴 리가 없잖아. 데코라니……."

그에게 털어놓고 나니 그제야 혼자가 아니라는 생각에 마음이 놓였다.

"진정해. 다시 재검사 받으면 되니까 너무 걱정하지 말고. 너처럼 겁 많은 애가 데코라니 그게 무슨 말도 안 되는 소리야?"

그가 등을 토닥여 주었다.

"월요일에 나랑 다른 병원 한번 가 보자. 알았지?"

가슴이 뭉클했다. 그가 옆에 있다는 사실에 몹시 감사했다.

그는 윤주가 좋아하는 민트 초콜릿 프라페를 사 오겠다며 밖으로 나갔다. 그사이 마 부장에게 전화를 걸었다.

"마 부장님. 저 윤주예요. 제가 오늘 건강검진을 받았는데 결과가 안 좋아서 며칠 쉬어야 할 것 같아 연락드렸어요."

"정 대리, 다음 주 식약청 감사 있는 거 몰라?"

"제가 좀…… 많이 안 좋아서요."

"감사 끝나고 쉬어, 그럼! 쉴 것 다 쉬면 회사 일은 누가 해?"

마 부장은 한심하다는 듯 소리쳤다. 꼴통 마초인 그는 우주 식량이 우주산업 개발에 얼마나 큰 역할을 하고 있는지 모르느냐며 10분도 넘게 잔소리를 해 댔다.

짜증이 치밀어 올라 담배나 피울 겸 옥상에 올라갔다. 인상을 쓰며 입에 문 담배를 뻑뻑 세 모금째 빨아 당길 때쯤, 저 멀리 고층 빌딩 대형 스크린에 자신의 얼굴이 떡하니 나온 것을 보고 윤주는 사레가 들려 컥컥댔다.

얼굴 밑에는 세 줄의 문구가 박혀 있었다.

긴급속보!

오늘 오후 12시경 데코 보유 여성, 외계 대책반 이송 전 도주.

정윤주(32세). 마른 체형에 날카로운 인상. 대전 서구 탄방동 거주.

현상 수배 3000만 원.

윤주는 피우던 담배를 손가락 사이에서 놓쳤다. 병원을 벗어난 지 30분이나 지났을까. 아득해지는 정신줄을 잡으며 낙하하는 담배를 따라 무심코 시선을 떨군 순간, 건물 아래 검은색 밴이 정문을 향해 들어오는 게 보였다. 뒤따라 은빛 호송차량이 들어왔다. 무서운 속도로 검은색 밴이 건물에 바싹 다가와 멈춰 섰다. 병원에서 본 검은색 정장의 매 눈이 먼저 차에서 내렸다. 그리고 뒤따라 민트 초콜릿 프라페를 사러 간다던 태현이 내렸다. 그는 매 눈을 보며 손가락으로 이쪽을 가리켰다. 보고도 믿을 수가 없었다. 조금 전까지 자신을 위로해 주던 태현이 왜 그들과 함께 있는 거지?

곧바로 유니폼을 입은 남자들이 빌라 출입문으로 뛰어 들어갔다. 대형 스크린에는 여전히 윤주에 대한 속보가 이어지고 있었다. 현상 수배 3000만 원. 그 글귀가 섬뜩하게 다가왔다. 지난 세월, 그가 했던 수많은 얍삽한 행동들이 꺼져 가는 담배 연기처럼 피어오르기 시작했다.

"……개새끼."

짧은 혼란 끝에 목구멍에 치밀어 올라온 뜨거운 한마디는 작고 허탈하게 사그라졌다. 예상치 못한 상황들이 켜켜이 쌓이자 오히려 윤주는 냉정함을 되찾았다. 배신감에 치를 떨고 있을 때가 아니었다. 일단은 여기서 벗어나야만 한다. 벗어날 방법을 찾아야만 한다. 바로 옆 건물이 눈에 들어왔다. 멀지 않은 거리라 문득 뛰어 볼까 했지만 이내 고개를 저었다.

'정신 차려, 정윤주!'

그때 누군가 내다 버린 기다란 회의용 접이식 책상을 발견했다. 책상을 질질 끌고 와서 펴진 다리를 옥상 턱에 걸고, 반대쪽 다리를 접어서 건너편 옥상에…….

제길. 짧다.

눈대중으로 보기엔 길이가 딱 맞을 듯했는데, 생각보다 건물 사이의 거리가 꽤 멀었다.

난감했다. 진정하고 일단 옥상 문부터 잠갔다. 허둥거리며 두리번 거리다 번뜩 소방용 계단이 떠올랐다. 옥상 아래를 내려다보며 외벽 어디에 그 계단이 붙어 있는지 확인했다. 계단은 배수관 옆을 따라

이어져 있었다. 다행히도 외계 대책반 차량이 있는 쪽과는 반대 방향이었다.

후우, 후우.

크게 심호흡을 두 번 하고서 망설임 없이 담을 따라 빠르게 내려갔다. 세 층쯤 내려가자 위에서 "쾅! 쾅!"소리가 들려왔다. 외계 대책반이 벌써 옥상에 다다라 문을 부수기 시작했다.

다급해졌다. 옆 배수관에 손을 뻗었다. 힘껏 몸을 붙이고 다리를 조인 채 배수관을 타고 미끄러져 내려갔다. 아래를 보니 여전히 세 층이나 남아 있었다. 순간 현기증이 일었다. 정신을 차리려고 앞만 똑바로 보았다. 마찰 때문에 손바닥이 뜨거웠다. 티셔츠 소맷자락을 말아 올려 배수관을 잡자 획 하고 속력을 내며 미끄러져 내려갔다.

속도가 너무 빨라서 다급하게 오른손을 떼 소매를 올린 후 다시 관을 붙잡았다. 속도를 줄이는 데 성공하긴 했으나 오른손이 타들어 가는 듯했다. 그렇게 간신히 보도블록까지 내려왔다.

건물 위를 슬쩍 올려다봤다. 그제야 실감이 나면서 간담이 서늘해졌다. 어디서 이런 용기가 났는지 자신도 놀라웠다. 무사히 내려온 게 기적이었다. 살아오는 내내 자신을 외면했던 신의 가호가 그제야 느껴졌다. 모태 신앙이니 무조건 성당을 나가라고 부추겼던 엄마 덕에 드문드문 미사에 참석했던 것이 이렇게 빛을 발하는 걸까. 하느님, 감사합니다. 아멘.

내려오자마자 갓길에서 택시를 잡았다. 지갑은 없었지만 다행히 담배 파우치에 처박아 둔 꼬깃꼬깃한 1000원짜리가 몇 개 있었다.

"어디로 모실까요, 손님?"

택시 기사가 백미러로 흘끗 보며 물었다.

윤주는 반사적으로 고개를 돌리며 대답했다.

"지족동요."

3

집에 온 게 몇 년 만일까. 다시는 안 들어올 것처럼 나갔었는데 이런 식으로 돌아오게 될 줄이야. 엄마는 도깨비라도 본 듯한 표정을 지었다.

"지나가다 잠깐 들렀어."

제 발이 저려서 묻지도 않았는데 먼저 말해 버렸다. 엄마는 집에 온 이유를 캐묻지 않았다.

"얼굴이 왜 이래? 마르긴 또 왜 이렇게 말랐고. 밥은 먹었어?"

"아직."

긴장이 풀려선지 갑자기 심한 허기가 밀려왔다. 생각해 보니 어제 오늘 건강검진 때문에 먹은 게 관장약밖에 없었다. 대장 내시경을 받으려면 속을 모두 비워야 했다.

잠든지도 모르게 잠이 들었나 보다. 엄마의 밥 먹으라는 말과 함께 눈을 떴을 땐, 어느새 아빠와 삼촌, 여동생 동주까지 집에 와 있었다.

식탁 앞에 온 식구가 모여 앉은 광경은 어색하기 짝이 없었다. 밥상 위에 놓인 미역국을 보자 울컥하면서도 마음이 불편하다. 오늘이 생일이었지…….

"먹자."

아빠의 무뚝뚝한 한마디에 다들 숟가락을 움직이기 시작했다.

5년 만에 집에 돌아왔는데 누구도 안부를 묻지 않았다. 역시 변한 게 없다. 늘 앉던 식탁 의자에 앉아 있자니 잊고 있던 옛 기억이 새록 새록 떠올랐다. 여고생 윤주는 괴롭힘과 따돌림, 구타와 상납으로 점 철된 학교 생활을 묵묵히 참고 견뎌야만 했다. 가족들은 저마다의 이 유로 바빴고, 그녀는 힘들다는 내색 한번 제대로 할 수 없었다. 아버 지는 장녀인 그녀에게만은 가혹할 정도로 엄했다. 그럴수록 그녀는 집안에서 더 위축되고 소외되어 갔다. 그나마 착한 동주가 곁에 있어 줘서 극단적인 선택만은 피할 수 있었다. 이 집안에서 동주를 제외하 곤 가족의 온정을 느낄 만한 존재가 없었다. 그녀는 그런 그들을 지 금도 미워하고 있었다.

"얼굴 꼴이 그게 뭐냐? 밥은 먹고 다니는 거냐?"

아빠의 목소리가 윤주의 상념을 뚫고 들어왔다.

"그래, 언니. 얼굴이 너무 안됐다."

동주는 살갑게 아빠의 말을 거들었다.

"회사는?"

"왜요? 잘렸을까 봐?"

"똑바로 해, 뭐든. 힘들다고 때려치우지 말고. 너만 똑바로 하면 아 무 문제 없어."

서서히 아물고 있던 상처가 아빠의 저 고지식한 설교에 또다시 깊 어졌다. 치유 불능. 자신도, 이 집 식구들도 모두 치유 불능의 불치병을 앓고 있다. 윤주는 다시 한 번 그 사실을 확인했다. 이 집으로 돌아오고 싶지 않았던 이유도 그 때문이었다.

자기만 잘한다고 해서 잘 살 수 있는 세상은 없다. 혼자 살 게 아니라면.

도와주겠다. 힘이 되겠다. 그런 식으로 한 번도 손을 내민 적 없는 가족이 다시 한 번 싫어졌다.

"그래서 힘들다는 딸내미를 계속 내버려 둔 거야? 아빠는 한 번도 내 편인 적이 없지? 자기만 잘하면 잘 살 수 있는데, 왜 우리 식구들은 이 모양 이 꼴일까? 누가 못해서야? 아빠? 엄마? 삼촌? 나? 아니면 동주?"

결국은 아빠에게 한마디 하고야 말았다.

아빠의 얼굴이 진미채 무침처럼 벌게졌다.

"왔으면 조용히 밥 먹고 가라. 괜히 풍파 일으키지 말고……. 형수님, 국이 좀 짜네. 밥 한 그릇만 더 주세요."

다 늘어난 흰 메리야스에 10년 동안 주야장천 파란색 추리닝만 고집하는 진상 삼촌이 불쑥 끼어들었다. 예나 지금이나 동네 날건달 같은 인간이다.

"요즘은 도박 안 하나 봐? 그 빚 다 갚으려면 잭팟 한번 터져야지?"

"어이구, 우리 조카님이 도박 자금을 보태 주려고 그러나? 왜? 생각 있으면 한판 땡기러 갈까?"

능글대는 삼촌 때문에 되레 약이 올랐다.

"대체 왜 그래? 그만하고 밥 먹자, 응?"

한 번 더 쏘아 주려고 했는데 동주가 끼어들었다.

가만히 앉아 있던 엄마는 묵묵히 삼촌 밥그릇을 들고 일어섰다. 이런 기분으로 더 먹었다간 얹힐 것 같아서 윤주도 수저를 내려놓고 일어섰다.

"데코. 아직 아무것도 확실한 건 없다. 마음 굳게 먹어."

아빠가 툭 내뱉듯 말했다.

순간, 조금 전 먹었던 밥이 다시 입으로 튀어나올 뻔했다. 식탁 위의 시선들이 일제히 그녀에게로 쏠렸다. 뭐야, 그럼 다들 알고 있으면서 모른 척했던 거야? 윤주는 오싹함을 느꼈다.

"나 데코 아니야!"

굳이 아닌 걸 아니라고 말하는데도 어쩐지 목소리에 힘이 실리지 않았다.

"그래, 언니. 오진일 거야. 우리 병원에서 다시 한 번 검사해 보자. 나도 있고 우리 신랑도 있으니까 언닌 아무 걱정하지 마."

안 그래도 집에 올 때부터 동주에게 도움을 청할 생각이었다. 동주네 병원에 가서 제대로 된 검사를 받아 누명을 벗으면 모든 것이 제자리로 돌아올 것이다. 그것만이 수렁에 빠진 윤주에게 유일한 동아줄이었다.

"윤주야. 너 몸값 세던데. 그걸로 삼촌 빚부터 갚은 다음에 오진이라고 밝히면 안 되겠냐?"

징그러운 인간!

"삼촌, 그만해!"

동주가 말했다.

아마 진상 삼촌이라면 충분히 그러고도 남을 터.

"왜? 지금이라도 바로 신고해서 나 팔고 빚 정리하지? 신고해 봐!
해 보라고!"

윤주는 의자를 걷어차고 주방을 나와 현관으로 걸어갔다. 담배 생
각이 절실했다.

현관을 나서려는데 동주가 뒤따라와서 팔을 잡았다.

"언니, 지금 나가면 안 되잖아."

4

동주 손에 이끌려 지하실로 내려갔다.

"함부로 돌아다니면 안 돼. 동네 사람들 눈에 띄기라도 하면 어쩌
려고!"

동생 말이 맞다. 지금부턴 함부로 돌아다녀서는 안 된다. 외계 대
책반에 한번 잡혀가면 다시는 돌아올 수 없다. 검사를 받을 때까지
당분간은 남의 눈에 띄지 않게 지하실에 숨어 있는 편이 낫다. 지금
은 그게 최선책이다. 윤주는 자신을 걱정해 주는 동생의 마음 씀씀이
가 고마웠다.

지하실에는 더 이상 쓰지 않는 낡은 물품들과 책들이 먼지와 함께
쌓여 있었다. 조금 더러워도 당분간이니까 참고 지내기로 했다.

간신히 누울 수 있는 비좁은 공간에 어릴 적 쓰던 담요와 베개가
있었다. 윤주는 박스에 마구 집어넣은 책과 노트를 뒤적여 보았다.

『무한과 유한』, 『존재와 무』, 『악의 꽃』, 『우주상생방법론』…….

낡은 책들의 제목을 훑자 삼촌이 데모하던 시절이 떠올라 몸서리가 쳐졌다. 우주 상생 운동이니 뭐니 하는 걸로 끝없이 데모하던 시절의 삼촌은 카이스트 재학생이었다. 입학 당시만 해도 집안의 기대주였던 삼촌은 얼마 안 가 집안의 재앙이 되었다. 젊은 공학도의 맹목적인 '신인류 사상'에 대한 집착은 식구들마저 괴롭히기 시작했다.

정부 기관에서 나온 사람들이 끊임없이 감시하고 협박을 해 왔다. 뻔질나게 와서 집 안을 뒤지고, 대문 앞에 죽치면서 삼촌을 기다렸다. 당시 온 가족이 삼촌을 설득하려 노력했지만 그때마다 그는 대의를 위한다는 말로 가족의 고통을 뒤로했다.

하지만 삼촌은 아무것도 바꾸지 못했다. 먼지 쌓인 그 대의는 이 작은 지하실에서 오래된 유물처럼 퇴색돼 가고 있었다.

그때였다.

똑똑.

노크 소리에 신경이 곤두섰다. 잠시 숨을 참고 기다렸다.

"윤주야, 거기 있니?"

삼촌이다. 갑자기 여긴 왜 온 거지?

"너…… 몸에 이상 있다거나 뭐 그런 거 없냐?"

"왜? 내가 진짜 데코 숙주면 좋겠어?"

"왜 과민반응을 하고 그래? 그냥 걱정돼서 물어본 건데."

"아무 일 없으니까 신경 꺼!"

진상 삼촌과는 말도 섞고 싶지도 않았다. 세게 나오니까 삼촌도 더는 말을 걸지 않았다. 밖에서 아무 소리도 들리지 않자 윤주는 비로소 한숨을 내쉬었다. 데인저러스 코드 보유자? 말도 안 돼! 가당치도 않은 오진 때문에 이런 개고생을 해야 한다니 어이가 없었다.

대체 왜 이렇게 된 걸까. 외계인은커녕 요즘 유행하는 우주 여행한 번 가 본 적 없는 윤주였다. 서른두 살 생일은 결코 잊지 못할 것이다.

다시 노크 소리가 들렸다. 간 줄 알았던 삼촌이 다시 온 건가? 윤주는 긴장한 채 움츠러들었다.

"언니. 거기 있지, 아직?"

동주였다.

"어, 동주야."

"뭐 불편한 건 없어?"

"응, 괜찮아."

"언니, 답답해도 조금만 버텨. 이따 야식 가지고 올게. 내일 밤쯤에 병원에 한번 들러 보자. 그이가 데리러 온대."

"고마워, 동주야……. 정말 고마워."

조용한 지하실 안에 홀로 남아 벽을 보며 상념에 사로잡혀 있자니, 윤주는 혹시 데코일 수도 있다는 일말의 가능성이 불안했다. 재검사 이후에도 데코 판정이 나오면 어떻게 될까.

그때였다.

쾅……! 쾅……! 쾅……!

윤주는 숨을 삼켰다.

노크 소리가 아니었다. 놈들이었다.

귀를 틀어막고 눈을 감았다. 공포가 머리 위에서 울려 퍼졌다.

쾅……! 쾅……! 콰앙!

단 여섯 번의 타격으로 지하실 철문이 부서져 나갔다. 정신을 차릴 새도 없이 검은 유니폼들이 들이닥쳤다. 곧이어 매 눈도 뒤따라 들어왔다.

윤주를 발견하자 성큼성큼 다가와 느닷없이 뺨을 후려갈겼다. 그대로 나가떨어지자 이번엔 구둣발로 배를 걷어찼다. 윤주는 숨조차 쉴 수 없었다. 고통으로 몸부림치는 그녀 앞에 매 눈이 쪼그리고 앉았다. 그러곤 검지로 그녀의 머리를 지그시 눌렀다.

"얌전히 따라왔으면 좋았잖아."

"사…… 살려……."

윤주는 그의 바짓가랑이를 붙잡고 애원했다.

"끌고 가."

개처럼 집 밖으로 질질 끌려 나왔다. 멀리서 동주가 보고 있었다. 눈이 마주친 순간 동생은 괴로운 듯 시선을 피했다.

"윤주야……! 윤주야……!"

아빠는 허둥대며 연방 딸의 이름만 불러 댔다.

엄마는 주저앉아 울고 있었다.

윤주는 가족들을 뒤로한 채 호송차에 실렸다. 버스 입구에서 돌아보니 삼촌만이 덤덤한 얼굴로 그녀를 쳐다보고 있었다.

차가 출발하고 10여 분쯤 지나서야 윤주를 덮친 충격이 서서히 가시기 시작했다. 그제야 비로소 자신의 처지가 실감이 났다. 어디를 둘러보나 절망감에 사로잡힌 사람들뿐이었다. 다들 이런 식으로 붙잡혀 온 것일까.

고개 숙인 채 얼굴을 가리고 절망을 표현하는 사람이 있는가 하면, 자신을 팔아넘긴 누군가에게 욕을 해 대는 이도 있었다. 희망이 폐쇄된 공간 안에서 윤주는 숨죽여 울었다.

이제는 화도 나지 않았다. 벌써 체념의 단계로 넘어선 걸까? 믿었던 사람들에 대한 배신감도 빠르게 사그라져 갔다. 윤주는 긴 한숨을 내쉬었다. 담배 생각이 간절했다. 창밖으로 더는 자신과 상관없는 거리 풍경들이 빠르게 스쳐 지나갔다. 또다시 한숨이 비집고 나왔다. 어디로 가는 걸까. 나는 어떻게 되는 걸까. 버스 안은 온통 그런 의문 부호들로 가득했다. 단 한 사람만 빼고.

아까부터 윤주는 옆자리 남자가 신경 쓰였다. 생글거리는 얼굴로 줄곧 그녀를 노골적으로 쳐다보고 있었다. 대체 어떤 머리를 가졌기에 이런 상황에서 여자에게 작업이나 걸 생각을 하는 걸까. 그의 그런 무신경함이 존경스럽기까지 했다.

"우리 어디서 본 적 있지 않나요?

이런 후진 멘트를 이런 거지 같은 남자로부터 평소에 들었다면 기분이 더러웠을 텐데, 이런 상황에서 듣게 되니 기분이 정말이지 이루 말할 수 없이 더러웠다.

"정말 어디서 본 것 같은데. 저 본 적 있지 않아요? 어디더라?"

윤주는 일부러 크게 헛기침을 하고서 창 쪽으로 몸을 틀어 앉았다.

"저기, 이름이 어떻게 되세요? 내가 진짜 아는 사람 같아서 그러는데……."

이럴 때 음악이라도 들을 수 있다면 얼마나 좋을까. 남자는 계속되는 무시에도 찰거머리처럼 달라붙어 조잘댔다. 미친놈. 이 중에 진짜로 데코 환자가 있다면, 바로 이 남자일 거다.

5

언제부턴가 남자는 말이 없어졌다. 대신 뭐가 그리 좋은지 생글거리며 연신 주변을 둘러보았다. 마치 수학여행을 가는 소년처럼 들떠있었다. 확실히 이 남자, 정신적으로 문제가 있긴 있는 것 같다.

멍하니 창밖을 보던 윤주는 옆에서 달리는 은색 승용차를 저도 모르게 계속 들여다보았다. 차 안엔 가족으로 보이는 사람들이 즐겁게 떠들고 있었다. 그 은색 차가 버스를 추월할 때까지 그 모습에서 시선을 떼지 못했다.

"재미있는 거 알려 줄까요?"

남자의 조증이 다시 발동했다. 꽥 소리를 지르고 자리를 옮기고 싶었다. 하지만 소리를 질러도 옮길 자리가 없다. 자리를 바꿔 줄 아량 있는 사람도 여기엔 없어 보인다. 남자는 윤주에게 얼굴을 가까이 들이대고 귓속말하듯 작게 중얼거렸다.

"곧 끝내주는 일이 일어날 거예요."

"저기요. 제발 부탁인데요. 저 좀 제발……."

"아! 왔다! 하하! 딱 맞춰 왔네."

남자는 창밖을 보더니 신이 나서 소리쳤다.

"거기! 조용히 안 해!"

외계 대책반 요원이 남자를 향해 말했다.

"저! 죄송한데요. 자리 좀 바꿀 수 없을까요? 도저히 이 남자랑 같이 못 있겠어요. 부탁이에요."

윤주는 울고 싶은 심정으로 말했다.

"입 닥치고 앉아 있어! 어디 놀러 온 줄 알아!"

"저기 간수…… 아니, 경찰…… 아, 뭐라고 불러야 하나? 아무튼 저 할 말이 있는데요."

남자가 말했다.

요원은 화가 난 얼굴로 우리 쪽으로 다가왔다. 그런데도 남자는 웃고 있었다.

"할 말이 뭐야?"

"아저씨 곧 죽게 될 거라고요."

"뭐? 이런 미친놈이! 너 지금 뭐라고 했어!"

"곧 죽는다고. 바로 지금."

남자의 말이 끝나자마자 엄청난 충격이 차 안을 덮쳤다. 윤주는 몸이 앞으로 쏠리면서 앞좌석에 머리를 세게 부딪쳤다. 어느새 나타난 대형 트럭 한 대가 호송버스를 앞지르더니 갑자기 급정거했다. 버스는 급하게 브레이크를 밟으며 핸들을 틀었지만 트럭의 후미에 부딪치면서 속도를 이기지 못하고 휘청대다가 가드레일을 박은 다음 균형을 잃고 쓰러졌다.

윤주가 정신을 차린 것은 사람들이 뒤집힌 버스를 탈출하느라 시끌벅적 소동이 일어나고 있을 때였다.

"으으으……."

신음을 내며 쓰러진 좌석에서 구겨진 몸을 일으키려고 애썼다. 윤주가 눈을 뜨고 처음 본 것은 조금 전까지 자신에게 윽박지르던 외계 대책반 요원의 시체였다. 목이 꺾인 채로 운전석 앞에 내동댕이쳐져 있었다. 버스 기사는 피 흘리는 팔 한 짝만 구겨진 운전석 밖으로 내놓고 있었다. 순간, 남자가 했던 말이 떠올라 오싹 소름이 돋았다. 윤주는 휘청대며 일어섰다. 남은 몇몇 사람들이 천장이 돼 버린 반대쪽 차창을 통해 빠져나가려고 안간힘을 썼다. 몇몇은 의식을 잃고 피를 흘린 채 쓰러져 있었고, 몇몇은 죽은 듯했다. 밖에서 총소리가 들렸다. 사람들의 비명과 고함이 섞여 들어왔다. 윤주는 공포를 느낄 새도 없이 살기 위해 다른 사람들처럼 차창 밖으로 빠져나가려고 좌석을 밟고 올라섰다. 하지만 혼자 힘으론 도저히 빠져나갈 수가 없었다. 윤주는 도와 달라고 소리쳤지만 아무도 듣는 이가 없었다.

"여기요! 이쪽!"

차 뒤쪽에서 소리가 들렸다. 돌아봤을 때— 천장이 돼 버린— 창문으로부터 팔이 뻗어 나와 있었다. 구세주의 팔이었다. 찾는 이가 누구든지 상관없었다. 윤주는 다급하게 그쪽으로 다가가다가 시체에 걸려 넘어질 뻔했다.

"빨리요! 손잡아요. 어서!"

누군가 내민 손을 덥석 잡았다. 그리고 밖으로 끌려 나왔다. 그는 다름 아닌 바로 옆자리 조증 남자였다.

자신을 구해 준 구세주에 놀랄 새도 없이 빗발치는 총알 속에서 몸을 숙인 채 버스 밑으로 뛰어내렸다. 외계 대책반과 총격전을 벌이는 사람들의 정체는 알 수 없었지만, 분명한 것은 외계 대책반에게 잡혀서는 안 된다는 것이었다.

"무서워할 것 없어요. 내 뒤만 붙어서 따라와요. 알았죠?"

윤주는 그저 고개만 끄덕였다. 이 사람이 조금 전까지 자신에게 수작을 걸던 그런 한심한 인간이 맞나 싶었다.

"자, 갑니다! ……지금이에요! 뛰어!"

남자는 총격전이 벌어지는 사이를 아무렇지 않게 내달렸고, 윤주는 그를 따라가려 했으나 두려움으로 다리가 얼어붙어서 꼼짝도 할 수 없었다. 남자는 트럭 뒤로 몸을 숨겼다. 그는 고개를 내민 채 윤주에게 빨리 오라고 손짓을 했다. 다시 한 번 모험을 해야 하는 순간이었다. 소방용 계단으로 도망칠 때처럼.

"오세요! 빨리!"

남자가 트럭 뒤에 숨어서 재촉했다. 죽기 아니면 까무러치기다.

눈을 질끈 감고 트럭을 향해 빗발치는 총알 사이를 뚫고 뛰어갔다. 남자의 목소리를 향해 있는 힘껏 달려갔다. 간신히 눈을 뜨고 앞을 보았다. 트럭이 눈에 들어왔다. 채 5미터도 되지 않는 거리였다. 남자가 또다시 손을 내밀었다. 그 손을 잡으려고 팔을 뻗었다.

바로 다음 순간, 윤주는 의식을 잃고 쓰러졌다.

"정윤주!"

남자가 그녀를 향해 소리쳤다. 이상하다. 어떻게 내 이름을 알았을까. 의식이 점점 흐려지는 그 순간에 또다시 강렬한 충격이 전해져 왔다. 그녀의 등에 꽂힌 테이저 건의 침으로 수만 볼트의 전기가 흘러들었다.

윤주에게 테이저 건을 쏜 사람은 매 눈이었다.

"조갑수!"

남자는 매 눈을 향해 소리쳤다. 매 눈은 무표정하게 테이저 건으로 전기를 흘려보냈다.

6

벽면의 커다란 시계가 째깍째깍 소리를 냈다. 윤주는 눈을 떴다. 두려움이 바짝 뇌를 조여 왔다. 환자복을 입은 팔에 링거 바늘이 꽂혀 있고, 몸은 침대 위에 묶여 있었다. 머리를 박박 깎은 여자들이 자신을 내려다보았다.

"여기가…… 어디죠?"

"여긴 데코 판정을 받은 사람들이 격리된 곳이에요."

누군가 말했다.

"그럼 당신들 모두 데코인가요?"

"글쎄요. 그렇다고 하니 그런 줄 알고 있을 뿐이죠."

이번에는 다른 누군가가 말했다.

"여기선 데코가 아닌 사람들도 데코로 둔갑하죠. 한번 데코라는 딱지가 붙으면 벗어나는 건 불가능하죠."

자세히 보니 여자들의 외모는 몹시 기형적이었다. 아니, 인간의 형상이 아니라고 말하는 것이 더 맞을 터였다. 세 여자 중 하나는 그나마 인간처럼 보였다. 윤주는 그녀에게 물었다.

"당신들은 인간……인가요?"

"하아……. 글쎄요. 이젠 그것도 잘 모르겠네요. 데코와 융합되지 못해서 이렇게 됐다 하더군요. 일종의 부작용이죠."

비정상적으로 크게 부풀어 오른 얼굴과 쭈글쭈글한 갈색 피부를 가진 여자가 대답을 가로챘다.

"그게 무슨 말이죠?"

"말 그대로예요. 지금 당신은 멀쩡한 외모지만 치료실 한번 다녀 오면 변하기 시작할 거예요."

"치료실요?"

질문이 끝나기 무섭게 어디선가 철문 열리는 소리가 들렸다. 저벅 저벅. 누군가가 다가온다.

"정윤주."

어둠 속에서 남자의 목소리가 울렸다. 마치 쇠를 긁을 때처럼 섬뜩 하고 기분 나쁘게 신경에 거슬리는 소리였다. 남자의 목소리엔 상대 에 대한 감정이 일절 배제돼 있었다. 소름 끼치도록 메마른 말투. 남 자는 어둠 속에서 모습을 드러냈다. 칼로 짼 듯, 날카롭게 치켜 올라 간 그 눈매는 야생의 포식자를 떠올리게 했다. 그가 등장하자 여자들 은 모두 구석으로 피했다. 그는 그런 여자들을 훑어본 후 윤주를 쳐 다보았다. 윤주는 등골이 서늘해졌다.

"데려가."

매 눈이 명령하자 흰 가운을 입은 남자 두 명이 윤주의 양팔을 잡 고서 어딘가로 끌고 갔다.

"어디로 데려가는 거죠?"

윤주는 덧없는 질문을 던졌다. 대답은 없었다.

그녀를 데려간 방에는 의자 하나만 덜렁 놓여 있었고, 바닥엔 아직 치우지 못한 머리카락들이 널려 있었다. 의자에 앉은 윤주의 머리 위로 바리캉이 슥 지나가자 머리가 뭉텅 잘려 나갔다. 윤주의 얼굴은 눈물 자국과 멍투성이였다. 머리카락이 환자복 위로 우수수 떨어졌다.

낯선 기계장비들만이 덩그러니 놓인 공간. 그 한가운데 윤주는 침대에 묶인 채 재갈을 물고 있었다. 뇌파와 심전도를 측정하는 전선들은 파르라니 깎인 머리와 가슴팍에 붙었다. 그녀의 팔에 불쑥 주삿바늘이 꽂혔다. 약물이 주입되고 나서 잠시 후, 몸이 타들어 가는 듯한 끔찍한 고통이 덮쳐 왔다. 이를 악물었다. 온몸의 혈관들이 툭툭 튀어나왔다. 만약 재갈이 없었다면 이가 으스러졌을 터. 손가락이 굽고 몸이 활처럼 휘었다. 눈이 뒤집히면서 허연 흰자위가 드러났다. 그렇게 고통은 반복적으로 지속됐다.

병실로 돌아왔을 때 윤주는 반쯤 넋이 나간 채로 침대에서 꼼짝도 하지 못했다. 다른 여자들이 그런 윤주의 모습을 측은한 눈빛으로 바라보았지만, 아무도 그녀 곁으로 다가가려 하지 않았다. 그녀들도 이미 다 겪었기에 자신들이 아무런 도움도 줄 수 없다는 것을 알고 있었다.

며칠 뒤 윤주는 기묘한 광경을 보았다. 실험실을 다녀온 여자 중한 명이 그르렁거리며 발작을 시작했다. 실험실의 고통을 모두 알기에 으레 있는 일이라 생각했다. 하나 잠시 후 여자의 민머리가 울룩불룩 부풀어 올랐다. 윤주는 경악한 얼굴로 얼어붙은 채 그 모습에서 시선을 뗄 수 없었다. 지켜보던 여자 중 누군가 달려가 잠긴 문을 두

들기기 시작했다. 그러자 동요한 다른 여자들도 합세했다. 순간 광기가 병실 안을 휩쓸었다. 머리가 부풀어 오른 여자가 침을 질질 흘리며 희번덕거리는 눈으로 이를 드러낸 채 사람들에게 달려들었다. 그중 한 명을 붙잡아 냅다 벽에다 집어던졌다. 벽에 던져진 여자는 머리가 깨진 채 피를 흘리며 의식을 잃었다. 윤주는 공포에 사로잡혀 구석에 웅크린 채 덜덜 떨었다.

그때 요란한 발소리와 함께 매 눈과 흰 가운을 입은 남자들이 들이닥쳤다. 흰 가운이 손에 든 테이저 건을 발사했고, 미친 여자는 경련을 일으키며 풀썩 쓰러졌다.

매 눈이 정신을 잃은 여자에게 다가가 발로 엎어진 몸을 뒤집었다. 그러곤 상태를 유심히 살피더니 흰 가운 남자들에게 턱짓으로 지시했다. 그들은 새카만 자루에 여자를 담았다. 벽에 던져진 여자는 정신을 차렸는지 신음을 내며 몸을 떨었다. 상처가 심해 바로 치료를 받아야 하는 상태였다.

"저것도 같이 담아."

매 눈의 가차 없는 명령과 함께 여자는 자루에 담겼다. 두 개의 검은 자루가 병실 밖으로 질질 끌려 나갔다. 그 광경을 남은 여자들은 망연히 바라볼 뿐이었다.

"사람은 말이야. 정신이 몸을 지배할 수 있는 대단한 생물이지. 여러분 몸속에 데코가 있다고 해도 정신만 똑바로 차리면 치료가 될 수 있어."

매 눈은 그 말과 함께 구석에서 떨고 있던 윤주에게 다가갔다. 그가 손을 올리자 윤주는 반사적으로 움츠러들었다. 매 눈은 피식 웃더니 그녀의 어깨를 툭툭 털었다.

"그런데 말이지…… 여러분은 의지와 정신력이 약해."

한없이 작아진 윤주는 겁에 질린 강아지처럼 매 눈을 흘깃 보았다.

"강한 정신력을 기르세요. 국가와 인류를 위해서."

매 눈이 나가고서 몇몇은 숨죽여 울었다. 윤주는 여전히 떨림이 가시지 않았다. 두려움이 뼛속 깊이 새겨졌다. 시간이 지나자 병실 사람들은 다시 넋 나간 표정으로 돌아가 있었다.

매일매일 반복되는 치료는 말이 치료지 고문이었다.

윤주는 치료실에 다녀올 때마다 조금씩 다른 사람으로 변해 가기 시작했다. 눈빛이 달라졌고, 말도 거의 하지 않게 되었다. 선 채로 오줌을 지리기도 했고, 간질 환자처럼 발작을 일으키기도 했다. 그녀는 생기를 찾아볼 수 없는 썩은 고목처럼 간신히 몇 가닥 뿌리만 내린 채 하루하루 버텨 내고 있었다.

고통은 내성이 생긴다. 윤주는 익숙해지기 시작했고, 병실의 다른 여자들처럼 이곳 생활에 적응해 갔다. 자신의 고통에도, 남의 고통에도 무관심해져 갔다. 멍하니 있는 시간이 많아졌고, 누군가 자신을 구해 줄 거라는 막연한 희망도 더 이상은 품지 않게 되었다.

매 눈이 병실에 들어와 윤주 앞에 섰다.

"정윤주. 신체 변형이 전혀 일어나지 않았군."

그의 말에 병실 여자들의 시선이 모두 그녀에게로 쏠렸다. 치료라 불리는 그 무수한 고문 속에 신체가 변하지 않은 건 병실에서 오직 그녀뿐이었다.

그것이 자신이 데코가 아니라는 증거일 거라고 윤주는 생각했다. 그러자 목구멍에서 울컥 말이 올라왔다.

"아니라고 했잖아! 난 데코가 아니라고! 난……."

윤주는 말하고 신체가 변형된 다른 여자들을 보았다. 그들의 얼굴에 나타난 것이 두려움인지 부러움인지 알 수 없었다. 어쩌면 그녀만 변하지 않은 것을 원망하는 것인지도 몰라 윤주는 순간 두려움을 느꼈다.

매 눈이 이를 드러내며 미소 지었다. 그 미소는 남을 얼어붙게 하는 힘이 있었다.

"정윤주는 내일부터 다음 단계로 들어간다."

윤주는 절망했다. 데코든 아니든 한번 들어온 이상 나갈 수 없단 말인가.

문득 병원에서 간호사들이 나눴던 대화가 떠올랐다.

"근데 데코들 외계 대책반에 끌려가면 몸을 다 헤집어 놓는다면서? 어휴, 소름 돋아."

"그렇게 했는데도 제거가 안 되면 평생 격리된대."

애초에 데코는 제거될 수 없는 게 아닐까? 그러니 데코가 아니더라도 그것을 증명할 수 없는 게 아닐까? 제거될 수 없으니, 데코 반응이 나타날 때까지 계속해서 같은 치료를 반복하는 게 아닐까? 그런 의문이 들자 몸서리가 쳐졌다.

매 눈이 나간 후 여자들 중 하나가 말했다.

"당신. 데코 적합체인 건가?"

그러자 모든 여자가 일제히 경계하는 눈으로 윤주를 쳐다보았다.

그 말을 듣자 그제야 처음 이곳에 왔을 때 그들의 신체가 부작용 탓에 일그러진 것이라는 말이 떠올랐다. 윤주는 혼란에 휩싸였다.

펑! 갑자기 폭음이 들렸다.

윤주는 화들짝 놀라며 소파에서 일어났다. 내시경 검사를 받고 온종일 제대로 먹지도 못하고 피곤해 누워 있었는데, 갑작스러운 소음에 깊은 잠에서 깨어나고 말았다.

"해피 버스데이 투 유. 해피 버스데이 투 유. 해피 버스데이 정윤주. 해피 버스데이 투 유."

눈을 떴을 때, 태현이 초가 꽂힌 케이크를 들고 서 있었다.

"뭐야?"

"뭐냐니? 네 생일이잖아."

"생일? 아, 그러고 보니…… 나 방금 너무 이상한 꿈을 꿨어."

"생일에 악몽이라. 딱 너답네. 하하."

"너무 끔찍한 꿈이었어. 내가 데코 판정을 받았는데, 네가 날 배신하고…… 아무튼 엄청 거지 같은 꿈이었어."

"꿈은 반대라고 하잖아. 분명 좋은 일이 생길 거야."

태현이 웃으며 말했다.

"자, 어서 불을 꺼야지."

윤주는 망설였다.

"못 끄겠어."

"응? 왜?"

"초가 꺼지면 이 순간이 전부 꿈일 것만 같아 두려워서."

태현이 한바탕 크게 웃었다.

"바보야, 그럴 리가 있냐. 빨리 꺼. 할 말 있단 말이야. 어서!"

"할 말이 뭔데?"

"얼른 끄기나 하셔. 서른두 살 생일에 어린애처럼 징징대지 말고."

꺼림칙했지만, 결국 촛불을 모두 껐다. 걱정과 달리 아무 일도 일어나지 않았다.

태현이 작은 상자를 내밀었다. 상자를 열자 반지가 들어 있었다. 작은 다이아몬드 반지. 윤주는 자기 눈을 믿을 수 없었다.

"뭐야, 이게?"

"결혼하자. 윤주야."

그가 너무 진지하게 말해서 피식 웃음이 났다. 기쁘긴 하지만 너무 갑작스러워 현실감이 들지 않았다. 하긴, 아까 꾼 그 끔찍한 악몽에 비하면 이게 차라리 더 현실적이었다. 내가 데코라니, 게다가 사랑하는 사람들도 모두 날 배신하고…… 끔찍한 고문까지. 이런 악몽은 다시는 꾸고 싶지 않았다.

태현이 내민 다이아몬드 반지를 왼손 약지 손가락에 끼었다. 승낙의 의미였다.

"돈이 어디서 나서 이런 비싼 반지를 샀어. 이런 거 없어도 돼."

그가 그녀를 끌어안고 속삭였다.

"널 팔아서 산 건데 뭘."

태현은 미소를 지었다.

불쾌했던 꿈에서의 그가 떠올랐다. 악몽 속 태현의 배신이 오버랩되었다.

"국가를 위해서야."

그의 얼굴이 불현듯 매 눈으로 바뀌었다.

악몽이 되살아났다. 윤주는 비명을 지르며 도망치려 했다. 그러나 어찌 된 일인지 몸이 움직이지 않았다. 매 눈이 윤주에게로 다가왔다. 그가 손을 뻗어 그녀의 목을 졸랐다.

"네 주변 사람 모두가 널 배신했지. 용서해. 그들은 다 대의를 위해 그런 거니까."

윤주는 숨을 쉬려고 발버둥쳤다.

"어떤 생물은 극한의 상황에서 생존을 위해 자신의 신체를 변형한다더군. 정윤주. 넌 네 생존을 위해 뭘 할 수 있지?"

"……!"

숨이 끊어질 듯했다.

순간, 매 눈이 이번엔 진상 삼촌으로 바뀌었다.

"죽어라, 죽어! 이 외계의 첩자! 넌 인류의 적이야! 대의를 위해 죽어 없어져!"

어느새 그녀 주위로 수많은 사람이 몰려와 있었다. 모두가 한목소리로 그녀를 죽이라고 소리쳤다.

펑! 또다시 폭음이 들렸다. 이번엔 생일 폭죽이 아니다.

몸속에서 뭔가가 큰 소리를 내며 폭발했다.

눈을 떴을 때, 그녀를 둘러싼 실험실 안은 아수라장이 돼 있었다. 마치 태풍이 휩쓸고 간 자리처럼 모든 것이 엉망진창으로 제자리를 벗어나 있었다. 기계들이 모두 박살 났고, 흰 가운을 입은 연구원들이 쓰러져 있었다. 오직 그녀가 누운 침대 주위만이 멀쩡했다. 영문을 알 수 없었지만 치료실을 보자 이곳에서 당했던 실험이 떠올랐다.

'데코 발현 실험.'

실험체를 깊은 수면에 빠지게 한 다음 뇌에 삽입한 장치가 무의식의 영역을 자극해 데코를 깨운다고, 매 눈이 그렇게 설명했었다. 윤주가 지금까지 꿨던 꿈이 모두 강제로 끌어낸 악몽이었던 것이다.

한데 지금 이 상황은 대체 뭐란 말인가.

혼란에 빠져 있을 때, 갑자기 붉은색 조명이 들어오면서 비상 사이렌이 울렸다. 그녀는 여전히 침대에 묶인 채 꼼짝할 수 없었다. 갑자기 들이닥친 남자들이 그녀에게 총을 겨누었다.

뒤이어 매 눈이 들어왔다. 매 눈은 실험실 안을 둘러보더니 무장한 남자들에게 총을 내리라고 지시했다. 모두를 나가게 한 뒤, 그는 윤주의 침대 옆에 걸터앉았다.

"축하한다. 정윤주. 뜻밖에도…… 네가 성공했구나."

윤주는 무슨 말인지 이해할 수 없었지만, 축하한다는 그 말이 몹시 거슬렸다. 조금 전 꿈에서 태현이 했던 그 말이 기시감으로 되살아났다.

"오늘부로 넌 퇴원이다."

"퇴……원?"

"넌 인류를 위해 큰 공을 세울 거야. 수십억 인구를 구할 힘이 너에게 있어."

매 눈이 손을 뻗어 윤주의 얼굴을 만지려 하자, 그녀는 발작적으로 고개를 돌렸다.

"많은 희생이 따랐지만, 어쩔 수 없는 일이다. 너는 곧 너의 존재 가치를 알게 될 거야."

윤주는 아무 말도 하지 않았다. 자꾸만 꿈속에서 본 케이크의 촛불들이 떠올랐다.

끄지 말걸…….

7

윤주는 처음 자신이 들어왔을 때 입었던 옷으로 갈아입었다. 이곳에 왔을 때와 다른 점이라면 피폐해진 몰골과 삭발한 머리, 그리고 또 한 가지는 데코라는 이름으로 알려진 초월적인 힘이었다.

그녀는 병실을 떠나기 전 다른 여자들의 시선을 느꼈다. 누구도 똑바로 그녀를 보지 못하고 계속 흘깃거리기만 했다.

그러다 얼굴 한쪽이 무너지듯 일그러진 여자가 조심스럽게 다가왔다.

"어떻게 당신은…… 우리처럼 변하지 않은 거죠?"

"잘 모르겠어요."

"데코가 제거된 건가요?"

윤주는 잠시 생각하다가 입을 열었다.

"아닐 거예요. 아마도."

"그런데 왜……."

여자는 뒷말을 흐리더니 더는 묻지 않았다.

"여기서 나가면 제 소식 좀 전해 줄래요? 제 아이들에게 엄마가 여기 있다고, 치료받아서 곧 돌아갈 거라고 꼭 좀 전해 주세요. 부탁할게요."

윤주는 멍하니 보다가 대답 없이 고개만 끄덕였다. 그러자 보고 있던 다른 여자들도 쭈뼛거리며 다가와 질문한 여자처럼 자신의 가족들에게 전할 말을 부탁했다. 그녀는 그 약속들을 지킬 자신이 없었다. 그들의 가족이 데코인 그녀들을 어떻게 받아들이고 있을지 알 수 없는 일이었다.

"그 병실에 있는 여자들…… 앞으로 어떻게 되는 거죠?"

윤주는 옆에서 자신을 지키는 외계 대책반 대원에게 물었다.

"가망이 없을 거요. 그러니 신경 쓰지 마시오."

"……그럼 나는요? 정말 집으로 보내 주는 건가요?"

남자는 대답하지 않았다.

"퇴원이라고 했잖아요."

"퇴원이라고 했지, 집으로 보내 준다고 하진 않았어."

그제야 매 눈이 말한 퇴원의 의미를 알 수 있었다. 이곳에서의 퇴원은 다른 곳으로의 이동을 뜻하는 것이었다. 그녀 몸 안엔 여전히 데코가 남아 있었다. 곱게 보내 줄 리가 없었다.

잠시 후, 호송차량이 멈췄다. 대원의 표정을 보니 아직 도착한 건 아닌 듯했다. 출발한 지 이제 20분 남짓 지났을까. 대원이 쇠창살로 가려진 운전석을 향해 물었다.

"왜 멈춘 거야? 무슨 일이라도……."

대원은 말을 끝내기도 전에 왼쪽 눈에 총알이 박힌 채 죽어 버렸다. 쇠창살 사이로 총구가 연기를 뿜고 있었다. 윤주는 얼굴에 피가 튄 채 그대로 얼어붙었다.

운전석 문이 열리고, 운전자가 걸어와 차 뒷문을 열었다.

"내려요, 윤주 씨. 이제 다 끝났어요."

고개를 들었다. 귀에 익은 목소리. 조증이 있던 호송버스 옆자리 그 남자였다.

"당신을 애타게 기다리는 사람이 있어요. 어서요."

남자는 그때처럼 손을 내밀었다.

곧 지프 한 대가 그녀를 태우고 다시 어딘가로 향했다.

운전석에 탄 사람은 얼굴에 복면을 쓰고 있었다.

"신정우요."

"……?"

"내 이름요. 정윤주 씨 고생 많았죠? 그 새끼들이 어떤 짓을 했는지 말 안 해도 알아요."

"대체 어떻게 아는 거죠? 내 이름도, 내가 당한 일들도……. 당신 대체 누구예요?"

"또 다른 피해자."

정우는 그렇게 말하곤 호송버스 안에서처럼 묘한 웃음을 지었다.

"그럼 당신들도…… 데코 적합체?"

"데코 따윈 없어요. 그건 정부가 퍼뜨린 속임수일 뿐. 그런 허접한 정보를 믿는 건 어리석은 사람들이나 하는 짓이지. 진실은 현명한 자의 눈에만 보이거든요."

정우는 그녀에게 눈가리개를 건넸다.

"여기서부턴 이걸 써야 해요."

그녀는 눈을 가린 채 차가 멈출 때까지 아무 말도 하지 않았다. 치료소에서 당한 고통에 비하면 이런 불편쯤은 아무것도 아니었다. 그럼에도 침이 바짝 말랐다. 이들은 나를 어디로 데려가는 것일까? 나를 어떻게 하려는 것일까? 이들은 누구지? 과연 믿어도 되는 걸까? 이런 의문들이 솟아났지만, 한마디도 하지 않았다. 어차피 제대로 된 대답을 들을 수도 없을 거라고 생각했다. 이젠 누구도 믿을 수 없다.

차는 산속을 달리는 듯했다. 수풀 냄새가 났고, 계속해서 높은 곳으로 올라갔다. 바닥은 울퉁불퉁해서 자꾸만 엉덩이가 들썩였다.

한참을 달려온 끝에 차가 멈췄다. 정우가 그녀의 눈에서 안대를 풀어 주었다. 밖은 온통 짙은 초록빛이었다. 차에서 내리자 잠시 현기증이 일었다. 지나온 길은 길이라기보다는 그저 우거진 수풀이었다. 사륜구동이 아니면 도저히 올 수 없을 만한 험한 산길. 아주 오래전부터 사람의 손이 닿지 않은 곳이라는 걸 알 수 있었다. 눅눅하고 습한 수풀 냄새가 그녀를 에워쌌다. 바로 그곳에 버려진 사찰이 있었다. 덩그러니 형태만 남은 절. 무성한 잡초와 덩굴로 뒤덮인 그곳은 이미 숲과 하나가 되어 있었다.

"갑시다. 기다리고 있어요."

정우가 말하며 앞장섰다.

윤주는 자신을 기다린다는 누군가를 만나러 수풀을 헤치고 앞으로 나갔다. 어차피 이제는 한 치 앞도 알 수 없었다.

"왔구나."

말한 이는 어두운 절간 안의 그림자 속에 숨어 있었다. 목소리가 귀에 익었다. 윤주는 설마 했다. 절대 그럴 리가 없기 때문이다. 하지만 그가 어둠 속에서 걸어 나오자 그 '설마'가 맞았다. 데코 판정을 받았을 때만큼이나 충격적이었다.

"윤주야. 괜찮니?"

"삼촌이 어째서……."

"미안하다. 일찍 구해 주지 못해서. 그럴 수 없는 사정이 있었단다."

그 찌질하고 눈치 없는 진상 삼촌이 하는 말이라곤 믿어지지 않을 정도로 목소리에서 근엄함과 카리스마가 넘쳐흘렀다.

"날 밀고하고 다시 구한 의도가 뭐야?"

진상을 쏘아보며 말했다.

"난 널 밀고한 적 없다. 네가 데코라는 건 알고 있었다만."

"거짓말! 삼촌 말고 그런 짓을 할 사람이 누가 있어!"

참았던 분노가 일순 터져 나왔다. 순간이지만, 주변의 공기가 요동쳤다. 꽉 막힌 폐사찰 안에 바람이 휘몰아쳤다. 썩은 나무 문들이 일제히 흔들렸다. 마치 윤주 자신의 감정을 대변하듯.

"그만해!"

진상이 엄한 목소리로 말했다. 그래도 윤주의 감정은 가라앉지 않았다.

"형님이 밀고한 게 아니에요, 윤주 씨. 밀고자는 당신 동생이에요."

"시끄러워!"

진상이 정우를 나무랐다.

"수작 부리지 마! 동주가 그럴 리 없잖아."

"정말 그럴까요? 당신 동생은 의사 집안과 혼인을 앞두고 있었어요. 동생 입장에선 분에 넘치는 혼사였지. 그런데 가족 중에 데코가 있다는 사실이 알려져 봐요. 어떻게 될 것 같아요?"

"동주가 그럴 리 없어……."

윤주는 진상을 쳐다보았다. 그는 시선을 피하며 버려진 절간처럼 침묵으로 일관했다.

"윤주 씨, 형님은 당신을 구하려고 안간힘을 썼어요. 덕분에 우리 조직이 위험에 처했지만."

정우의 말에는 가시가 돋쳐 있었다.

"그만해. 모든 책임은 내가 진다……. 잘 들어, 윤주야. 넌 지금 매우 위험한 상황에 처해 있어. 넌 특별한 존재야. 데코를 제거한다는 건 그저 구실일 뿐이지. 사실 놈들은 오래전부터 실험을 해 오고 있었단다. 너 같은 정부 우주산업에 종사하는 직원들을 대상으로 생체 실험을 실시했지. 네가 정기적으로 받은 건강검진이 바로 그거야."

진상은 잠시 말을 끊었다가 다시 이어서 말했다.

"그 수용소 안에 심어 놓은 우리 조직원이 네 정보를 전달해 왔다. 그리고 네가 '적합체'로 판명되었다는 사실을 알게 되었고."

"적합체?"

"데코는 외계 기생 삽입체 따위가 아니야. 정부가 개발한 무기일 뿐이다. 외계에 대항하기 위해서 만든 인공 진화 프로젝트."

"국제연합이 외계의 존재를 공식 인정하기 훨씬 전부터 이 실험이 각국에서 진행되었어요. 모두 이름은 다르지만, 목적은 하나예요. 인간을 외계와 맞서 싸울 수 있을 정도로 빠르게 진화시키는 거죠. 인간 게놈 프로젝트는 사실 외계인과 처음 조우하고 나서 시작되었어요. 그들과 우리는 유전적으로 99퍼센트 일치해요. 마치 유인원처럼. 단 1퍼센트가 그들과 우리를 갈라놨죠. 그 1퍼센트의 비밀이 마침내 풀렸어요. 하지만 인류가 외계인에 가깝게 진화하려면 수천 년의 자연 진화가 필요해요."

"그 수천 년의 속도를 따라잡겠다는 거야. 과학기술로. 그게 바로 이 데코의 실체고, 전 세계적으로 실행된 비밀 실험에서 그 '적합체'가 소수 탄생했지. 미국에서 둘, 유럽연합에서 셋, 아시아에서 하나……. 아니, 이제 두 명이 된 거지. 그들은 모두 특수한 시설에 감금된 채 그 적합체의 비밀을 밝히려고 평생을 실험대상으로 살다가 죽게 된단다. 그것이 인류를 위한 일이라고 말하면서 인간을 단지 도구로 사용할 뿐이지. 너도 그렇게 될 운명이었고."

"그래서 날 어떻게 하겠다는 거야?"

윤주가 쏘듯이 말했다.

"우린 정부의 인권유린과 거짓 정보에 대해 맞서려는 것뿐이에요. 적합체의 실체가 드러나면 데코의 진실이 밝혀지게 되는 거죠. 당신이 바로 그 열쇠예요. 이제 알겠어요, 당신이 얼마나 중요한 존재인지?"

윤주의 귀에는 결국 이들도 자신을 조직의 목적을 위해 이용하겠다는 뜻으로밖에 들리지 않았다. 데코가 거짓인지 아닌지 모르겠지만, 한번 데코 딱지가 붙으면 절대로 벗어날 수 없다는 것은 명백해 보였다.

날이 어둑해지자, 다른 조직원들이 버려진 사찰 안으로 모여들었
다. 비밀 조직인 만큼 누구도 그녀 앞에서 검은 복면을 벗지 않았다.
얼굴을 드러낸 사람은 진상과 정우뿐이었다. 이들은 자신들이 정말
로 정부와 싸워서 이길 수 있다고 믿는 것일까? 윤주는 절간 안에 마
련된 그나마 안락한 잠자리에서 잠시 눈을 붙였다.

매 눈이 했던 알 수 없던 얘기들이 비로소 이해가 갔다.

"콜럼버스가 신대륙을 발견하면서 인류는 새로운 시대를 맞이하
게 되었지. 그리고 백 년 이상의 시간이 흘러 암스트롱은 달을 정복
했다. 이제 인류는 더 큰 도약을 준비해야만 하는 시기가 왔어."

매 눈이 말했다.

"약육강식은 절대 불변의 법칙이다. 동물의 세계나 인간의 세계나,
또 외계인들에게도 모두 공통으로 적용되는 절대 법칙. 강한 쪽이 약
한 쪽을 잡아먹게 되어 있어. 그게 자연의 섭리고, 우주의 진리다. 외
계인들은 오래전부터 치밀하게 침략을 준비해 왔다. 우리를 실험하
고 관찰하면서 정보를 수집했지. 단 1퍼센트의 불확실성을 없애려고
말이야. 그들의 군대가 이곳까지 도착하려면 앞으로 몇 세대가 지나
야 할지도 모른다. 하지만 그들은 반드시 온다. 그때까지 우리가 진
화하지 못한다면, 우린 아메리칸인디언이나 마야인처럼 처참한 꼴이
되겠지."

윤주는 멍한 얼굴로 그저 듣고만 있었다.

"이건 우리 세대를 위한 일이 아니야. 먼 후대를 위한 일이다. 지금
준비하지 않으면 우리에게 미래는 없다."

매 눈은 윤주의 어깨에 손을 얹었다. 차갑고 섬뜩한 남자지만, 이

상하게도 손만은 따뜻했다.

"인류의 미래가 걸린 일이다. 넌 귀중한 존재야. 우릴 위해 영웅이 되어 줄 수 있겠나?"

그때는 1퍼센트의 불확실성이니 진화니 하는 그의 말들을 도무지 이해할 수가 없었다. 오직 자신의 몸에 생긴 변화에 놀라 물을 생각조차도 하지 못했다.

절간에서 작은 소란이 일었다. 그 소리에 윤주는 잠에서 깼지만, 눈을 뜨지 않고 일부러 자는 척하며 그들의 대화를 몰래 엿들었다.

"형님! 이대로는 아무것도 이루지 못해요. 형님이 말하는 건 그저 이상론일 뿐이라고요!"

정우의 목소리였다. 그 차분한 목소리가 지금은 몹시 격앙돼 있었다.

"우린 테러리스트가 아냐. 폭력으론 결국 아무것도 이루지 못해. 그들과 똑같은 방법을 써서 뜻을 이뤄 봤자 그들과 다를 바가 없어."

진상이 말했다. 그의 말에 몇몇이 동조하는 반응을 보였다.

반대로 정우처럼 진상의 말에 반발하는 무리도 있었다. 한 조직 안에서 두 개의 생각이 부딪치고 있었다. 밤새 싸워도 결론은 날 것 같지 않았다. 그들은 이 문제로 벌써 수차례 마찰을 일으킨 듯했다.

"정윤주가 우리의 희망이에요. 이 여자가 각성하면 정부 따위는 문제도 되지 않아요. 그러면 우리에게 협조하는 세력들이 늘어날 겁니다!"

"윤주를 위험에 처하게 할 순 없어. 각성하지 않아도 충분히 그 존재만으로도 가치가 있어."

"지금 가족이라고 감싸는 겁니까? 네?"

"그런 얘기가 아니야. 넌 적합체가 각성했을 때 얼마나 위험한지 몰라서 그래. 그걸 통제하지 못하는 날에는 희망이 아니라 재앙이 될 수도 있어."

"흥! 꼭 그걸 보신 것처럼 말씀하시네. 적합체를 직접 본 사람은 아무도 없어요. 전 세계에 고작 여섯 명뿐인데……. 괜히 말 돌리지 마세요. 형님은 지금 정윤주를 등에 업고 조직의 리더 행세를 하고 싶으신 거 아닙니까? 지부장으론 만족 못 하시는 거잖습니까?"

"너, 이 새끼! 지금 형님한테 말 다 했어? 누가 널 구해 줬는지 잊은 거냐?"

진상 편의 누군가 격하게 소리치며 말했다.

"네! 잘 알지요! 형님 아니었으면 지금쯤 저도 실험용으로 쓰이고 폐기처분 됐겠죠. 제 아내처럼 말입니다."

"네 아내는 어쩔 수 없었어. 이미 돌이킬 수 없는 상태였다. 구했다 한들 온전히 살아 있지 못했을 거야."

"누가 뭐랍니까? 전 단지 사적인 감정 때문에 거사를 그르치지 말자는 뜻으로 한 말입니다."

지루한 싸움이 계속되었다. 윤주는 몹시 불편한 기분이 들었다.

그때 밖에서 누군가 뛰어 들어왔다.

"지금 수십 대의 차가 올라옵니다! 우리 위치가 발각됐나 봐요!"

"뭐라고!"

두 세력이 동시에 술렁였다.

"놈들이 어떻게 알았지?"

"저 여자에게 위치추적장치를 심어 놓은 거 아냐?"

"설마…… 우리가 납치할 거라는 걸 놈들이 알았을 턱이 없잖아."

"이럴 때가 아니다. 일단 피하고 보자."

진상이 리더다운 목소리로 침착하게 말했다.

"윤주를 깨워. 빨리 여기서 데리고 나가야 해. 우리가 잡히더라도 윤주만은 지켜야 한다. 정우! 네가 윤주를 지켜라."

조직원 중 하나가 윤주를 흔들어 깨웠다. 그녀는 막 일어난 것처럼 눈을 떴다.

그때였다. 하늘에서 서치라이트를 비춘 것처럼 강렬한 불빛이 낡은 지붕 틈새를 비집고 들어왔다. 공기를 가르는 프로펠러 소리가 적막한 숲을 뒤흔들었다.

"외계 대책반이다!"

밖에서 누군가 목청껏 소리를 질렀다.

곧이어 총성이 울려 퍼졌다. 적군인지 아군인지 분간할 수 없는 고함이 뒤를 이었다.

조직원들은 사찰 밖으로 나가면서 불빛을 향해 총을 쏴 댔다. 투두두두! 경기관총 소리에 고막이 멍멍해졌다. 윤주는 정우의 손에 이끌려 맨 마지막으로 사찰을 나왔다. 어느새 도착한 차량이 이쪽을 향해 헤드라이트를 비추고 있었다. 수적으로 불리했다. 외계 대책반들이 쏘는 총에 조직원들이 픽픽 쓰러졌다. 눈앞에서 사람들이 어이없이 죽어 나갔다.

윤주는 어둠과 불빛으로 뒤섞인 숲 속에서 진상을 찾았다.

"삼촌!"

"윤주 씨! 도망쳐야 해요. 형님이 당신을 지키라고 했어요. 어서요!"

정우는 윤주의 손을 잡아끌었다. 하지만 그녀는 손을 뿌리쳤다.

"삼촌하고 같이 가겠어요."

"미쳤어요?"

자신을 부르는 정우를 뒤로하고 어디 있는지 모를 진상을 향해 숲을 헤치고 나갔다. 머리 위에서 헬기가 허공을 가르며 윤주를 쫓아왔다.

"정윤주!"

누군가 그녀를 불렀다. 돌아보는 그녀의 얼굴로 플래시 불빛이 비쳤다. 손을 들어 눈을 가렸다. 어둠 속에서 그가 다가왔다. 매 눈, 조갑수다.

"왜 도망치지? 아직도 내 말을 이해하지 못한 건가? 너는 국가의 영웅이야."

"헛소리 집어치워!"

하필 지금 매 눈과 마주치다니. 윤주는 대차게 말했지만 다리가 후들거렸다.

"넌 국가의 자산이야. 이제 네 목숨은 너 혼자만의 것이 아냐."

그 목소리엔 광기가 서려 있었다.

"미친놈. 넌 미쳤어!"

"네 눈엔 새로운 미래가 보이지 않나? 정윤주! 함께 가자."

윤주는 광기에 찬 사내를 피해 도망쳤다.

얼마 뛰지 못하고 테이저 건의 전기 침이 그녀의 등에 꽂혔다. 몇만 볼트의 전기가 전신을 타고 흘렀다. 비명도 지르지 못한 채 쓰러져 몸을 덜덜 떨었다.

갑수가 테이저 건을 손에 든 채 그녀에게로 다가왔다.

타앙!

그 순간, 총알이 갑수의 어깨를 관통했다. 그는 고통마저 씹어 삼킨 얼굴로 총을 쏜 장본인을 돌아보았다.

"윤주에게서 떨어져! 이번엔 네놈 머리를 쏘겠다."

진상이 총을 겨눈 채 다가왔다. 갑수가 그를 향해 권총을 빼 들려고 하자, 이번엔 총알이 허벅지를 관통했다.

"윽!"

갑수도 이번엔 참지 못하고 짧은 비명을 토해 냈다. 그는 무릎을 꿇고 신음했다. 진상이 재빨리 다가와 권총을 발로 차서 떨어뜨렸다. 그러곤 개머리판으로 갑수의 머리를 후려쳤다. 그는 머리에 피를 흘리면서도 날카로운 눈으로 진상을 올려다보았다.

"다 끝났어. 포기해."

"내가 죽는다고 끝날 것 같나? 너희는 반역자야. 미래가 두렵지도 않나?"

"미래? 그것이 인간성을 포기하고서 얻어 내야 하는 거라면, 우리는 끝까지 저항할 거다. 너희가 말하는 미래는 결국 사람들을 속여서 만들어 낸 거짓일 뿐이야."

"네가 하는 짓이 어떤 짓인지 알고나 있나? 넌 인류를 위험에 빠뜨리고 있어."

"위험에 대한 공포는 위험 그 자체보다 천 배나 무겁지."

"사, 삼촌."

정신을 차린 윤주가 진상을 불렀다.

"윤주야. 괜찮아?"

진상이 총을 내리고 윤주에게로 다가갔다. 그가 조카에게 손을 뻗는 순간, 머리가 산산조각이 났다. 윤주는 멍한 얼굴로 머리가 박살 난 삼촌의 시체를 내려다보았다.

"삼촌……."

"그게 반역자의 말로다. 잘 봐 둬라. 정윤주."

갑수가 천천히 몸을 일으키며 말했다.

총알이 날아온 방향에서 누군가 나타났다.

"갑시다. 윤주 씨."

정우가 그녀의 어깨에 손을 얹으며 말했다.

"신정우! 네 목표는 정진상이 아니었나?"

"흥! 바보 같긴. 상황이 변하면 목표도 달라지는 거야. 그렇게 미래를 걱정하는 인간이 눈앞의 미래는 보지 못한 모양이군."

"당신이…… 배신한 거야?…… 우리 삼촌을?"

윤주가 떨리는 목소리로 물었다.

"배신이 아니야. 다 조직을 위한 일이라고. 융통성 없는 이상주의만큼 위험한 건 없으니까."

순간 격한 분노가 그녀를 휘감았다.

펑! 또다시 몸속에서 폭죽이 터졌다. 이번엔 멈출 수 없을 것만 같았다. 도저히.

"가자. 안 가면 강제로라도 끌고 갈 거야. 어서 일어나!"

정우가 그녀의 팔을 잡아 일으키려고 했다.

이제는 주체할 수 없다……. 강렬한 충동이 배 속을 비집고 올라와 뇌에 도달했다.

연이어서 펑……! 펑……! 머릿속에서 불꽃놀이가 시작됐다.

윤주는 고개를 들어 정우를 쳐다봤다. 단지 그뿐이었다.

으드득!

정우의 팔꿈치가 반대로 꺾이면서 뼈가 살을 뚫고 나왔다. 비명이 목청을 뚫고 나왔다.

"저, 정윤……주."

"말해 봐. 현명한 자들 눈에 '보이는 나는 뭐지?"

윤주의 몸 주위로 서늘한 바람이 휘몰아쳤다. 그녀는 정우를 매섭게 노려보았다.

"그, 그만……."

"다 똑같아. 너나 그들이나."

말이 끝나자마자 정우의 목이 뒤로 꺾였다. 목뼈 부러지는 소리가 마른 나뭇가지 부러지는 소리처럼 들렸다. 정우는 기괴한 자세로 쓰러진 채 움직이지 않았다.

"각성한 건가? 아니면, 폭주?"

이번엔 그녀의 분노가 갑수를 향했다. 그의 몸이 허공으로 둥실 떠올랐다.

"미래가 걱정된다고? 과연 지금보다 미래가 더 두려울 수 있을까?"

그를 향해 손을 뻗었다. 서늘한 미소를 짓고서 손가락을 쫙 펼쳤다. 끔찍한 괴성이 울려 퍼졌다. 펑! 갑수라는 남자를 이루던 형체는 사라지고, 대신 살점과 피만이 숲 주변으로 튀었다. 갑수의 피가 윤주의 몸에 튀었다. 피범벅이 된 그녀의 미소는 더욱 섬뜩했다.

헬리콥터가 여전히 그녀를 쫓아다녔다. 윤주는 귀찮은 파리를 쫓아 버리듯이 헬리콥터를 향해 손을 휘둘렀다. 손끝에서 무거운 저항이 느껴졌다. 마치 쭉 늘어난 팔이 멀리 있는 물체에 닿은 듯한 느낌이었다.

헬리콥터는 강풍을 얻어맞은 것처럼 그녀가 휘두른 손 방향으로 균형을 잃으면서 날아갔다. 공중에서 빙글빙글 회전하더니 결국 숲 어딘가로 추락했다.

펑!

잠시 후, 커다란 불길이 치솟았다.

숲에서 벌어지는 불꽃놀이는 장관을 연출했다.

윤주는 불빛이 비치는 곳으로 다가갔다. 외계 대책반들이 총을 들고 그녀를 에워쌌다. 그들은 아직 그녀의 힘을 모르고 있었다.

"정윤주. 순순히 투항해라. 반역자들은 모두 처리됐다. 너는 우리가 안전하게…… 으악!"

말하던 대원이 비명을 지르며 쓰러졌다. 얼굴을 붙잡고 미친 듯이 괴로워했다. 눈에서 피가 흘러나왔다. 안구가 무섭게 부풀어 오르더니 결국 터져 버렸다. 윤주는 무표정한 얼굴로 바라볼 뿐이었다.

그제야 외계 대책반들도 동요하기 시작했다. 누군가 소리쳤다.

"일제사격!"

엄청난 총성이 한동안 울려 퍼졌다.

사찰은 참혹한 살육의 현장으로 변했다. 그들은 서로를 향해 죽을 때까지 총질했다. 윤주는 꼭두각시를 조종하듯 그들을 자유자재로 부렸다. 그들에게 연결된 줄은 오직 윤주의 눈에만 보였다. 자기 뜻대로 서로에게 총질을 해 대는 외계 대책반들을 보자 문득 자신이 어리석은 인간에게 천벌을 내리는 신이 된 듯한 착각에 빠져들었다. 그것은 마치 어릴 적 개미 행렬을 손가락으로 짓눌러 죽일 때 느꼈던 압도적인 힘의 우위에서 오는 희열이었다.

피가 흩뿌려진 풀밭 위를, 윤주는 맨발로 걸어갔다. 외계 대책반원들과 반군들의 시체가 뒤섞인 풀숲 한가운데 그녀는 우두커니 서서 하늘을 바라보았다. 어둠이 걷히고 멀리서 새벽이 밝아 오고 있었다.

서른둘. 축제는 모두 끝났다. 어젯밤의 폭죽놀이는 그녀의 생일을 축하하는 셀레브레이션이었다. 축제의 여운은 사라지고, 다시 일상으로 돌아왔다. 세상은 예나 지금이나 달라지지 않았다. 단지, 그녀를 억압했던 사슬만 벗겨졌을 뿐이다. 가족과 연인, 사회의 억압에서 그녀는 비로소 자유로워졌다. 또한, 인간의 굴레에서도.

숲의 새벽 공기를 들이마시며 그녀는 지나간 것들을 가슴속에서 흘려보냈다.

데인저러스 코드, 외계 대책반, 태현, 아빠, 엄마, 동주, 삼촌, 신정우, 그리고 우주 저 멀리 어느 별에서 온 이방인들…….

그들에게 작별을 고한다. 잘 가. 안녕.

마지막으로, 윤주는 떠나기 전에 해묵은 축하 인사를 건넸다.

"해피 버스데이, 정윤주."

진가쟁투(眞假爭鬪)

신진오

단박에 날려 버리지 못한 게 아쉬웠다.

그때, 놈의 머리를 해머로 날려 버렸어야 했는데. 쯧쯧, 입맛이 쓰다.

머리가 깨질 듯 아프다. 숙취와 감기가 한데 뒤엉켜 뇌세포를 공격한다. 콧물이 줄줄. 차 안엔 아무리 찾아도 휴지가 없다. 한 손으로 운전대를 잡으며 다른 손으로 연방 코 밑을 닦았다.

시원하게 코를 풀고 싶다. 제기랄. 코안이 콧물로 꽉 찼다. 뇌까지 막힌 기분이다.

차창으로 빗물이 떨어진다.

— 우천 시, 빗길 안전 모드로 전환하십시오.

A.I.C. 시스템이 말했다.

건방진 놈. 누구한테 명령질이야.

"모드 전환."

— 모드 전환합니다.

빗물이 흐르던 차 앞유리 전체가 선명한 디지털 스크린으로 전환됐다. 차 지붕에 장착된 전방 식별 카메라가 스크린에 빗물을 제거한 실시간 영상을 투사한다. 그 옆으로 HUD(Head-Up Display) 영상이 뜬다. 내부 습도 64퍼센트, 예상 강수량 30~60밀리미터, 교통 체증 구간 표시, 타이어 공기압 89퍼센트, 미끄럼 방지 모드 작동 등등.

자동으로 에어컨이 켜지면서 내부 습도를 조절한다. 에어컨 청소를 안 했더니 퀴퀴한 냄새가 난다. 신기하게도 코가 막혔는데 퀴퀴한 냄새는 난다. 씨발. 머리가 지끈거린다. 가다가 약국이 보이면 근처에 차를 세우고 약이라도 살까 하다가 곧 그만두기로 했다. 출근 시간이 이미 두 시간이나 지난 데다, 오늘은 정기 보안점검이 있는 날인데 C동 담당 보안 책임자인 내가 오지 않아서 보안과장이 거품을 물고 호출을 스무 번이나 했다.

숙취와 감기로 몸을 떨며 간신히 침대에서 눈을 떴다. 옷을 입으면서 그때 놈을 날려 버리지 못한 게 떠올라 이가 갈렸다.

"오토 드라이브 전환."

— 빗길 자동 운전 모드는 사고를 유발할 수 있고, 주행 시 운전자의 안전을 보장할 수 없으며, 비상시⋯⋯.

"닥치고, 오토 드라이브 전환."

— 오토 드라이브로 전환하겠습니다.

핸들을 놓자 A.I.C.가 레이저 센서와 전후방 카메라로 거리를 계산하고 차량 위성 GPS로 자동 운전을 시작했다. 시트를 뒤로 젖히고 이마에 손을 댄 채 눈을 감았다. 빗물이 차 지붕을 때린다. 대전 시티 바이오융합테크놀로지(줄여서 B.F.T.) 기술 단지까지는 적어도 20분. 스르르 잠이 밀려온다. 끔뻑 잠이 든다. 선잠. 꿈이 아닌 기억을 더듬 는다.

나는 놈을 미행 중이다. 간격은 50미터. 말쑥하게 슈트를 차려입고 서류 가방을 든 일반 회사원으로 위장. 손에는 플렉서블 패드(종이처 럼 구부러지는 디스플레이 태블릿 PC)를 들고 인터넷 기사 따위를 읽 는 척하며 걷는다. 눈치챈 낌새는 없다. 200미터 밖에서 대기 중인 오소리(정보 차량)가 놈의 통신 채널을 도청 중이다.

작전명 '쩨이 마오(賊猫, 도둑고양이).' 6개월간 공을 들인 대어다. 순 야후밍, 공식적으론 중국 대사관 참사관으로 있지만, 그가 징샤 (鯨鯊, 고래상어: 상대국의 첨단 방위산업 기밀을 훔치고, 산업 스파이 를 심는 중국 비밀 정보부의 요원)라는 첩보를 베이징에서 포섭한 정 보원으로부터 받았다. 6개월간 끈질기게 그의 행적을 관찰하고 통화 내역 및 사생활까지 샅샅이 조사했다. 징샤는 웬만해선 수면 위로 올 라오는 법이 없다. 고도의 잠입 훈련을 받은 정예 요원이다. 정체를 드러내지 않고 상대국의 정보원과 접선하고 정보를 빼내는 것이 놈 들의 장기다. 징샤는 한국뿐만 아니라 이미 강대국 사이에서도 골칫 거리다. 그만큼 잡기도 힘들고, 잡아도 일절 발설을 하지 않고 심지 어 뇌폭(뇌에 기폭장치를 심어 놓고 비상시 자폭하는 행위)도 대수롭 지 않게 행한다. 그러므로 징샤를 잡는 순간 스턴 건을 써서 기절시 키는 방법밖에는 없다. 그 전에 뇌폭을 해 버리면 곤란하다.

야후밍은 광화문 사거리 고디바 매장 앞에 서서 잠시 시계를 들여다보았다. 누군가를 기다리는 눈치다. 3시 방향에 우리 측 요원이 대기 중이다. 해병대 2078기 임창식, 내 3기수 후임이다. 창식과는 해병 특수 생체견갑(生體堅甲) 부대에서 3년간 해외 파병 생활을 하고서 복무를 마친 후 국가 안전 보안부(국정원이 국토 안보 관리부로 편입되면서 갈라져 나온 정보 보안부서) 외부 감시 2팀에 배속되었다.

시리아, 아프가니스탄, 우크라이나, 소말리아 등, 숱한 전장을 누비다가 도둑고양이 뒤꽁무니나 미행하려니 김이 빠지지만 어쩌겠는가. 이것도 국가를 위한 일인걸. 씨발.

야후밍이 고디바로 들어갔다. 5분 뒤 감색 정장을 입고 롤렉스 시계를 찬 남자가 매장 안으로 들어갔다. 검은색 페도라를 눌러쓴 멋쟁이. 나는 매장 반대편 커피 전문점에서 커피를 주문하고 앉아 서류가방 옆에 장착된 스파이 캠으로 고디바 매장의 두 남성을 주시했다. 스파이 캠에 찍힌 영상이 플렉서블 패드에 나타났다. 야후밍과 다른 남자는 서로 일면식도 없는 것처럼 행동했다. 각자 선물용으로 줄 초콜릿을 고르는 모습이었지만, 내 눈엔 자꾸만 페도라를 쓴 남자의 행동이 수상쩍어 보였다.

역시나, 멋쟁이가 야후밍 근처로 접근했다. 바로 옆에서 초콜릿을 고르고 있었다. 오소리에게 고디바 매장의 CCTV를 해킹하라고 지시했다. 1분여 만에 고디바 매장 천장에 달린 CCTV가 해킹되어 내 플렉서블 패드로 전송됐다. 둘은 서로 다른 곳을 보고 있지만, 무슨 대화를 나누는 게 분명했다. 확실하다. 멋쟁이가 정보원이다. 둘은 각자 초콜릿을 사서 계산대 앞 점원이 포장하는 것을 기다리고 있었다.

그때까지 서로에게 눈길 한번 주지 않았다. 점원이 포장을 마치고 계산을 하자 야후밍이 먼저 밖으로 나왔다.

"도둑고양이가 나왔다. 창식이 감색 양복 미행 붙고, 고양이는 내가 맡는다."

"알겠습니다."

"이강투, 확실하지 않으면 움직이지 말라고 했을 텐데."

그렇게 말한 이는 외부 감시 1팀 양정태다. 특전사 출신으로 나와는 앙숙 관계다.

"분명히 접선했어."

"증거는?"

"초콜릿 상자 좀 까 보면 알겠지."

"6개월이나 공들인 대어야. 함부로 나섰다가 그르친다. 얌전히 있어."

"간땡이 작은 1팀은 구경이나 해. 대어는 우리가 낚을 테니까."

"이 새꺄, 이게 다 네 건 줄 알아? 3팀까지 총동원된 대규모 공조 수사야."

"창식아, 잘 따라붙어라. 오늘 대어 회 치는 날이니까."

"야! 이강투!"

커피숍을 나와 야후밍을 따라붙었다. 그는 미행당하는 줄도 모른 채 초콜릿 상자가 든 종이 가방을 들고 거리를 걷고 있다. 멋쟁이가 정보원이 맞는다면 상자 안에는 초콜릿보다 더 달고 맛있는 것이 들어 있을 터. 놈과 조금씩 거리를 좁혔다.

그때였다.

"누가 우리 통신 채널을 해킹했다. 반복한다. 우리 통신 채널이 해킹당했다!"

오소리에서 통신 담당관이 다급한 목소리로 말했다.

'그럴 리가⋯⋯.'

"확실한 거야? 어떻게 우리 통신망을 뚫어? 전용 위성을 쓰고 있는데. 통신 위성 해킹은 국가 간의 상호조약 위반인 거 몰라?"

"스파이 짓에 조약 따지게 생겼냐? 젠장, 꼬리가 밟혔다. 여기서 끊어야 해."

정태가 말했다.

"1팀, 3팀, 철수한다. 이강투, 너희도 철수해."

나는 휘파람을 불었다. 「싱잉 인 더 레인」. 나는 이 노래를 기가 막히게 불 줄 안다.

"내 말 안 들려? 야, 인마!"

"아, 갑자기 짱깨가 땡기네. 홍콩반점으로 전화해 줘. 짜장 셋, 탕수육 중자 하나."

"이 새끼가!"

"단무지 좀 많이 갖다 달라고 하고."

통신 채널을 닫았다. 내 시선은 여전히 야후밍의 뒤통수에 꽂혀 있다. 오늘 놈을 회 쳐서 고량주와 함께 먹을 생각이다. 고디바에서 산 초콜릿은 후식이다. 나는 몹시 허기졌다. 허기가 지면 사나워진다. 나는 배고픈 맹수처럼 놈을 노려봤다. 놈은 횡단보도 앞에서 신호를 기다렸다. 거리는 대략 30미터.

조금 있자 내가 열어 둔 개인 채널로 연락이 왔다. 홍콩반점은 요원 간 개인 통신 채널을 뜻하는 은어다.

"형님, 어떻게 할까요? 계속 미행해도 되는 겁니까?"

멋쟁이를 따라붙은 창식이었다. 멋쟁이는 고디바를 나와 야후밍과는 반대쪽으로 걸어갔다. 5분쯤 지났으니 창식과는 300미터가량 멀어졌을 것이다.

"어디쯤이냐?"

나는 소리 죽여 말했다.

"종각 쪽으로 걷고 있습니다."

야후밍이 가는 쪽은 명동이다. 우리 팀 통신 채널이 해킹당했다. 예상치도 못한 일이다. 오소리는 이미 철수했겠지. 국가 위성 통신 해킹은 국제법으로 철저히 금지되었다. 심각한 외교 분쟁으로 이어질 소지가 있는 범법 행위다. 그럼에도 야후밍을 지키려고 놈들은 국가 위성 통신 해킹이라는 강수를 뒀다. 그것은 틀림없이 놈이 징샤라는 증거일 터. 요원 하나를 구하려고 외교 분쟁도 서슴지 않겠다는 건가? 쳇! 아무리 강대국이라지만 도가 너무 지나친걸? 꼬랑지는 자르면 그만일 뿐. 나는 야후밍이 가진 초콜릿에 더 관심이 갔다. 거물급 대어는 아니지만, 대단한 물건을 지닌 징샤인 것만은 틀림없다.

"야, 이강투! 너 지금 어디야? 당장 철수 안 해? 외교 분쟁 일으키고 싶어?"

정태가 개인 채널로 말했다.

"선을 넘은 건 쟤네들이야. 우린 뒤만 밟았고."

"그건 나중에 따지고, 지금은 그냥 철수해. 어차피 증거도 없이 건드렸다간 피 보는 건 우리 쪽이야."

"이래서 간부 새끼들하곤 말이 안 통해. 국가 통신망을 해킹했어. 누가 봐도 징샤야. 눈앞에서 대어를 놓치라고? 게다가 우리가 눈치 챘다는 걸 이미 저쪽도 파악했어. 뒷정리하고 뜰 텐데 참사관이라 손도 못 쓰고 비행기 타는 거 지켜보라는 소리냐? 난 그렇게는 못 하겠는데."

"씨발, 누가 그걸 몰라? 징샤든 뭐든 야후밍은 참사관이야. 증거 없이 수색했다가, 아니 미행한 게 들통 나기라도 하는 날에는 우리 모가지 날아가는 건 둘째 치고……"

"이강투! 너 인마 어디야?"

"오늘따라 날 찾는 사람이 왜 이리 많아. 필승! 어인 일이십니까, 팀장님. 바쁘신 와중에 전화를 다 주시고."

"또라이 짓 하지 말고 철수해. 어서!"

"정태가 그럽디까? 국가 안보보다 자리 보전이 더 중요하다고? 언제부터 해병이 특전사 말을 들었습니까?"

감시부 최 팀장은 해병대 2052기 선임이다. 나를 감시부로 불러들인 장본인이기도 하다.

"이 새끼가…… 닥치고 빨리 철수해. 네가 생각하는 것보다 일이 훨씬 심각해."

"6개월을 매달렸어요. 저놈 때문에. 잠도 제대로 못 자고, 술도 못 마시고, 여자도 못 만나고. 이럴 거면 뭐하러 날 불렀어요. 타클라마칸 사막에 그냥 놔둘 것이지."

"두 번 말 안 한다. 철수해라……. 창식이 이 새끼는 왜 통신 두절이야?"

"일하느라 바쁜가 보죠. 누구처럼 책상에 앉아서 한가롭게 펜대나 굴리는지 아십니까?"

"철수해. 철수하라고 분명히 말했다."

긴 사거리 횡단보도 신호가 바뀌었다. 야후밍이 움직인다. 징샤가 멀어진다.

"그럼 이만 끊겠습니다. 오늘 창식이랑 중국산 활어를 먹기로 해서요."

"이런 씨!"

"아, 그리고 말예요."

"……?"

"매운탕거리는 남겨 갈 테니 그거나 드쇼."

"야! 이강……"

팀장의 말이 끝나기 전에 통신을 끊었다. 난 야후밍에 집중했다. 이렇게 된 이상 감출 것도 없었다. 어차피 이제 놈도 미행이 붙은 걸 알아차렸을 테니까. 겉으론 태평해 보이지만 몸은 거짓말을 못 한다. 놈의 걸음걸이가 아까보다 예민해졌다. 양쪽 다 신분이 노출된 상태. 야후밍은 참사관이라는 신분 때문에 자신에게 함부로 못 하리라 생각하고 있을 터. 하지만 놈이 간과한 게 한 가지 있다. 나는 그딴 거 신경 쓰지 않는 또라이라는 것.

걸으면서 생각해 봤다. 앞으로 벌어질 일에 대해. 뒷일은 나중에 생각하는 게 내 스타일이지만, 지금은 생각을 좀 해 봐야 한다. 놈은 정예 요원. 무기를 지니고 있을 가능성이 있다. 놈에게 무기가 없다고 해도 놈의 뒤를 봐주는, 어쩌면 이미 내 뒤를 미행하고 있는 다른 요원이 무장했을 가능성도 배제할 수 없다. 반대로 나는 비무장이나 다름없다. 재킷 안쪽에 있는 30만 볼트짜리 스턴 건이 내 유일한 무기다. 일명 해머.

금요일 오후, 광화문 거리는 사람들로 붐볐다. 야후밍은 군중 사이로 몸을 숨기듯 걸어가고 있다. 나는 끝까지 놈을 추격한다. 밀려오는 행인들에 치여 야후밍과의 거리가 조금씩 멀어졌다. 야후밍 외에 혹시나 있을지 모를 중국 측 요원들에 대해서도 생각해야 한다. 하지만 행인이 너무 많아 야후밍의 뒤꽁무니만 집중하기도 어려운 상황.

그때 통신이 날아왔다. 창식이 당황한 목소리로 말했다.

"형님, 뭔가 잘못된 것 같습니다."

"무슨 소리야."

"감색 양복 말예요."

"놈이 왜?"

"놈의 얼굴이……."

창식은 말을 잇지 못했다. 뭔가에 단단히 놀란 듯했다.

"야후밍이에요. 감색 양복 얼굴이 야후밍하고 똑같이 생겼어요."

"뭔 개소리야? 야후밍은 지금 내 앞에 있는데!"

"그게 저도 뭐가 뭔지……."

멋쟁이가 야후밍이라고? 그럴 리가. 고디바에서 옷을 바꿔 입지 않은 한 그런 일은 있을 수 없다. 창식이 잘못 봤든가, 멋쟁이가 야후밍의 쌍둥이 형제든가. 물론 둘 다 말이 안 되는 상황이다. 문득 등골을 타고 서늘한 기운이 스쳤다.

"타깃이 상가 건물 안으로 들어갑니다."

"혹시 다른 미행은?"

"우리 말고 다른 팀은 다 철수한 거 아닙니까?"

"아니, 중국 애들 말이야."

"아, 아뇨. 그런 낌새는 못 느꼈어요……. 어떡하죠? 계속 따라붙을 까요?"

잠시 고민했다. 정보원을 보호하는 중국 측 요원이 없을 거라곤 생각되지 않았다. 창식은 몸은 빠른데 머리는 둔한 편이다. 그래도 눈썰미는 좋은 편이다. 멋쟁이가 야후밍을 닮았다는 말은 그냥 흘려들을 수 없다.

"일단 붙어."

"알겠습니다."

상황이 복잡하게 돌아가고 있지만, 그래도 일단은 야후밍을 잡고서 심문해 보는 수밖에. 멋쟁이를 잡아서 야후밍과 삼자대면을 시켜보면 두 사람 간 출생의 비밀을 풀 수 있겠지.

야후밍은 북적이는 대로를 벗어나 그나마 사람이 좀 뜸한 일방통행로로 접어들었다. 반대쪽에서 걸어오는 연인 둘, 이마가 벗어진 모시옷 노인 하나. 나는 그들이 지나가기만을 기다렸다. 오른손은 이미 재킷 안쪽에 들어가 있었다. 보는 눈이 없을 때 해머로 놈의 머리를 쏜 다음 기절한 사람을 도와주듯이 데려가면 된다.

야후밍의 뒷모습은 여유롭지만, 긴장감이 느껴졌다. 익히 전장에서 수없이 느꼈던 적의(敵意)다.

모시옷 노인이 옆을 지나갈 때쯤, 창식의 목소리가 달팽이관에 삽입한 '신체 이식 단말기(BTC, Body Transplant Cellphone)'를 통해 들려왔다.

"혀, 형님……."

그 뒤의 소리는 잡음이 몹시 심해 제대로 들리지 않았다.

"왜? 무슨 일이야?"

입을 가린 채 최대한 소리 죽여 말했다. BTC 간 통신 잡음이 심하다는 건 단말기가 이식된 신체에 심각한 충격이 가해졌음을 의미하는 것이었다. 창식이 당했다. 바로 알 수 있었다.

내 물음에도 창식은 대답하지 못했다. 조금 있자 통신이 끊어졌다.

"설마……."

스턴 건을 쥔 손에 땀이 배어 나왔다. 그제야 야후밍의 등에서 느껴진 감정이 적의가 아닌 두려움이라는 것을 깨달았다. 판단 착오다. 대어에 대한 욕심과 자만 때문에 동료를 사지로 몰아넣었다. 이런 씨발!

"야후밍!"

스턴 건을 빼 들고 놈을 향해 겨눈 채 소리 질렀다. 놈은 흠칫 놀라서 뒤를 돌아보았다. 얼굴은 창백하고 입은 크게 벌어지고 식은땀이 이마를 타고 관자놀이 쪽으로 흘러내렸지만, 놈은 분명히 중국 참사관 야후밍이었다.

"니다오디스세이?(너 대체 누구야?)"

난 중국어로 물었다.

야후밍은 겁에 질려 바들바들 떨면서 양손을 들고 항복 자세를 취했다. 연기 같진 않았다. 이게 연기라면 남우주연상감이다.

"워즈스쮀러 세이랑워쮀더. 선머도부즈다오. 부즈다오!(난 시키는

248

대로 했을 뿐이야. 아무것도 몰라. 난 모른다고!)"

스턴 건을 당겨야 할지 말지 망설였다. 놈이 징샤라면 지금 당장 스턴 건을 당겨 뇌폭하기 전에 기절시켜야 한다. 하지만 놈은 징샤가 아니다. 그러니 뇌폭을 할 리도 없고, 스턴 건을 쏠 필요도 없다. 속임수에 걸려들었다. 놈들은 쩨이 마오 작전을 훤히 꿰뚫고 있었다.

"니스세이! 세이랑니쮀! 게이워쉬정췌더!(넌 누구야! 누가 시켰어! 바른대로 말해!)"

놈은 대답하지 않았다.

"한궈두이중궈 찬짠 쮀러 헌 다더 춰우. 쉬이 두이 저젠스 야오츄궈자더 쩌런.(한국은 중국 참사관에게 큰 실례를 범했다. 이에 대한 국가적 책임을 물을 것이다.)"

누군가 내 개인 채널을 통해 중국어로 나불거렸다. 누구냐고 물을 필요도 없이 그는 야후밍이었다. 진짜 야후밍. 양손을 들고 바지에 오줌을 지릴 것처럼 서 있는 놈은 가짜다.

특수부대 베테랑이 현지 정보원 따위에게 허무하게 당할 리 없다. 게다가 신체는 생체견갑으로 개조되었다. 견갑화하면 일반 총알 따위는 거뜬히 튕겨 낸다. 하지만 상대가 징샤라면 얘기가 다르다.

"워이딩야오 좌주니.(넌 내가 반드시 잡는다.)"

짧은 웃음소리와 함께 통신이 끊겼다.

"일단은 너부터 조지고 나서."

난 가짜 야후밍을 향해 스턴 건을 발사하려고 했다. 누군가 내 후두부를 강타하기 전까진. 볼썽사납게 바닥에 머리를 처박고 쓰러졌다. 꺼져 가는 흐릿한 시야로 줄행랑을 치는 가짜 야후밍과 모시옷

노인이 들어왔다. 노인은 잠시 나를 보더니 중국어로 뭐라 중얼거린
뒤 사라졌다.

B.F.T. 기술 단지는 모두 네 개의 동으로 이루어져 있다. A동은 생
명공학 연구소, B동은 첨단융합기술 연구소, C동은 국방부에서 관할
하는 국방기술 연구소, D동은 B.F.T. 보안시설을 통제하는 중앙 관제
실과 사무실 및 직원들을 위한 편의시설 등이 모여 있는 대전과학기
술센터다. 이곳은 일급 보안시설이며, 모든 기밀문서와 연구 데이터
는 D동에서 보관하고 있다.

D동 로비 안으로 들어서자 안내 데스크에서 미연이 방긋 웃으며
일어서더니 나를 보고는 이내 미소를 지우곤 흘겨보았다. 긴 머리를
스튜어디스처럼 틀어서 말아 올리고 역시나 스튜어디스처럼 곱게
화장한 얼굴은 처음 봤을 때처럼 여전히 매력적이다.

팀이 해체되고서 모두가 뿔뿔이 흩어졌다. 몇몇은 일반 수사팀으
로, 몇몇은 교통과로, 몇몇은 나처럼 연구소나 지키는 경비견으로.
이곳에 온 지 어느덧 7개월이 흘렀고, 나는 거의 아무 일도 하지 않
고 있다. 감시와 보고, 이게 내 일의 전부다.

이곳에 와서 처음으로 한 일은 시설 안내 도우미 미연을 꼬시는 일
이었다. 한 달 동안은 탐색전을 펼쳤고, 두 달째에 선전포고를 했으
며, 석 달째가 되자 드디어 난공불락의 요새를 함락했다. 고운 화장
속에 감춰진 그녀의 본성은 꽤 야성적이었다. 지금껏 잠자리를 가진
여자 중에서(물론 전 세계에서) 순위를 꼽으라면 당당히 5위 안에 들
정도로 대단한 실력의 소유자다. 우린 몇 달 동안 정글에 투입된 병

사처럼 요란한 전투를 벌이며 전장을 누볐다. 몇 번은 그녀가 이기고, 몇 번은 내가 이겼다. 우리의 박력 있는 전투는 내가 다른 적과 싸우면서 냉전체제로 돌입했다. 역시 여자들은 촉이 좋다. 전직 감시부 요원의 뒤를 캐다니. 이런 능력은 국가를 위해 써야 하는 거 아닌가?

미연에게 "하이." 하며 가볍게 인사를 건넸고, 그녀는 눈에서 레이저를 발사했다. 출입용 플랩식 게이트 앞에서 보안카드를 꺼내려는데, 어찌 된 일인지 지갑에도 양복 상의에도 보안카드가 보이지 않았다. 어딘가에서 떨어뜨렸거나 집에 놓고 왔나 보다.

하는 수 없이 플랩식 게이트를 폴짝 뛰어넘어 갔다. 미연이 눈살을 찌푸렸다. 한 번만 봐 달라는 식으로 손을 들었다.

16층에서 꼼작도 하지 않는 엘리베이터를 기다리는 동안, 어느새 미연이 내 옆으로 다가와 동그란 눈을 치뜨고 가슴을 앞으로 내민 자세로 팔짱을 낀 채 포로에게 대답을 강요하는 적군처럼 살벌한 포스를 내뿜고 있었다. 한 여자와 너무 오래 만나면 꼭 이런 일이 벌어진다.

"위에서 찾고 난리야. 또 사고 쳤어?"

"아니. 맹세코. 너랑 친 사고만 빼면."

미연은 뾰로통한 얼굴로 나를 계속 노려봤다. 엘리베이터는 내려올 생각을 안 한다. 난 다른 엘리베이터 버튼을 눌렀다.

"할 말이 뭐야? 이러는 거 상사에게 들키면 좋지 않을 텐데."

"또 군대식 말투! 여자한테 좀 상냥하게 굴면 안 돼?"

"침대에서는 늘 상냥하잖아."

"퍽이나."

엘리베이터가 드디어 내려오기 시작했다.

"이틀 동안 뭐 하느라 전화도 안 받아?"

"바빴어."

"그랬겠지. 다른 여자랑 노느라."

"……."

"나쁜 새끼."

"감기 때문에 머리 아프다. 그만 좀 해라."

"오뉴월에 웬 감기? 옷 벗고 노느라 감기 드셨나?"

"기억은 안 나지만, 아마도 그랬겠지."

"허…… 뻔뻔하기도…….

구세주처럼 엘리베이터가 도착했다. 안으로 들어가자 미연도 곧바로 따라 들어왔다. 나는 17층 버튼을 눌렀다. 문이 닫힐 때까지 미연은 내리지 않았다.

"나중에 얘기하면 안 될까? 끝나고 한잔하면서 말이야."

미연은 내 가슴을 밀치더니 구석으로 몰아세웠다.

"이번엔 어떤 년이야?"

나는 모른 척 휘파람을 불었다.

"A동 연구원도 건드렸다면서? 걔 스물두 살밖에 안 됐어. 알아?"

"그래? 스물하난 줄 알았는데."

갑자기 미연이 몸을 밀착해 오더니 다짜고짜 입술을 덮쳤다. 달콤한 립스틱 향과 함께 선홍빛 혀가 기습적으로 밀고 들어왔다. CCTV 사각지대 안이라 보이진 않겠지. 입맛을 다실 경비실 보안요원을 생각하니 속으로 웃음이 나왔다. 아침부터 딥 키스라니. 일진이 좋으려

나. 10층에 다다랐을 때쯤 미연이 입술을 뗐다. 떼어 내면서 내 아랫입술을 깨물었다. 상처가 났다.

"아프잖아."

"자기 몸에서 제일 약한 곳이 여기니까."

그러더니 한 손으로 내 바지 위를 어루만졌다.

"조심해. 화나면 거기도 딱딱해지니까."

"걔가 나보다 잘해?"

"어련하시려고."

슬쩍 미연의 엉덩이를 더듬으며 회색 스커트 밑으로 손을 넣으려 했다. 찰싹! 거기까지였다. 미연은 언제 그랬냐는 듯 나한테서 떨어져 옷매무새를 정돈했다.

그녀는 12층 버튼을 눌렀다. 살짝 찢어진 아랫입술을 어루만지면서 그녀의 늘씬한 뒷모습이 떠나가는 것을 아쉽게 지켜봐야 했다.

엘리베이터가 올라가는 동안 약간의 현기증을 느꼈다. 뭔지 모를 불쾌한 기분이 엄습했지만 이내 머리를 흔들며 털어 버렸다.

엘리베이터에서 내려 오른쪽 통로를 두 번 돌아서 전산실 옆 회의실로 걸어가고 있는데, 안에서 사람들이 몰려나왔다. 각 동의 보안 과장과 육군 과학기술부 소장 및 팀장급 임원, 그리고 양정태가 보였다. 그는 나와 함께 이곳 경비견으로 배속됐다. A동 보안팀장이다. 다들 굳은 얼굴로 나를 반겼다. 머쓱하게 인사를 건넸다. 늦어서 죄송하다는 말은 하지 않았다. 어차피 징계받을 게 뻔한데 사과는 해서 뭐하리.

한데 사뭇 분위기가 달랐다. 평소 같으면 정태는 썩은 동태 눈알을 굴리며 나를 못마땅하게 쳐다봤을 테고, C동 보안과장은 혀를 끌끌 차며 다들 보는 앞에서 한마디 했을 터였다. 나머지는 나를 벌레 보 듯 봤을 테고. 그런데 오늘은 그러지 않았다. 표정이 모두 한결같았 다. 굳게 입을 다물고 감정 없는 눈으로 나를 바라보기만 했다.

"시말서 정도론 안 되려나?"

피식 웃으며 농담을 던졌지만, 예상했던 비난은 날아오지 않았다.

"이강투, 너 잠깐 따라와라."

C동 보안과 김 과장이 말했다.

"뭔데요?"

"와 보면 알아."

보안요원들이 다가와 양쪽에서 내 팔을 잡았다.

"뭐 하자는 거요? 출근 좀 늦었다고 군기 잡는 겁니까?"

"소란 피우지 마라."

임원들이 앞장선 가운데 나는 보안요원들에게 붙들려 그 뒤를 쫓 았다. 정태가 피식 웃더니 내 옆을 지나쳤다.

내가 끌려온 곳은 폴리그래프 검사실이었다. 보안과 직원 및 1급 기밀을 다루는 직원들은 정기적으로 폴리그래프 검사를 받게 되어 있다. 그들은 나를 강제로 의자에 앉히고서 폴리그래프 검사를 준비 했다. 과거엔 뇌파와 심장박동 등을 체크했다면, 신형 폴리그래프 검 사는 뇌에 나노 탐침을 꽂아서 거짓말을 했을 때 미세한 뇌의 전기 적 신호까지 감지해 낸다. 이 신형 폴리그래프 검사의 또 한 가지 특 징은 거짓말을 하면 할수록 나노 탐침에 전기적 반응이 역으로 보내

져서 눈꺼풀이 파르르 떨리거나 손가락이 떨리는 신체적 증상이 나타난다는 것이다. 그러니 이 검사기 앞에선 거짓말은 전혀 통하지 않는다.

"오늘은 정기 검사가 있는 날이 아닐 텐데요. 설마 지각 사유를 거짓말할까 봐 검사하는 건 아닐 테고."

"그냥 시키는 대로만 해. 결백하면 별일 없을 테니까."

김 과장이 어깨를 툭툭 치며 말했다.

"거짓말을 너무 많이 해서 기계가 고장 나도 전 책임 못 집니다."

"깝치지 말고 진지하게 해라."

정태가 말했다.

나는 지그시 중지 손가락을 펴 보였다.

내 머리에 나노 탐침을 꽂은 뒤 모두가 밖으로 나갔다. 반투명유리로 밖에서 내 폴리그래프 검사를 지켜보고 있을 것이다. 검사가 시작되기 전까지 휘파람으로 「싱잉 인 더 레인」을 불렀다. 조금 있자, 정면 스크린에 비디오아트 같은 현란한 물결무늬가 어지럽게 움직이기 시작했다. 복잡하지만 눈여겨보면 규칙적으로 움직이는 걸 알 수 있다. 마치 최면을 거는 듯한 패턴들이 30초 동안 반복되다가 스피커에서 검사관의 목소리가 흘러나왔다.

"피험자는 스크린에 집중해 주십시오."

"옛썰!"

"무엇이 보이는지 말씀해 주십시오."

검사관의 목소리는 남성도 여성도 아닌 중성적인 기계음으로 감정이 완전히 배제된 목소리다.

"물결무늬, 아니면 물감 풀어 놓은 거."

"어떤 형상으로 보이는지 말씀해 주십시오."

"흠…… 글쎄…… 여자 가슴?"

"피험자는 지금 거짓말을 하고 있습니까?"

"아니. 진짜 여자 가슴이 떠올라. 그것도 아주 풍만한."

흐뭇하게 웃어 보이고 반투명유리에서 지켜보고 있을 얼간이들에게 양손으로 여자 가슴 모양을 만들어 보였다.

"당신은 이강투가 맞습니까?"

"보는 바와 같이."

"'네', '아니요'로만 대답해 주십시오."

"네……. 미치겠군."

"당신은 스파이입니까?"

"아니."

"당신은 적과 내통한 적이 있습니까?"

"없다, 이 멍청이야."

"'네', '아니요'로만 대답해 주시오."

"아니."

조금 있자, 현란한 물결무늬들이 사라지고, 스크린에 다른 화면이 떴다.

"이 사진의 인물이 누구입니까?"

"나잖아."

스크린엔 내 증명사진이 떴다. 이어서 다른 사진으로 넘어갔다. 순간 왼쪽 눈이 씰룩였다.

"이 사진의 인물이 누구입니까?"

"……임창식."

"죄책감이 느껴집니까?"

주먹을 불끈 쥐었다.

"아니. 단지, 분할 뿐이야."

다음 사진이 떴을 때, 나는 얼굴을 일그러뜨렸다. 순 야후밍이었다. 검사관은 누구냐고 물었고, 나는 그라고 대답했다.

"이봐, 대체 왜 이따위 테스트를 하는 거지? 내가 뭐 잘못한 거라도 있나? 이건 정상적인 폴리그래프 검사가 아니잖아. 이건 마치…… 심문하는 거 아닌가?"

내 질문과 상관없이 다음 사진으로 넘어갔다. 내 어렸을 적, 부모님과 함께 찍은 사진이었다. 부산 해운대를 배경으로 아버지와 어머니, 열 살인 나와 열두 살이던 형이 나란히 찍힌 가족사진이었다. 이 새끼들, 내 집을 수색했구나. 순간 분노가 일렁였다.

"이때 상황을 기억나는 대로 말씀해 주십시오."

"몰라, 그딴 거. 열 살 때 기억이 날 리가 없잖아."

"기억나는 대로 말씀해 주십시오."

"모른다고! 씨발! 난 그만하겠어. 이봐! 와서 내 머리에 꽂은 탐침이나 빼. 난 이따위 장난질에 놀아날 생각 없으니까. 할 말 있으면 내 앞에서 하란 말이야."

"검사를 계속해 주십시오."

"닥쳐 이 새꺄! 어디서 명령질이야!"

의자를 들어 스크린을 향해 집어던지려다가, 문이 벌컥 열리는 바람에 간신히 참았다. 하마터면 내 월급 두 달 치가 날아갈 뻔한 상황이었다.

들어온 사람은 뜻밖에도 양정태였다.

"너냐? 날 쥐새끼로 만든 놈이?"

"강투야, 잘 들어라. 7개월 전. 기억하지? 쩨이 마오 작전."

피식 웃었다. 이놈은 그때 일로 아직도 나를 원망하고 있다.

"그게 어쨌다는 거야?"

"넌 그때 명령을 어기고 철수하지 않았어. 참사관 야후밍을 끝까지 추격했다. 왜지?"

"왜냐니? 놈은 징샤야. 징샤를 잡는 게 우리 일 아니었나?"

"그래, 징샤일지도 모르지. 하지만 작전이 노출됐다. 그리고 네 부하가 죽었고."

"씨발."

창식은 경추골절로 사망했다. 공식적인 사인은 계단에서 굴러떨어진 경추골절상. 말도 안 되는 일이다. 특수부대 요원이 계단에서 굴러떨어져 목뼈가 부러져 죽다니. 지나가는 개도 웃겠다. 야후밍은 기습적으로 창식의 등 뒤를 노렸을 것이다. 놈은 징샤였고, 우리처럼 생체견갑으로 개조된 특수요원이 분명하다. 아마도 신형일 터. 생체견갑화가 되면 피부 표면이 방탄화가 되지만, 가장 취약한 부분이 목뼈다. 이 부분을 보완하는 기술은 아직 개발되지 않았다. 목 부분이 견갑화되면 고개를 돌릴 수가 없고, 자칫 전신마비로 이어질 위험이 있기 때문이다. 그래서 전장에서는 늘 목을 보호하는 보호대를 착용한다. 하지만 사복 차림의 요원들은 거추장스러운 목 보호대를 착용할 수가 없다. 놈은 생체견갑의 약점에 대해서 정확히 꿰뚫고 있는 전문가다.

"다시 한 번 묻겠다. 너는 왜 신분이 노출된 시점에서 야후밍을 쫓았나."

"놈은 야후밍이 아냐. 그 감색 정장을 입은 놈이 야후밍이고, 내가 쫓던 놈은 가짜였어. 피를 나눈 쌍둥이가 아니라면 아마도…… 클론이겠지."

"복제인간은 국제법으로 금지됐어."

"아마추어처럼 왜 이래. 우리가 언제 국제법 준수하면서 일했나? 우리는 막후에서 움직이는 공작원이야. 그보다 더한 걸 봐도 당연하게 받아들여야 한다고."

정태는 품에서 사진 한 장을 꺼내 내 앞에 내밀었다. 나는 여전히 머리에 탐침을 꽂은 상태라 머리를 움직일 때마다 더듬이처럼 탐침이 흔들거렸다. 사진 속의 남자는 얼굴이 형체를 알아볼 수 없게 뭉개졌고, 머리에 탄흔으로 보이는 구멍이 나 있었다.

나는 가만히 들여다보기만 했다. 곧이어 정태의 부연 설명이 이어졌다.

"머리에 쏜 총알은 덤덤탄이었다. 뇌가 곤죽이 됐지. 손의 지문은 모두 지워졌고, 신분증도 지니고 있지 않았어. 우리 팀이 해체되고 보름 뒤에 인천 앞바다에서 발견됐다. 신원미상."

"가짜 야후밍이구면. 그때 입었던 옷이야. 클론이라면 DNA를 대조해 보면 되지 않나? 어차피 유전적으로 동일 인물일 텐데."

정태의 입꼬리가 삐죽 올라갔다. 내가 말하고도 멍청한 질문이었다. 중국 쪽에서 야후밍의 DNA 대조에 협조할 리 없지 않은가. 결국 신원미상 처리.

문득 의문이 들었다. 어째서 정태는 이미 끝난 작전을 지금 끄집어 내는 것이며, 어떻게 내가 모르는 정보를 녀석만 아는 것일까. 내가 모르는 사이 뭔가 뒤에서 꾸미고 있었다는 건가.

"진가쟁주 설화라고 아나?"

"뭐?"

뜬금없는 질문에 눈을 홉뜨고 그를 쳐다봤다.

"쥐의 둔갑이라는 옛이야기. 이건 들어 봤을 테지."

"쥐가 사람 손톱을 먹고 둔갑한 이야기 말이냐? 동화책에서 읽은 기억은 난다만."

"사람 손톱을 먹고 둔갑한 쥐가 주인 행세를 하는 거지. 손톱의 주 인은 가짜로 몰려서 마을에서 쫓겨난다는 이야기야."

"갑자기 구연동화라도 하고 싶어진 거냐? 집에 가서 네 딸에게나 해 주시지. 한마디만 더 하면 네 턱주가리가 날아갈지도 모르니까."

"우린 이놈을 '둔갑 쥐'라고 부른다."

정태는 손가락으로 가짜 야후밍의 시체 사진을 톡톡 건드렸다.

"우리라니. 내가 모르는 '우리'라는 단체가 또 있었나? 아니면, 날 빼고 말하는 건가?"

"지금 여기에 그 '둔갑 쥐'가 한 마리 더 있다. 한 달 전쯤에 이곳 에 잠입했다는 첩보를 입수했다."

"잠꼬대하는 게 아니라면, 마약에 취한 게 분명하군. 팀은 해체됐 어. 베이징의 정보원은 제거됐고."

"명목상으론 해체됐지만, 팀은 아직 건재하다. 그리고 베이징의 정보원은 애초에 이중 스파이였어. 그 정보원은 우리 측에서 제거했다. 이번 정보원은 우리가 장기간 공들여 심은 슬리퍼(sleeper, 평소엔 일반인처럼 지내다 지시가 내려오면 움직이는 동면 첩보원)야."

"이거 이거…… 감시부 안에 또 다른 감시부가 있었구먼."

나는 손뼉을 쳤다.

"쩨이 마오 작전은 애초에 놈들이 파 놓은 함정에 우리가 걸려든 거였다. 감시부를 해체하고 우리 정보망을 뒤흔들기 위한 술책. 거기에 뛰어들어 사태를 악화시킨 게 바로 너고."

"아예 나보고 징샤라고 하지그래. 이따위 장난질 그만두고 내 머리에 스턴 건이나 쏴라고. 뇌폭해서 뇌수가 콸콸 쏟아지는 꼴 보기 싫으면."

정태는 잠시 내 눈을 무표정하게 응시했다.

"이틀 동안의 행적을 말해 봐. 16일부터 17일 사이의 일."

"자주 가는 바에 들러서 술을 마셨고, 거기서 여자를 한 명 꼬셨다. 바 이름은 '엑조티카.' 거기 바텐더한테 전화해서 물어봐."

"이미 알아봤어. 네가 왔다고 하더군. 여자 한 명을 데리고 나갔다고 했고."

나는 어깨를 으쓱했다.

"그 후의 얘기를 해 봐."

"여자 남자 둘이서 할 게 뭐 있겠어. 쎄쎄쎄라도 했겠냐?"

"들어간 숙박업소 이름을 말해 봐."

"몰라, 술 취해서 기억이 안 나. 근처 어디였겠지."

"근처 숙박업소에서 널 봤다는 업소 주인은 없었어. CCTV도 모두 확인했지만, 넌 없었어."

"그럼 다른 곳에 갔나 보지. 내 집으로 갔든가. 그게 그렇게 중요한 일인가?"

"집으로 갔다면 네가 기억 못 할 리가 없지. 결국 기억이 없다는 말이군."

"필름 끊긴 게 하루 이틀이어야지. 그래도 집까진 잘 찾아갔다고."

"어떻게?"

"……몰라. 어떻게든 갔겠지."

정말 기억이 하나도 나지 않았다. 눈을 떠 보니 여자는 없었고(솔 직히 여자 얼굴도 기억나지 않는다.) 집에서 옷이 벗겨진 채로 침대 위에 뻗어 있었다. 그런 일이 한두 번이 아니기에 별로 신경 쓰지 않 았다. 평소대로 지갑에 돈과 신용카드가 없어졌는지만 확인했다.

"그날 일을 기억하는 사람이 있다. 네가 기억 못 하는 그날 일을."

"오! 대단한데. 그 바에서 만난 아가씨를 잡아 온 건가? 안 그래도 그날 어땠는지 물어보고 싶었는데. 흐흐."

"보고 나서도 그런 웃음이 나올까?"

정태는 씩 웃더니 반투명유리를 향해 손가락을 튕겼다. 조금 있자, 문이 열리면서 누군가 안으로 들어왔다. 그를 보자 나도 모르게 양쪽 눈가가 씰룩였다. 또다시 기분 나쁜 현기증이 일었다.

"서로 인사나 나누시지. 이쪽은 이강투, 그리고 이쪽도…… 이강 투."

나였다. 나와 똑같은 옷을 입고 똑같은 얼굴을 한 똑같은 인간이

나처럼 무뚝뚝한 얼굴로 나를 향해 "하이." 하고 손을 들어 인사를 건넸다. 놈과 내가 다른 점이 있다면, 어디서 린치를 당했는지 얼굴 군데군데 멍이 들었다는 점이다. 그것만 빼면 마치 거울을 보듯 완벽하게 닮은 나였다.

"웃기는군. 호호."

현기증 때문에 머리가 어질어질했지만, 애써 웃으며 아무렇지 않은 척했다.

"잘 만들었구먼. 중국 애들 짝퉁 만드는 솜씨는 역시 대단해."

나와 똑같은 말투로 또 다른 내가 말했다.

우린 빤히 마주 보았다. 이놈은 내 복제품이다. 근데 이놈도 나를 그렇게 생각하는 듯했다. 웃음이 나왔으나 등골에서 서늘한 기운이 올라와서 웃음은 오래가지 못했다.

"간단히 설명하자면."

정태가 말했다. 놈은 이 상황을 즐기는 듯했다.

"너보다 한 시간 먼저 나타나서 지금 네 앞에 앉아 있는 이강투, 아! 헷갈릴 수 있으니 멍든 강투라고 해 두지."

"아주 신 나셨구먼."

복제 강투가 말했다. 나라도 그렇게 받아쳤을 것이다. 선수를 뺏긴 기분에 괜히 화가 치밀었다.

"멍든 강투가 나타나서 자신이 이틀 전에 감금당했다는 사실을 말했다. 과정은 아까 네가 말한 그대로야. 바에 들러서 어떤 여자를 만나서 밖으로 나갔지. 그런 다음……"

"됐어. 여기서부턴 내가 말하지."

놈이 대신 말을 이었다.

"난 그때 이상할 정도로 심하게 취해 있었어. 지금 생각해 보니 여자가 내 술에 약을 탔던 모양이야. 나는 여자와 함께 비틀거리며 거리를 걷다가 어떤 차에 탔다. 타고 나서 택시가 아니라는 사실을 깨달았지. 깨닫는 순간, 곧바로 정신을 잃었다. 눈을 떠 보니 어떤 지하실에 감금된 상태였고, 목 뒤에 재밍 장치(전파 방해 장치)가 부착되어 있어서 통신할 수 없는 상태였다. 의식을 차렸을 때 나는 발가벗겨진 채 의자에 묶여 있었고, 전신견갑화를 시도했지만 말을 듣지 않더군. 그 전에 놈들이 약물을 투여했을 거야. 알지? TNC-1 생체전류 차단제. 나는 무기력하게 놈들에게 억류당한 채 고문을 당했다. 그때 한 놈이 중국 말로 이렇게 말하더군. '넌 폐기처분 될 거야. 그 전에 정보를 제공하면 곱게 끝내 주겠다.' 그래서 내가 말했지. 내가 실종된 걸 알면 제일 먼저 너희를 의심할 거라고. 내가 기절하기 전에 차안에 위치추적장치를 떨어뜨렸거든. 차의 이동 경로를 조사하면 아지트 위치를 찾는 건 식은 죽 먹기일 테고."

"흥! 잘도 지껄이는군."

나는 그렇게 말했지만, 아마 나라도 그렇게 했을 거라는 생각이 들었다.

"그건 사실이야. 오늘 새벽에 위치추적장치로 전송된 차의 이동 경로를 조사해서 아지트를 찾아냈다. 진술한 그대로야. 다만 놈들은 종적을 감춘 뒤였지."

정태가 말했다.

"놈들도 차 안을 확인하고서야 내 말이 사실인 걸 알았지. 그래서 나를 제거하려고 했다. 그때 한 놈이 이런 말을 했지. '그럼 클론은 어떻게 하지? 이미 예정대로 침투했을 텐데.' 놈들이 당황하더군. 나는 그때까지도 상황을 완전히 이해하지 못했어. 어떻게든 여기서 빠져나가야 한다는 생각만 했지. 다른 한 놈이 나한테 와서 주사를 놓으려고 했지. 놈은 내가 TNC-1에 완벽하게 제압당했다고 생각했겠지. 하지만 TNC-1은 알코올에 의한 분해 작용이 있어서 술을 마신 경우 각성 효과가 빠르게 나타난다. 그걸 보완한 게 TNC-2인데, 놈들은 TNC-1을 제대로 다뤄 본 적이 없는지 그 사실을 모르는 것 같더군. 둘 다 생체견갑병이 아니었거든. 실수였거나 거기까진 미처 생각지 못했거나. 아무튼, 주사를 놓으려는 순간, 나는 재빨리 왼팔만 견갑화를 시켜서 수갑을 끊어 냈다. 그리고 왼손으로 놈의 목을 비틀어 꺾었지. 나머지 놈은 내가 날려 버린 철제 의자에 맞고 기절해 버렸고. 난 재빨리 그곳을 빠져나왔다. 그때 시간은 대략 오전 7시 반. 가까운 도로까지 뛰어가서 차를 얻어 타고 이곳에 오기까지 두 시간이 걸렸다. 그런데 한 시간 전쯤에 너에게 호출을 했다는 얘기를 들었다. 그 얘긴 네가 내 BTC까지 그대로 모방했다는 뜻이지. 나는 재밍 당한 상태였기 때문에 통신을 받을 수가 없었어. 그제야 놈들이 했던 클론 얘기가 떠오르더군. 여기까지가 내가 이틀 동안 겪었던 일들이다."

팔짱을 낀 채 놈의 말을 듣고 있다가 큰 소리로 웃었다. 나노 탐침이 웃을 때마다 살랑살랑 움직여서 머리가 가려웠다.

"그렇다고 이쪽 말을 다 믿는 건 아냐. 그래서 너한테 폴리그래프 검사를 실시했던 거고. 이쪽도 폴리그래프 검사를 받았다. 검사 결과는 합격.”

“그러니까…… 흐흐흐…… 내가 바로 ‘둔갑 쥐’다?”

“검사 결과가 나와 보면 알겠지. 그보다…… 너 지금 보안카드는 가지고 있나?”

나는 고개를 저었다.

“어디 있지?”

“어딘가 있겠지. 아마도 저놈이 훔쳐 갔을 거라 생각되는데.”

놈은 주머니에서 보안카드를 꺼내 들었다.

“빙고!”

잠깐 동안 검사실 안에 침묵이 흘렀다.

“폴리그래프 검사 결과가 나왔습니다.”

검사관의 목소리가 침묵을 깨고 울려 퍼졌다.

“검사 결과, 이강투 요원의 테스트 점수는 55점으로 나왔습니다.”

“55점이라…….”

정태가 의미심장한 미소를 띠며 말했다.

“내 수학 점수보다 높게 나왔군.”

내가 말했다.

테스트 통과 점수는 70점 이상이어야 한다. 60점에서 50점 후반은 심신 불안일 경우 나오는 점수이기에 재검사를 받는다. 하지만 50점 초반은 불합격. 55점은 불합격과 심신 불안정의 어중간한 경계에 있는 점수다. 이 경우 재검사가 아니라 검사관의 재량에 따라 스파이 혐의가 인정되거나 뇌간 검사를 받아야 한다. 생체견갑병일 경우에는 견갑 조직을 모두 해체하고 보통의 성인보다 운동 능력이 떨어지는 신체로 돌아간다. 즉, 퇴물이 되는 것인데, 그것도 운이 좋은 경우고, 대부분은 폐기처분 된다. 이것이 생체견갑을 얻은 특수요원의 비참한 말로다. 나는 그 깨알 같은 글씨의 계약서에 사인하고서 능력을 얻었다.

"네가 둔갑 쥐라는 건 검사관의 판단에 달렸다."

정태가 말했다.

"누군지도 모르는 저 양성애자 목소리에게 내 운명이 달렸다는 건가? 하하! 기분 째지는구먼."

"웬만하면 순순히 불어. 폐기처분만은 면하게 해 줄 테니까."

"해병이 특전사 말 따위를 들을 거라 생각하나?"

"유사기억을 제대로 심어 놓았구먼. 내 행동과 말투를 그대로 모방하는 걸 보니. 고도의 훈련을 받은 게 분명해."

"가짜 따위에게 그런 말을 들으니 눈물이 앞을 가리네."

"넌 내 몸과 기억을 그대로 모방했어. 하지만 아이덴티티까지 얻지는 못했다. 시간이 부족했을 테니까. 한국의 보안 체계를 너무 우습게 봤어."

그저 씩 웃고 말았다. 배 속에선 뜨거운 불길이 용솟음쳤다. 놈을 뼈째로 잘근잘근 씹어 먹고 싶은 충동을 간신히 억눌렀다.

연구원 한 명이 들어와서 내 머리에서 나노 탐침을 뽑아냈다. 그러곤 보안요원 둘이 나에게 수갑을 채워 검사실에서 끌고 나갔다.

"최종 결과가 나올 때까지 특수 감금실에서 기다리라고."

"너무 오래 기다리게 하진 마. 난 지루한 건 딱 질색이니까."

"걱정 마. 오래 안 걸릴 테니까."

특수 감금실은 스파이 혐의가 인정되는 첩자를 감금하기 위해 만든 고(高)티타늄 재질의 임시 감옥을 말한다. 아무리 상급의 생체견 갑병이라도 그 방에서 자력으로 탈출하는 건 불가능하다. 특수 감금실은 D동 지하 3층에 있다. 나는 무장된 보안요원 둘에게 이끌려 그곳으로 끌려갔다. 뒤에는 또 다른 보안요원이 K-17 기관단총을 들고 뒤따라왔다. 탄환은 분명히 생체견갑도 뚫을 수 있는 고합금철갑탄일 것이다. 맞으면 꽤 아프다. 다만, 기관단총에 넣고 쏘기에는 탄환이 커서 반동이 그만큼 세다는 단점이 있다. 그래서 명중률이 형편없다. 정통으로 맞지만 않는다면 충분히 튕겨 낼 수 있다. 하지만 지금같은 지근거리에서는 눈먼 장님이 쏴도 열 발 중 서너 발은 명중시킬 것이다.

애써 여유 있는 척 휘파람을 불면서 엘리베이터로 끌려갔다. 이런 상황에 대처하는 훈련은 이미 수백 번도 넘게 받았다. 내가 진짜 '둔갑 쥐'라면 수년 전에 받은 고도의 훈련까지 어떻게 기억하겠는가. 나는 교관의 얼굴까지 생생히 기억하고 있다. 징샤가 내부에 '둔갑쥐'를 심기로 했다면, 분명히 나 혼자만은 아닐 것이다. 양정태, 이미 신분이 노출된 또 다른 감시부. 게다가 놈과 내가 앙숙임을 이용한다면 나를 제거하는 건 식은 죽 먹기일 터. 거기까지 파악했다는 건, 내부에 스파이가 있는 게 분명하다. 우리 상황을 손바닥 보듯 훤히 아는. 그렇다면 대체 배후에서 활동하는 스파이는 누굴까. C동 보안과 김 과장? 아니면, 그보다 더 웃대가리?

"들어가."

엘리베이터가 도착하자 보안요원이 등을 떠밀면서 말했다. 씨발.

엊그제만 해도 내게 존댓말을 쓰던 놈들이 나를 죄인 취급하다니.

쓴웃음을 지으며 안으로 들어갔다. 엘리베이터는 빠르게 밑으로 내려갔다. 등 뒤엔 K-17 총구가 내 척추를 겨누고 있다. 엘리베이터 안에 긴장감이 감돌았다. 놈들이 나를 두려워하고 있다는 것을 본능적으로 느낄 수 있었다. 얌전히 때를 기다렸다. 잘못 움직였다간 고합금철갑탄이 척추를 부수고 뱃가죽을 뚫고 나와 문에 박힐 것이다. 그런 상상을 하자 숱한 전장을 누빈 나조차도 오금이 저렸다. 양손에는 티타늄으로 된 수갑이 채워져 있다. 견갑화를 시켜도 끊어 내려면 애 좀 먹어야 하는 녀석이다. 재수 없으면 손목도 함께 부러질지 모른다. 눈을 감고 하강하는 엘리베이터에 몸을 맡긴 채 묘수를 떠올리려 애를 썼다. 씨발. 묘수는커녕 감기 때문에 콧물밖에 안 나온다.

1층에서 엘리베이터가 멈췄다. 문이 열리자, 앞에 미연이 서 있었다. 수갑이 채워진 내 꼴을 보더니 한동안 입을 다물지 못했다.

"죄인 호송 중입니다. 다음에 타십시오."

오른쪽 보안요원이 그렇게 말하고서 닫힘 버튼으로 손을 뻗었다. 그 순간, 나는 오른발을 견갑화시켜서 요원의 손목을 부러뜨렸고, 다음 순간 뒤차기로 뒤에서 총구를 겨눈 요원의 팔을 후려쳐서 총을 떨어뜨렸다. 왼쪽 보안요원이 팔로 나를 끌어안자 그 상태로 천장으로 펄쩍 뛰어올라 놈의 머리를 천장에 부딪치게 해서 기절시켰다. 오른 손목이 부러진 요원이 총을 집으려 하자 니킥으로 헬멧을 쓴 놈의 턱을 가격했다. 견갑화된 무릎은 헬멧을 그대로 부숴 버렸다. 뒤에서 다른 놈이 주먹으로 내 얼굴을 후려치면서 함께 엘리베이터 밖으로 튀어 나갔다. 미연이 아연실색한 얼굴로 비명을 지르며 물러섰

다. 나는 수갑을 찬 두 손으로 놈의 멱살을 잡고 반대쪽 벽으로 집어
던졌다. 상황 종료.

"이강투! 대체 이게 뭐야? 사고 안 쳤다며!"

"내가 친 게 아냐! 내 둔갑 쥐가 친 거지."

"뭐라고?"

"설명할 시간 없어. 일단 여기서 나가야 해. 날 좀 도와줘."

내가 미연의 손을 잡으려 하자, 그녀가 손을 빼며 물러났다. 표정
이 얼어 있었다.

"쯧, 됐다. 보안카드나 좀 빌려줘."

"싫어. 이런 일에 연루되고 싶지 않아."

"그럼 내가 위협해서 뺏어 갔다고 하면 되잖아!"

나도 모르게 버럭 소리를 질렀다.

미연은 마지못해 자신의 보안카드를 내주었다.

"도망칠 건데 보안카드가 왜 필요해?"

"누가 도망친대?"

"뭐?"

"쥐를 잡아야지. 난 C동으로 간다."

"C동은 왜……? 설마……!"

"넌 지금 당장 여길 나가서 N189-7378-1134로 연락해. 전화하면
굵은 목소리의 남자가 받을 거야. 그러면 이렇게 말해. '까마귀가 서
쪽으로 날아갔다.' 그러면 알아들을 거야."

"그거면 돼?"

"아! 그리고 홍콩반점으로 전화해 달라고 해."

"갑자기 중국집엔 왜 전화하라는 거야!"

"그냥 그렇게만 말하라고!"

미연을 뒤로하고서 플랩식 게이트를 뛰어넘어 출입문으로 향했다. 한데 그때, 요란한 사이렌과 함께 붉은 경고등이 번쩍이더니 강철 셔터가 출입구를 봉쇄했다. 엘리베이터 CCTV로 보고 있던 보안요원이 통제실에 연락해서 센터가 비상 체제로 돌입한 모양이었다.

"편하게 나가긴 글렀군. 하하!"

뒤에서 겁먹은 미연이 어쩔 줄을 모르며 발을 동동 굴렀다. 30초 안에 보안요원들이 로비로 들이닥칠 게 불 보듯 뻔했다. 양정태까지 온다면 아무리 나라도 벗어나기는 어렵다. 게다가 아직 두 손은 티타늄 수갑에 묶여서 꼼짝할 수 없는 상황.

아무리 생각해도 방법은 하나밖에 없었다. 기절한 보안요원이 떨어뜨린 K-17을 주워 들었다.

"뭘 어쩌려고? 여기서 전투라도 벌일 작정이야?"

"아니."

"그럼 자수?"

"미쳤냐?"

나는 불안에 떠는 미연을 보며 씩 웃었다.

우리가 탄 엘리베이터는 17층에서 멈췄다. 문이 열리자마자 열댓 명의 보안요원들이 우리를 맞아 주었다. 각 동에서 다 긁어모은 놈들일 것이다. B.F.T.는 겉으론 과학기술 연구소이기 때문에 일개 소대도 안 되는 소수 병력만이 지키고 있다. 로테이션 되는 하루 보안요원 수는 모두 열일곱 명. 그중에 셋을 처리했으니 열네 명이 남았고, 모니터 감시요원 두 명을 빼면 전투요원은 고작 열두 명이다. 그 정도면 충분히 해볼 만한데, 문제는 생체견갑병인 양정태와 아마도 생체견갑화가 되었을 '둔갑 쥐'. 이 둘이 골칫거리다. 능력으로 따지면 정태와 나는 용호상박이고, '둔갑 쥐'의 능력은 어느 정도인지 알 수 없다. 전투기술까지 나와 똑같다면 그야말로 최악의 조합인 셈이다.

"꼭 그렇게까지 해야 되겠냐?"

내 복제품이 말했다.

"네가 정말 나라면 너도 아마 똑같이 했을 텐데. 그런 말을 하는 거 보니 넌 진짜 둔갑 쥐인 모양이군."

나는 미연을 수갑 찬 손으로 껴안고서 총구를 그녀의 턱 밑으로 향한 채 말했다.

"개새끼. 널 믿은 내가 바보지."

미연이 이를 갈며 말했다.

"총 버리고 항복해. 넌 여기서 못 빠져나가."

맨 뒤에서 정태가 총을 겨누며 말했다.

"글쎄, 내 생각은 좀 다른데. 아무튼 난 갈 데가 있으니까 길을 좀 터 주실까? 안 그러면 손이 떨려서 방아쇠를 당길지도 모르거든."

천천히 엘리베이터 밖으로 움직였다. 요원들도 긴장한 상태로 나를 겨냥하며 함께 움직였다.

"미연아, 걱정하지 마. 내가 꼭 구해 줄 테니까."

복제품이 멋진 멘트를 날렸다. 상황만 보면 내가 꼭 둔갑 쥐인 것 같아 속이 쓰렸다.

미연은 나와 똑같은 둔갑 쥐를 보더니 혼란스러운 표정으로 우리를 번갈아 쳐다보았다.

"내가 진짜야. 보면 모르겠냐?"

"속지 마. 저놈은 가짜야. 내가 널 인질로 쓸 리가 있겠어?"

나는 미연을 끌고서 17층 복도를 느릿느릿 움직였다. 내가 가려는 곳은 C동과 연결된 스카이 브리지다. 정태가 내 목적을 눈치챘는지 더 이상 움직이면 발포하겠다고 엄포를 놓았다. 하지만 놈은 내 진짜 목적은 간파하지 못했다. 놈은 A동 관할이라 C동과 D동을 연결한 스카이 브리지의 보안시설에 대해선 잘 모른다. 나는 정확히 노란색 선 밖으로 세 발자국 물러난 다음 재빨리 몸을 돌려 전신견갑화를 했다. 뒤로 돌면서 천장의 방화장치에 총을 갈겼다. 방화장치가 터지면서 화재용 비상벨이 울리고 화재 진화용 액화 가스가 천장에서 분사되기 시작했다. 내가 총을 쏜 동시에 보안요원들이 내 등에다 대고 총을 갈겼다. 나는 아까부터 요원들의 총을 유심히 살펴보았다. K-17이 아닌 A14-T를 들고 있었다. A14-T는 보안요원들이 휴대가 편해서 주력으로 사용하는 무기였다. 이 총엔 고합금철갑탄을 사용할 수 없다. 총알은 견갑화한 내 등에 맞고 튕겨 나갔다. 그사이 방화셔터가 노란색 선 위로 내려와서 우리 사이를 가로막았다. 뒤에서 "사격 중지!"라는 정태의 목소리가 들렸다. 미연의 손을 잡고 스카이 브리지를 따라 C동으로 뛰어갔다. 미연은 하이힐이 벗겨진 상태에서 맨발로 뛰었다. C동 입구 앞에서 방화셔터가 내려가고 있었다. 뒤에선 알루미늄으로 된 방화셔터가 쿵쿵 소리를 내며 우그러지는 소리가 들렸다. 정태가 문을 때려 부수는 소리였다. 나는 미연의 팔을 잡고 내려가는 방화셔터 밑으로 볼링 하듯 그녀를 부드럽게 밀어 넣었다. 그러곤 곧바로 나도 슬라이딩해서 아슬아슬하게 밑을 통과했다.

철썩!

미연이 나를 보자마자 뺨을 후려쳤다. 맞을 짓을 했으니 맞아도 싸다.

강제로 미연을 데리고 비상계단으로 내려갔다.

"난 이제 필요 없잖아. 보내 줘!"

"아직 아냐. 할 일이 좀 있어. 끝나면 보내 줄게."

"나쁜 새끼!"

매번 듣는 소리라 이젠 대수롭지도 않다. 나만큼 세계 각국어로 "나쁜 새끼."라는 말을 듣는 남자도 흔치 않으리라. 우린 15층으로 내려왔다. 왼쪽으로 돌면서 제일 먼저 감시 카메라를 총으로 쏴서 박살 냈다. C동은 국방기술 연구소다. 여기엔 군사용 무기를 제작하고 테스트하는 첨단무기 연구실이 있다. 연구실은 지문과 손목 혈관, 홍채를 스캔하는 인식기를 지나고 일곱 자리 비밀번호가 있어야 출입할 수 있다. 양손을 스캐너 위에 올려놓고 망원경처럼 생긴 홍채 인식기에 얼굴을 갖다 댔다. 세 가지 보안 시스템을 통과하고서 일곱 자리 비밀번호를 입력했다. 둔갑 쥐도 생물학적으론 동일인이기에 C동의 내 인증을 삭제하지는 않은 것이다. 자동문이 열리자 미연을 끌고 안으로 들어갔다. 안에는 작업복을 입은 연구원 셋이 있었고, 나를 보자 어안이 벙벙한 얼굴로 쳐다보았다. 그중에 나이 든 연구실장만이 나를 알아보았다. 나와는 몇 번 커피를 마시면서 대화를 나눈 적이 있다. 이런 식으로 만나니 기분이 묘했다.

"이강투 보안팀장님 아니신가?"

연구실장은 안경을 추어올리며 말했다.

"실장님, 지금부터 제 말을 듣고 그대로 따라 주십시오. 그러면 아무 일도 없을 겁니다. 일단 실장님 보안카드부터 저에게 주실까요?"

"이게 대체 무슨……."

연구실장은 상기된 얼굴로 나를 황망히 쳐다보았다.

탕! 천장 위 CCTV에 실탄을 쏘자 그제야 사태를 파악하고 보안카드를 내게 넘겼다. 나는 바닥에 놓인 전기 릴선을 가져와 미연에게 세 사람의 몸뚱이를 돌돌 말아서 한데 묶도록 했다. 미연은 울상을 지으며 투덜댔다.

실장의 보안카드로 무기보관실 문을 열었다. 군대 무기고만큼은 아니지만 각종 살상무기가 보관함에 들어 있었다. 연구원에게서 얻은 열쇠로 보관함 문을 열고 무기들을 둘러봤다. 아직 테스트 단계인 프로토타입의 신무기들이었다. 무기를 꺼내 이리저리 만져 보았다.

"자네, 대체 왜 이런 짓을 하는 건가!"

실장은 눈을 치뜨고 덤벼들 것처럼 말했다.

"자세한 건 묻지 마쇼. 감기 때문에 머리가 아프니까. 그냥 건물에 있는 쥐를 좀 잡으려는 것뿐이야."

나는 무기들을 특수배낭 안에 챙겨 넣었다. 거기엔 몇 가지 재미있는 장난감들도 있었다.

"이걸로 수갑 가운데를 잘라."

미연에게 초전동 나이프를 주면서 말했다. 그녀의 얼굴에 불안과 의심이 가득했다. 칼을 든 미연의 손이 미세하게 떨렸다. 작동법은 단순해서 어린아이도 쓸 수 있는 무기였다. 초전동 나이프가 내 가슴 앞으로 다가왔다.

"이걸로 날 찌르려고?"

농담하듯 툭 던졌다. 약간은 그럴지도 모른다는 생각도 들었다.

"어차피 소용없잖아. 이걸로는 뚫리지도 않을 텐데."

나는 그저 쓴웃음을 지었다.

미연은 칼을 작동시켜 수갑 연결고리를 힘껏 눌렀다. 여자의 힘만으로 티타늄 수갑을 자르는 건 벅찬 일이었다. 양팔을 견갑화해서 최대한 수갑을 잡아당겼다.

"빨리 해. 이러다 쳐들어온다고."

"시끄러워! 확 찔러 버리기 전에!"

티타늄 수갑의 연결고리가 툭 끊어졌다. 미연은 손이 아픈지 양손을 덜덜 떨었다.

"젠장! 너 때문에 2년 동안 다닌 직장에서 쫓겨나게 생겼어. 아직 새 차 할부금도 다 못 갚았는데!"

"어차피 넌 비정규직이잖아."

"고맙네. 그걸 위로라고 해 줘서."

나는 웃옷을 찢어 버리듯 벗어 던지고 바지도 훌렁 벗었다.

"뭐 하는 거야! 이런 데서!"

"너 때문에 벗는 거 아니니까 신경 꺼라."

재빨리 전신 특수복으로 갈아입었다. 장비를 체크할 시간도 없이 옷을 입자마자 배낭을 짊어지고 밖으로 나왔다. 방화셔터가 시간을 좀 벌어 줬지만, 지금쯤이면 놈들이 C동으로 내려오고 있을 것이다.

실장의 보안카드를 미연에게 던져 주었다. 그리고 군용 위성 통신 단말기도 함께 건넸다. 그녀에게 작동법을 대충 설명해 주었다.

"엘리베이터는 작동 정지됐을 테니까, 비상계단으로 한 층 내려간 다음에 놈들이 15층으로 내려오면 그때 옥상으로 올라가라. 가서 내가 아까 말했던 번호 있지?"

"N189-7378-1134."

"굿! 이 보안카드로 옥상 문을 열고 나가서 전화를 걸어. 그다음은 아까 내가 말한 대로 하면 돼. 넌 거기 숨어 있다가 상황 종료되면 내려와."

"만약에 옥상 문도 폐쇄되었으면?"

"이건 1급 보안출입증이야. 옥상 문 따위는 폐쇄돼도 열린다고. 화재 시 탈출용으로 완전 폐쇄가 안 되게 해 놨어."

"내가 왜 네 부탁을 들어줘야 하는데? 네가 만약 그 둔갑 쥐인지 뭔지라면 난 국가반역죄로 평생 감옥에서 썩어야 할 텐데."

나는 그녀의 목덜미를 붙잡고 키스했다. 엘리베이터 안에서 했던 것처럼 깊고 강렬하게. 미연은 나를 밀치고서 뺨을 후려쳤다.

"어때? 가짜가 키스하는 법까지 똑같진 않을 거 아냐?"

"……그야 모르지."

미연은 여전히 의심을 거두지 않았지만, 일단은 내가 시키는 대로 계단을 내려갔다. 곧이어 보안요원들이 뛰어 내려오는 소리가 들렸다. 나는 고글이 달린 전신 마스크를 뒤집어쓰고서 실험실과 무기성능실을 지나 우측 통로로 뛰어갔다. C동의 건축도면은 내 머릿속에 있었다. 군인이라면 적이 침투할 곳을 미리 확인해 두는 게 기본이다. 유일하게 보안이 취약한 곳이 한 군데 있었다.

여자 화장실로 들어가자마자 좌측 맨 끝 좌변기 칸 안으로 들어갔다. 좌변기 뚜껑을 밟고 올라가서 천장 환기구를 뜯어 냈다. 그 위로 올라가서 낮은 포복으로 환기구 안을 기어갔다. 이곳 어딘가에 중앙 환기구와 만나는 지점이 있을 것이다. 도면을 다 외우긴 했지만, 막상 환기구 안으로 들어오니 방향감각을 잃어버렸다. 들어온 쪽을 계속 돌아보면서 도면을 떠올렸다. 적외선 고글로 주변을 두리번거렸다. 도면대로라면 10미터쯤 전방에 양쪽으로 나뉘는 연결 통로가 나와야 한다. 거기서 오른쪽으로 꺾어져야 하는데, 내 앞에는 왼쪽으로 꺾이는 통로가 있었다. 난감했다. 도면을 착각했나? 잠시 고민하다가, 문제의 원인을 알아냈다. 각 동의 화장실은 건물 동서 방향으로 각각 두 개씩 설치되어 있다. 서쪽 화장실로 갔어야 했는데 다급한 나머지 동쪽 화장실로 잘못 온 것이다. 양쪽의 구조가 같다는 점도 이런 착각을 불러일으켰다. 그렇다면 중앙 환기구로 가려면 일단 왼쪽으로 틀어서 50미터나 더 직진해야 한다는 뜻이었다. 이런 씨발! 놈들의 머리 위를 지나가게 생겼다.

최대한 소리 나지 않게 살금살금 기어갔다. 하지만 알루미늄으로 된 얇은 환기구는 내 무게 때문에 자꾸만 꿀룩꿀룩 소리를 냈다. 순간, 밑에서 올라오는 놈들의 소리에 움직임을 멈췄다.

"인질을 데리고 있으니까 멀리 가진 못했을 거야. 샅샅이 뒤져."

정태 목소리였다. 멍청한 놈. 네가 그러니까 진급을 못 하는 거다.

"잠깐만."

"뭐야?"

"놈은 주입된 기억으로 내 생각을 그대로 모방하고 있어. 아마도, 나라면 미연을 데리고 다니진 않을 거다. 어차피 데리고 있어 봤자 걸리적거리기만 할 테니까. 분명히 놈은 단독으로 움직일 거야."

"하긴……."

이런 영악한 놈. 나를 쏙 빼닮은 건 얼굴만이 아니었군. 그런데 유사기억으로 그런 것까지 알 수 있는 걸까? 문득 그런 의문이 들었다. 아무리 기억이 삽입되었다 하더라도 내 행동까지 그대로 읽는 건 거의 불가능하다. 놈은 마치 내 머릿속을 들여다보고 말하는 듯했다.

갑자기 또 현기증이 밀려왔다. 이번엔 아주 강렬했다. 적외선 고글로 보이는 녹색의 좁은 환기구 안이 뱅글뱅글 돌고 있었다. 아무래도 감기 때문은 아닌 듯하다. 뭔가 잘못됐다. 놈들이 내 몸에 무슨 장난을 친 건가? 아무리 술이 떡이 돼서 필름이 끊겼어도 이틀간의 기억이 깡그리 사라진 적은 처음이었다. 내가 기억하는 건 얼굴도 기억 안 나는 여자와 함께 엑조티카를 나올 때까지였다. 그 이후론 전혀 기억이 나지 않는다. 기억을 하려고 하면 할수록 불쾌한 뭔가가 자꾸만 가슴에서 솟구쳐 올라왔다.

그 순간, 머릿속에 기억의 편린이 떠올랐다. 조각조각 부서진 기억들은 두서없이 나타났다 사라졌다. 어두운 방…… 실험실…… 발가벗겨진 나…… 나를 둘러싼 의사들…… 중국어 몇 마디…… 지시 사항…… 침투…… 탈취…… 제거…… 어떤 장소에 제복을 입고 서 있는 나…… 장성급으로 보이는 사람들…… 그중에 보이는…… 순 야후밍…… 미소 짓는 녀석의 얼굴…….

"윽……!"

갑자기 구토가 치밀어 올랐다. 간신히 입을 막고 구토를 참았다. 속이 울렁거렸다.

그때였다. 순간 "펑!" 하는 폭발음이 들리면서 환기구가 들썩였다. 화장실 환기구 근처에 설치한 소형 지뢰가 터지는 소리였다. 천장이 와르르 무너졌을 것이다. 동작 감지기로 작동하는 지뢰였다. 살상 반경은 그리 크지 않다. 감지기는 환기구 바로 위에 설치했고, 지뢰는 그보다 5미터 정도 떨어진 곳에 설치했다. 지뢰를 건드린 보안요원은 헬멧을 쓰고 있을 테니 큰 부상을 입지는 않았으리라.

내가 환각을 겪는 사이 둔갑 쥐가 환기구를 수색하라고 지시를 내렸던 모양이다. 환기구 천장이 무너졌으니 나를 쫓아오려면 시간이 좀 걸릴 것이다. 이 틈을 타 도망쳐야 한다. 다들 폭발 소리를 듣고 화장실로 달려갔는지 아래쪽에선 아무 소리도 들리지 않았다. 나는 빠른 속도로 전진하기 시작했다.

예상대로 50미터를 지나자 환기구가 꺾어지는 지점이 나왔다. 여기서 오른쪽으로 꺾어져 10미터를 더 가면 양쪽으로 나뉘는 지점이 나온다. 거기서 다시 오른쪽으로 돌면 중앙 환기구와 만나게 된다. 마음이 점점 다급해졌다. 조금 전 떠올랐던 기억의 편린 때문에 기분이 몹시 찝찝했다. 나는 대체 이틀 동안 어디서 무엇을 했던 건가…….

위이잉, 위이잉.

어디선가 벌레의 날갯짓 소리가 들려왔다. 나는 동작을 멈춘 채 숨을 죽이고 소리의 위치를 가늠해 보았다. 앞쪽인가? 아니면 뒤쪽? 소리는 마치 커다란 잠자리의 날갯짓 소리 같았다. 들어 본 적 있는 소리다. 신무기를 시연할 때.

페스트, '해충'이라는 뜻을 가진 곤충 형태의 소형 드론이다. 감시 정찰을 하는 임무 말고도 공격 능력까지 갖추고 있어서 그런 이름이 붙었다.

하필! 얼마 남지 않았는데! 여기서 페스트를 만나는 건 매우 달갑지 않은 일이다. 움직이기도 힘든 이 좁은 통로에서 놈을 피할 수도 없고, 무기를 썼다가는 위치가 노출될 테니 말이다. 방법은 한 가지밖에 없었다. 먼저 왼쪽 팔목에 부착된 컨트롤 디스플레이로 전신 특수복의 배터리 잔량을 확인했다. 30퍼센트. 젠장, 배터리 잔량이 턱없이 부족했다. 이 상태론 스텔스 모드를 5분도 지속할 수 없다. 귀를 간질이는 날갯짓 소음이 점점 가까워졌다. 앞, 그리고 뒤. 양쪽에서 해충을 날려 보낸 모양이다. 해충에 탑재된 무기는 전기 충격침과 근육 마비침. 구부러진 꼬리에서 침을 발사하는 방식이다. 꼬리는 360도 회전할 수 있어 어느 위치에서든 침을 쏠 수 있다.

일단은 스텔스 모드로 전환했다. 탄소 섬유로 코팅된 특수 재질의 이 전투복은 주변 환경에 맞게 수십만 종의 빛을 발한다. 전신에 부착된 센서가 주변 환경에 따라 색을 변화시켜 마치 보호색을 띤 것처럼 보이게 만드는 기술이다. 문제는 이 모드로 전환할 경우 배터리 소모가 빠르고, 전환할 때 주변 색을 스캔해야 하기에 몇십 초 정도의 시간이 필요하다는 점이다. 게다가 스텔스 모드 상태에서 움직이면 색의 변화가 생기면서 스텔스 기능을 상실하게 된다. 그래서 주로 저격수들이 시가전에서 은폐할 때 주로 사용하곤 한다. 그나마 다행인 점은 주변이 어둡기에 스텔스 모드 전환이 빠르다는 것이었다. 해충이 나타났을 때 내 몸은 완벽하게 어둠과 하나가 되었다. 육안으로는 절대로 식별할 수 없고, 적외선 센서와 열화상 센서에도 감지되지 않는다.

해충이 섬뜩한 날갯짓 소리를 내며 내 앞으로 다가왔다. 뒤에서도 소리가 들렸지만 고개를 돌릴 수 없어서 얼마나 가까이 접근했는지는 알 수 없었다. 해충은 잠시 내 주위를 날아다니기 시작했다. 놈들에게 닿을까 봐 잔뜩 긴장한 채 바닥에 찰싹 달라붙었다. 숨조차 쉴 수 없었다. 놈들은 미세한 소리도 감지해 낸다. 스텔스 모드는 배터리를 빠르게 갉아먹었다. 해충은 냄새를 맡기라도 하듯이 주위를 잠시 맴돌다가 이윽고 서로 반대 방향으로 날아갔다. 배터리 게이지가 거의 바닥날 때쯤에 스텔스 모드를 해제했다. 위잉 소리가 멀어지는 것을 들으며 다시 전진했다.

쾅! 쾅!

바로 앞에서 바닥(천장)이 굉음을 내며 뻥뻥 구멍이 났다. 재빨리 반대로 몸을 틀어서 움직였다. 바로 머리 앞에서 쾅 소리를 내며 구멍이 뚫렸다. 샷건이었다. 위치가 발각됐다. 곧바로 전신견갑화를 했다. 바닥에 구멍이 뚫리면서 가슴 쪽으로 수십 개의 탄환이 쏟아져 들어왔다. 특수복은 찢겨 나갔지만 탄환은 모두 튕겨 냈다. 바닥이 무너지면서 뚫린 아래로 추락했다. 샷건을 쏜 놈은 정태였다. 샷건 위에 엑스레이 투시기가 달려 있었다.

내가 바닥으로 추락하자마자 정태가 샷건을 한 방 더 쐈고, 나는 팔을 X자로 엇갈려 머리를 보호했다. 그 상태에서 곧바로 놈에게 뛰어들어 격투를 벌였다. 내 일격에 녀석은 샷건을 떨어뜨리고 뒤로 물러났다. 다시 달려들어 놈을 공격했다. 견갑화한 육체끼리 부딪치자 둔탁한 소리가 울려 퍼졌다. 놈의 격투술은 감시부 내에서도 정평이 날 정도로 수준급이지만, 나 또한 그에 못지않다. 놈은 뛰어난 파이터지만 고지식한 성격에 어울리게 싸우는 기술도 단순했다. 놈의 동작은 하나부터 열까지 훈련교본에 나온 대로 정확했다. 그래서 놈의 수를 금방 간파할 수 있었다. 나는 그와 반대로 교본에 없는 변칙기술을 사용한다. 견갑화한 놈의 매서운 발차기를 피하는 동시에 벽을 발로 밟고 점프해서 주먹으로 놈의 관자놀이를 공격했다. 당황한 정태는 엉겁결에 손바닥으로 내 주먹을 막았으나 그 힘에 밀려서 뒤로 휘청거리며 쓰러졌다. 그대로 뛰어올라 무릎으로 놈의 가슴을 찍어 눌렀다. 퉁! 묵직한 충격이 전해졌다. 아무리 견갑화했다고 해도 그 충격은 고스란히 몸 전체로 흡수된다. 놈의 장기가 심하게 요동쳤는지 입에서 토사물을 내뿜었다. 눈이 반쯤 풀린 놈을 향해 묵직한 한 방을 내리꽂았다.

쿠웅!

리놀륨 바닥이 움푹 팼다. 나는 마지막 순간에 정태의 얼굴이 아닌 바닥에 주먹을 내리꽂았다. 제대로 맞았으면 두개골이 산산조각 났으리라.

정태는 놀란 눈으로 나를 올려다보았다.

"말해 봐. 너도 징샤가 보낸 둔갑 쥐냐?"

"……."

정태는 아무 말도 하지 못했다. 대신 얼굴에 굴욕적인 미소가 떠올랐다.

누군가 뒤에서 총을 난사했다. 오른쪽 팔뚝에 총알이 꽂혔다. 고합금철갑탄이었다. 견갑화한 팔에 엄지만 한 구멍이 뚫리면서 피가 줄줄 샜다. 통증으로 이를 악물었다. 재빨리 일어서서 뛰기 시작했다.

"이강투!"

뒤에서 정태가 부르는 소리가 들렸다. 슬쩍 뒤를 돌아보았다. K-17을 난사한 녀석은 둔갑 쥐였다. 퍼붓는 총알을 피해 비상계단으로 뛰어 올라갔다.

예정대로라면 지금쯤 옥상으로 헬기가 도착했어야 한다. 옥상 문은 열려 있었고, 위에는 아무도 없었다. 미연이 약속을 지키지 않았거나, 보안요원에게 붙잡혔거나 둘 중 하나겠지.

"여기가 끝인가?"

17층 건물 옥상에서 최후의 전투를 준비했다. 배낭에서 꺼낸 묵직한 총을 들고 개머리판을 폈다. 견착식 개머리판을 왼쪽 어깨에 걸고서 파워 게이지를 확인했다. 80퍼센트 충전. 이 정도면 충분하다. 오른손에는 컨트롤러 장갑을 꼈다. 마지막으로 배낭에 있는 부유탄을 바닥에 뿌렸다. 장갑 낀 손으로 주먹을 쥐었다 펴자 부유탄 테두리에 파란색 불이 반짝하고 들어왔다. 다시 손으로 들어 올리는 동작을 하자 중심에 있는 코어가 회전하면서 일곱 개의 부유탄이 일제히 공중으로 날아올랐다. 이번엔 검지로 회전하는 동작을 하자 공중에 뜬 부유탄들이 큰 원을 그리며 머리 위에서 빙빙 돌기 시작했다. 이제 보안요원들과 둔갑 쥐를 기다리기만 하면 된다. 전투 준비 끝.

밑에서 요란한 소리가 들렸다. 비명과 우당탕탕 넘어지는 소리. 옥상에 올라오기 전, 계단에 스파이더 트랩을 설치했다. 머리카락보다 가는 투명한 실들은 몸에 감기는 순간 열을 내면서 수축하는데, 한번 묶이면 웬만한 힘으로는 끊을 수 없는 강한 장력으로 몸을 휘감는다. 앞장서던 보안요원 몇 명이 그물에 걸려 계단에서 구른 듯했다.

잠시 후, 검은 헬멧을 쓴 남은 요원들이 옥상 위로 들이닥쳤다. 무장한 나를 보자마자 총을 쏴 대기 시작했다. 모두 K-17을 들고 있었다. 그들을 향해 왼쪽 어깨에 멘 총을 발사했다. 푸시건(Push gun). 강력한 전자기장 보호막을 만들어 날아오는 총알이 궤도를 비끼어 나가게 하는 견갑돌격부대에 특화된 총이다. 나를 향해 날아오던 총알은 이삼 미터 앞에서 급격히 휘어지면서 궤도를 벗어났다.

장갑 낀 손을 들어 손동작으로 부유탄을 움직였다. 부유탄들은 내 손가락 방향을 따라 정확히 보안요원을 향해 날아가 터졌다. 각각의 부유탄들이 보안요원들의 몸에 스파이더 웹을 뿌렸다. 뿌옇게 분사된 대인억압용 거미줄은 보안요원들을 꽁꽁 옭아맸다. 장갑 낀 손으로 한 바퀴 원을 그린 다음 주먹을 꽉 쥐었다. 그러자 요원들을 묶은 부유탄들이 동시에 자석처럼 한데 모였고, 요원들은 부유탄에 끌려 와 한곳에 모였다.

남은 보안요원 두 명이 총을 난사하며 서서히 나를 향해 접근해 오기 시작했다. 간격이 좁아지면서 총알의 궤도가 휘는 범위도 좁아졌다. 놈들이 10미터 안으로 접근하자 고합금철갑탄이 내 옆을 스치고 지나갔다. 푸시건의 파워 게이지가 40퍼센트 이하로 떨어졌다. 그들이 더 가까이 접근해 오기를 기다린 다음, 푸시건을 스트라이크 모드로 전환해서 전자기장을 한곳에 집중해 방사했다. 그러자 전자기 폭풍을 맞은 두 명의 요원들이 멀찍이 나가떨어지면서 정신을 잃었다.

배터리가 모두 소모된 푸시건을 바닥에 버렸다. 그러곤 허리춤에
찬 초전동 나이프를 빼 들었다. 놈이 나타나기를 기다렸다. 옥상 출
입문에서 휘파람이 들렸다. 「싱잉 인 더 레인」. 내 십팔 번을 둔갑 쥐
도 똑같이 따라 불렀다. 괘씸한 놈.

놈은 총도 들고 있지 않았다. 무데뽀에 저돌적이고 오만한 것마저
나를 쏙 빼닮았다. 나였어도 아마 그랬을 것이다. 놈을 보자 또다시
현기증이 일었다.

"정말 네가 진짜 이강투라고 생각하는 거냐?"

둔갑 쥐가 말했다.

잠시 그 말을 곱씹고 나서 회심의 미소를 띠며 말했다.

"글쎄, 잘 모르겠는데?"

손에 쥔 초전동 나이프를 옥상 밑으로 휙 던져 버렸다.

놈이 씩 웃었다. 내가 저렇게 웃었다고 생각하니 괜히 웃음이 나왔
다.

"나답군. 역시……."

"와라."

내 말이 끝나기 무섭게 놈이 견갑화한 상태로 순식간에 5미터의
거리를 훌쩍 날아올라 발차기를 날렸다. 육중한 무게의 발차기는 내
오른팔 가드에 꽂혔다. 총알이 관통한 오른팔은 견갑화를 쓸 수 없어
서 그대로 뼈가 부러진 채 옆으로 나가떨어졌다. 봐주지 않고 상대의
약점을 집중 공략하는 점까지 내 격투방식과 닮았다. 아니, 생사가
달렸으니 아마 누구라도 그렇게 했으리라.

몸을 일으켰다. 오른팔은 그냥 내 몸에 붙어서 덜렁거리기만 했다. 놈의 전광석화 같은 공격이 날아왔고, 나는 공격은 엄두도 못 낸 채 피하거나 왼팔로 막기에 급급했다. 거의 만신창이가 된 채 숨을 헉헉 거렸다. 놈이 공격을 멈췄다.

"중국의 유사기억 주입기술이 이 정도까지 발전했을 줄은 몰랐군."

내가 말했다.

놈은 진지하게 나를 쳐다보더니 입을 열었다.

"아무래도 넌 네 머릿속에 심어진 유사기억을 진짜로 믿는 것 같군. 급하게 심은 유사기억이 너의 정체성을 앗아 간 모양이야."

"네가 정말 이강투라고 생각하는 건가? 어이가 없군. 쇼도 정도껏 해야지."

"너는 첨단기술이 만들어 낸 사생아일 뿐이야."

"좋아. 그럼 내가 가짜라는 걸 증명해 봐."

"내가 지닌 보안카드."

"그게 더 말이 안 돼. 내가 둔갑 쥐라면 보안카드도 내가 지니고 있어야 하지 않나? 놈들도 그 정도 머리는 있을 텐데."

"그럴 시간이 없었겠지. 아니면, 그걸 역으로 이용해 나를 둔갑 쥐로 몰아가려는 것일 수도 있을 테고. 난 전자라고 생각되지만."

"그런 어쭙잖은 변명 말고는 없나?"

"내가 만약 유사기억이 삽입된 둔갑 쥐라면 분명히 기억왜곡 현상을 겪었겠지. 아마도 넌 느꼈을 거다. 안 그런가?"

기억왜곡 현상은 유사기억이 삽입되었을 경우 공통으로 나타나는 현기증과 환각, 정체성 혼란 같은 부작용을 말한다.

선뜻 대답할 수 없었다. 현기증을 느끼는 건 사실이다. 게다가 환각이라고 생각되는 기억의 편린이 떠올랐다. 하지만 놈의 말을 믿을 수 없었다. 이건 야후밍의 계략이 분명하다.

"사실 네 말대로 그런 현상을 겪고 있다. 하지만 이렇게 말할 수도 있지. 내가 둔갑 쥐인 것처럼 꾸미려고 나에게 둔갑 쥐의 유사기억을 삽입했다. 그렇게 말하는 것이 더 설득력 있지 않나? 백 프로 완벽한 유사기억이란 건 없어. 유사기억이 심어져도 자아는 남게 된다. 아무리 너희 기술이 뛰어나다고 해도 말이야. 그러니 네가 가짜고, 나를 혼란에 빠뜨리기 위해 거짓말을 꾸며 내고 있다고 보는 게 맞는 말이겠지."

"쯧쯧, 답이 없군. 입씨름은 그만하고 여기서 끝내도록 하지. 진짜 같은 가짜 이강투."

"내가 바라던 바다."

놈이 또다시 공격해 왔다. 나는 놈의 발차기를 왼팔을 짚어 뒤로 텀블링해 피한 뒤 2차 공격이 들어오기 전에 뒤로 달리기 시작했다. 놈이 맹수처럼 쫓아왔다. 슬라이딩하듯 미끄러져 배낭 안에 손을 집어넣었다. 거기서 남은 두 개의 부유탄을 꺼냈다. 그중 하나를 놈에게 던졌다. 놈이 그것을 피하자, 움직일 수 없는 오른손을 왼손으로 대신 움직여서 부유탄을 놈에게 유도했다. 부유탄은 뒤로 날아갔다가 다시 돌아와 놈의 몸 근처에서 거미줄을 뿌렸다. 거미줄이 놈의 몸을 옭아맸다. 하지만 얼마 가지 못하리라는 것을 알고 있다. 거미줄이 아무리 강해도 견갑병의 근력을 당해 내지는 못한다. 대신 시간을 조금은 벌 수 있다. 마지막 남은 부유탄을 터뜨려 내 몸통에 뿌렸다. 놈은 내가 하는 짓을 이해하지 못하는 듯 보였다. 나는 씩 웃고서 보란 듯이 옥상 난간을 향해 달리기 시작했다. 그제야 놈이 내 생각을 눈치채고서 거미줄을 풀려고 견갑화한 몸을 마구 흔들었다. 거미줄 몇 가닥이 투둑 끊어졌다.

"늦었다. 쥐새끼야."

난간을 밟고서 옥상 밖으로 점프했다. 그러곤 왼손으로 장갑 낀 오른손을 오므렸다. 놈에게 날아간 부유탄이 내 부유탄을 향해 날아왔다. 놈의 몸이 순식간에 나를 향해 날아오기 시작했다. 두 개의 부유탄이 하나가 되면서 놈과 나 또한 하나가 되었다. 놈을 끌어안고 17층 아래로 추락했다. 우리는 빠르게 밑으로 떨어졌다. 놈과 나. 둔갑 쥐와 손톱을 먹힌 남자.

나는 신체 이식 단말기를 이용해 A.I.C.에게 오토 드라이브로 와 줄 것을 명령했다. 똑똑한 내 애마는 주차장을 빠르게 우회전해서 내 위치를 GPS로 전송받아 바로 앞에 섰다. 자동으로 문이 열렸지만, 안타깝게도 나는 문으로 들어가지 못하고 차 지붕으로 착지했다.

쿠앙!

방탄지붕이 견갑화한 신체를 이기지 못하고 내려앉았다. 동시에 의식도 내려앉기 시작했다.

정신이 들었을 때, 나는 나를 견갑화한 육군 병원에서 생체융합 시술을 다시 받았다. 내가 퇴원할 때쯤 심리분석관이 찾아와 내 정신감정을 했다. 결과는 정상.

이틀 후, 양정태가 내 병실에 찾아왔다. 놈은 내가 둔갑 쥐인지 아넌지 아직도 의심이 풀리지 않은 얼굴로 내게 괜찮냐고 물었다. 비꼬는 말투였지만 그게 놈의 대화법이니 어쩌랴.

"놈은 죽었다."

둔갑 쥐를 말하는 것일 테지만, 놈은 어쩐지 진짜 이강투가 죽은 듯한 목소리로 말했다.

"어쩌라고."

놈에게 중지 손가락을 펴 보였다.

정태는 피식 웃고선 이내 웃음을 지웠다. 녀석은 감시부가 다시 부활할 거라는 말을 했다. 나는 아무 대답도 하지 않았다. 녀석도 내 대답을 바란 것은 아니었다.

"한 가지만 묻자."

정태가 말했다.

"어떻게 미연인 줄 알았던 거지?"

나는 코웃음을 쳤다. 왜 안 물어보나 했다. 사실 그게 궁금해서 나를 방문한 것일 터.

"대답하면 술 사 주나?"

"대답에 따라서."

그를 안달 나게 하려고 일부러 시간을 좀 끌다가 말했다.

"나로 둔갑한 둔갑 쥐처럼 녀석도 거의 완벽하게 미연으로 둔갑했어. 하지만 중국이 아무리 유사기억술과 복제기술이 뛰어나다고 해도 어쩔 수 없는 변수가 있기 마련이야. 과학으로도 해결할 수 없는 변수."

"……?"

"사람의 인생. 외형과 기억까지 복제할 순 있어도 살아온 인생은 절대 복제할 수 없어. 이게 그들이 놓친 맹점이지. 처음엔 나도 별 의심을 하지 않았어. 아니, 의심할 이유가 없었다고 해야겠지. 일상에서 조금 어긋난 점이 있다고 해서 그걸 중요하게 여기는 사람은 거의 없으니까. 하지만 내 둔갑 쥐가 나타난 상황이라면 얘기가 달라지지. 내가 그녀를 또 다른 둔갑 쥐로 의심한 이유는 세 가지야.

첫 번째는 키스. 엘리베이터에서 그녀가 나한테 달려들어 키스하더군. 거기까진 좋았어. 그 의도가 나에게 약물을 투여하려는 것이었다는 걸 난 나중에야 깨달았지."

그 약물은 유사기억을 주입할 때 쓰이는 '오큘로시드'라는 환각제의 일종으로 외부기억에 대한 거부반응을 억제하는 효과가 있다. 또한 이 약물은 유사기억이 주입된 자에게 투약될 경우 기억의 와류 현상을 일으켜 일시적으로 정체성에 혼란을 일으키기도 한다.

"아마도 립스틱에 오큘로시드가 섞여 있었겠지. 입술을 깨문 건 좀 더 확실하게 체내에 흡수되게 하려는 수작이었을 테고."

"그건 네 생각이지. 네 혈액에서 약물 반응은 없었다. 또 만약 그렇다고 해도 둔갑 쥐 또한 약물에 취해 임무를 그르칠 위험이 있는데 과연 그런 짓을 할까?"

"극히 소량이라면 혈액 검사로는 검출되지 않아. 그리고 둔갑 쥐에게는 이미 오큘로시드를 중화시키는 중화제를 투여했겠지. 아, 물론 이것도 그냥 내 생각이라고 한다면 별수 없지만, 중요한 건 그 약물이 아니야. 키스 그 자체지."

"무슨 뜻이지?"

"너는 모르겠지만, 미연은 꽤 와일드한 여자야. 유니폼 속에 자기 자신을 감추고 있어서 겉으로 드러나지 않는 것뿐이지. 이런 건 살을 섞어 봐야 알 수 있는 거거든."

"흥."

"미연은 피어싱 마니아였어. 이곳 안내 도우미로 오기 전까지 코와 혀에도 피어싱을 했다더군. 하지만 일 때문에 피어싱을 빼야 했는데, 코와 달리 혀에는 깊은 자국이 남아 있었지. 그래서 딥 키스를 할 때마다 그 자국이 느껴졌거든. 아주 미묘하게. 한데 엘리베이터 안에서 키스할 때는 전혀 느껴지지 않더군. 내가 말한 인생은 복제할 수 없다는 말이 바로 이런 거야. 놈들은 내가 설마 그녀의 혓바닥까지 알 거라곤 생각지 못했겠지."

정태는 팔짱을 낀 채 아무 말도 하지 못했다.

"결국 이게 의심의 실마리를 제공했지. 두 번째는 수갑을 자를 때였어. 화가 난 그녀에게 초전도 나이프로 수갑의 연결고리를 잘라 달라고 부탁했지. 나는 장난 삼아 그걸로 날 찌를 거냐고 물었어. 그러자 그녀가 어차피 뚫리지도 않을 거라고 말하더군. 너도 알다시피 국방기술 연구소의 무기는 일급 기밀이야. C동 보안담당자인 나조차도 시연회에 사용했던 무기 외엔 성능을 가늠할 수 없어. 그녀는 초전도 나이프로 티타늄 수갑을 자를 수 있다는 건 알았으면서도, 어떻게 견갑화한 몸을 뚫을 수 없다고 확신했을까?"

"그건 그냥 추측해서 한 얘기일 수도 있잖아."

"그래, 맞아. 그럴 수도 있지. 하지만 그녀가 둔갑 쥐라는 게 밝혀진 지금에 와서 돌이켜 본다면 그녀가 애초에 그걸 알고 있었다는

292

게 확실해져. 만약 초전동 나이프로 날 죽일 수 있었다면 그녀는 분명히 날 죽이고 연구원들도 죽였을 거야. 그러곤 자신은 살기 위해서 어쩔 수 없이 그랬다고 거짓말을 했겠지. 물론 연구원들의 죽음도 내 짓으로 꾸몄을 테고. 하지만 무기의 성능을 이미 알고 있으니 그럴 수 없었던 것뿐이야. 내 둔갑 쥐가 나를 죽여 주길 바랐겠지."

"그럴듯하군."

"마지막 세 번째는 옥상으로 탈출할 때였지. 아무리 비상시라도 옥상 문은 폐쇄하지 않는 게 보안 규정이야. 화재 시 옥상으로 탈출할 수 있게 하기 위함이지. 한데 그녀는 그걸 몰랐어. 새로 보안 규정이 바뀌면서 화재 시 탈출 대비 훈련을 안내 도우미도 받도록 지침이 내려왔거든. 그 훈련 교관이 나란 건 너도 알 테지? 훈련은 지난달부터 시행됐고, 그때 미연도 참가했지."

"그 얘긴……."

"맞아. 그 말은 즉 한 달 전까진 미연이 살아 있었다는 소리야. 놈들이 어떤 방법으로 그 전에 미연의 기억을 추출했다는 소리지. 아마도 나와 비슷한 방법이었을 거야. 그때 나는 미연과 냉전 상태였으니까. 놈들은 둔갑 쥐가 완성될 때까지 미연을 살려 뒀던 거지. 그러고 나서 바꿔치기한 거고."

"흥! 넌 네 애인이 죽은 걸 마치 아무 일도 아닌 것처럼 말하는군."

"난 살인병기야. 이미 수많은 전투에서 사람을 죽였어. 한 달 전에 죽은 옛 애인 때문에 상실감에 빠져 있을 정도로 센티멘탈한 인간이 아니야."

"애초에 인간이 아닌 건 아니고?"

"그런지도 모르지. 생체견갑이라는 엄청난 능력을 손에 넣은 대가랄까."

"언변이 많이 늘었군. 하지만 이걸로 혐의가 모두 벗겨졌다고 여기진 마라. 네 폴리그래프 검사를 다시 하기로 결정했다. 13일이다."

"얼마든지."

녀석은 삐딱하게 나를 보았다.

"진가쟁주 설화 말이야. 여러 버전이 있지만, 마지막엔 항상 진짜가 가짜를 물리치지. 그건 설화니까 당연하겠지만……. 과연 현실에서는 어떨지 궁금하군."

녀석은 들어올 때처럼 불쑥 떠났다.

나는 떠나는 놈의 뒤통수에다 손가락으로 권총 모양을 만들어 방아쇠를 당겼다.

그때, 찌그러진 차 지붕 위에 둔갑 쥐를 깔아뭉개고서 나는 간신히 꺼져 가는 의식을 붙잡고 몸을 일으켰다. 차 위에서 내려오긴 했지만 한 발도 내딛지 못하고 그대로 바닥에 엎어졌다. 신음을 내뱉는 내 앞으로 누군가 걸어오는 소리가 들렸다. 이미 만신창이가 된 상태에서 견갑화는 생각도 못 한 채 다가오는 또 다른 적을 향해 고개를 들었다.

"강투 씨, 괜찮아?"

미연이 나를 내려다보며 말했다.

그 순간 그녀의 눈빛을 읽었다.

분명 걱정스러운 눈빛으로 나를 내려다보고 있었다. 하지만 그것이 사랑하는 연인의 생사에 대한 걱정이 아닌, 내가 진짜인지 가짜인지 혼란스러워하는 걱정이라는 것을 나는 단박에 알 수 있었다. 그녀의 한 손엔 연구실에서 몰래 훔쳐 나온 초전동 나이프가 들려 있었다.

"미, 미연아."

"말하지 마⋯⋯. 곧 사람들이 내려올 거야. 조금만 참아."

미연이 내 앞에 무릎을 꿇고 앉았다. 초전동 나이프의 떨림에 주변 공기가 진동했다.

"너한테⋯⋯ 해 줄 말이 있어⋯⋯ 중요한⋯⋯."

"뭔데?"

나는 무어라 작게 속삭였다.

"뭐라고?"

그녀의 얼굴이 가까이 다가왔다.

나는 비로소 참았던 말을 내뱉었다.

"내 여자를 건드린 대가다."

그녀가 놀라서 주춤한 사이, 아까부터 가슴 안쪽에 숨기고 있던 왼손을 뺐다. 손에는 둔갑 쥐의 권총집에서 빼낸 해머가 들려 있었다.

단번에 그녀의 머리를 날려 버렸다.

미연으로 둔갑한 둔갑 쥐가 몸을 떨며 쓰러지는 것을 보고서야 나는 만족하며 눈을 감았다. '이제 다 끝났다.' 그렇게 생각하며 안도감에 취해 있던 순간, 꺼져 가는 의식 속에서 그동안 감춰 뒀던 일말의 의혹이 되살아났다.

'나는 나인가. 아니면, 완벽에 가까운 둔갑 쥐인가.'

의혹이 꼬리에 꼬리를 물었지만, 이내 자조하는 웃음으로 털어 버렸다. 그러자 한결 마음이 가벼워졌다.

진짜든 가짜든 그게 뭐가 중요하랴. 이강투는 살아 있고, 나는 나일 뿐인데.

그걸로 충분하다.

창광(猖狂)

정희경

프롤로그

아내는 눈 밑에 보조개가 쏘옥 들어가도록 활짝 웃고 있었다. 짙푸른 바닷물 속에서도 그녀의 웃고 있는 얼굴이 선명하게 보였다. 내가 아내를 짝사랑하던 시절 그 보조개를 볼 때마다 예뻐서 어쩔 줄 몰라 하자 주변 사람들이 나를 인디언 졸개라고 불렀다. 눈 밑에 물감 칠을 한 것 같은 인디언 보조개에 넋이 나갔으니 인디언 졸개감이라고들 놀린 것이다. 나는 어두운 물속에서 더 선명하게 보이는 보조개를 보자 자꾸만 코가 시큰거렸다.

실오라기 하나 걸치지 않은 아내가 물속에서 유영하는 모습은 그녀와 같이 수영하고 있는 흰 돌고래 벨루가와 별반 다르지 않다. 벨루가의 짓궂은 표정과 아내의 웃는 얼굴이 둘 다 개구쟁이 소년 같다. 오랜 바다 생활에 근육이 다부지게 발달한 아내의 건강한 몸이 빙그르르 돈다. 나는 아내의 다리 사이가 드러날까 봐 조바심이 나서 주먹을 움켜쥐었다. 다행히도 흰색 꽃잎 같은 벨루가의 꼬리가 가려 주었다. 그녀의 긴 머리카락 사이로 벨루가의 얼굴이 파고든다. 입이 바싹 마르고 겨드랑이 사이가 축축해진다. 나는 혹시라도 저 녀석이 갑자기 난폭해지면 어쩌나 싶어 안절부절못한다. 하지만 녀석은 아내와 놀고 싶은 모양이었다. 그것도 마음에 들지 않았다. 나는 아내가 저토록 환한 웃음을 지을 수 있게 만드는 녀석을 질투하고 있었다.

갑자기 물속이 어둠 컴컴해졌다. 아내와 벨루가의 머리 위로 검은 배 그림자가 보인다. 아내의 눈에 공포감이 서린다. 카나리아처럼 맑은 소리로 노래하던 벨루가가 불안한 듯 숨을 죽인다. 적막은 길지 않았다. 작살이 엄청나게 빠른 속도로 물살을 가르고 내리꽂혔다. 물이 뒤집히면서 아무것도 보이지 않고 비명만 들린다. 그 비명이 나의 비명인지 벨루가와 아내의 비명인지 구분할 수 없다. 얼마나 시간이 흘렀을까. 짙푸르던 바닷물은 핏빛으로 물든다. 여보, 하진아! 아무리 소리 질러도 그들에게는 들리지 않는다. 핏물이 출렁이고 노 젓는 소리가 들린다. 살육을 마친 자들이 부르는 승리의 노랫소리와 함께 해초처럼 흔들리는 아내의 검은 머리가 물 위로 떠오른다. 나는 분노에 차서 목이 찢어져라 "하진아, 하진아."를 외쳤다.

"팀장님, 정신 차리세요. 팀장님, 팀장님!"

몸이 마구 흔들린다. 나는 알고 있다. 이게 꿈이라는 것을. 하지만 매번 똑같은 꿈속에서 똑같이 분노하고 똑같이 좌절하며 아내 이름을 애타게 부른다.

"괜찮으세요?"

영환이도 매번 똑같은 말을 한다. 나는 걱정스러운 표정을 짓는 영환의 얼굴을 외면하며 머리맡을 더듬거렸다. 괜찮지 않다는 것을 잘 알면서도 그 말밖에 할 수 없는 영환의 얼굴도 답답해 보인다. 담뱃갑은 비어 있다. 손아귀에 힘을 주어 담뱃갑을 구겨 던졌다. 영환의 뒤를 따라온 김일문이 혀를 차며 자기 입에 물고 있던 담배를 건네준다.

"고 팀장, 거 언제까지 떠난 사람한테 매여 있을 겁니까? 떠난 사람은 떠난 사람이고 산 사람은 산 사람입니다."

나는 그가 건넨 담배를 외면한다. 아직 하진이를 떠나보낼 수 없다. 입술이며 목구멍까지 바싹 말라 말이 쉽게 나오지 않는다.

"창광은?"

"아직 보이지 않습니다."

김일문이 아직 할 말을 다 못 했는지 나서는 것을 영환이 가로막고 대답한다. 나는 몸을 일으켜 선실 밖의 바다를 내려다본다. 바다는 창광이 나타나기 전이나 지금이나 아무 일 없다는 듯 태연한 모습으로 일렁인다. 갑자기 배에 속력이 붙었다. 모터 소리가 커지고 여유 있게 뱃전을 날던 갈매기들이 요란스럽게 날갯짓을 한다. 다급한 선장의 목소리가 배 안에 울려 퍼졌다.

"충남 해안 경찰청 무선에 창광 사고 발생 떴다. 거아도 앞바다 어선 한 척 전복, 창광의 짓으로 추정. 요나호 출발합니다."

배의 속도가 가파르게 올라간다. 이 정도 속도면 해양경찰청 소속의 경비정보다 일찍 도착할 수 있을 것이다. 김일문이 소리를 지르며 작살포 앞으로 달려나간다. 나도 재빨리 선실 문을 박차고 나가 김일문의 옆에 섰다.

"오냐, 이 미친 고래 창광아! 어서 오너라. 내가 오늘 기필코 너를 죽여 고래 고기로 술안주 삼으리라."

나를 따라 작살포가 있는 이물 쪽 갑판으로 나오던 박영환이 멈칫한다. 내 눈에 서린 핏빛 살기를 나도 잘 알고 있다.

1

"감옥에 있는 작살잡이 김일문이 필요합니다. 빼내 주십시오."

민 단장은 구부린 집게손가락 마디로 안경을 밀어 올리면서 곤란하다는 표정을 지었다.

"작살잡이가 어디 김일문이 하나뿐인가? 꼭 감옥에 있는 사람까지 동원해야 하나? 더 중요한 건 우리가 창광을 죽이면 안 된다는 사실이야. 반드시 산 채로 잡아야 하는데 감옥에 있는 작살잡이를 불러내는 건 죽이겠다고 하는 거잖아?"

고동현은 침을 꿀꺽 삼키고 숨을 한 번 크게 들이쉬었다.

"김일문은 불법 고래잡이계의 전설입니다. 그 사람만큼 고래를 많이 잡아 본 사람이 우리나라에 없습니다. 일본에서 전문 포경꾼 데려올 거 아니면 단장님이 손써서 빼내 주셔야 합니다. 고래와 함께 산전수전 다 겪어 본 김일문이 아니고는 미쳐 날뛰는 창광 근처에 가려는 사람이 없을 겁니다. 김일문이 작살잡이라는 것이 중요한 게 아니라 그가 창광에 가장 가까이 갈 수 있는 사람이라는 것이 중요합니다. 그리고 해양경찰청에 압류되어 있는 김일문이 타던 불법 개조 포경선도 내보내 주세요. 그 배야말로 고래를 따라다니기에 가장 최적화된 배입니다."

"자네, 내가 지금 비밀 업무를 수행한다고 무슨 스파이 영화라도 찍는 줄 아는가? 나한테 그럴 만한 권한이 없어요."

"그럼 이 계획을 알고 계신 윗분에게 말씀하셔야 합니다."

민 단장이 어이없다는 듯 고개를 옆으로 돌리며 "나 참."이라는 소리를 연발한다. 민 단장의 책상에는 창광이 벌인 사건 사고 보고서가 수북하다.

"다시 한 번 말하는데 창광은 절대 죽이면 안 되네. 나는 처음부터 자네에게 이 일을 맡기고 싶지 않았어. 자네는 창광을 죽이고 싶어 하는 사람이지 잡고 싶은 사람이 아니잖아?"

고동현은 민 단장 뒤로 보이는 유리창 밖으로 9월의 푸른 하늘을 바라보았다. 하늘이 너무 맑고 푸르러서 낯설게 느껴졌다. 요즈음 보령에서는 흐린 날만 계속되었다. 보령의 하늘과 세종 청사의 하늘은 다른 것일까? 해양수산부 산하 창광 비상대책단 단장 민형식은 결국 고동현의 요구를 들어주었다.

이름도 없던 불법 개조 포경선에 국립수산과학원 소속 고래 연구사 박영환이 검은색 래커로 커다랗게 '요나호'라고 썼다. 그래서 누가 먼저랄 것도 없이 이들의 프로젝트는 요나호 프로젝트라고 부르게 되었다. 박영환의 말에 의하면 요나는 구약성서에 나오는 예언자로 바다 괴물 리바이어던의 배 속에서 사흘을 살고 나온 인물이라고 했다. 고래 배 속에서 살아남은 자는 요나와 피노키오밖에 없으니 이 왕이면 피노키오호보다는 요나호가 있어 보이지 않겠느냐고 말했다. 고동현은 배가 피노키오호인지 요나호인지 상관할 필요가 없었다. 그저 창광만 잡을 수 있다면 말이다.

김일문은 고동현보다 먼저 태안에 있는 가랭이 포구에 도착해 있었다. 그는 뱃전에 앉아 날두부를 뭉텅뭉텅 떼어 먹고 있었다. 한때 부르는 게 값이었던 작살잡이의 행색이 영 말이 아니었다. 하기야 바다의 로또라고 부르는 고래를 쫓는 사내가 장래를 위해 돈을 쌓아 놓는다는 것이 어디 가당키나 한 일인가. 고동현은 그의 손목이 녹슬지는 않았나 싶어 흘깃거렸다.

"걱정 마슈! 내 손목은 지금 작살 맛을 보고 싶어 근질근질합니다. 내가 감옥에서 창광 이야기를 듣고 나오게 될 줄 알았어. 조선 팔도에서 나만 한 고래잡이가 없지. 저 미친 고래가 서해안을 휩쓸고 다니는데 나를 안 부르면 누구를 부르겠어. 생각보다 좀 늦기는 했지만 다행이오."

김일문이 한입 가득 두부를 물고 능청을 떨었다. 고동현은 그런 김일문을 무시하고 사람들을 불러 모았다.

"저는 이 배를 책임진 고동현 팀장입니다. 창광은 여러분이 생각하는 단순한 고래가 아닙니다. 그건 능력이 어디까지인지 예측하기 어려운 돌연변이 괴물입니다. 이 배에 올라탄 이상 내 목숨보다 창광을 잡는 것이 우선이어야 합니다. 그래도 배에 타시겠습니까? 지금이라도 늦지 않았으니 자신 없는 사람은 배에서 내리십시오."

고동현의 눈을 본 사람들이 얼쯤해져서 서로의 얼굴을 본다. 핏발

선 그의 눈은 증오로 이글거리고 있었다. 돌연변이 괴물은 창광이 아니라 창광을 잡겠다고 나선 고동현처럼 보였다.

그때 선장이 손을 들었다.

"팀장님, 그런데 왜 우리가 창광을 잡나요? 창광은 해양경찰이나 군인이 잡아야 하는 거 아닙니까? 왜 정부에서 잡지 않고 우리가 창광을 잡으려고 하나요?"

고동현은 잠시 망설이더니 박영환과 눈이 마주치자 고개를 끄덕이며 입을 열었다. 격앙되어 있던 목소리가 한층 차분해진 느낌이었다.

"여러분도 알다시피 창광은 중국의 청도에 있는 해양 연구소가 지진에 망가지면서 탈출한 실험용 고래입니다. 중국 정부는 창광의 경제적 가치에 대해 입을 다물고 있지만 우리 정부에서 창광을 취득할 경우 모든 경제적 교류를 중단하겠다고 엄포를 놓고 있습니다. 그러니 정부에서 대놓고 잡을 수는 없는 입장이라 해양수산부에서 비밀 프로젝트팀을 꾸린 것입니다."

선장은 어깨를 으쓱하더니 이거 무슨 영화 주인공이 된 기분이라며 낄낄댄다. 옆에서 듣고만 있던 박영환이 걱정스러운 눈빛으로 조심스럽게 입을 열었다.

"그렇게 웃을 일이 아닙니다. 정부에서 쉬쉬거리고 있지만 지금까지 창광 때문에 목숨을 잃은 사람이 열다섯 명이 넘습니다. 앞으로 피해자가 얼마나 더 나올지 알 수 없는 형편입니다. 그만큼 창광은 흉포한 고래입니다. 그런 창광을 산 채로 잡는 것이 우리 팀 목표이고요. 그래도 참여하시겠습니까?"

"아, 이거 진짜 오래간만에 온몸에 전기가 찌릿찌릿 오는데. 싸나이 한 번 죽지 두 번 죽나. 박 선상 같은 사람도 하겠다는데 내가, 이 천하의 작살잡이 김일문이가 겁을 낼까? 안 그러냐? 이 군아?"

김일문이 데려온 이 군이라는 청년이 고개를 세차게 끄덕였다.

"이놈은 내가 데려온 조수인데 말을 못 합니다. 말은 못 해도 듣기는 하니까 애 앞에서 못 할 말은 하지 마슈. 기운이 장사라 창광인지 미친 고래인지를 번쩍 들어 패대기칠 수 있을 놈이오."

2

거아도에서 9시 방향 5킬로미터 떨어진 해상에는 부서진 고깃배의 잔해들이 흩어져 있었다. 망원경을 들고 있던 고동현이 4시 방향 창광 1호라고 소리 질렀다. 2미터도 넘어 보이는 창광의 등지느러미에 흰색 페인트로 선명하게 '1'이라고 쓰여 있다. 창광의 난폭한 움직임에 바다가 요동친다. 창광은 한번 공격하기 시작하면 끝장을 볼 때까지 좀처럼 중단하지 않는다. 뾰족한 등지느러미가 구명정에 의지하고 있는 사람들 쪽으로 다가온다. 고동현은 배를 구명정 앞에 대고 작살포를 잡은 김일문에게 조준하도록 명했다.

현재 태안과 보령 해안을 휘젓고 다니는 창광은 1호와 2호, 두 마리다. 처음 그들이 태안군 근흥면 도황리 해안에 출몰했을 때는 6호까지 세 마리였다. 거대한 상어가 해수욕장 근처에 나타나 공포감을 조성한다는 신고를 받고 출동한 태안 해양경찰서 소속 50톤급 경비정장은 놈들이 상어가 아니라 고래라는 것을 알아보았다. 하지만 생전 처음 보는 고래였다. 수염고래인 밍크고래의 체형에 이빨고래인 범고래의 특징인 등지느러미가 2미터도 넘게 솟아 있었다. 등지느러미 위아래로 뾰족하게 솟아 있는 돌기나 철갑처럼 단단해 보이는 피부는 고래라기보다는 물속에 사는 공룡 같았다. 재난영화에 나오는 괴수를 바다에 집어넣으면 저렇게 되는 것이 아닐까 싶었다. 괴물 고래들은 경비정이 가까이 다가가자 10미터가 넘는 몸을 돌려 공격 자세를 취했다.

경비정장은 상대가 고래라는 것에 잠시 고민스러웠다. 포획이 금지된 고래를 상대로 총기 공격을 한 것이 나중에 문책 사유가 될지도 모른다고 생각했다. 하지만 곧 그러한 고민을 할 시간적 여유가 없음을 깨달았다. 고래 두 마리가 저돌적으로 경비정을 향해 내달렸다. 경비정장은 재빨리 함수에 있는 M16 기관총 공격을 명령했다. 괴물 고래는 기관총 공격에 전혀 흔들림이 없었다. 겁이 난 경비정장은 서해 해양경찰청에 포가 설치된 100톤급 경비정의 출동을 요청했다.

경비정을 공격하던 두 마리의 등지느러미에는 각각 흰색 페인트로 '1'과 '2'가 쓰여 있었고 멀찌감치 떨어져서 지켜만 보고 있던 고래의 등지느러미에는 '6'이라는 숫자가 쓰여 있었다. 가장 크고 난폭한 것이 1호였다. 1호가 꼬리를 치자 50톤급 경비정이 넘어갈 것처럼 휘청거렸다. 다시 1호가 머리로 이물을 공격하면 경비정이 좌초될 것만 같았다. 경비정장은 살아 있는 동물이 어떻게 기관총 세례를 받고도 이처럼 멀쩡할 수 있는지 이해하기 어려웠다. 그는 해경들 사

이에 전설처럼 내려오던 바다 괴물과 조우한 것이 틀림없다고 생각
했다.

괴물 고래가 막 경비정의 선루를 향해 머리를 밀고 들어올 즈음 함
포 공격이 시작되었다. 구조요청을 받고 달려온 100톤급 경비정이
제일 먼저 포를 쏜 것은 떨어져 있던 6호를 향해서였다. 6호는 1호나
2호와 달리 등지느러미도 길지 않았고 피부도 단단한 철갑으로 싸여
있지 않았다. 경비정을 공격할 의도가 없어 보이던 6호는 포 공격을
피해 갈팡질팡했다. M16 기관총과 대결을 벌이던 1호와 2호가 6호
의 위기를 보고 황급하게 달려들었다. 두 마리가 6호를 구하기 위해
포 공격을 하던 100톤급 경비정을 양쪽에서 들이받았지만 이미 늦
었다. 마지막 포가 6호의 머리를 정확히 겨누었다. 곧 바다는 핏빛으
로 물들었고 머리가 터진 고래는 허연 배를 드러내고 물속으로 가라
앉았다. 6호의 죽음 앞에 미친 듯이 으르렁거리던 두 마리의 고래는
썰물 때가 된 것을 알고 물러섰다. 등지느러미를 세운 무시무시한 고
래가 물러서자 그 위세에 놀란 태안 해양경찰서 소속 경비정장은 가
슴을 쓸어내리며 안도의 한숨을 쉬었다.

박영환은 창광 1호와 2호가 태안과 보령 해안을 떠나지 않고 있는
이유가 처음 도황리 해안에서 6호가 죽었기 때문이라고 짐작했다.
영환은 고동현의 눈치를 살피며 창광은 죽은 6호의 복수를 하는 것
처럼 보인다고 말했다.

"지금이야. 작살포 쏴!"

김일문이 허리를 굽히고 조준한다. 창광을 바라보는 김일문의 표

정이 당황스러워 보인다. 포를 잡은 그의 손이 떨고 있었다. 옆에 서 있던 고동현은 작살포를 쏘기도 전에 그 작살이 창광의 눈을 맞히지 못하겠다는 생각이 들었다. 천하의 작살잡이가 흔들리고 있었다. 지금까지 서너 번 창광을 상대하며 몸 어디에도 작살이 꽂히지 않는다는 것을 알았다. 창광의 피부는 방탄 철갑 같았다. 2호는 1호만큼 단단하지 않아서 작살이 등에 꽂혔는데 이내 1호가 대들어 뽑아냈다. 2호의 등에 깊은 상처를 내기는 했지만 잡을 수는 없었다. 1호가 완전히 변형된 괴물이라면 2호는 진행 중인 것으로 여겨졌고 6호는 밍크고래 원형에 가까운 모습이었다.

김일문은 본래 고래를 즉사시키려면 작살로 항문을 맞혀야 하는데 창광은 절대 뒤를 보이는 법이 없으니 눈을 맞혀 보겠다고 했다. 그가 쏜 작살은 창광 1호의 눈을 맞히기는커녕 미간에 가서 튕겨 나왔다. 그사이 김일문이 다시 작살을 포에 장전하고 쏠 준비를 한다. 빳빳하게 선 1호의 지느러미가 요나호를 향해 돌진한다. 선장은 이대로 가다가는 창광과 배가 몸싸움을 하게 된다며 피해야 한다고 소리 질렀다.

"팀장님, 1호를 붙들고 계세요. 제가 2호의 등지느러미에 GPS 수신기를 부착할 수 있을 것 같습니다."

박영환이 석궁을 개조해서 만든 GPS 부착기를 2호의 등지느러미에 겨눈다. 박영환이 2호를 노리는 것을 눈치챘는지 1호가 머리를 들어 올리며 거친 물보라를 일으켰다. 순간 고동현은 1호의 눈을 보았다. 김일문은 아마 그 때문에 손을 떨었을 것이다. 창광 1호와 눈이 마주친 사람들은 하나같이 그 순간의 공포를 잊지 못한다. 분노가 존재 자체를 집어삼킨 것만 같은 눈이다. 몹시도 깊고 어두운 동굴 속에 홀로 갇혀 죽음보다 더한 육체적 고통을 겪은 자의 것이었다. 죽음 따위는 전혀 무섭지 않은 눈. 그래서 보는 사람에게 도리어 죽음의 고통을 연상시키는 눈이었다. 고동현은 그 눈을 향해 작살을 쏘라고 소리 질렀다. 목이 쉬도록 바로 지금이라고 외쳤다. 1호의 눈을 제대로 맞히지 못한다고 해도 박영환이 2호를 향해 수신기를 쏠 수 있는 시간을 벌어야 했다. 김일문이 쏜 작살이 힘차게 날아갔다.

고동현이 귀를 바늘로 찌르는 것만 같은 날카로운 통증에 미간을 잔뜩 찡그렸다. 창광과 마주할 때면 대부분 사람들이 이명과 두통에 시달린다. 창광이 내는 고주파가 사람들의 신경을 교란시키는 것 같았지만 누구도 그에 대해 명확한 설명을 하지 못했다. 귀를 울리는 전자음 사이로 굵고 나지막한 목소리가 들렸다.

"너도 나와 같구나."

놀란 고동현이 고개를 들었다. 뒤늦게 도착한 해양경찰청 함정이 구명정을 타고 있던 어부들을 구조하고 있었다. 고동현은 자기도 모르게 혼잣말을 중얼거렸다.

"누구냐?"

"어리석은 것, 내가 누구인 줄 모른다고? 거울을 봐라. 너 또한 나와 같구나."

이번에도 역시 작살은 그 깊은 눈을 맞히지 못하고 비켜났다. 창광은 비웃듯이 꼬리로 요나호의 선미를 후려쳤다. 배가 흔들거리면서 엄청난 물이 쏟아져 들어왔다. 사람들이 우왕좌왕하는 것을 본 창광은 이제 볼일이 없다는 듯 빠른 속도로 헤엄쳐 나갔다. 고동현은 창광을 따를 생각도 하지 못한 채 멍한 얼굴로 자신의 귀를 문질렀다.

고동현이 영환을 향해 무슨 소리 듣지 못했느냐고 물었다. 영환은 고동현의 말을 듣지 못했는지 바닷물에 흠뻑 젖은 머리를 털어 내며 활짝 웃는다.

"2호의 등지느러미에 위치 발신기 부착 성공했습니다."

고동현은 영환을 치하해 주어야 한다는 것을 알면서도 속이 뒤집히고 울렁거려 아무 말도 할 수 없었다. 그는 흐릿한 눈빛으로 정신이 나간 사람처럼 흐느적거리며 선실로 내려갔다. 고동현의 뒷모습을 바라보던 김일문은 작살을 끌어 올릴 생각도 하지 못했다. 그는 갑판에 무너지듯 주저앉아 주머니에 꽂아 두었던 소주를 벌컥거리며 마셨다.

"내가 그동안 숱하게 많은 고래를 잡아 봤지만 정말이지 이번 같은 경우는 처음이여. 도대체가 저건 고래가 아니라니까. 박 선상, 저 미친 물건이 그러니까 고 팀장 마누라를 죽였다 그 말이오?"

박영환은 김일문 손에 들린 소주를 잡아 뺏어 한 모금 마시며 고개를 끄덕였다.

고동현의 아내 사랑은 어지간히 유별났다. 어쩌면 그의 아내 서하진의 고래 사랑이 유별난 것이었을지도 모르겠다. 두 사람은 고래 연구사로 만났고 바다에서 사랑을 키웠다. 하진은 연애는 할 수 있지만 결혼은 절대 할 수 없다고 고집부렸다.

"고 선배, 힐러리가 처음 변호사가 되었을 때 동료 변호사들이 결혼한 여자 변호사는 절대 성공할 수 없다고 했대요. 왜인 줄 알아요?

남자 변호사는 모든 일을 처리해 주는 아내가 있어서 일에 매진할 수 있지만 여자 변호사는 아내가 없어서 성공할 수 없다고 하더래요. 나는 선배를 사랑하지만 고래가 더 좋아요. 앞으로 늙어서 할머니가 될 때까지 고래를 따라다니며 살고 싶어요."

그때 하진의 눈은 어둠을 밝힌다는 보석, 고래의 눈이라고 일컬어 지는 명월주처럼 빛나고 있었다. 고동현은 자신이 하진의 아내가 되어 주기로 했다. 본인이 더 촉망받는 고래 연구사였지만 하진의 아내가 되기 위해 수산과학원을 그만두고 보령에 있는 해양과학 고등학교 교사가 되었다. 첫째로 딸 우리를 낳았고 둘째로 아들 현우를 낳았다. 그렇게 남매를 낳고도 하진은 1년이면 절반 이상을 바다에서 보냈다.

고동현은 프러포즈하면서 내가 너의 아내가 되어 줄 거라고 했던 말을 끝까지 지켰다. 하진은 아무것도 신경 쓸 필요 없이 자신이 사랑하는 고래를 따라다니며 연구에 몰두할 수 있었다. 창괭이 나타나기 전까지는 그랬다. 고동현은 아내가 죽고 나서 날마다 그날 아침 차를 몰고 나가던 그녀를 좀 더 강하게 잡지 못한 자신을 책망했다.

오랜만에 집에 들어와 아이들과 시간을 보내던 아내가 연락을 받자마자 급하게 짐을 꾸려 나섰다. 고동현은 불길한 느낌에 사로잡혔다. 그도 뉴스를 봐서 알고 있었다. 태안 지역에 나타난 공격적인 고래는 정상이 아니었다. 아무리 사나운 이빨고래도 맹목적으로 배를 공격하는 법은 없었다. 모습도, 행동도 무언가 이상했다.

"하진아, 이번에는 그냥 빠지면 안 될까? 살면서 너한테 처음 부탁하고 싶다. 뭔가 석연치 않아. 저건 단순한 고래가 아니잖아. 너는 그냥 일반적인 고래의 생태만 연구해도 되잖아. 이건 너무 불길해!"

차에 짐을 싣던 하진이 등 뒤에서 동현을 끌어안았다.

"선배, 나도 이 일이 쉬운 일이 아니라는 거 알아. 하지만 그래도 가야 해. 저게 단순한 고래가 아니니까. 우리 같은 사람한테 평생 한 번 올까 말까 한 기회이기도 하잖아? 아마 선배가 내 입장이라도 이런 기회 그냥 보내지 않았을 거야. 절대 무리하지 않고 조심할게."

하진은 그 약속을 지키지 못했다. 고래 연구사들이 탄 탐구호는 위협적인 테일 브리칭(꼬리를 수면 위로 올렸다 내리며 위협하는 동작)을 하는 창광 가까이 갔다가 전복되었다. 고래 연구사들은 고래를 잘 안다고 생각했기에 뉴스 내용을 신뢰하지 않았다. 남들이 고래에 공격을 당한 것은 무언가 이유가 있었을 것이라 여겼다. 하지만 창광은 가까이 다가온다는 이유 하나만으로 그들을 공격했다. 탐구호에 탔던 사람 중 절반은 죽었고 절반은 가까스로 구명보트를 타고 탈출했다. 죽은 절반 안에 서하진이 있었고 도망친 절반 안에 박영환이 있었다.

"아마 고 팀장님은 창광을 죽이려고 할 겁니다. 민 단장한테는 잡는다고 말하고 있지만 실제로는 죽일 수 있을 때까지 따라다닐 겁니다. 미친 건 저 고래인지 고 팀장님인지 잘 모르겠지만 저는 고 팀장님을 도와줄 수밖에 없어요."

박영환은 그날 하진이 물에 가라앉던 장면이 떠올라 눈을 질끈 감았다. 뜨뜻미지근한 소주가 목을 타고 내려가자 바짝 긴장했던 온몸의 근육이 해동된 고깃덩어리처럼 풀어졌다.

3

차관은 민 단장이 내민 태블릿을 대충 훑어보더니 고개를 끄덕였다.

"그러니까 이 정도 여론이면 우리 정부로서는 어쩔 수 없이 창광을 잡아들일 평계가 만들어진다 이거지?"

"저희는 창광을 중국 해역으로 쫓아내기 위해 최선을 다했습니다. 하지만 창광 두 마리는 끝내 태안과 보령 쪽 해안을 떠나지 않고 계속해서 인명 피해를 내고 있습니다. 이만큼 했으면 저희도 중국 측에 성의를 보일 만큼 보인 겁니다. 이제 곧 창광을 잡아들일 수 있는 티타늄 그물이 대덕에 있는 선박해양 플랜트 연구소에서 완성될 것입니다. 일본에서 오기로 한 전문 포경선 쇼난마루호에 티타늄 그물이 설치되면 미친 고래 아니라 리바이어던도 잡을 수 있을 것입니다."

"그래? 그럼 요나 프로젝튼가 그 친구들은 뭐하러 창광을 쫓아다니게 한 거야?"

"차관님, 혹시 시정마라고 들어보셨습니까?"

"시정마?"

"말 목장에서 고가의 종마를 암말과 교미시키기 전에 시정마라는 잡말을 암말에게 먼저 붙입니다. 그 말이 충분히 암말을 홍분시키고 나면 끌어내고 진짜 종마를 암말에게 붙여 주지요. 요나호는 일종의 시정마라고 할 수 있습니다. 쇼난마루호가 티타늄 그물을 싣고 나갈 때까지 창광과 함께 움직이며 특성도 살피고 혹시 재수 좋아 잡기라도 하면 손해 볼 것도 없는 시정마지요. 하지만 요나호로 창광을 잡는 것은 어림없는 일입니다."

"흠, 역시 민 단장 작업능력은 알아줘야 한다니까. 그런데 우리가 진짜 중국과의 외교 마찰 위험을 무릅쓰고 창광을 잡아야 할 만큼 그 미친 고래가 가치가 있는 걸까?"

"외교 마찰에 대해서는 걱정하실 필요 없습니다. 창광을 잡아 놓기만 하면 우리가 갑이 되는 겁니다. 중국 측에서는 어떻게든 창광을 회수해 가기 위해 애를 쓸 수밖에 없습니다. 우리가 창광을 가지고 있는데 지금 협박하는 대로 무역제재를 가한다고 하면 그들도 창광을 돌려받기 어려워지는 겁니다. 그보다는 창광이 가진 경제적 가치에 주목하셔야 합니다. 이게 일종에 비아그라 같은 거라고 보시면 됩니다. 원래 비아그라가 협심증 치료제로 만들어졌는데 생각지 못한 효과가 발기유도 아닙니까."

비아그라 이야기가 나오자 차관은 번쩍거리는 자신의 대머리를 슬그머니 쓰다듬으며 웃는다. 민 단장은 이 양반도 꽤 밝히는 모양이라고 생각하며 말을 이었다.

"제가 알아본 바로는 청도 연구소에서는 유전자 재조합 특수 박테리아를 이용해 플랑크톤을 변이시켰다고 합니다. 원래 목적은 지난번에 말씀드린 바와 같이 대체에너지 개발을 위한 작업이었습니다. 플랑크톤을 짜서 만든 기름으로 자동차를 굴리는 게 목적이었지요. 이건 우리나라에서도 연구한 사업입니다. 그런데 그 과정에 예기치 못한 일이 벌어진 모양입니다."

민 단장은 말을 멈추고 차관의 눈치를 살폈다. 차관은 일일 연속극 마지막 장면을 보고 있는 사람처럼 궁금한 표정을 지었다. 민 단장은 일부러 물을 마시면서 뜸을 들였다.

"차관님, 이건 청도 연구소에서도 알고 있는 사람이 많지 않은 내용입니다. 제가 어렵게 알아낸 사실을 차관님에게만 말씀드리는 것을 알고 계시지요?"

"이 사람아, 그럼 자네 마음을 내가 모르겠나? 걱정하지 말라고. 이건 자네나 나한테 아주 특별한 기회가 될 거야. 그러니 어서 자세히 설명해 보라고."

"박테리아로 인한 플랑크톤 단백질 변이 과정에서 퍼옥시리독신이라는 물질이 폭발적으로 증가했습니다. 퍼옥시리독신은 유기체 내의 활성산소를 제거하는 역할 정도로만 알려졌습니다. 그런데 중국 측에서는 아무래도 플랑크톤에서 만들어진 퍼옥시리독신이 심상치 않게 여겨져서 고래에게 실험한 모양입니다. 그리고 보시는 바와 플랑크톤을 먹은 밍크고래에게 엄청난 변화가 생겼습니다. 창꽝을 가지고 우리가 역추적 연구를 진행한다면 퍼옥시리독신 효과를 제대로 알아내고 중국보다 먼저 상용화시킬 수 있을 것입니다. 청도 연구소의 자문을 맡았던 수의학 교수는 변이 플랑크톤이 만든 퍼옥시리독신이 세포의 진화 과정에 사라진 과거를 찾아낸 것 같다고 추측했습니다. 창꽝은 고래의 조상이라는 설이 있는 바다 괴물 논트루마와 매우 유사합니다. 이런 특징이 인간에게 어떻게 적용될지 정확하게 알 수는 없지만 줄기세포 이상의 능력을 갖춘 것만은 틀림없습니다."

눈이 휘둥그레진 차관은 자리에서 벌떡 일어나 민 단장의 손을 잡았다.

"이거 진짜 우리 둘만 알고 있는 일인가?"

청도에서 직접 날아온 연구소장은 '창쾅'이라는 말을 할 때마다 몹시 조심스러워했다. 여섯 마리의 밍크고래에게 자신들이 만든 플랑크톤을 먹여 실험 중이었다는 것 이외에는 '창쾅'에 대한 어떤 정보도 내놓으려 하지 않았다. 지진으로 연구소 시설이 파괴되면서 3호, 4호, 5호는 죽었지만 나머지 1호, 2호, 6호의 행방은 묘연했다. 실종되었던 창광이 우리나라 서해안에 나타났으니 자신들이 잡아갈 수 있도록 협조해 달라고 했다. 중국 측에서는 그렇지 않아도 청도 지역과 마주 보고 있는 충남 해안 지역에 촉각을 곤두세우고 있던 참이었다. 청도 연구소에서는 창광이 모습을 드러낼 만한 가장 유력한 지역으로 태안 해안을 꼽았다. 창광이 그저 평범한 밍크고래였던 시절 그네들은 청도와 충남 앞바다를 오가며 살았다.

"도대체 뭐가 얼마나 대단하기에 이름을 미쳐 날뛴다는 뜻의 '창쾅'으로 지었습니까?"

민형식이 연구소장에게 묻자 난처한 듯 시선을 돌렸다. 그때 손님을 접대하기 위해 계약직 여직원이 음료수를 들고 들어왔다. 여직원은 해양수산부 홍보모델 출신의 미인이었다. 연구소장이 눈을 게슴츠레하게 뜨고 그녀의 다리를 훑어보았다. 민형식은 그 자리에서 연구소장이 여자에게 취약하다는 사실을 간파하고 저녁 약속을 잡았다. 망설이는 연구소장을 보고 민형식은 통역에게 그간 어려움이 많았을 텐데 한국에 오신 김에 위로주 한잔 마시고 가는 것이 어떠냐고 물었다. 그러면서 은근히 여직원이 그 자리에 올 수도 있을 것만 같은 분위기를 조성했다. 물론 여직원은 부르지 않았다. 대신 접대부가 있는 술집을 돌며 연구소장의 얼을 빼놓았다.

뉴스 지면을 장식하는 나쁜 일이 모든 사람에게 나쁜 일은 아니다. 어떤 사람에게는 그 나쁜 일이 일생일대에 다시 얻을 수 없는 기회가 되기도 한다. 구제역으로 온 나라 소를 다 묻는다고 호들갑 떨던 시절 방역과 관련된 물품을 팔던 사람들에게는 그야말로 로또를 잡은 것과 진배없었다. 민형식은 중국 대표가 자신을 찾아왔을 때 자기 앞에 로또가 떨어졌음을 직감했다.

　청도 연구소장은 술자리에서 창광에 대해 웬만한 내용은 모두 민형식에게 털어놓고 말았다. 민형식이 믿을 만한 통역을 따로 섭외해서 데려갔다. 다음 날 다시 만난 연구소장은 사정하다시피 '창광'을 욕심내지 말라고 당부했다. 하지만 민형식은 다른 고민에 정신이 없었다. 과연 이 로또를 들고 누구를 찾아가야 할 것인가 하는 문제였다. 자칫 잘못 움직였다가는 로또가 종이 쪼가리로 전락할지도 모를 일이었다. 민형식은 얼굴마담 같은 장관보다는 이 바닥에 구를 만큼 굴러 실무 감각이 뛰어난 차관을 선택했다.

　"자네가 이런 사실을 나하고 공유하는 의도를 잘 알았네. 우리 한번 잘해 보자고. 그나저나 이왕 이렇게 가는 거 장관 똥줄 한번 타게 해 줘야겠지."

　민형식은 차관의 눈빛만 보고도 의도 이상을 파악한다.

　"걱정하지 마십시오. 이번 주에 창광 관련 자료들이 좀 더 센 걸로 나갈 겁니다. 창광한테 당한 사람들 시신 사진이나 사연 같은 거 풀어서 인터넷 한번 뒤집어 줄 계획입니다. 그렇게 되면 무능한 정부라고 질타가 쏟아질 거고 창광을 우리가 잡으면 절대 안 되는 줄 아는 장관님은 차관님에게 매달리며 어떻게 좀 해 보라고 사정하게 될 겁니다.”

“어허, 이 친구 진짜 하나를 얘기하면 열을 아는 친구야. 자네 같은 사람이 우리 부처에 있었다니 이거 나한테는 천군만마가 부럽지 않구먼.”

민형식은 차관이 앉아 있는 의자를 보면서 자신이 그 자리에 앉게 되면 먼저 의자를 좀 큰 것으로 바꿔야겠다고 생각했다.

4

고동현이 새로 설치한 작살을 보면서 김일문은 그럴 줄 알았다는 듯 입술을 실긋거리며 웃는다.

“그러니까 팀장님은 이제 대놓고 미친 고래인지 창광인지 하는 놈을 죽이겠다 이거네요.”

고동현은 물고기 비늘처럼 바다 위에 펼쳐진 권적운을 올려다보며 숨을 크게 들이마셨다. 어부들은 저런 구름을 보면 멸치 대어의 징조라고 좋아했다. 그는 하늘만 볼 뿐 말을 아낀다. 창광을 죽인다 하더라도 그 책임은 온전히 혼자 져야 할 일이다. 책임을 혼자 지려면 다른 사람들에게 자신의 의중에 대해 떠들어 대지 않는 것이 좋다.

구조된 박영환을 붙들고 하진이는 어디 있느냐고 묻고 또 물었다. 영환은 대답 대신 고개만 숙였다. 배를 빌려 고래 연구선 탐구호가 침몰한 격렬비열도 인근을 헤매고 다녔지만 하진의 시신은커녕 소지품 하나 찾을 길 없었다. 민 단장의 프로젝트 소식을 알지 못했다면 고동현은 아마 개인적으로라도 창광을 잡기 위해 나섰을 것이다. 그나마 민 단장이 한때 고래 박사로 텔레비전에 출연했던 고동현을 알아봐 주어서 요나 프로젝트를 맡을 수 있었다. 교통사고나 병으로 아내를 잃었다면 이렇게까지 분노에 휩싸이지는 않았을 것이다. 동현보다 고래를 더 사랑했던 여자였다. 고래 때문에 결혼을 거절했던 여자였다. 그런 하진을 고래가 죽였다는 것을 용납할 수 없었다. 아내가 고래를 더 많이 사랑할 수 있도록 모든 것을 양보했던 고동현은 그 때문에 아내가 죽었다는 사실 앞에 자신의 삶이 모두 무너지는 소리를 들었다.

'창광, 반드시 너를 죽여서 아내의 넋을 위로할 것이다.'

고동현은 고래의 몸에 들어가 폭발하도록 설계된 폭약 작살을 바라보며 생각했다.

"내가 죽는다고 네 아내는 살아 돌아오지 않는다."

"누구냐?"

고동현이 어깨를 흠칫 떨며 주위를 돌아보았다. 수신기에 푸른 점이 깜빡인다. 동경 125도 5분 북위 36도 3분, 이곳이다. 수신기에는 여기 창광이 있다고 뜨는데 보이지 않는다. 바다는 출발선에 선 육상 선수처럼 큰 움직임이 없음에도 터질 듯한 긴장감이 느껴진다. 고동현은 말도 안 되는 생각을 쫓아내기 위해 망원경을 이리저리 돌리며 창광을 찾았다. 설마 창광이 자신에게 말을 거는 것은 아닐 것이다. 그냥 지나치게 긴장하는 바람에 착각하는 모양이라고 애써 자신을 이해시켰다. 잔잔하던 바다에서 갑자기 물줄기가 솟구쳐 오른다. 괴물처럼 변형되었지만 창광도 고래다. 숨을 쉬어야 한다.

"누구긴, 누군가? 그대가 죽이고자 혈안이 되어 있는 창광 1호다."

옆에 있는 선장이 배를 어느 쪽으로 향할 것인지 묻는다. 하지만 창광의 목소리에 당황한 고동현은 창광에게 대답해야 할지 선장에게 대답해야 할지 판단하지 못한다. 조급해진 김일문이 조타실 유리창을 두드리며 성화를 댄다. 김일문의 손가락이 2호가 있는 쪽을 가리킨다. 고동현의 지시를 기다리던 선장은 더는 지체할 수 없다고 생각했는지 배를 2호 쪽으로 몬다. 가능성 있는 놈 먼저 공격해야 한다고 벼르던 김일문이 양 손바닥에 침을 뱉어 문지르더니 밧줄을 바짝 잡아당겨 작살을 조준했다. 폭약 작살은 고래의 몸을 뚫고 들어가 그 안에서 장기를 폭발시킨다. 꽂히기만 하면 제아무리 창광이라도 견딜 재간이 없다. 창광을 생포해야 한다는 명분으로 차마 쓰지 못한 작살이다. 일반 작살로 다섯 번쯤 창광과 붙어 본 김일문은 폭약 작살로 2호를 공격하지 않으면 잡는 것도 죽이는 것도 불가능하다고 했다. 2호의 등에 작살을 꽂아 보았으니 폭약 작살도 2호에게는 가능할 것으로 계산했다.

고동현은 배가 움직이고 작살이 날아가는 순간에도 창광의 목소리 때문에 넋이 나간 것만 같았다. 창광이 그에게 말을 하고 있다. 하지만 다른 사람들은 그 말을 알아듣지 못하는 모양이다. 자신이 미쳤거나 창광의 능력이 거기까지 닿아 있거나 둘 중의 하나였다.

고동현이 나서지 않자 김일문은 스스로 판단해 작살을 쏘았다. 급하게 달려온 1호가 제 몸으로 작살을 막아 냈다. 분노한 1호가 그르렁거리며 브리칭(수면 위로 뛰어오르는 동작)을 한다. 거대한 1호는 요나호를 앞에 두고 브리칭을 해서 제 몸을 과시하며 위협하는 것이다. 그동안 요령이 붙은 선장이 재빨리 배를 빼서 도망친다. 그러더니 갑자기 방향을 바꾸어 2호의 꼬리 쪽을 향해 달린다. 이번에 맞붙기 전에 미리 짜 놓은 계획이었다. 선장은 요나호와 혼연일체가 되어 계획대로 배를 움직인다. 2호의 꼬리 쪽으로 배가 선다. 2호가 재빨리 꼬리를 세우며 물속으로 들어간다.

그대로 사라진 줄 알았던 2호가 다시 올라와 요나호 앞에서 선수타기(배가 일으키는 물살을 타는 동작)를 한다. 2호는 요나호를 약 올리려는 모양이었다. 한번 작살이 꽂혀 고생했음에도 불구하고 1호의 비호가 있으니 무서운 게 없는 모양이다. 이때를 기다린 김일문이 "죽어라!" 하고 외치며 작살을 쏜다. 작살이 허공을 가르고 2호의 꽁무니를 향해 날아간다. 다급해진 1호가 롭테일링(들어 올린 꼬리로 수면을 때려 위협하는 동작)을 하며 쓰나미 같은 물보라를 일으켰지만 늦었다. 작살은 2호의 항문을 뚫고 내장 깊숙이 들어갔다.

2호는 꼬리에 불이 붙은 개처럼 빠른 속도로 질주했다. 요나호는 그런 2호에게 매달려 따라간다. 갑자기 멈춘 2호가 화산이 폭발하는 것만 같은 괴성을 내지르며 하늘로 솟구친다. 요나호의 뱃머리가 2호를 따라 들렸다. 놀란 선장이 외친다.

"팀장님, 작살 끊어야 합니다. 이대로 가다가는 배가 뒤집힙니다."

고동현이 고개를 끄덕이자 김일문은 작살포에 연결된 쇠밧줄을 풀었다. 2호는 울부짖으며 고통에 몸부림친다. 그들이 2호에 매달려 있는 사이 1호가 사라졌다. 박영환이 그 사실을 깨닫고 망원경을 들어 주위를 살피기 시작했다. 갑판 아래서 기차의 차량 두 대를 연결할 때 들리는 소리와 비슷한 끼익, 덜커덩, 철컥 하는 소리가 들렸다. 박영환은 등골이 오싹해져서 발밑을 내려다보았다. 순간 요나호가 공중으로 솟구쳐 올랐다. 1호가 요나호의 아래로 들어가 배를 들어 올린 모양이었다. 하늘로 붕 뜬 선체가 나무젓가락을 손가락에 끼우고 허벅지에 때려서 두 동강 내는 것처럼 갈라졌다. 선장과 고동현, 김일문은 조타실과 작살포가 있는 뱃머리에 있었고 박영환과 이 군은 배의 후미에 있었다.

제일 먼저 정신을 수습한 이 군이 선루에 매달려 있는 보트를 내렸다. 보트에는 1호와 전면전을 치르게 될지도 모른다고 생각한 고동현의 지시로 챙겨 놓은 손작살이 있었다. 이 군은 김일문에게 사용법을 배웠지만 아직 써 보지 못한 손작살을 단단히 움켜쥐고 고개를 사방으로 돌리며 주변을 살폈다. 1호가 물에 가라앉고 있는 조타실 쪽 뱃머리를 가루로 만들어 버릴 양인지 계속해서 제 몸으로 치받고 있다. 이 군은 조심스럽게 보트를 몰아 1호의 옆으로 다가갔다.

물속에서 갑작스럽게 튀어나온 손이 보트를 움켜잡았다. 눈이 휘둥그레진 이 군이 작살을 내려놓고 그 손을 잡았다. 기운 좋은 이 군은 단숨에 손의 주인을 끌어 올렸다. 보트 위로 올라온 고동현이 울컥거리며 물을 토한다.

"너하고 같이 있던 박 선생은?"

고동현의 질문에 이 군이 도리질을 한다. 고동현의 얼굴에 당혹스러운 표정이 어린다. 그때 1호가 다시 한 번 조타실 쪽 문을 들이받으면서 배의 마스트가 보트 쪽으로 넘어왔다. 마스트에 매달려 있던 김일문이 소리를 지르며 보트 앞으로 떨어졌다. 간신히 보트로 기어 올라온 김일문이 수다스럽게 떠든다.

"아따, 진짜 저승 갈 뻔했네. 우리 이 군이 나를 살렸다."

김일문은 목숨이 위태로운 지경에서도 그다지 겁을 집어먹은 표정이 아니다.

"박 선상하고 선장님은?"

이 군이 좀 전에 고동현 앞에서처럼 무표정한 얼굴로 도리질한다. 김일문이 착잡한 얼굴로 "어디 매달려 있겠지."라고 중얼거리며 가라앉고 있는 배를 살펴본다. 그때 고동현이 결심한 듯 보트를 창광 쪽으로 돌렸다.

"지금 선장하고 박 선생 찾는다고 얼쩡거리다가는 우리도 죽습니다. 저 새끼는 우리를 죽이지 않으면 절대 물러서지 않습니다. 2호가 저렇게 벌러덩 나자빠졌으니 저 새끼 눈이 뒤집힌 겁니다. 눈이 뒤집힌 놈은 똑같이 눈이 뒤집혀야 상대할 수 있습니다."

고동현의 눈은 솟구치는 분노와 두려움이 뒤섞여 번들거렸다.

"쓰벌, 이거 진짜 장난이 아니구먼. 하여간 이번에는 창광하고 아주 제대로 붙어야 쓰겠네. 이 군아 작살 챙겼지? 우리 둘이 저 새끼를 회 쳐 버리자. 갑시다. 고 팀장!"

김일문이 보트 밖으로 가래침을 뱉어 내며 바닥에 있는 작살을 집어 들었다. 창광은 아직 보트를 보지 못했는지 가라앉고 있는 요나호만 몸으로 밀어붙이고 있다. 뱃머리가 모두 가라앉자 그래도 분이 풀리지 않는 듯 배의 후미를 향해 꼬리세우기를 한다.

"오냐, 우리 한번 해보자. 니가 나를 죽이겠다고? 내가 작살질만 수십 년이다. 이 바닥에서 김일문이 하면 고래 잡는 귀신이다. 그런 나를 니가 죽이겠다고? 자, 와라! 덤벼 이 자식아!"

김일문은 무릎을 최대한 낮추어 끝을 뾰족하게 갈아 놓은 작살로 창광을 겨누며 호령했다. 불법 포경선은 최신식 설비를 갖추기보다는 김일문 같은 작살잡이들을 데리고 다니며 조용히 작업한다. 연구 포경을 한다는 명분을 내세운 일본은 공장식 포경선을 통해 대량으로 고래를 잡지만 포경이 금지된 우리나라에서는 아직 김일문처럼 구식으로 작살을 휘두르는 사람들이 제법 있다.

가라앉은 요나호에 분풀이를 하던 창광이 보트를 발견하자 지축이 흔들리는 소리를 내지른다. 그르렁대는 소리는 울부짖음인지 분노의 외침인지 구분되지 않는다. 창광은 그 거대한 몸을 날렵하게 돌려 보트 뒤로 다가왔다. 고동현은 보트를 돌려 창광이랑 정면으로 서면서 작살잡이들에게 창광의 눈을 양쪽에서 치고 들어가라고 시켰다.

창광이 보트 앞으로 달려들었다. 바닷물이 밀려 들어와 시야가 막혀 버렸다. 고동현은 짜디짠 바닷물을 쉴 새 없이 들이켜면서도 보트 조종키를 놓지 않는다. 물을 맞는 것인지 물속에 가라앉은 것인지 구분이 되지 않는다. 정신이 혼미해지고 숨을 쉴 수 없다. 김일문의 고함이 아주 먼 곳에서 들리는 것만 같았다. 창광이 스카이호핑(수면 위로 머리만 내놓고 주위를 둘러보는 동작)을 해서 보트 바로 앞으로 머리를 들이민다. 그 기회를 노려 이 군이 작살을 들고 덤볐다. 창광은 이 군을 향해 지옥문 같은 입을 벌렸다. 엄청나게 커서 둔해 보이는 입은 생각보다 정확하게 움직였다. 창광이 자신을 향해 덤벼드는 이 군의 머리를 덥석 물었다. 밍크고래의 수염이 톱날처럼 날카로운 이빨로 변해 있었다. 창광은 이 군의 머리를 제 입에 넣은 채 몸을 허공에 대고 흔들었다. 김일문은 그런 창광의 입에서 이 군의 머리를 꺼내기 위해 작살로 입 주위를 쑤셔 보려 애쓰고 있다. 창광이 머리를 세차게 흔들자 이 군의 몸통이 잘려서 보트 안으로 툭 떨어졌다. 보트 바닥에 피가 콸콸 쏟아진다. 김일문은 단말마의 비명을 지르며 이 군의 머리를 삼키는 창광의 입을 향해 뛰어들었다. 마치 워터슬라이드를 탄 것처럼 김일문이 창광의 입속으로 빨려 들어갔다.

고동현은 두 사람이 당하는 것을 보고 작살을 움켜쥔 채 창광의 턱을 겨누었다. 김일문을 삼키기 위해 턱을 치켜든 창광의 목덜미에 작살이 푹 꽂혔다. 순간 고동현은 이곳이 바로 급소로구나 싶어 작살을 빼서 다시 한 번 찔렀다. 피가 사방으로 튀었지만 창광은 아픔을 느끼지 못하는 듯 가슴지느러미로 보트를 강하게 밀어붙였다.

보트가 골프채에 맞은 공처럼 튀어 오르면서 고동현의 몸이 하늘로 떠올랐다. 짠 내 머금은 바닷바람이 아내의 귀밑머리를 간질인다. 하늘거리는 흰색 원피스를 입은 아내와 딸아이가 갑판 위에서 춤을 춘다. 둘째 현우가 자기도 끼워 달라고 매달린다. 까르르 웃는 아이들의 웃음 위로 맑고 경쾌한 아내의 목소리가 들린다. 선배, 선배! 아내는 결혼해서도 여전히 그를 선배라고 불렀다. 그녀는 절정의 순간 허리를 들어 올리면서 그의 옆구리를 움켜쥘 때도 "선배 사랑해."라고 했다. 고동현은 귓속으로 흘러드는 짠물이 그의 눈물인지 바닷물인지 알 수 없었다.

5

뜨겁고 따가웠다. 눈을 뜰 수가 없다. 입술은 물론 입안까지 바싹 말랐다. 입술을 달싹이자 비릿한 피가 입안으로 흘러든다. 고동현은 딱딱하게 굳은 혀로 입술을 핥았다. 너무 따가워서 자기도 모르게 신음이 튀어나왔다.

여기가 어디인가? 죽어서도 이렇게 고통스러운 곳으로 온 걸까? 고동현이 천천히 허리를 일으켜 세워 주위를 둘러보았다. 아무것도 보이지 않는다. 그는 모터도 떨어져 나간 보트 위에 말린 생선처럼 널브러져 있었다. 바닥에 피가 흥건하게 고여 있지만 이 군의 몸통은 보이지 않는다.

"정신이 드나?"

깜짝 놀란 고동현이 몸을 돌려 주변을 살펴보았다. 아무것도 보이지 않았다.

"너는 죽지 않았으니 걱정하지 마라."

그 말이 끝나기도 전에 커다란 물기둥이 하늘로 치솟았다.

"너, 너는……."

"그렇다. 나다. 너희가 창광이라 부르는 괴물. 이제 속 시원한가? 내 동생 2호를 죽이고 네 주변 사람까지 다 죽이고 나니 속이 시원한가?"

창광이 물속에서 머리를 치켜들었다. 거대한 고래의 눈이 보트 옆으로 바싹 다가왔다. 고동현은 몸을 뒤로 빼다가 피 웅덩이에 다리가 미끄러졌다.

"먼저 시작한 것은 너였다."

고동현은 자신이 고래를 상대로 이야기하는 것이 황당하다는 것을 알았지만 그럼에도 외치지 않을 수 없었다.

"먼저 시작한 것이 나라고? 먼저 시작한 것은 너희다."

"네가 먼저 내 아내를 죽였어!"

고동현은 비틀거리며 일어서서 창광을 향해 소리 질렀다. 순간 창광이 몸을 흔들며 파도를 일으켰다. 철썩거리는 파도 소리가 아무것도 보이지 않는 황량한 바다를 가득 채웠다.

"너희가 먼저 내 아내 6호를 죽였다. 내 아내는 아무 잘못도 없었어. 아니 우리는 아무 잘못도 없었어. 우리는 그저 길을 잃고 당황했을 뿐이었다고. 하기야 인간이 수백 년 동안 잡아 온 고래 따위의 사정에 관심이 있을 턱이 없지만 말이다. 우리가 갇혀 있던 곳에서 좀 더 멀리 달아나고 싶었을 뿐이다. 그런데 나도 모르게 동생과 아내를 이끌고 고향으로 돌아와 버렸다. 이곳으로 오면 안 된다는 것을 알면서도 본능을 이기지 못해 결국 이런 꼴을 당했다. 더군다나 6호는 폭력에 대해 극도로 혐오감을 가졌었지. 우리한테 제공된 플랑크톤이 폭력적인 성향을 높인다는 사실을 알고 먹는 것을 중단할 정도로……. 그런데 결국 인간의 폭력에 희생되고 말았다."

고동현은 무슨 말을 해야 할지 몰라 물끄러미 창광의 눈을 바라보았다.

"죽은 아내가 가라앉은 그 바다에서 나는 닥치는 대로 인간이란 인간은 모조리 죽여 버리겠다고 결심했다. 나를 이렇게 만들어 놓고 내 가족을 죽인 인간을 용서할 수 없었다."

창광의 눈은 어둡고 깊은 동굴처럼 텅 비어 있었다. 이제 분노조차 느껴지지 않는다. 고동현은 그 눈을 마주하기 어려워 시선을 내리깔았다.

"하지만 내 아내는 누구보다 고래를 사랑했던 여자다. 그런 여자를 네가 죽였단 말이다. 네가 나하고 이야기할 정도의 능력을 갖췄다면 아내를 알아봤어야 했다. 그녀에게 도움을 청해야 했단 말이다."

창광이 길고도 슬픈 울림 소리를 냈다. 마치 고대 악기인 훈이 내는 소리 같았다. 고동현은 감정의 동요를 막기 위해 이를 악물었다.

"너도 알 터인데. 사랑하는 이를 잃어버리고 분노에 휩싸인 자의 마음이 어떤지. 누군가에게 도움을 요청할 마음의 여력이 있는지, 누구보다도 너는 알 거 아닌가?"

아내의 사고 소식을 듣고 처음에는 시신을 찾아다니느라 눈물 흘릴 틈이 없었다. 이후로는 아내를 죽인 창광에게 복수하겠다는 일념뿐이었다. 시신도 없는 장례식은 의미가 없다고 생각해 아직 아내의 장례식을 치르지도 않았다. 고동현은 아내가 사라진 현실을 제대로 인정하기 어려워 분노에 더욱 집착했다.

창광이 전하는 슬픔은 일종의 파동이었다. 아마도 인간의 청력으로는 들을 수 없는 영역의 소리일 것이다. 그 음파가 귀를 울리지는 못하면서 고동현의 심장을 아프게 만들었다. 망망대해 아무도 없었다. 아내와 같이 탐구호를 탔으나 살아남은 죄로 그를 따라나선 박영환도, 영화 같다며 재미있어하던 선장 김준구도, 자신이 우리나라 최고의 작살잡이라며 으스대던 김일문도, 무표정한 얼굴로 작살만 손질하던 이 군도 모두 사라졌다. 홀로 남아 그토록 죽이고자 애썼던 창광과 마주한 고동현은 결국 자신이 창광과 똑같은 일을 벌이고 사람들을 죽게 하였다는 사실에 통한의 눈물이 흘러내렸다.

미쳐 날뛴 것이 창광인지 자신인지 구분되지 않는다. 창광이라고 불러야 하는 것은 눈앞에 있는 밍크고래가 아니라 자신이라는 사실을 인정하지 않을 수 없었다.

"날 죽여 다오."

보트의 난간을 붙들고 어깨를 떨던 고동현은 놀란 눈으로 창광을 바라보았다. 창광은 힘겨운지 꼬리를 세우며 바닷속으로 들어가더니 다시 보트 앞에 머리를 들이밀었다.

"동생마저 죽은 이상 복수는 무의미하다. 애초에 글러 먹은 인간들이 주인 노릇하는 세상에 더는 몸담고 싶은 마음이 없다. 같은 뿌리에서 나온 제 형제들을 집요하게 학대하는 이기적인 인간들의 끝을 본다면 속이 시원하겠지만 그마저도 지치고 피곤하다. 내가 괴물 고래가 되기까지 죽음보다 더 지독한 통증에 시달렸다. 그러한 고통 속에서도 견딘 것은 내가 지켜야 할 무리가 있었기 때문이다. 이제 이런 몰골로 쫓기며 살 이유가 없어졌다. 이왕 죽는다면 내 영혼의 거울 같은 네 손에 죽어 주고 싶다."

고동현은 핏물이 고여 미끄러운 보트 안에서 균형을 잡기 위해 다리를 벌린 채 서서 창광을 마주 보았다. 이놈 때문에 아내가 죽었고 요나호에 승선했던 동료들이 모두 죽었다. 그런데 그 괴물이 자신을 죽여 달라고 한다. 작살을 집어 들고 놈이 원하는 대로 눈을 찌르고 턱 밑을 찌르고 또 어딘가 작살이 들어갈 만한 곳을 찾아 찔러 죽이면 될 것이다. 그러면 아내와 동료들 아니 억울하게 죽어 간 다른 피해자들의 영혼까지 위로할 수 있을 것이다.

"오냐, 네놈이 원하는 대로 해 주마. 너를 죽여 네 피로 비명에 죽은 이들의 원한을 씻어 주마."

고동현은 보트 바닥에서 작살보다 더 크고 날카로운 란스를 집어 들었다. 김일문이 작살로 잡아 놓은 고래의 숨통을 한 번에 끊을 때는 이걸 쓰는 거라며 란스를 챙겼다. 그가 란스를 집어 드는 것을 본 창광이 머리를 힘껏 들어 올리며 채근했다.

"여기다, 이곳을 깊숙이 찔러라. 핏물이 솟구쳐도 멈추지 말고 네가 할 수 있는 한 가장 깊숙이 찔러라. 그럼 나는 죽을 수 있을 것이다."

창광이 시키는 대로 고동현이 팔을 힘껏 치켜들었다. 순간 "선배, 그만해."라고 외치는 소리가 들렸다. 란스를 쥔 그의 손이 부들부들 떨렸다. 놀란 고동현이 주위를 둘러보았다. 물소리가 첨벙 들리더니 다시 "선배, 제발 그만해."라고 말하는 익숙한 목소리가 들렸다. 틀림없는 아내의 목소리였다. 고동현은 이제 창광 따위는 신경 쓸 겨를도 없이 몸을 돌려 소리 질렀다.

"하진아, 하진이니? 어디 있는 거야?"

대답이 없다. 그저 첨벙거리는 물소리만 들리더니 끼르르, 끼르 하는 소리가 들린다. 고동현은 보트 옆으로 모습을 드러낸 흰 얼굴을 보고 그만 바닥에 털썩 주저앉고 말았다. 다시 끼르르, 끼르 소리를 내며 몸을 들썩인다. 그건 벨루가였다.

그사이 목을 치켜세웠던 창광은 다시 꼬리를 세우며 물속으로 들어갔다. 매번 꿈속에서 아내와 함께 유영하던 흰색 돌고래 벨루가가 그의 보트 옆에 와서 브리칭을 하고 있다. 마치 그를 향해 말을 건네는 것처럼 몸을 허공 중에 날린다.

고동현은 란스를 보트 바닥에 떨어뜨리고 주저앉았다. 날카로운 란스가 보트 바닥에 찍혀 비스듬히 서 있다. 아내는 다시 태어나면 고래로 태어나겠다고 했다. 그제야 고동현은 자신이 왜 하필이면 그 많은 고래 중에 벨루가와 아내가 같이 수영하는 꿈을 꾸었는지 이해할 수 있었다. 아내는 고래 중에서도 벨루가로 태어나고 싶어 했다.

"왜 하필이면 벨루가야? 이왕이면 거대한 바다의 주인 대왕고래로 태어나지."

고동현이 그렇게 물으면 아내는 그의 품으로 파고들며 깔깔거리고 웃었다.

"예쁘잖아. 지금은 고래를 쫓아다니느라 예쁜 거하고는 거리가 멀게 살지만 이왕 다시 태어나는 거 예쁘고 노래도 아름다운 벨루가로 태어날래."

"바보야, 고래가 예뻐 봤자 수족관에 잡혀 들어가기만 쉬울 거다."

"괜찮아. 내가 수족관에 잡혀 들어가면 선배가 사육사가 돼서 만나면 돼."

고동현은 아내가 숨을 쉬기 어려울 정도로 팔에 힘을 꽉 주고 껴안았다. 그리고 나지막이 속삭였다.

"싫다. 나도 너와 같이 고래가 되어서 넓은 바다를 헤엄치고 다니런다."

벨루가는 수족관에서 길든 돌고래처럼 입으로 구명보트를 치며 고동현의 시선을 끌고 싶어 한다. 고동현은 자기도 모르게 벨루가를 향해 "하진아!"라고 불렀다. 벨루가는 별 반응이 없다. 그저 고동현과 눈을 마주치고 싶어 할 뿐이다. 고동현의 눈에서 눈물이 주르륵 흘러 내려 벨루가의 머리로 떨어졌다. 그는 자기도 모르게 보트 난간 밖으로 몸을 기울였다. 이 길로 저 벨루가를 따라 넓은 바다로 떠나고 싶었다. 고래의 조상인 파키세투스처럼 뭍을 버리고 물을 선택하고 싶었다. 고동현은 신기루 속의 오아시스에 끌리듯 두 손을 뻗고 바닷속으로 첨벙 뛰어들었다. 마치 양수에 들어 있는 태아가 된 듯 평화로웠다. 모든 것이 끝나고 하진과 함께 새로운 삶을 살 수 있을 것만 같았다. 순간 허리 아래로 묵직한 것이 들어와 그의 몸을 들어 올렸다. 보트 위로 내동댕이쳐진 고동현은 자신을 살린 것이 벨루가인지 창광인지 구분할 수 없었다. 멍한 눈길로 하늘을 바라보고 있는 그의 귀에 커다란 뱃고동 소리가 들려왔다. 펄럭이는 일장기와 태극기가 보인다. 다가오는 배는 창광을 생포하기 위한 포경선이다. 창광이 그에게 말을 걸었다.

"너에게 죽고 싶었다. 모든 것을 잃은 내가 유일하게 할 수 있는 일이었다. 너와 나는 샴쌍둥이처럼 하나의 고통으로 연결되어 있기에, 너의 고통이 나의 고통과 다르지 않기에 네 손에 죽어 주고 싶었거늘 그마저도 허락되지 않는구나. 나는 이제 저들을 상대로 싸우지 않을 것이다. 다 부질없는 짓이다."

창광이 쇼난마루호를 부르듯이 나지막하게 울었다. 그 울음에 이끌린 쇼난마루호가 빠른 속도로 다가왔다. 고동현은 몸을 옆으로 돌려 창광과 쇼난마루호를 번갈아 바라보았다. 란스에 찍힌 보트 바닥에서 물이 솟아올랐다.

큰딸 우리와 둘째 아들 현우의 손을 잡은 고동현이 병실 문을 두드렸다.

"들어오세요."

익숙한 목소리가 들린다. 병실에 들어서자 박영환이 리모컨 잡은 손을 흔들며 환영한다.

"삼촌!"

우리와 현우가 박영환을 향해 달려든다. 다리에 깁스한 박영환이 팔을 벌려 아이들을 안아 준다. 침대 옆에 서 있던 박영환의 어머니가 눈가를 훔치며 동정 어린 표정을 감추지 않는다.

"어유, 우리 우리 양은 이제 아가씨가 다 되었네."

우리가 삼촌의 이름 장난에 눈을 흘기며 새침한 표정을 짓는다. 박영환이 턱으로 텔레비전을 가리키며 고동현을 올려다본다.

"선배님, 민 단장 인터뷰예요."

고동현은 고개를 끄덕이며 텔레비전을 본다. 뉴스는 온통 창광의 생포 소식뿐이었다. 중국에서 민관 가릴 것 없이 가능한 외교 채널을 모두 동원해 협상을 요구해 오고 있다. 창광을 잡기 전에는 한국 측에서 창광을 잡을 경우 경제적 교류를 끊겠다고 협박했지만 막상 창광을 잡자 꼬리를 내리고 보상금을 협상하자고 대들었다. 대한민국이 입은 물질적, 정신적 피해에 상응하는 보상을 해 주고 창광에 대한 연구도 공동으로 진행하자는 제안을 하고 있다.

텔레비전 화면에 창광 대책본부장이라는 자막과 함께 민형식이 등장했다. 민형식은 창광이 잡히기까지 대책본부에서 어떤 일을 했는지 설명한다. 은근히 차관의 이름을 들먹이며 그의 공을 추켜세운다. 민 단장은 심사숙고해서 대한민국의 국익을 위해 가장 올바른 선택을 하겠다고 말한다.

"요즘은 텔레비전만 틀면 민 단장이에요. 민 단장이 중국의 협박을 이겨 내고 당당하게 창광을 잡아 대한민국의 국권을 지킨 영웅이래요."

고동현은 대답 대신 옆자리 침대를 둘러보았다. 비어 있다.

"선장님은 퇴원하셨어요. 이까짓 걸로 무슨 병원 신세를 지냐며 깁스도 뜯어 버리고 나가셨어요."

"그 사람 참!"

고동현은 죽은 김일문과 이 군을 생각하며 창밖으로 고개를 돌렸다. 아마도 그들이 살아 있었다면 선장처럼 깁스를 뜯어 버리고 막걸리 한 대접만 먹으면 다 나을 거라고 허세를 부렸을 것이다. 구명보트에 타지 못한 박영환과 선장은 튜브에 의지해 있다가 구조되었다. 고동현은 다 죽여서 이제 시원하냐고 묻던 창광의 말이 귓전에 맴돈다. 그들을 죽인 것은 결국 자신이었다. 고동현의 속내를 눈치챈 박영환이 먼저 말을 꺼낸다.

"요나호에 탈 때 이미 다 알고 있던 사실입니다. 팀장님이 죄책감 가질 필요 없어요."

고동현은 시야가 뿌옇게 흐려지는 것을 막기 위해 눈을 깜빡이며 대답한다.

"과연 그럴까?"

박영환은 화제를 바꿔야겠다는 생각에 다른 질문을 한다.

"이제 다시 학교로 돌아가실 건가요?"

고동현은 고개를 끄덕이며 아이들을 바라본다. 박영환의 어머니가 챙겨 준 음료수를 든 아이들이 얌전하게 빈 침대에 걸터앉아 있다. 엄마를 잃은 이후로 은결든 큰딸 우리는 더 어른스러워졌다. 자기가 울면 아빠가 슬퍼한다는 것을 아는 우리는 제 아픔을 너무 꼭꼭 숨겨 도리어 걱정스럽다. 박영환의 어머니가 불쌍한 것이라며 아이의 뺨을 쓰다듬으려 하자 얼굴을 돌려 외면한다. 그에 반해 현우는 가끔 엄마가 오는지 보러 간다며 베란다 밖을 향해 목을 길게 빼 든다.

이제 텔레비전 화면에는 태안군 근흥면의 마도 방파제와 신진도 방파제에 몰려든 시위대의 모습이 나온다. 마도 방파제에 모여든 시위대는 동물보호 연대와 고래보호 단체에서 나온 사람들이다. 그들은 불쌍한 창광을 풀어 주어야 한다고 소리 높여 외치고 있다. 인간이 벌여 놓은 일을 왜 창광이 책임져야 하느냐고, 사람들이 먼저 그들을 공격했기 때문에 이런 사태가 난 것이라고 주장했다. 동물보호 연대 간사라고 자신을 소개한 사람은 창광은 그저 변이된 수염고래일 뿐이라며 이름부터 중국 사람들이 잘못 지어 놓았다고 언성을 높였다. 그들은 고래 모양의 인형이나 탈을 쓰고 "나는 바다로 돌아가고 싶어요."라고 쓴 현수막을 흔들었다.

신진도 방파제에 모여 시위를 벌이고 있는 사람들은 창광으로부터 피해를 당한 어민이나 사상자의 유가족, 그리고 종교단체 사람들이었다. 그들은 좀 더 과격했다. 죽은 이들의 사진을 목에 건 유가족들은 바다를 치며 당장 창광을 죽여야 한다고 울부짖었다. 창광 피해자

대표는 과학적인 목적으로 창광을 방치했다가는 더 큰 희생자가 발생하거나 생태계에 심각한 영향을 미치게 될 것이라며 창광을 사살해야 한다고 주장했다. 종교 관계자들은 창광이 종말론에 나오는 바다의 괴물이라며 죽이지 않으면 결국 지구 종말의 씨앗이 될 거라고 떠들었다. 일부 신자들은 확성기에다 대고 성경 부분과 창광이 연결되는 증거를 찾았다고 소리 질렀다. 현장은 제 목소리를 조금 더 크게 내고자 욕심부리는 확성기가 너무 많아서 어떤 이야기도 제대로 들리지 않았다. 마이크를 들고 사람들 사이를 헤집던 기자가 피해자 한 명을 섭외했지만 남편을 잃었다는 여자의 말은 다른 확성기들이 모두 집어삼켰다.

"난리가 났네요."

박영환이 혼잣말처럼 중얼거렸다. 그때 갑자기 뉴스를 진행하던 앵커가 창광의 모습이 카메라에 잡혔다며 급하게 화면을 바꾸었다. 잠수부가 카메라를 든 채 안흥외항에 설치된 창광 임시 수용 시설에 잠입했다. 민 단장은 신진도 방파제와 마도 방파제가 막고 있는 안흥외항이 창광을 가두어 놓기 가장 좋은 시설이라고 판단했다. 두 방파제 사이는 136미터에 불과하니 혹시라도 창광이 티타늄 그물을 뚫고 나온다고 해도 방파제 사이를 배로 막아 버리면 제압하기 쉬울 것이라고 여겼다. 덕분에 외항의 업무가 마비되어 그곳 주민들은 불편이 이만저만이 아니었다. 하지만 해양수산부에서는 창광이 가져올 국익에 비한다면 그 정도는 감수해야 한다며 안흥외항에서 하던 업무를 모두 안흥항에서 하도록 지시했다.

그동안 접근이 금지되어 있던 탓에 언론에서는 제대로 된 창광의 모습을 보여 주지 못했다. 앵커는 계속해서 자신들이 촬영한 영상이 아니라 제보를 받은 영상임을 강조하고 있다. 방송국에서는 접근하지 말라는 당국의 명령을 어긴 것이 아니라 프리랜서의 촬영기록을 넘겨받았다는 사실을 자막과 앵커의 입을 통해 알린다.

혼탁한 바닷물만 보이던 화면에 그물이 보인다. 웬만한 물고기들은 들락거릴 수 있을 만큼 성긴 그물이다. 박영환은 침을 삼키며 "저게 티타늄 그물이란 말이지." 하고 중얼거린다. 그물만 보일 뿐 아직 창광은 보이지 않는다. 잠수부는 그물 주위를 돌며 카메라를 위아래로 흔든다. 드디어 창광의 모습이 서서히 드러난다.

창광은 깊이 잠든 듯 멈추어 있다. 15미터에 다다르는 몸집이지만 둔해 보이지 않고 날렵한 유선형이다. 2미터가 넘는 등지느러미와 팔처럼 길쭉해서 따귀를 올려붙일 수 있을 것만 같은 가슴지느러미, 작살도 들어가지 않는 철갑 피부가 보인다. 가슴지느러미 위아래로 우툴두툴 솟아 있는 돌기는 마치 포를 쏘아 댈 수 있을 것처럼 공격적으로 보인다. 카메라를 느낀 창광이 눈을 번쩍 뜬다. 잠수부가 화들짝 놀라서 뒤로 움직인다. 창광이 천천히 카메라를 향해 다가온다. 잠수부는 달아나고 싶은 마음과 특종을 찍고 싶은 마음 사이에서 고민하는 듯 멈칫거린다.

창광의 눈이 카메라 가까이 다가왔다. 아이스크림을 입에 문 채 텔레비전을 보고 있던 우리가 갑자기 흐느낀다. 놀란 박영환의 어머니가 아이를 끌어안으며 왜 우느냐고 묻는다. 아이는 대답을 하지 못한 채 울음을 삼키려 애를 쓰지만 잘되지 않는 모양이다.

"고래가 불쌍해. 엄마가 있었다면 저 고래를 구할 수 있었을 텐데.

고래의 눈이 너무 슬퍼."

고동현은 아무 소리도 하지 못하고 우리 옆에 다가가 앉았다. 그는 차마 저 고래가 네 엄마를 죽인 고래라고 말할 수 없었다. 텔레비전 화면을 등지고 서서 우리를 다독이고 있는 고동현의 귀에 다시 그 목소리가 들렸다.

"보고 있나, 이런 꼴을 보니 죽인 것보다 후련하겠구나?"

놀란 고동현이 우리를 안은 채 텔레비전 화면을 향해 돌아섰다. 창광의 눈이 화면을 뚫고 나올 것처럼 똑바로 보고 있다.

"나는 죽을 수도 없다. 내 몸의 세포를 장악한 플랑크톤의 퍼옥시리독신은 에너지가 외부에서 들어오지 않으면 스스로 분열해서 에너지를 만들어 낸다. 내 몸의 주인은 내가 아니라 내가 먹어 버린 플랑크톤이다. 그것들이 더는 나에게서 효용가치를 얻어 내지 못할 때까지 나는 내 몸조차 마음대로 할 수 없다. 도와 다오. 나를 죽일 수 있는 사람은 너밖에 없다. 부디 나를 죽여 다오."

창광은 이제 할 말이 없다는 듯 눈을 감는다. 화면이 바뀌고 앵커가 등장했다. 앵커는 이 자리에 창광과 관련된 전문가를 모셨다며 해양과학 기술원 소속의 연구원에게 마이크를 넘겼다. 그는 바이오매스 산업의 역사와 플랑크톤을 통한 대체에너지 개발의 현주소에 관해 장황하게 떠든다. 지루해진 앵커가 그의 말을 끊고 창광이 가진 경제적 가치에 대해 설명해 달라고 채근한다. 연구원은 변형 플랑크톤이 만들어 내는 퍼옥시리독신의 활용도가 어느 정도일지 정확히 예측하기는 어렵지만 창광의 변화로 볼 때 무궁무진할 가능성이 엿보인다는 식으로 은근 슬쩍 넘어간다. 하지만 연구원의 옆자리에 앉은 애널리스트에게 마이크가 넘어가자 이야기가 달라진다. 창광이 창출하게 될 일자리부터 외국 투자자들의 관심, 벌써 오르기 시작한 관련 주가부터 창광이 우리나라 경제에 미친 아니 미치게 될 영향력은 상상을 초월하는 것임을 떠벌린다.

박영환은 고까운 표정을 지으며 리모컨을 눌러 텔레비전을 껐다. 우리는 눈물을 그치지 못하고 훌쩍거린다. 그런 누나의 모습에 현우도 같이 눈물을 글썽인다. 고동현은 집요하게 따라붙는 창광의 음울한 목소리를 털어 내기 위해 고개를 저었다.

7

고동현의 이야기를 다 들은 선장 김준구가 심란한 표정을 지으며 입에 물고 있던 담배를 바닥에 집어던지고 발로 비벼 끈다. 상황을 따져 보느라 고개를 한참 숙이고 있던 그가 천천히 입을 연다.

"그러니까 이제 와서 창광을 풀어 주러 가겠다는 겁니까? 일문이랑 이 군이 창광한테 죽었는데도 그놈을 풀어 주겠다고요? 나와서 무슨 짓을 할지 알 수 없는 괴물을요?"

"저도 제가 하는 말이 얼마나 어이없는 말인지 알고 있습니다. 염치없는 것도 알고요. 제가 창광을 죽이겠다고 설쳐서 두 사람을 죽음으로 몰아넣은 주제에 이런 말 할 자격이 없다는 것도 잘 알지만 어쩌면 창광을 풀어 주는 게 두 사람의 죽음을 의미 있게 만드는 게 아닐까 싶습니다."

"왜요?"

"창광은 처음 도황리에서 6호를 잃고 복수심에 불타 사람들을 해치기 시작했습니다. 6호는 1호의 짝이었던 모양입니다. 그런 짝을 잃고 눈이 뒤집힌 창광을 뒤쫓으며 자극했던 게 우리 요나호지요. 물론 그건 저 때문이기도 하고요. 우리가 2호를 죽였고 1호는 또 김일문 씨와 이 군을 죽였습니다. 그렇게 미쳐 날뛰던 창광이 저 스스로 쇼난마루호의 그물에 잡혀 들어갔습니다. 이제는 싸울 마음도 없다고 하더군요. 짝인 6호와 아우인 2호를 잃고 난폭하게 굴 의미마저 잃었다고 합니다."

"뭐요? 고 팀장, 어떻게 된 거 아니야? 당신 창광하고 대화해?"

"네."

선장은 기가 막힌다는 듯 헛웃음을 웃더니 고동현의 손에 들린 비닐봉지를 흘끔거린다.

"거, 사 온 게 있으면 꺼내 봐야지 왜 들고만 있어요?"

고동현은 이제야 생각났다는 듯 서둘러 소주병을 꺼내 종이컵 가득 부었다. 선장은 바닷물이 튀어 물기가 있는 바닥을 아랑곳하지 않고 주저앉아 과자 봉지를 뜯는다. 과자 냄새를 맡은 갈매기가 달려들어 끼룩거린다. 늦가을 바닷바람이 제법 차가웠다.

"믿기지 않으시겠지만 창광이 저에게 말을 겁니다."

"하기야, 창광 자체가 어디 믿기는 이야기인가? 그러니 창광이 고 팀장한테 말을 건다고 해도 이상할 것도 없지. 이런 얘기는 멀쩡한 정신으로는 도저히 들어줄 수가 없구먼. 그래서 결국 알고 보니 동병상련이라 창광을 구하겠다 이 말이네?"

선장이 소주병을 들어 고동현의 잔을 채운다. 소주병은 금세 바닥이 드러난다.

"우습게도 그토록 죽이고 싶던 창광이 스스로 죽음을 원하는 순간 제가 죽일 수 있는 상대가 아니라는 것을 깨달았습니다. 미친 괴물이라면 자신의 삶과 죽음에 대해 고민할 이유가 없지요. 민 단장의 탐욕에 창광이 희생된다면 일문 씨와 이 군은 그야말로 소모품에 불과하게 됩니다. 그런데 제가 두 사람의 죽음을 겪으며 깨달은 바가 있어 창광을 제 갈 길로 보내 준다면 일문 씨와 이 군의 죽음은 다른 의미를 갖게 되겠지요."

고동현은 그것이 아내의 죽음에 대해서 자기가 할 수 있는 최선의 장례 의식이라는 것까지는 말하지 않았다. 그날 만났던 벨루가와 아내 사이에 아무런 관련이 없다고 하더라도 아내는 그가 창광을 보내 주기 바랄 것이다.

"어렵다. 어려워. 만약 창광을 풀어 주었을 때 전처럼 난폭하게 굴면서 인명 피해를 내지 않는다고 누가 보장하나?"

고동현은 입을 다물고 선장을 바라보기만 할 뿐이다. 그는 눈으로 묻고 있었다. 정말 창광이 난폭하게 굴 것 같으냐고 말이다.

선장은 피식 웃더니 부스럭거리며 과자 봉지를 들춘다. 그는 과자를 제 입으로 가져가지 않고 갈매기들을 향해 뿌린다.

"인석들아, 그렇게 먹어 대면 살쪄서 날지도 못한다."

말은 그렇게 하면서도 과자를 한 번 더 뿌려 준다.

"실은 말이야 나도 놈이 풀려난다고 해서 예전처럼 미쳐 날뛸 거로 생각하지는 않아. 가끔 요나호에서 놈이 보내는 파장을 느낄 때가 있었어. 그럴 때는 말도 안 된다는 생각에 소주만 들이켰지. 일문이도 그랬을걸. 놈을 잡겠다고 나섰으니까 인정하지 않았을 뿐이지. 우리만큼 놈에 대해 잘 아는 사람들도 없을 거야. 까짓 어차피 자네랑 시작한 일 끝까지 가 보지, 뭐. 그래서 도대체 티타늄 그물을 어떻게 끊으려고?"

"끊는 것이 아니라 열 겁니다."

고동현은 창광이 갇혀 있는 안흥외항의 지도를 펼쳤다. 신진도 방파제와 외항 사이에 붉은색 동그라미가 그려져 있다.

"이 자리가 티타늄 그물로 창광의 우리를 만들어 놓은 곳입니다. 그리고 여기 태안 해양경찰서 전용부두 안쪽에 창광 임시 센터가 있고요. 이 센터에 있는 컴퓨터에서 보안을 해제해야 창광 우리 옆에 있는 컨트롤 박스를 조작해서 그물을 열 수 있다고 합니다. 제가 임시 센터에 침입해서 컴퓨터 보안을 해제하면 선장님이 배를 타고 가서 컨트롤 박스를 조작해 주십시오."

"뭐야, 이거 나보고 직접 창광을 상대하라는 거랑 다름없잖아?"

"그런가요?"

고동현이 머리를 긁적거리자 선장이 웃으며 그의 어깨를 툭 쳤다.

"됐어. 그런데 방파제 안으로 배가 전면 통제되는데 그건 어쩔 거야?"

"마도 방파제 끝에 있는 원 낚시 편의점에서 배를 빌려 놓았습니다. 가서서 제가 보내서 왔다고 하면 아무 때라도 배를 내려 줄 겁니다. 편의점 주인이 저의 학부모인데 묻지도 따지지도 않고 배를 내려 준다고 하더군요."

선장은 고개를 끄덕이며 중얼거렸다.

"고 팀장 말대로 이게 정말 일문이랑 이 군의 죽음을 욕되게 하지 않는 거면 좋겠구먼. 뭔가 그런 것 같기도 하고 아닌 것 같기도 한데 나같이 무식한 놈이야 그냥 한번 같은 배를 탄 사람하고는 끝까지 같이 가는 거로 생각해서 도와주는 거야."

마도 방파제와 신진도 방파제 사이 안흥외항의 바다는 짙은 어둠 속에 잠겨 있었다. 창광을 안정시키기 위해 바다 쪽으로는 불빛을 차단하는 바람에 그러잖아도 어두운 바다가 더욱 어둡게 느껴졌다. 태안 해양경찰서 전용부두 안쪽에 설치된 창광 센터에는 불이 켜져 있었다.

고동현은 박영환이 동료 고래 연구사에게서 빼돌린 출입카드를 찍었다. 센터에는 대부분 바이오매스 관계자들이 출입하고 있었지만 고래의 생태에 대해 제대로 알고 있는 사람이 필요하다며 민 단장이 고래 연구사 중 한 명을 상주시켰다. 박영환은 아직도 깁스한 다리로 센터를 찾아가 동료의 출입카드를 훔쳐 냈다.

"실은 탐구호 출발하기 전에 하진이 선배가 저한테 팀장님을 부탁했어요. 혹시라도 이번 작업 중에 하진이 선배가 잘못되고 제가 산다면 고 선배가 너무 슬퍼하지 않게 잘 이야기해 달라고 했어요. 하진이 선배로서는 이렇게 죽는 것이 가장 자신다운 죽음이니까 너무 슬퍼하지 말아 달라고요. 그런데 팀장님 얼굴을 보면 차마 그 말을 전할 수가 없었어요."

박영환은 센터 출입카드를 내밀며 유언 같은 하진의 당부를 전했다. 고동현은 박영환의 어깨에 손을 얹고 말없이 고개만 끄덕였다.

"하진이 선배는 아마 창광이 태평양 저 멀리 넓은 바다로 떠나기를 바랄 거예요. 그걸 알면서도 팀장님이 창광을 죽이고 싶어 할 때 그 또한 말릴 수가 없었어요. 저도 그렇게 창광을 죽여야 저만 살아 돌아온 죄책감에서 벗어날 수 있을 것 같았거든요."

컨테이너로 만든 창광 임시 센터에 문이 열렸다. 외부에 알려진 창광의 위세에 비교하면 센터는 허술했다. 큰 도로인 수협 제빙공장 쪽으로는 검문소가 있었지만 뒷골목인 서광 디젤 쪽 도로로 쉽게 들어갈 수 있었다. 고동현이 센터 안으로 들어서자 제일 먼저 CCTV 화면이 눈에 들어왔다. 적외선투광기가 달린 감시 카메라는 여섯 개의 화면을 센터로 보내 주고 있었다. 창광의 모습은 보이지 않고 빈 바다만 흐릿하게 보였다. 선장이 탄 보트는 보이지 않았다. 선장은 카메라 사각지대를 확인하는 일쯤이야 아무것도 아니라며 큰소리쳤다.

센터 안에는 칸막이 없이 마주 보도록 배치한 책상 네 개가 있었고 그 책상을 모두 볼 수 있는 위치에 관리자용 책상이 하나 더 있었다. 어디에서나 흔히 볼 수 있는 사무실 풍경이었다. 책상 하나에 컴퓨터가 켜져 있고 남자가 키보드 앞에 엎드려 잠들어 있었다. 고동현이 다가가 마우스를 잡았지만 남자는 숨이 넘어갈 듯 코를 골았다. 바탕화면에 떠 있는 넷 아이콘을 누르자 비번 창이 뜬다. 조용한 실내에 키보드 두드리는 소리가 과장되게 크게 들렸지만 깊이 잠든 남자는 일어설 생각을 하지 않는다. 고동현이 몇 번의 실패 끝에 'ckdrhkd'를 치자 화면이 떴다. 아직 모든 것이 임시라고 이름 붙어 있다지만 이토록 허술하다는 것이 어이가 없었다. 고동현은 마우스 클릭 몇 번에 아무런 제재도 없이 티타늄 그물의 보안을 해제했다.

이제 컨트롤 박스에 가 있는 선장이 그물을 열어 주기만 하면 끝이었다. 고동현은 재빨리 선장에게 "해제 완료."라는 문자를 보내고 CCTV 앞에 섰다. 모자를 눌러쓴 선장의 머리가 보이고 이어서 다른 화면에 가림막이 열리는 것이 보였다. 순간 안흥외항 전체가 흔들릴 만큼 커다랗게 사이렌이 울렸다. 잠들어 있던 남자가 벌떡 일어나는 것과 동시에 밖에서 타닥거리는 구둣발 소리가 들렸다. 잠에 취한 남자가 어안이 벙벙한 얼굴로 비틀거리며 당신 누구냐고 중얼거리는 사이 고동현은 문을 향해 내달렸다.

센터의 허술했던 보안과 다르게 해양경찰의 출동은 빨랐다. 센터 문을 나서자마자 총을 든 경찰과 마주했다. 잠들었던 남자가 뛰어나와 이 사람이 창광을 풀어 주었다고 소리 질렀다. 고동현의 손에 수갑을 채우던 경찰이 중국의 사주를 받은 거냐고 물었다. 그는 입을 다문 채 바다 쪽으로 시선을 돌렸다. 방파제와 외항 쪽에 불이 환하게 들어와 어둠 속에 묻혀 있던 바다가 대낮처럼 밝아졌다. 그물이 풀린 자리에서 거대한 고래가 허공을 향해 몸을 날렸다. 15미터 가까운 몸체가 싱크로나이즈드 스위밍 선수처럼 날렵하게 허공을 돌았다. 고래가 물과 닿으면서 튀어 오른 물방울이 마치 원자폭탄이 터진 후 생긴 버섯구름 같았다. 그 위세가 위협적이라 그동안 죽음을 바라던 녀석이라고 보기 어려웠다.

"너로구나?"

창광의 목소리가 들렸다. 고동현은 그저 싱긋 웃으며 창광이 태평양을 향해 떠나기를 기원했다. 하지만 창광은 방파제 쪽으로 나가지 않고 그들이 있는 쪽을 향했다.

"누구 마음대로 이런 일을 벌인 것이냐? 어차피 나는 혼자 남은 괴물일 뿐이다. 내 살고자 하는 마음이 없다고 했거늘 어째서 이런 무모한 짓을 벌인 것이냐?"

고동현 또한 지지 않겠다는 기세로 다가오는 창광을 노려보았다.

"이건 내 뜻이라기보다는 여자들의 뜻이다. 그녀들이 옳았다. 너와 나는 6호도 내 아내도 원하지 않는 짓을 그녀들을 핑계로 벌였다. 정신을 차리고 보니 내 아내를 위해 내가 무엇을 해야 하는지 알았다. 그러니 부디 떠나라."

몸을 푼 창광이 빠르게 속도를 내서 고동현이 서 있는 쪽으로 달려오며 소리 질렀다.

"흥, 그럼 나를 이렇게 보낸 너는 어떻게 될 것 같은가?"

경찰은 놀란 눈으로 저 괴물이 진짜 미친 모양이라고 소리 질렀다. 그는 서둘러 고동현을 데리고 경찰차를 향해 달렸다. 하지만 창광이 조금 더 빨랐다. 창광은 바다를 압축해서 넘어오는 것처럼 빠르게 헤엄쳐 해양경찰서 전용부두의 제방을 제 몸으로 들이받았다. 마치 스트랜딩(스스로 해안에 올라와 꼼짝 않고 식음을 전폐하여 죽음에 이르는 행위)을 하는 것처럼 맹목적으로 돌진했다. 제방이 무너지면서 그곳에 세워 두었던 경찰차가 바다로 미끄러져 들어갔다. 창광은 그 자동차를 꼬리로 쳐서 밀어냈다. 사이렌 소리는 더 커지고 뒤에서 해양경찰 경비정이 들어오는 것이 보였다.

수갑을 찬 채 서 있는 고동현의 시선과 자동차를 밀어 던진 창광의 눈이 마주쳤다.

"뭐 하는가? 어서 달아나지 않고?"

창광이 고동현에게 채근했다.

고동현 또한 창광에게 대답했다.

"너야말로 달아나지 않고 뭐 하는 거야?"

창광도 고동현도 시간이 없다는 것을 잘 알고 있었다. 하지만 둘은 그 자리에 서서 옴짝달싹하지 않은 채 서로를 바라보았다.

창광의 뒤에서 경비정의 함포 공격이 시작되었다. 전쟁이 난 것처럼 요란한 소리와 함께 폭발음이 들려왔다. 창광은 그 소리에도 꿈쩍하지 않은 채 고동현을 향해 낮은 목소리로 중얼거렸다.

"미안하다. 죄 없는 사람을 죽이는 것은 아니었다."

고동현은 번쩍이는 섬광에 눈을 질끈 감았다. 매캐한 화약 냄새가 코를 찌른다. 무언가 뜨거운 불길이 훅 다가오는 것이 느껴졌다. 하지만 그 열기보다 더 뜨거운 것이 가슴속에서 울컥 올라오는 것을 막기 어려웠다. 사과는 창광이 할 것이 아니었다. 고동현은 "미안한 것은 도리어……"라는 말을 끝까지 잇지 못했다. 창광을 향해 쏜 경비정의 포 공격으로 제방 너머까지 불바다가 되었다. 고동현은 도대체 미친 듯 사납게 날뛰는 창광(猖狂)이 저 고래인지 아니면 자신을 비롯한 사람인지 구분할 수 없다고 생각하며 주저앉았다. 몸이 뙤약볕 아래 아이스크림처럼 녹아내리는 것 같았다.

춘곤증(春捲)

립말

1

봄은 늙은 창녀를 위한 계절이다.

창틀에 깎인 햇살이 눈을 스치고, 순식간에 방울져 눈동자 언저리에 머물렀다. 섬 전체에 번지기 시작한 연둣빛이, 모든 걸 일렁이게 만드는 바닷바람이, 아직 기운 없이 따라 떠는 꽃잎들이 모두 뭉개져, 더 갈 곳 없는 그녀의 삶에 작은 위안을 주고는 흘렀다.

여자는 오랜만에 빨래통을 들고 좁은 방을 나섰다. 낡은 여관 건물 뒤편에 위치한 야트막한 언덕은 멀리 지평선이 보이는 탁 트인 전망에, 바람이 시원하게 부는 곳이라, 이 섬에 혼자 남은 이후로 날만 좋으면, 그녀가 하루에 몇 번씩 들르는 장소였다.

작년에 외지인들이 조잡하게 만든 임시 안테나는 녹이 심해, 전선을 잘라 새로 빨랫줄을 매달아야 했다. 오랜만의 빨래라 빈집을 돌며 모은 집게로도 모자라, 결국 몇몇 옷은 겹쳐서 널었다. 그래도 볕이 좋아 상관없겠다는 생각을 하면서 그녀는 어깨에 걸친 소총을 잠시 내려놨다. 날 듯, 잠시만 눈을 감아도 바람에 섞여 도는 미세한 온기에 기분이 들떠 오른다. 왠지 또 눈물이 날 것 같은 기분.

다시 시야에 들어온 세상은 여전히 눈부시고, 텅 비어 있다. 아니, 금세 알아봤다. 분명, 이젠 엉망이 된 포구의 가장자리……. 쓰러진 군함 옆, 낯선 배 한 척. 여자는 소총을 움켜쥐고, 몸을 후드득 떨었다.

소년이 돌아온 것이다.

2

방에 들어오자마자 침대에 벌렁 눕는 것 봐라……. 칭얼거리는 것도 여전하다. 넌.

"잠이 와."

"봄이라 그래."

3

사실 철구는 그녀를 그다지 원치 않았다. 친구들이 가장 숙맥이던 철구를 낡은 건물 입구로 밀어 넣고 뒤에서 낄낄댔을 때, 녀석이 밖으로 뛰쳐나가지 않았던 건 자존심 때문이었다. 게다가 가격을 흥정하던 친구들 사이로 언뜻 보였던 여자의 얼굴에는 그런 일을 하는 여자 특유의 그늘진 분위기마저 어떤 후광처럼 느껴지게 하는 기품 같은 것이 보였다. 철구는 삐걱대는 계단을 올라 낡은 방문 앞에 섰다.

그녀는 발가벗고 있었다. 준비했던 말들이 모두 배 속으로 밀려들어 가고, 침묵과 긴장에 아이의 온몸이 바싹 굳던 순간, 여자의 입술에서 얇은 비웃음이 살짝 비어져 나오더니, 흐릿하던 눈동자에 슬며시 생기가 돌았다. 그리고 소년은 곧 어떤 법칙처럼 자신을 휘감는 열락 속으로 빠져들었다.

그 순간, 세상은 뒤집혔다. 녀석이 허무함과 죄책감에 두 발 사이로 팬티를 밀어 올릴 때, 그즈음…….

배는 섬에서 꽤 멀어져 있었다. 철구가 뒤늦게 전력 질주를 해 봤지만, 친구 놈들은 뱃전에서 그의 지갑과 가방을 흔들어 대며 녀석을 놀려 댈 뿐이었다.

"이 개새끼들아!"

7월의 땡볕 아래, 녀석과 육지를 잇던 모든 것이 사라졌다. 그리고 곧,

갑자기 포구 전체에 귀를 거스르는 사이렌 소리가 울려 퍼지더니, 모든 운항이 중단됐다는 짤막한 안내방송이 나왔다. 어리둥절한 철구 앞을 경찰차 한 대가 과격하게 지나쳐 갔다.

철구는 전화라도 얻어 쓸 요량으로 멈춰 선 경찰차에 다가갔다. 그

사이 의경 몇을 태운 차량 한 대가 더 포구로 들어왔다.

"모두 머물던 숙소로 돌아가세요! 오늘 배는 없습니다! 일단 숙소로 가시라고!"

강압적으로 자기들 말만을 내뱉던 경찰들은 다시 차 안으로 들어가 문을 잠갔다. 철구는 차창을 두드리다 흠칫 놀랐다. 고개를 푹 숙인 채 휴대전화를 연신 눌러 대던 경찰들의 표정이 너무 절박했기 때문이다. 철구 등 뒤로 의경들이 달려드는 무리를 헤치며 포구 한가운데 테이블을 펼치더니 그 위에 텔레비전을 올린 후, 전원을 잇고는 역시 차로 숨었다. 사람들은 금세 입을 다물고 방송에 집중했다. 철구도 무리의 꽁지에 붙었다.

다급한 기자들의 목소리. 우연히 찍힌 혼돈들. 동물 사체에 달려든 개미 떼들을 찍듯, 멀찍이 도망쳐 찍은 화면들. 다양한 언어들의 탄식들……. 텔레비전에선 뭍에서 벌어지고 있는 도무지 믿기 힘든 상황이 계속해서 방송되고 있었다.

원인 불명. 명동 한복판에서 갑자기 사람들이 서로의 살을 먹고 있다는 충격적인 첫 보도가 나간 이후, 일고여덟 시간 정도 더 지속되던 방송은 동족의 살을 탐하는 그 파괴적 행위엔 전염성이 있다는 것, 이 현상에 희생된 사상자들은 곧바로 일어나 산 자를 문다는 것, 그리고 육지 전체가 이미 이성을 잃어버린 포식자들의 공격에 초토화됐다는 것을 순차적으로 알리고는 스스로 그걸 입증하듯 뚝 끊겼다.

4

탁, 탁. 지지직……

젠장! 이 고물 텔레비전은 몇 번을 쥐어박아야 겨우 제대로 된 소리가 난다. 텔레비전에서 흘러나오기 시작한 연예인들의 잡담이 힘겹게 방을 채워 갔다. 내가 이 고물과 씨름하는 동안, 녀석은 나른한 표정으로 침대에 누워 손가락 하나 까닥하질 않는다. 저 좀비 새끼!

"아. 이상하게 계속 졸리네?"

"지금 그게 갑자기 나타나서 할 소리니? 텔레비전 보는 것도 귀찮아?"

난 그에게 다가가 볼을 꼬집은 뒤, 그 옆에 자리 잡았다. 새근거리는 그의 숨소리에 나도 모르게 눈이 감겨 온다.

5

겁에 질려 집 문고리만 붙들고 있던 섬사람들이 포구로 모여들기 시작한 건 해가 저물고도 한참 후였다. 사방의 험준한 지형이 관광객을 끌던 섬이라, 어떻게든 포구만 막으면 어떤 배도 상륙하지 못할 거란 생각이 그제야 공포를 뚫고 새어 나온 것이다.

관광차 이 섬에 들어왔던 외지인들도 충격과 비감 속에서도 운이 좋았다는 것을 깨달았다. 이제 돌아갈 곳은 없다는 것도. 철구도 그중 하나였다. 그가 숙소로 머물던 민박은 진즉 포화상태였다. 철구는 불어나는 섬사람들과 울부짖는 관광객들을 피해 몇 시간을 길에서 서성거린 후에야 그녀의 방이 떠올랐다.

여자는 텔레비전 앞에 웅크리고 앉아 있었다. 철구가 사정을 설명하기도 전에 그녀는 고개를 끄덕였다. 녀석은 눈치껏 구석에 자리를 잡았다. 텔레비전에선 계속해서 문명의 마지막 기록이 흘러나왔다. 그의 가족, 친구, 지인들…… 그리고 그들 삶의 희비들이 모두 저 알 수 없는 현상에 삼켜져 삽시간에 증발했다. 철구는 마음이 아득해져 고개를 돌렸다.

여자는 웃고 있었다. 너무 자연스럽게…….

철구는 갑자기 졸음이 쏟아졌다. 엉뚱하게도 그녀가 낮에 봤을 때보다 훨씬 나이가 들어 보인다는 생각이 들었다. 무언가 삐뚤어졌다. 바로 눈앞부터 볼 수 없는 저 멀리까지. 그때, 그를 깨우듯 날카로운 비명이 들려왔다.

6

낮아진 해가 침대까지 들어와 발등을 간질인다. 이 아이가 처음 내 방에 온 날이 떠올랐다. 지금에 와서는 꿈처럼 부분, 부분 인상으로 남아 있을 뿐이지만.

"새벽에 학살이 있었지. 마음 아픈 일이었어……."

육지로 떠났던 마지막 선박이 포구로 돌아온다. 갑판은 좀비들로 뒤덮여 있고, 살아남은 대여섯의 사람들이 조타실로 몰려 덤벼드는 좀비 떼들을 간신히 막아 내고 있다. 그들은 비명을 지르며, 어떻게 든 배를 섬 쪽으로 진행하려 했다.

대부분이 도망쳤지만, 끝까지 남은 몇은 신속하게 행동한다. 젊은 어부 하나가 그물로 배의 속도를 늦추는 데 성공했고…… 그리고 누군가가 배에 불을 지른다. 과감한 결정.

그날 새벽, 넌 온몸에 불이 붙은 채 비명을 지르며, 조타실에서 갑판으로 기어 나오던 네 친구의 모습을 봤다. 회항선이 거의 포구까지 근접해 왔을 무렵이었다. 갑판 위에 있던 좀비들은 몸에 불이 붙자 저주에서 깨어난 듯 일제히 고통의 비명을 질렀다. 너의 친구는 좀비들 사이를 뒹굴다 물속으로 몸을 던졌다. 어느 누구도 어떻게든 수면을 움켜쥐려 애쓰던 네 친구를 구해 주지 않았다. 주변의 모두는 그저 아무거나 무기 될 만한 것을 손에 움켜쥔 채, 배가 포구에 닿기 전에 다 타기만을 빌 뿐이었다.

어쨌든 섬은 살아남았다. 하지만 나는 밤새 소년을 안고 있어야 했다.

잠든 네 뺨은 갓 구운 식빵 같아. 그 온기에 웃음이 난다.

"원래 그래. 세상은 원래 그렇게 잔혹한 거야. 그나마 이곳이 낫지?"

7

전기, 가스, 통신은 물론 식수도 끊겼다. 섬은 멀리 밀려난 도미노 블록마냥 완벽히 고립됐다. 그녀는 계속 손님을 받았다. 섬은 불안과 고독, 애인을 잃은 남자들이 넘쳐났으니까. 그네들이 그녈 찾을 때면 철구는 조용히 밖으로 나와 여관 뒤편의 언덕을 향했다. 그 언덕엔 섬에 발이 묶인 관광객 중 거처를 확보하지 못한 이들이 천막을 치고 지내고 있었다. 철구는 그곳을 걸으며 큰 충격에 무기력해진 얼굴들을 계속 확인했다. 계속⋯⋯.

낙엽이 지기 시작할 무렵부터 서서히 손님이 끊겼다. 섬에 식량문제가 닥친 것이다. 가공 식료품이 바닥을 드러내자, 원래 농산품이라야 별거 없는 관광지였던 이 섬에 필연처럼 갈등이 나타났다.

땜통은 섬 토박이로 섬에서 유일한 철구 또래다. 활달하지만 황소고집으로 대하기 거북스러운 성격이라 이런 상황이 아니면 친해질 일이 없는 애였다. 게다가 양친이 모두 뭍으로 나갔다가 다신 돌아올 수 없게 된 이후로는 행동이 더욱 괴팍해졌다.

"상관없어. 그 꼰대들 아주 지겨웠으니까⋯⋯."

땜통에겐 평생 바라던 것이 두 가지 있었는데, 하나는 섬 밖으로 나가서 사는 것이었다. 그것은 완전히 좌절됐지만, 두 번째는 부모가 물려준 양봉 상자 두 개 덕에 이룰 수 있었다. 그녀의 단골이 된 것이다!

섬 원주민과 외지인 사이에 첫 번째 유혈사태가 났던 밤, 땜통은 철구를 불러내 빈방을 돌았다. 그리고 몰래 숨겨 둔 맥주 캔들을 귀신같이 찾아내 그녀의 방으로 가져갔다. 오래간만에 유쾌하게 취한 땜통은 자신이 왜 땜통이 됐는지 말해 주겠다며, 머리에 거머리가 붙어 밤톨만 한 땜통이 생긴 시시한 옛얘기를 풀어 놓아 그녀를 웃게 만들었다. 그리고 그녀의 무릎에 고개를 박으며 넌지시 물었다.

"근데 자기는 어쩌다 이런 섬까지 오게 된 거야?"

8

유혈사태는 그때까지 섬에서 작동되던 유일한 시스템인 경찰들에 의해 진압됐다. 땜통은 과감하게 싸움의 복판에 껴들어 갔다.

"어차피 경찰 놈들도 먹을 거 압수해서 챙기려는 거야. 똑같이 해도 돼."

녀석의 손엔 경찰들이 차던 권총이 한 자루 들려 있었다.

두 소년은 섬 뒤편 바다와 경계를 이루는 험준한 절벽이 있는 지역까지 걸어갔다. 곧 침목들 사이로 낡은 별장 하나가 보였다. 지은 지 꽤 되었지만, 상당히 큰 면적에 고급스럽게 설계된 건물로 세상을 삼킨 재앙이 오기 전까진 섬사람들의 가장 큰 관심과 호기심의 대상이던 곳이었다.

그곳의 주인은 일흔을 넘긴 남자로, 땜통이 태어나기도 전에 그곳에 정착했다고 한다. 가끔 면장이나 파출소장을 잠깐 보는 것을 빼고는 섬사람들과 교류가 일절 없었고, 거의 뭍에 나가 있거나 자기 별장에 틀어박혀 있었다.

"유명한 작가라고도 하고, 은퇴한 사업가라고도 하는데, 돈이 엄청 많은가 봐. 어른들 하는 말이 그 사람만 만나면 면장 댁에 고기 굽는 냄새가 난다고들 했거든."

노인은 그날 이후로 한 번도 모습을 드러내지 않았고, 초유의 상황 속에서 자연스럽게 모두에게서 잊혔다. 한 사람을 제외하고…… . 땜통은 담을 넘기 전, 허리춤에서 훔친 권총을 꺼내 자랑스럽게 한번 훑어봤다.

"어렸을 때, 여기 영감이 날 육지로 데려가는 상상 진짜 많이 했었는데…… ."

"정말 할 거야?"

"아님, 여기 왜 와? 혼을 내 주자고!"

둘은 담을 넘었다.

9

집요하게 과거를 묻는 통에 마지못해 한마디 했을 뿐이었다. "그 별장에 있는 남자와 같이 왔다." 그녀는 더 이상은 말하지도 않았다. 하지만 땜통에게는 그 말의 사실 여부도, 속뜻도 전혀 중요치 않았다. 별장과 관련된 모든 것이 녀석을 흥분시켰으니까.

땜통은 어렸을 적 몰래 그 별장에 발을 들인 적이 있었다. 오래전이기도 하거니와 너무 무서워 도망치듯이 나와 기억이 불분명하긴 하지만, 아직까지도 뚜렷이 인상에 남는 장소가 있었으니 그건 바로 그 별장의 지하실. 땜통이 지껄이는 그대로 말하자면, '그곳은 거대한 냉장고'였다!

"몇 개월째 밖으로 나오지 않았다면, 둘 중 하나겠지. 굶어 죽었든가, 아니면 저기만 냉장고가 계속 돌든가! 안 그래?"

"몇 개월째 전기가 끊겼다니까?"

"그 영감은 뭔가 다르다니까! 뭔가 급이 달라! 아님 시체라도 확인하자고! 응?"

철구는 이렇게 납득이 안 되는 채로 끌려가는 것이 못마땅했다. 생각해 보면 여자의 말부터 의심스럽다. 별장에 있는 남자가 여자를 섬에 버렸다고? 그리고 그 여자가 있는 섬의 반대편에서 계속 살고? 사실 나이에 안 맞게 소녀취향으로 꾸며진 그녀의 방부터 좀 이상하다. 조금만 세심히 살펴보면 그녀가 얼마나 자신의 방에 공을 들이는지 알 수 있었다. 아기자기한 소품들과 인형들. 자세히 살피면 다 낡고, 때가 탄…….

"넌 기생충이야! 한번쯤은 남자 구실을 하라고! 재밌을 거야! 걸리면? 지금 누가 우릴 벌줘? 안 그래?"

땜통이 먼저 부엌 쪽문 창을 통해 집 내부로 들어갔다. 한참 후, 끽 하고 쪽문이 열렸다. 그리고 누군가가 갑자기 철구의 팔을 붙잡아 끌어당겼다. 철구는 팔이 꺾이고, 입이 막힌 채 부엌 바닥에 나자빠졌다.

"들어 봐……."

한참 잊고 지낸 익숙한 소리가 들려왔다. 윙. 냉장고가 돌고 있었다.

부엌에 놓인 냉장고에서 꽤 짭짤하게 맛을 본 소년들은 눈이 벌게져 별장 내부를 탐험했지만 어디에도 지하로 가는 계단은 없었다. 다시 밖으로 나와 주변을 뒤져 봤지만 마찬가지. 포기를 모르는 성격의 땜통은 다시 철구를 끌고 계단을 올라 2층을 훑었지만 역시 아무것도 없었다.

둘은 널찍이 뚫린 2층 서재의 창을 통해 지평선 위로 해가 떠오르는 광경을 바라봤다.

그곳엔 거대한 냉동창고도, 노인도 없었다. 태양만이 눈이 멀 것같은 황금빛으로 두 악동을 비출 뿐. 노인이 쓰던 책상에 걸터앉아 맥주 캔을 뜯던 철구의 눈에 책상 위로 반송된 편지 한 통이 보였다. 철구는 잠시 맥주를 내려놨다.

"곧 세상은 막을 내릴 것입니다. 제발 이곳으로 오십시오……. 난 당신이 필요……."

"근데 말이야. 냉장고에 저렇게 싱싱한 음식이 있다는 건……. 분명 얼마 전까지 사람이 살았다는 거고, 어디선가 음식을 공수해 왔다는 건데. 응?"

순간, 홀로 퍼즐을 맞추던 땜통 머리에 갑자기 옛 기억이 떠올랐다. 서재 벽을 가득 채운 책장과 책들……. 책상 아래 숨어 있는 어린 아이. 노인은 우아한 몸짓으로 책장으로 다가간다. 아이는 너무 긴장한 나머지 노인의 발끝만 봐도 몸이 움츠러든다. 하지만 이 서재의 주인에게서 눈을 뗄 수는 없다. 시간은 점점 더 느려졌다. 노인은 책장 어딘가로 손을 뻗었고, 책을 하나 집더니, 그 책을 힘껏…… 잡아

당겼다. 그러자…….

탕!

총소리가 별장 전체를 울렸다.

10

녀석이 잠에 취한 목소리로 묻는다. 봄볕에 목이 휘감긴 채.

"이젠 솔직하게 말해 봐. 정말 그 남자가 널 여기로 데려왔어?"

"아니."

"그럼 왜 거짓말을 한 거야?"

"그냥 재미로."

편지통에서 편지를 하나 꺼낸 나는 일부러 노년의 신사처럼 낮고, 굵은 목소리를 냈다.

"당신을 이 섬으로 오게 만들 수 있다면…… 난 무슨 짓이든 하겠지요. 세상 전체를 지옥으로 만들 수도 있을 겁니다. 배양은 끝났습니다. 이 작은 캡슐 하나면……."

난 읽던 편지를 구겨 버린 후, 멀리 내던져 버렸다.

"조금 모자라."

그리고 다른 편지를 집어 들고, 좀 더 애가 타는 목소리로 읽었다.

"이렇게까지 했는데도 답이 없으십니까? 기한을 드리지요. 그 기한이 지나면…… 전 목숨을 끊을 생각입니다. 제발…… 어차피 바이러스는 2차 주입이 끝났고…….”

“그 남자는 정말 여자가 안 와서 자살한 걸까? 뭐 그딴 일로 죽지?”

“그럴 수도 있지. 이 글씨체 봐봐. 예쁘지? 여린 성격인가 봐.”

소년과 섬 친구가 총소리를 듣고 다락으로 올라갔을 때, 남자는 이미 목숨을 끊은 뒤였다. 총을 찾던 경찰이 그 별장까지 이르렀고, 둘은 붙잡혔다. 아! 물론 소년과 섬 친구가 몰래 별장의 두꺼비집을 내려 놓은 뒤에.

엉뚱하게도 별장 주인의 죽음은 원주민과 외지인들 사이의 반목에 기름을 부었다. 원주민들은 그의 죽음을 외지인인 소년이 원주민을 살해한 것으로 이해했고, 외지인들은 섬 친구가 외지에서 온 명망가를 죽인 것으로 봤다. 자살이라는 경찰의 조사결과는 어느 쪽도 믿질 않았다. 섬에 살인이 일어난 것이다! 그리고 먹을 것이 더 줄어들자, 정말로 사람이 사람을 죽이는 일이 벌어졌다. 작은 통조림을 두고 다투던 외지인과 원주민 간의 우발적인 사건이었다. 그 뒤 상황은 누구도 걷잡을 수 없었다. 이미 한참 배를 곯은 경찰들 역시 양 패로 갈라선 후였다.

“재밌네.”

“미친 거지. 계속 반송되는 주소에 편지를 왜 써…….”

“원래 누군가를 사랑한다는 게 미친 거야.”

11

땜통과 철구는 방을 떠나지 않으려는 그녀를 간신히 설득해 별장으로 거처를 옮겼다. 어차피 싸움 끝에 살아남은 사람들은 모두 서로를 피해 숨거나, 먹을 것을 뺏기지 않기 위해 문을 걸어 잠갔기 때문에 셋은 굳이 그들을 신경 쓰지 않아도 됐다.

땜통은 요란을 떨며 서재를 엉망으로 만들더니, 기어이 지하실로 가는 통로를 찾아냈다. 세 사람은 같이 모로 꺾인 책장을 지나 지하실로 내려갔다. 그녀가 전원 스위치를 발견하고는 그리 손을 뻗었다.

불이 들어오자 지하실 한 면 가득 유리로 된 거대한 냉동창고가 보였다. 땜통은 보란 듯 팔짱을 끼고 웃음을 참지 못하는 나머지 둘을 바라봤다. 게다가 아직 맞은편이 남았으니…… 딸각. 그녀가 두 번째 스위치를 누르자 철창으로 막힌 방이 모습을 드러냈다.

그곳은 실험 도구로 보이는 물품들과 이상한 기계들로 가득 차 있었다. 그리고 벽 한가운데엔 한 여자의 초상화가 걸려 있었는데, 마치 그 여자의 몸을 난도질한 것 같은 어둡고, 기괴한 느낌의 누드화였다.

"뭐야 저것들은…… 그 영감 변태였나?"

기분을 잡친 그들은 냉동창고 맞은편 방의 불을 꺼 버렸다.

근 한 달 넘게 거의 매일 비가 이어지더니 눈으로 바뀌어 갔다. 도대체 어떤 연유로 그곳에만 전기가 들어오고 난방이 가능한지 알 수는 없었지만, 세 사람은 주인을 잃은 그 별장을 실컷 누렸다. 철구는 주로 거실 진열장에 수집돼 있는 영화들을 보거나, 책을 들고 노인이 자살했던 다락방으로 올라가 시간을 보냈다. 땜통은 2층 구석에 놓인 당구대에 붙어 줄기차게 당구를 쳤고, 여자는 주로 서재에서 노인이 남긴 편지들을 읽었다. 그러다 기분이 내키면 당구대 옆에 놓인 피아노를 치곤 했는데 서툰 솜씨가 아니었다. 그녀가 원래 이 별장의 안주인이었던 것마냥 연주를 시작하면, 두 녀석은 어디에 있건 간에 귀를 기울이며 이래도 되나 싶은 심정이 될 정도로 평화로운 기분에 젖어들곤 했다.

12

볕이 또 각을 틀어 눈꺼풀을 간질인다. 실눈을 뜨자 붕어처럼 입만 뻥긋대는 연예인들이 보였다. 저 고물 텔레비전!

"방송국에서 누군가가 저 테이프를 반복 재생하고 죽었나 봐. 항상 같은 프로, 같은 얼굴, 같은 멘트……. 예전엔 저 프로 참 좋아했는데……."

대꾸해 줘. 솔직히 다시 잠드는 게 조금 무섭다.

13

해가 질 무렵, 땜통은 조용히 당구채를 내려놓고 지하실로 내려갔다. 피아노를 치는 자신을 뒤에서 안는 철구와 곧장 키스를 나누던 그녀의 표정이 이상하게 신경을 건드렸던 것이다. 그녀는 항상 땜통에게 친절했지만, 철구를 대할 때완 달랐다. 별 상관없다고 생각했지만, 가끔 씁쓸한 기분이 들기도 했는데 별장에 온 이후로 더 심해졌다. 근데 그 순간은 스스로 당황스러울 만큼 못 견디겠다는 기분이 드는 게 아닌가.

냉동창고는 물론 지하실을 샅샅이 뒤졌지만 담배는 나오질 않았다. 몇 달간 생각조차 해 본 적이 없는 담배지만, 그때만은 너무 절실해 놈은 머리가 아플 지경이었다.

"젠장! 딱 한 모금이면 살 것 같은데! 그 노인네도 분명 피웠다고."

땜통은 지하실의 전원을 모두 올렸다. 철창으로 막힌 노인의 실험실이 몇 주 만에 모습을 드러냈다. 담배는 현미경이 놓인 하얀 테이블 위에 있었다.

철구는 갑자기 고개를 들더니 그녀를 버려 두고 텔레비전을 향해 갔다. 그녀는 의아한 눈으로 철구를 봤다. 영화나 볼까 하고 켜 놓은 텔레비전에 컬러 바 화면이 떠 있었다.

"이거 화면 조정할 때 나오는 거지? 몇 달간 이런 거 본 적 있어?"

철구는 그녀의 허리춤에 눌려 있던 리모컨을 빼내 텔레비전 볼륨을 올렸다.

"생존자 여러분께 알립니다. 생존자 여러분께 알립니다. 인천국제공항으로 오십시오. 인천국제공항으로 오십시오. 식수와 식량, 의료품이 확보되어 있습니다. 정부가 여러분을 지켜 드립니다. 생존자 여러분께 알립니다. 인천국제공항으로······."

그때 땜통이 2층으로 뛰어 올라왔다.

둘은 기절할 듯이 놀란 눈으로 서로를 쳐다봤다.

실험실 벽면 한가운데 걸려 있던 기괴한 누드화는 분명 몇 주 전과는 달랐다. 액자 속의 여자는 이제 자신을 덮은 유리를 밀어내려는 듯 두 손바닥을 정면에 갖다 댄 채 그래도 주술이 풀리지 않자 분이 난다는 듯 한껏 얼굴을 일그러뜨리고 있었다. 세 사람은 모두 충격에 휩싸였다. 굳이 땜통의 설명이 아니어도 알 수 있었다. 저 여자는 그림이 아니다. 정확히는 물로 채워진 거대한 캡슐 안에 갇힌 인간의 육체······.

'그것'이 미세하게 검지를 구부렸다. 아주 작게 손톱이 유리 면을 긁는 소리가 났다.

"봤어?"

"······살아 있어."

"멍청이야! 물속에서 사람이 어떻게 살아?"

"너도 들었잖아!"

캡슐 안쪽은 깊이를 알 수 없을 만큼 어두웠다. 그것의 온몸은 가느다란 전선 같은 게 부착되어 있어 멀리서 보면 꼭 난도질당한 것처럼 보였다. 게다가 그것의 피부는 과학실 구석 자리에 놓인 먼지 낀 수조 안의 표본들처럼 물에 불고, 군데군데 뜯겨 있어 더더욱 그림 같았다. 철구는 숨소리라도 들어야 믿겠다는 듯, 한 걸음 그것에게 다가섰다.

캡슐 속의 여자가 눈을 떴다.

철구와 땜통은 혼비백산해 노인의 서재로 뛰어 올라갔다. 곧이어 팔짱을 낀 그녀가 두 바보를 한심하게 쳐다보며 올라왔다. 그녀는 주머니에서 담배를 꺼내 계속해서 욕지거리나 내뱉고 있던 땜통의 정수리를 향해 집어던졌다.

창밖으로 다시 눈이 내렸다. 셋 중 그녀만이 차분했다. 텔레비전에서는 계속해서 생존자들을 부르는 다급한 목소리가 흘러나오고 있었고, 사내애들은 몇 시간째 목소리를 높이며 다투고 있었다. 철구가 그녀에게 다가왔다.

"우린 여길 떠날 거예요. 봄이 오기 전에."

"배는 내가 몰 줄 아니까. 일단은 내가 먼저 공항에 가 볼까 해. 오케이?"

그녀는 아무 데도 가지 않겠다고 딱 선을 그었다.

"뭐? 밑에 그걸 보고도 이래? 밑에 살아 있는 시체가 있다고! 답답한 년."

그녀는 땜통을 겁쟁이로 몰아붙이곤 땜통이 물고 있던 담배를 빼앗아 바닥에 던져 버렸다. 분이 난 땜통이 여자 팔을 붙잡은 순간, 철구가 말리려 놈의 어깨를 잡았고, 동시에 그녀가 놀라 땜통을 밀었다. 그 덕에 땜통은 중심을 잃고 엉덩방아를 찧고 말았다.

"이 연놈들 아주 좋아 죽지!"

철구가 흥분해서 달려드는 땜통을 막아섰을 때, 갑작스러운 소리가 귀를 파고들었다. 다시 한 번 초인종 소리가 울린다. 세 사람은 일

순간 동작을 멈추고 입을 닫았다. 신경이 징 하고 소리를 내며, 시선을 따라 문으로 쏠렸다.

떵동.

문밖에 손님이 와 있다.

14

긴 살육전 끝에 살아남은 열댓 명 정도의 외지인과 원주민 무리가 발가벗겨진 채로 뒤섞여 무릎 꿇었다. 집집을 돌며 사람들을 끌어낸 총 든 군인들이 지친 생존자들에게서 그간의 상황을 보고받고, 상태와 과거 경력, 식량 상황, 섬의 지형 등에 대해 면밀히 조사한 후에야 다시 옷을 입혔다. 그리고 포구 주변의 빈 건물을 골라 생존자들에게 방을 배정한 후, 명령 없이는 나오지 말 것과 매일 아침 포구로 나와 점호를 받을 것을 지시한 뒤 다시 군장을 챙겼다. 섬에 상륙한 부대원 수는 총 아홉. 나머지는 포구에 정착한 1500톤급 상륙함 진격호에 머무르기로 했다. 일단 섬은 '클린'했지만 아직 안심하긴 이르다. 아홉 명은 섬의 뒤쪽을 향해 나아갔다. 캠프를 꾸리기 최적의 장소를 찾아서.

철구와 땜통은 오랜만에 짖는 개를 봤다. 섬에 있던 개나 고양이들은 애저녁에 다 잡아먹혔으니. 그놈은 군인들 앞에 무릎을 꿇은 두 녀석 사이를 오가며 계속 쿵쿵대고 침을 묻혀 댔다. 덩치만 큰 잡종

으로 세상살이엔 도통 관심 없다는 얼굴을 한 주제에 주인을 잘 만
난 건 아는지 매우 건방졌다.

땜통은 군복을 보자 흥분했다. 지하 식량창고는 진즉 뜬 후였다.

"놈들을 물리쳤나요?"

"놈들이라니?"

"걸어 다니는 시체들요! 우리 엄마, 아빠를 죽인."

땜통의 눈빛이 반짝였다. 내가 껴들었다.

"인천공항은 어때요? 거기서 왔어요?"

"무슨 말이지?"

텔레비전에서 나오던 구조방송은 이미 중단된 상태였다. 군인들은
그 방송에선 대해선 전혀 관심이 없었다. 그들은 인천공항은 이번 사
태의 초반에 적들에게 함락당한 지역이라는 짤막한 설명으로 철구
의 말을 잘랐다. 당황한 두 소년 뒤로 서재로 끌려갔던 여자가 붙들
려 나왔다. 그리고 그 뒤로 상륙부대를 이끄는 남자가 나와 철구와
땜통 앞에 섰다. 주변은 그를 '권 중사님'이라고 불렀다. 40대 중반쯤
에 완고한 성격이 그대로 굳어진 얼굴.

"면담 결과, 저 여성의 요청으로 너희 둘도 여기 남기로 했다. 김
병장?"

"네!"

"이 녀석들을 일단 지하로 끌고 가. 명령 없이는 밖으로 나오지 못
하게 하고, 내일부터 할 일을 알려 주게."

"네! 알겠습니다!"

"그리고 저놈도…….."

알에 금이 간 안경. 군복 위에 걸친 흰 가운이 더럽다. 총명한 눈빛이 돋보이는 젊은 군인. 권 중사가 손가락으로 가리킨 그 젊은 군인은 주변에서 총을 겨누자 양손을 머리 위로 올렸다.

땜통은 끌려가는 내내 함께 싸우겠으니, 데려가 달라고 떼를 썼다. 병사들은 비웃으며, 두 녀석과 흰 가운을 걸친 군인을 노인의 실험실 철창 안에 집어넣고는 문고리에 자물쇠를 채운 뒤 끌고 내려온 개의 목줄로 자물쇠를 휘감았다. 병사들 중 하나가 철창 안으로 경례를 붙였다.

"중위님. 죄송합니다."

"괜찮아."

군인들은 개만 남기고, 저들끼리 희희덕대며 위층으로 올라갔다.

"어차피 여긴 아무것도 없어요! 저기 저 식량 보이죠? 저걸 챙겨서 여길 뜨자고요! 나도 싸움이라면 꽤 한다고!"

중위가 철창에 매달린 땜통을 제지했다.

"조용히 해라. 꼬마야. 어차피 저 새끼들은 여길 안 떠나니까."

"안 떠나다니? 여긴 진짜 아무것도 없어요."

"정확히 말하면 못 떠나는 거지. 타고 온 함선은 이제 연료가 없고, 게다가 항해 장교가 죽는 바람에 정박 과정에서 충돌이 있었거든. 아마 꽤 손상이 갔을걸? 이제 와선 아무래도 상관없지만."

"그럼 군함 안에 있는 군인들은…….."

"그 배엔 아무도 없어. 먹다 남은 시체 더미들 말고는. 여기 온 게 전부야. 딱 맞춰 도착한 거지. 더 이상 약탈할 섬도 없고, 연료도 다

떨어졌거든. 게다가 좋잖아? 여긴 시체들한테서 공격받을 일도 없고, 네가 저놈들한테 말해 준 대로 저 대형 냉장고엔 식량이 가득한 데다 창녀까지 있으니."

땜통은 무슨 말인지 당최 이해가 가질 않았다.

"당분간 인육을 먹을 일은 없겠지. 짐승들……"

"다시 말해 봐. 창녀까지 있다니."

"못 알아들을 나이가 아닌 것 같은데? 저 새끼들이 왜 니들을 살려 뒀다고 생각하지? 괜히 식량만 축낼 텐데. 저 멍청한 개처럼 시체 냄새라도 기막히게 맡느냐고? 비상식량? 그건 마을 사람들로 충분해. 니들은 그냥 그 여자 덕을 본 거지."

"도대체 무슨 말이야? 비상식량이라뇨?"

"야! 땜통! 이리 와 봐! 저것!"

철구는 아까부터 의아하게 쳐다보던 곳으로 땜통을 이끌었다. 없다! 난도질당한 여자의 그림. 아니, 여자의 육체를 가둬 놓은 캡슐에서 그 육체가…… 사라졌다!

15

"그날처럼 아침을 바랐던 때가 있었을까?"

16

중위는 밤새 노인이 남긴 연구일지를 읽었다. 아이들의 말이 너무 엉뚱했으니까. 유리캡슐 안은 텅 비어 있을 뿐이었다. 그런데 개가 짖기 바로 전이었나? 직후던가? 어두운 캡슐 안쪽에서 무언가 꾸물 거리는 게 보이더니, 그것이 전속력으로 유리 면을 향해 달려들었다. 충격이 좀 가시자 중위는 캡슐 속 여자의 육체를 면밀히 살폈다. 그 것은 그 전보다 훨씬 생동감이 넘쳤고 다양한 표정을 지었다. 심지어 중위를 보고 웃기까지 했다.

"야! 시발. 밀폐된 공간에선 피우지 말라고!"

땜통은 철구의 기침 소리가 들리지 않는 듯, 아까부터 줄담배를 피 워 댔다. 중위는 연구일지를 덮고 땜통에게 다가가 담배를 빼앗았다. 그리고 약통을 찾아내 뒤지더니 하얀 가루가 든 약병을 꺼낸 후 아 이들을 쳐다봤다.

"이건 청산가리야. 들어는 봤겠지? 손톱 때만큼만이라도 입안으로 들어가면 바로 죽어. 불을 붙이면 아몬드를 볶은 향이 나지."

중위는 담뱃갑에서 담배를 꺼내 하나하나 뜯더니, 쏟아진 담배 가 루 위에 청산가리를 뿌렸다. 그리고 다시 담배를 말아 담뱃갑에 담고 는 땜통을 향해 던졌다. 땜통은 울상이 됐다.

"굳이 이렇게까지…… 잘못했어요. 안 피우면 되잖아."

"날이 밝으면, 난 중사를 만날 거다. 그 전에 니들에게 해 줄 이야 기가 있다."

지상으로 오를 수 있는 유일한 통로인 2층 서재로 난 문이 열렸다. 햇볕이 들어서자 밤새 컹컹대던 개가 비로소 바닥에 턱을 댔다. 철구와 땜통은 강제로 끌려 나와 군인들에게 청소를 명령받았다. 중위 역시 권 중사에게 요구한 면담 신청이 받아들여져 서재로 올라올 수 있었다. 몸수색 후, 중위를 끌고 가는 군인들 뒤로 별안간 개가 짖기 시작했는데, 군인 중 누구도 '그것'을 신경 쓰지 않았다.

철구는 1층 복도를 닦다가 침실에 누워 있는 그녀를 봤다. 그녀는 나체로 멍하게 천장을 응시하고 있었고, 양옆으로는 군인 둘이 누워 있었다. 철구를 본 그녀는 이불로 몸을 감싸더니 문 앞까지 걸어와 문을 쾅 닫았다. 철구의 뒤로 막 샤워를 끝내고 나온 병사 하나가 녀석에게 다가와 이죽댔다.

"야. 죽이던데? 저년도 좋았을 거야. 다 늙어서 영계들 몇이랑 즐기는 거야? 하룻밤 사이에. 니들도 좋았냐?"

면담은 서재에서 이루어졌다. 중위는 책상 위로 노인의 일지를 던졌다. 그리고 권 중사에게 대답할 틈을 주지 않고 빠르게 용건을 이어 갔다.

"결국 바이러스였던 거예요! 게다가 백신까지 거의 완성 단계더군요. 간단한 테스트 몇 개면 됩니다. 어쩌면 우리가 이 재앙을 끝장낼지도 모릅니다!"

"……그러니까 시체들한테 물어뜯겨도 감염이 되지 않는다? 놀라운 얘기구먼. 중위. 믿기진 않지만."

"같이 내려가시죠! 일단 개에게 실험을 해 봤습니다. 직접 보세요."

"일단 실험? 어떤 것도 내 명령 없이 이루어져선 안 돼! 당신은 지금 지위가 박탈된 채, 영창에 갇힌 몸이란 걸 잊었나?"

"좋아요. 뭐 그건 안 중요해……. 실험 결과 개는 멀쩡합니다. 여전히 여기저기 침을 흘려 대고…… 그 멍청한 개가…… 혀를 헐떡거리면서…… 아직 살아 있어……."

중위가 웃음을 참지 못하자 권 중사가 당황했다. 그를 보좌하던 병사가 입을 열었다.

"중위님! 지금 부대의 지휘관은 권 중사님이십니다. 예의를 지키십시오!"

"됐어. 핵심을 말하시오. 실험엔 더 뭐가 필요한 거지?"

"인간 실험자. 내가 보균자가 될 겁니다."

땜통이 빗자루를 들고 서재로 들어갔을 때, 딱 봐도 중위와 권 중사 사이에 날카롭게 날이 서 있는 게 공기마저 살을 벨 듯해, 녀석은 빗질 소리도 조심스러워 괜히 혀를 깨물었다.

"어쨌든 당신은 안 돼. 유일한 의무병과이지 않나?"

"그렇다고 섬의 주민들을? 너는 미쳤어!"

권 중사의 얼굴이 붉어졌다.

"난! 최대한 오로지 우리 모두를 위해 사고하고, 결정해 왔다! 우리 보급량은 절대 저들을 감당할 수 없고, 저들은 이미 이성을 잃은 집단이야!"

"아니지. 너희들은 여기 냉동창고를 보고 생각이 바뀐 거야. 더 이상 인육까지 먹을 필요는 없어 보이는 거지. 그렇다고 저 지하에 있는 식량들을 나눠 줄 생각은 없는 거야!"

"닥쳐!"

"당신이 굶주린 병사들을 자극해 사람들을 사냥할 때부터 알아봤어! 넌 악마야!"

"그건 모두를 위한 결정이었어. 덕분에 너한테까지 먹을 것이 간 거야. 네가 고고하게 이미 죽은 고깃덩이들조차 먹는 것을 거부하는 동안, 난 내 부하 모두를 살렸다고!"

"네가 군인이야? 사람들을 지키기는커녕, 사냥하는 게?"

"너도 결국 내 결정 덕에 살아남았다는 건 부정하지 못할 거다! 식량지급 및 연구지원을 허락한다. 그게 우리 모두가 살 길이라면……"

"네가 날 막아도 할 수 없어. 실험이 시작되는 순간 내 팔에 주사기를 꽂을 거니까."

"원하는 대로. 그럼 우리는 원래 계획대로 가면 되니까. 실험이 성공하든 실패하든."

"원래 계획?"

권 중사 옆에 서 있던 병사가 차분히 한마디를 거들었다.

"어차피 이곳 원주민들은 3일 이내 모두 사살하기로 결정했었습니다. 어젯밤 다수결로 내린 결론입니다. 차라리 실험대상으로 쓰이는 게 그들로서도 더 좋을 겁니다. 스스로 실험대상이 되시겠다면, 우린 계획대로 진행할 수밖에 없습니다. 잘 생각하십시오."

중위가 어젯밤에 한 얘기가 모두 맞았다. '진짜 사람을 사냥하고 먹었단 얘긴가?' 땜통은 갑자기 오금이 저려 와 들고 있던 빗자루를 놓치고 말았다.

"아우……. 젠장."

그때였다. 서재 밖에서 총소리가 울린 건.

철구에게 불의의 일격을 얻어맞은 병사는 녀석의 입을 틀어쥐고 창고로 끌고 갔다. 분이 풀릴 때까지 철구를 손본 병사가 그만 창고를 나가려 몸을 돌릴 찰나, 철구가 그의 허리춤에 있던 권총을 빼 들었다. 병사는 자신을 겨눈 채로 총을 쥔 손을 벌벌 떠는 아이를 보고 차게 비웃었다.

"너…… 사람 죽여 봤어? 형은 말이다. 시체들보다 사람을 더 많이 쏴 봤어. 그게 어떤 느낌인지 알아? 저 떠는 것 봐라."

"너희 놈들도 다 좀비야. 똑같아! 누구든 잡아먹을 준비가 돼 있지? 그게 누구든 간에!"

"다 마찬가지야. 다 다른 사람 물어뜯고 사는 거야. 어린놈의 새끼. 세상의 본질이 뭔지 알려 줄까? 내가 다른 놈을 잡아먹어야 산다는 거야! 그래서 시체들까지 일어나서 저 지랄을 떠는 거라고! 애송아! 넌 절대 못 쏴. 넌 선을 넘을 배짱이 없는 놈이거든."

맞다. 철구는 겁이 났다. 앞에 서 있는 그 병사와 마찬가지로. 그래서 방아쇠를 당겼다.

땜통은 철구가 붙들려 가는 걸 보고, 얼른 다락으로 올라가 몸을 숨겼다. 조그만 창을 통해 별장 앞으로 끌려 나오는 친구의 모습이 보였다. 군인들이 철구의 머리에 총을 겨누자, 여자가 총구를 막아섰다. 중위가 나서서 뭐라고 열심히 군인들에게 떠들어 댔는데, 권 중사가 갑자기 그런 중위의 등을 발로 차더니, 쓰러진 그의 무릎을 꺾어 부러뜨려 버렸다.

"으아아악!"

"너같이 똑똑한 척! 정의로운 척! 하는 새끼가 알고 보면 제일 개새끼야!"

그리고 중위의 다른 쪽 무릎을 마저 짓밟았다. 여자가 비명을 지르자, 군인 중 하나가 개머리판으로 여자 머리를 내리쳤다.

"내가 널 죽일 것 같지? 절대! 넌 실험을 계속해야 해! 왜? 내 말을 안 들으면 주민들을 하나씩 하나씩 죽일 거니까!"

중위의 양팔도 성치 못했다. 여자는 기절한 채 거실로 옮겨졌다. 권 중사는 자신이 행사한 폭력의 자장 속에서 스스로 악에 받쳐 소리 질렀다.

"까짓것 앞으로 네놈 손발이 돼 줄게! 저 꼬맹이부터 실험해! 모두 지하로 끌고 가!"

오전 내내 어둠 속에 방치됐던 개는 사람들 사이를 오가며 끊임없이 짖어 댔다. 군인들은 노인의 책상을 쓸어 버리고, 그 위로 고통 속에 신음하는 중위를 내던졌다. 그 앞으로 철구가 힘없이 무릎을 꿇었다. 철구의 눈에 반대편 냉동창고 안에 자신이 쏴 죽인 병사가 별 성의 없이 눕혀져 있는 것이 보였다. 그런데 설핏, 피살자의 마지막 숨마냥, 냉기를 뺀 모든 것이 부동상태인 그 냉동고 안에서 무언가가 슬쩍 움직이는 것이 아닌가?

병사 하나가 철창 안으로 들어가 철구의 팔에 백신을 주사했다. 아이는 넋이 나간 상태였다. 중위는 간신히 목소리를 짜내 백신이 들어 있는 병을 병사에게 설명했다. 권 중사와 그의 부하 둘은 만약을 대비해 철창에 자물쇠를 달아 놓은 채, 실험실 밖에서 그 광경을 지켜봤다. 숨을 고르던 중위가 갑자기 흐느끼듯 웃기 시작했다.

"왜 웃는 거지? 네놈이 원하던 실험이야."

"재밌지 않아? 이 상황이?"

"뭐가 재밌지? 네 팔다리가 아작 난 게?"

군인들은 권 중사가 웃자 따라 웃기 시작했다.

중위의 얼굴이 굳었다.

"담배 한 대 피우고 싶소. 중사."

권 중사는 고개를 끄덕였다. 중위는 자신의 주머니에 있는 담배를 물려 달라고 요구했다. 그리고 불을 붙이려는 병사에게 말했다.

"잠깐……."

그리고 철창 밖에서 계속해서 짖고 있는 개에게 덧붙였다.

"셧."

개가 짖는 걸 멈추자, 모두의 몸이 삽시간에 굳었다. 나서는 안 되는 소리. 너무나 실감이 나 오히려 비현실적인…… 짐승이 짐승의 살을 씹는 소리. 등줄기를 타고 소름이 올라오는 것을 느끼며 군인들은 힘겹게 냉동창고 쪽으로 고개를 돌렸다.

'그것'이 웃고 있었다.

독사 앞에서 몸이 굳은 쥐가 간신히 꼬리를 꿈틀대듯 군인들은 떨리는 손을 총을 향해 뻗었다. 이미 늦었다. '그것'은 순식간에 한 명의 목덜미를 물고, 방패막이로 삼았다. 총탄이 냉동창고 유리 벽을 박살 냈고, '그것'은 유리 파편들 사이로 사방으로 피를 튀겨 가며 시체를 늘렸다. 그리고 그 시체들은 모두 다시 살아나 최후의 생존자를 쫓았다. 권 중사는 총을 난사하면서 서재로 난 문을 향해 뛰었지만 곧 총알이 떨어졌다.

그 시각, 포구까지 뛰어 내려갔던 땜통은 다시 별장을 향해 뛰고 있었다. 녀석은 어제 중위가 자신들에게 했던 말을 상기했다.

좀 어려웠지만 대충 이해하자면 이랬다. 그 별장 노인은 저명한 세균학자였고, 이미 죽은 한 여자를 되살리려 했고, 절반은 성공했다. 노인이 배양한 바이러스가 죽은 세포에 다시 활력을 주는 데까지 연구는 진행됐으니까. 그리고 역시 중위의 말에 의하면, 아마 그 덕에 세상은 그런 세포를 지닌 시체들로 뒤덮였을 것이다. 기적을 요구한 그 미완의 실험 덕에. 어쩌면 캡슐 안의 여자가 이 모든 재앙의 숙주였을지도 모른다. '그것'이 어쩌면.

"멋진데? 역시 그 영감은 달라."

땜통은 이를 악물고 계속 달렸다.

그녀는 땜통이 시킨 대로 지하로 난 문을 잠근 후에 그 앞에 쭈그리고 앉았다. 곧 권 중사의 마지막 비명이 그녀의 귀에 들려왔다. 그제야 여자는 표정을 풀고 문에서 떨어졌다. 그때, 섬 주민들을 감시하던 병사 셋이 땜통의 인도하에 서재로 들이닥쳤다. 땜통은 그들이

지하로 뛰어들자마자, 다시 문을 잠가 버렸다.

　중위의 계획은 이랬다. '그것'에 대해선 일단 절대 함구한다. 중위가 군인들을 모을 때, 땜통이 캡슐에 근육마취제를 투여한 후, 마비된 '그것'을 냉동창고로 옮겨 놓는다. 그런 후, 중위는 군인들 앞에서 자신의 몸에 백신을 투여할 생각이었다. 그사이 철구가 서재로 통하는 통로를 잠근다. '그것'이 깨어나 군인들을 공격했을 때, 백신이 효과가 있다면, 군인들은 죽고, 중위는 살 것이다. 만약 효과가 없다면 중위 역시 좀비가 돼 전우들과 지하를 떠돌겠지. 물론 그리되기 전에 청산가리가 든 담배를 피워 물 생각이었지만…….

　땜통은 자신의 임기응변이 저지른 여파를 다 수용하지 못해 몸을 바들바들 떨었다. 언제 이 문을 열어야 하지? 연 후엔 안에서 누가 나올 것인가?

　감염된 시체들이 실험실 철창 앞에서 울부짖었다. 중위의 손발 노릇을 하려고 실험실에 들어왔다 살아남게 된 병사는 이성을 잃고, 포효하는 좀비들을 향해 총을 난사해 댔다.

　"백신을 주사해……."

　중위가 말했다.

　"그게 유일하게 자네가 살 길이야……."

　병사는 얼른 철구에게 주사했던 약병을 다시 집어 들었다.

　"아니야. 그건…… 그건 수술할 때 쓰는 신경마취제야……. 널 속인 거야. 저기 푸른 병. 저거."

　세 명의 군인이 좀비들로 가득 찬 지하실로 투입됐다. 그들은 이미 신체가 많이 훼손된 감염자들을 비교적 손쉽게 제압했다. '그것'을 포함한 모든 시체는 움직임을 멈췄다.

철창 안의 병사는 어서 문을 열라고 울부짖었다. 군인 중 하나가 기어이 살아남아 시체들을 뜯고 있는 개를 발로 차 버린 후에 실험실 문을 열어 줬다. 철구가 중위를 부축하자 중위는 철구에게 귓속말로 뭔가를 얘기했다.

"……1차 실험 숙주…… 찾아서……."

먼저 뛰쳐나간 병사는 불안한지 중위를 향해 뒤돌았다.

"아까 맞은 백신인가 뭔가 하는 거 별 상관없는 거죠? 이상 없는 거죠? 중위님?"

"담배에 불 좀 붙여 주겠나?"

중위는 담배를 한 모금 깊게 빨았다.

"미안하다. 자네가 맞은 건 바이러스야. 이 애가 맞은 게 백신이고. 그냥 보고 싶었다. 이 세상에 희망이 있는지. 꼬마야……. 이제 총을 집어라."

철구는 바닥에 나뒹구는 소총 하나를 집어 들었다. 군인들이 놀라 철구를 향해 총부리를 겨눴을 땐, 이미 감염된 병사가 제일 가까이 있는 동료를 물어뜯기 시작한 상태였다.

총격전이 멈추었다. 철구는 중위를 방패 삼아 총알을 피할 수 있었다. 바닥엔 시체들이 즐비했다. 철구는 덜덜 떨며 중위의 호주머니에서 담배를 꺼내 물고는 시체들 사이에 철퍼덕 몸을 눕혔다. 피범벅이 된 녀석의 몸 구석구석에 감염자들이 남긴 잇자국이 남아 있었다. 녀석은 숨을 헐떡이면서 눈을 감았다. 불을 붙일 용기는 도무지…….

문이 열리는 소리가 들린다. 시간이 얼마나 흘렀을까? 석양을 뒤로하고, 두 사람이 지하로 내려오고 있는 모습이 느릿하고도, 흐릿하게 보였다.

부축을 받으며 지하를 빠져나오던 철구는 고개를 돌려 중위를 바라봤다. 아직 반쯤 뜬 그의 눈을 감겨 주고 싶었다. 그리고 말해 줘야 되는데…….

"백신은 효과가 있어……요……. 내가 살았어……."

17

철구가 긴 샤워를 끝낸 후에 가장 먼저 챙긴 건 노인의 연구일지였다. 중위와의 약속이었다. 녀석은 서재의 불을 끄고 밖으로 나와 친구들과 합류했다. 모든 것이 너무나 오래전 일처럼 느껴졌다. 그리고 몸 전체에 알 수 없는 에너지가 흐르는 것을 느꼈다. 그들은 다시 그녀의 방으로 되돌아갔다. 그간의 과정에 비해 너무 평온한 길이었다. 군인들이 키우던 똥개가 자꾸 자길 괴롭히던 땜통의 손등을 물고 달아나 버린 것을 빼놓고는.

이미 하늘에는 별이 떠 있었다.

"잠깐 쉴까? 별 참 많네."

땜통은 풀숲에 벌렁 눕더니 하늘을 쳐다봤다. 그러고는 곧 코를 골왔다.

"야 이 미친놈아! 일어나! 이 추운 날에!"

"철구야. 담배 있나?"

철구는 그제야 상황을 파악했다.

"나 얼마나 잠들었었지?"

여자가 대답했다.

"한 2분?"

"나 꿈속에서 엄마 봤다. 진짜 몇 달 만에…….."

칼바람이 불었다. 땜통은 들고 있던 소총을 철구를 향해 던졌다. 그녀도 그제야 땜통의 상태를 깨닫고는 입을 틀어쥔 채 그 자리에 굳어 버렸다.

"그 똥갠가? 짐승한테는 백신도 소용이 없었나 봐. 자식이 좀 괴롭혔다고 날 물어?"

"오버하지 말고 일어나. 인마."

"넌 냉정해야지."

철구의 눈에 눈물이 고였다. 슬퍼서가 아니라 분해서였다. 그리고 맘을 추스른 후, 땜통이 던진 소총을 주웠다.

"잠깐…… 잠깐만 쏘지 말아 줘. 잠깐만…… 엄마 꿈을 조금만 더 꾸고 싶어."

땜통은 꿈속에 빨려들 듯, 서서히 눈을 감았다.

18

"넌 온 섬을 뒤져서 기어이 그 개를 찾아내 쏴 버렸지. 하지만 마을 사람 몇이 물린 후였어. 엄청 불쌍한 신음 소리를 냈잖아. 그 개…… 한참을 군인들을 깨워 낸 후에야 죽었어. 그것 때문이었나? 아님 백신은 아무 소용이 없던 걸까? 그럼 넌 왜 아직도 안 변한 거야?"

19

둘은 친구가 그렇게 좋아했던 노인의 별장 한가운데 그의 시신을 눕혔다. 그리고 별장에 불을 질렀다. 별장을 태우던 불은 날이 다 밝을 때까지 꺼지지 않았다. 둘은 절대 떨어지지 않을 것처럼 서로의 어깨를 감싸 안았다.

화염이 주던 취기가 서서히 가시자, 겨울바람 사이로 일출이 시작됐다. 잔불은 까맣게 탄 목재를 마저 태웠다. 탁, 탁.

철구가 입을 열었다.

"이 섬을 떠나야겠어."

20

마을 주민들은 모두 감염되었다. 그렇지만 감염 증상은 이전과는 달랐다. 우선 움직임이 현저히 느렸다. 그리고 몽유병 환자처럼 눈을 감은 채로 소리만으로 목표를 쫓았다. 가끔 눈을 뜰 때도 있었는데, 그때 눈빛은 잠시 이성을 되찾은 듯 서글퍼 보였다.

두 사람은 굳이 그들을 사냥하지 않았다. 얼이 나간 듯 선량해 보이는 표정 때문이기도 했지만, 그들을 그대로 두는 편이 훨씬 재미있기도 했다. 예를 들자면, 별장의 냉동창고에 남은 식량을 가지러 갈 경우, 철구가 장난으로 박수를 치면, 여자가 조금 앞으로 가고, 또 여자가 노래를 불러 감염자들을 불러 모으면, 철구가 그들의 등을 발로 차고 얼른 달아나는 식이었다. 나중엔 좀 더 과감해져 고함을 치르고, 춤을 춰 가며 일부러 그들을 불러 모았다. 물론 섬 밖을 나가려는 자신을 붙드는 여자 때문에 화가 난 철구가 2층 창가에서 몇을 소총으로 쏜 적은 있었다. 그것도 곧 여자의 제지를 받았다. 그녀는 감염자들이 모두 사라질 경우, 어쩌면 둘의 삶이 훨씬 외로워질지 모른다는 생각을 했다. 새벽녘에는 창밖으로 누군가 우는 소리도 가끔씩 들려오곤 했고…….

그 겨울은 정말 기록적인 폭설이 쏟아졌다. 다행인지도 모를 이 두 번째 이상 현상으로, 세상은 무척 고요해졌다. 눈이 죽은 자들을 모두 덮어 버린 것이다.

그 이상한 평화 속에서 두 사람은 겨우내 서로를 보듬은 채 한기를 견뎠다. 어쩌면 이제 이 세상에는 두 사람만이 존재하는지도 모른다. 하지만 상관없었다. 죽은 자들과 산 자들이 작은 인기척에도 견디지 못하고 일어나 서로를 잡아먹는 이 살벌한 세상에서 그녀의 방만은 두 사람을 허락했다. 늙은 창녀와 소년을…….

그녀에겐 그의 피부, 온기, 그리고 녀석의 숨결을 따라 미세하게
방향을 같이하는 이 방의 잡다한 사물들. 이 세계만이 유일한 질서였
고, 의미였다.

21

솔직히 말하면 그때 소년과 함께 보낸 시간이 내 인생에서 가장 행
복했던 순간이다.
"기쁘지? 세상이 멸망했으면 뭐 어때? 얼어 죽으면 어때? 어차피
세상은 나에게 항상 차가웠어."

22

그녀의 방으로 돌아온 이후로 철구는 거의 잠으로 시간을 보냈다.
여자는 나중에야 그 원인을 알았다.
우선 별장에 왜 난방과 수도가 계속 공급됐는지에 대한 미스터리
가 풀렸다. 재가 된 별장 지하에는 냉동고와 실험실 외에 벽 뒤로 각
종 기계들이 들어차 있었다. 철구는 그 기계들과 파이프를 타고 더
밑으로 내려갔다. 그곳에는 제법 큰 정수시설과 유조탱크가 있었다.
여자가 잠이 들면 철구는 몰래 유조탱크에서 기름을 빼내 포구로 갔
다. 배를 모는 연습을 하기 위해서였다. 시동 거는 것부터 차근차근.

기름은 충분하니까.

눈이 계속 오는 것도 그에겐 호기였다. 철구는 군함에서 빼내 온 잠수복을 입고, 그 위에 군인들의 방탄복과 방한복을 걸쳤다. 그리고 시간이 날 때마다 가슴까지 오는 눈밭을 헤치고 감염자들을 찾아내 사냥했다. 녀석은 눈 속에서 불쑥 몸을 일으키는 놈들에게 붙들려 몇 번을 눈 속에 파묻혀야 했다. 그렇다고 총소리로 그녀를 깨울 수는 없었다. 녀석은 몰래 품고 나온 망치와 손도끼로 순식간에 감염된 시체들을 아작 냈다. 얼굴에 묻은 피는 눈으로 닦았다. 그들을 모두 제거하지는 못했지만, 그 정도면 여자 혼자 지내도 충분히 안전할 터다.

그즈음의 이상한 분위기를 눈치챘는지 여자는 매일 차릴 수 있는 최대한으로 저녁을 준비했다. 철구가 입을 열었다. 여자는 말없이 꾹 꾹 밥을 삼켰다.

"인천공항으로 갈 거예요. 만약 그곳에 살아남은 사람들이 있다면 우리가 보고, 겪은 일에 대해 말해 줘야 해요."

그녀는 혼자 남기를 거부했다. 그렇다고 섬을 떠나는 것도 싫었다. 계속 이 섬에 머물기를 바랐다. 두 사람만이……

"먹을 것도 다 떨어져 가잖아. 어차피 봄이면 결국 우린 죽어!"

여자는 별장에서 가져온 연구일지를 태워 버릴 거라고 엄포를 놓았다. 철구는 말문이 막혔지만, 여기서 물러서면 죽도 밥도 안 될 터다.

"어차피 백신이 내 몸 안에 있어! 여러 차례 검증됐으니 태워도 상관없어!"

그녀는 울음을 터뜨렸다.

"조금만 기다리면 돼. 조금만. 만약, 만약 그 방송이 실제로 맞는다면…… 구조대를 데려올게요. 적어도 봄이 오기 전까진…… 반드시 돌아올 거야. 반드시…… 봄이 오기 전에…….”

그녀에겐 최후의 방법이 남아 있었다. 그녀는 땜통이 남겨 뒀던 청산가리가 든 담배를 꺼내 입에 물었다. 그리고 라이터를 켰다. 철컥, 철컥……. 철구는 처음으로 여자를 때렸다. 물론 알고 있었다. 어차피 시위일 뿐, 여자가 실제로 불을 붙이진 않으리란 것을. 여자는 녀석의 목을 붙들고 놔주지 않았다. 철구는 어쩔 수 없이 그녀를 다시 안았다. 이미 소년은 남자가 되어 있었고, 여자는 한없이 약해진 상태였다.

23

오랜만에 비가 내렸다. 여자는 부엌 쪽으로 가 철구가 배에서 떼온 발전기를 돌렸다. 지겹도록 봐 온 토크쇼라도 볼 참이었다.

"생존자 여러분께 알립니다. 생존자 여러분께 알립니다. 인천국제공항으로 오십시오. 인천국제공항으로 오십시오. 식수와 식량, 의료품이 확보되어 있습니다. 정부가 여러분을 지켜 드립니다. 식수와 식량, 의료품이 확보되어 있습니다. 정부가 여러분을…….”

이것은 희망의 징표일까? 여자는 볼륨을 최대로 낮추고, 침대에 몸을 눕혔다. 텔레비전에 뜬 컬러 바 화면이 무심하게 컴컴한 방을 밝혔다. 여자는 텔레비전을 꺼 버리고, 얼마 전부터 읽기 시작한 노인의 연구일지를 펼쳐 들었다.

2차 바이러스 실험 결과. 감염 시, 운동 능력의 급격한 퇴조와 동시에 항시적 가수면상태에 돌입. 감염자의 육체는 이성의 제어를 벗어나, 숙주를 찾아 본능적인 공격 및 포식 행위를 보이는 반면, 감염자의 정신은 계속 무의식에 머무는 것으로 보임. 계속 꿈을 꾸는 상태일 것으로 추측.

아직 여기저기 쌓여 있던 눈 더미들이 비에 섞여 땅속으로 스민다. 여자는 빗소리에 기분이 좋아졌다.

"좀비가 되면 계속 꿈을 꾸게 된대. 몸이 다 썩을 때까지. 우리 그냥 같이 좀비나 될까?"

그 방 안에는 이미 그녀 말고는 아무도 없었다.

24

소년이 잠결에 대답했다.

"욕 나오네. 도대체 바이러스를 몇 개를 만든 거야? 운 좋게 맞는 백신을 맞은 거야. 그 개는 아마 2차를 맞은 거고. 어쩐지 뒤뚱거리는 게 잡기 쉽더라니. 멍청한 놈."

"연구일지에서 가장 재미있는 부분이 어딘지 알아? 1차 실험 숙주. 자기가 사랑하던 여자랑 똑 닮은 아이의 시체를 구해 실험을 해

봤대. 모 재벌가에선 연구비까지 지원했어. 왜? 딸이었거든. 운동 능력, 지능, 육체 상태 모든 것이 성공적이었다나? 정말로 죽은 아이가 되살아난 거야. 부모는 너무 좋았겠지? 처음에는……. 근데 부작용이 있었어. 급격한 노화 및 불안정한 심리 상태. 그래서 재벌가는 그 아이를 다시 이 섬으로 보내 버렸어. 하지만 노인은 외면했지. 그 아이는 어떻게 됐을까? 지금쯤 죽었을까? 근데…… 이거 꼭 내 얘기 같지 않아? 이렇게 말하니까 꼭 진짜 같지? 진짜야. 나 사실 너보다 어려."

"허. 당신이 나보다 어리다고?"

넌 웃음을 못 참는 게 문제야. 얄밉다.

"말했잖아. 노인이 날 여기로 데려왔다고. 맞혀 봐. 내 말이 진짠지, 가짠지?"

"무조건 가짜! 그거 방금 지어낸 얘기지?"

25

눈은 대부분 녹았다. 더 이상 그녀를 위협할 감염자들도, 추위도 모두 사라졌다. 더 이상 읽을 편지도, 연구일지도 남아 있지 않았다. 떠난 이가 다시 돌아올지, 영원히 오지 않을지도 알 수가 없었다. 그녀는 텅 빈 섬을 혼자 배회하거나, 언덕에 올라 바다를 보는 일로 하루를 보냈다.

어느새 섬은 곳곳에 아지랑이가 피어오르는 계절로 바뀌어 갔다.

여자는 눈에 띄게 행동이 굼떠졌다. 아무 곳에서든 걸터앉으면 머리를 박고 잠이 들었고, 가끔 소년이 옆에 있는 것처럼 혼자 대화를 나누기도 했다. 혼자만의 시간을 공상으로 보내다가 가끔 꿈과 헷갈리기도 했는데, 가령 꿈속에서 그녀는 소년과 또래의 소녀로 돌아가 풋사랑을 나누기도 했고, 일흔의 할머니가 되어서 죽음에 이르기도 했다. 모든 것이 현실 같고, 또 꿈같아 그녀는 퍼뜩 깨어나도 다시 꿈을 꾸길 바랐고, 현실에서도 꿈을 봤다. 가끔 거울 속의 자신의 모습이 할머니로 비쳐서 깜짝 놀랐고, 스스로 연구일지에서 봤던 실험 숙주라고 생각되어 모든 것이 당연하게 느껴지기도 했다.

그녀에게 끊임없이 닥치던 세파는 이제 멈췄다. 오로지 기다림과 체념 사이를 거닐며 외로움을 공상으로 이겨 낼 뿐이었다. 어떤 때는 이 모든 것이 정말 거짓말 같아서 세상에 닥친 재앙도, 바이러스에 감염돼 되살아난 시체들도, 그녀가 겪었던 별장에서의 일도 다 자기가 지어낸 환상을 뿐이고, 아무도 없는 섬에 홀로 서 있는 자신의 모습이 단지 꿈일 뿐이라고 스스로를 위안하기도 했다. 그러다 불탄 별장, 반쯤 가라앉은 군함 등의 모습이 눈에 보이면 갑자기 차가운 현실감과 견딜 수 없는 외로움이 몰려와 몸서리쳐지는 것이다. 심지어 그녀는 감염자들을 찾아다녔다. 그리고 이미 대부분 썩어 움직이지도 못하는 그것들의 입에 자기 팔을 대 보기도 했다.

종국에 그녀는 아예 방 밖으로 나가지 않았다. 아기자기하게 꾸며진 그 세계는 절대 변하지 않을 테니까. 자꾸 울다 보니 심지어 소년의 얼굴마저 지워졌다. 간혹 얼굴이 떠올라도 그건 그녀를 돈 주고 사서 동정을 떼던 수많은 소년 중 하나의 얼굴일 뿐이라고, 어쩌면 소년 자체가 자기가 만든 사람일 뿐이라고 그녀는 생각했다. 소년은 원래 없었다. 원래 그녀는 혼자였다. 아주 옛날부터.

그녀는 창가로 가 앉았다. 결국 봄이 왔다. 이건 꿈인 걸까? 세상이 다시 조용히 흐르고 있었다. 그녀는 깨끗이 빤 옷이 입고 싶어졌다.

그리고 소년이 돌아온 것이다.

26

나는 포구로 뛰어 내려가 소년을 안았다. 그리고 비틀대는 그를 부축해 방으로 옮겼다. 그의 팔엔 잇자국이 있었고, 피가 살짝 배어 나오고 있었다. 소년은 침대에 눕자마자 칭얼거렸다.

"자꾸 졸려…… 잠이 와."

아! 그는 아직 변하지 않았다.

27

철구가 그녀를 다시 봤을 때, 그녀는 이미 할머니였다. 그녀는 창가에 앉아 졸고 있었다. 철구는 의외로 담담한 마음이었다. 섬 밖으로 나가 실험에 참여해, 다양한 실험군들을 접해 봤다. 그녀는 2차 별종 감염에 해당된다. 증세는 급격한 노화와 정신적 퇴행. 마지막으로 봤을 때 그녀는 이미 노화가 많이 진행된 상태였다. 그래도 자신이 늦었다는 걸 눈으로 확인하니 가슴이 쓰렸다. 언제 감염이 된 것일까? 실제 그녀는 몇 살이나 되었을까? 의외로 어릴지도 모른다. 철구는 그녀의 눈가에 맺힌 눈물을 살며시 닦아 준 뒤, 그녀를 흔들어 깨웠다.

'1차 실험 숙주'는 여전히 눈을 감은 채로 철구의 팔을 살며시 물었다.

꽃이 피듯, 흰 천에 핏방울이 번져 간다. 철구는 침대에 벌러덩 누웠다. 중위가 마지막으로 남긴 경고가 그제야 떠올랐다. "그녀는 네 생각과는 다른 사람이야. 그래도 상관없다면 잘 관찰해. 1차 실험 숙주 부분을 찾아서 읽어 봐……."

그에게 처방된 백신이 그녀가 준 상처에도 효과가 있을까? 곧 구조대가 올 것이다. 그녀의 상태로 볼 때, 어쩌면 그녀는 그 전에 숨을 거둘지 모르겠다. 어차피 구하지 못할 여자였다. 하지만 녀석에게 그녀는 목적이었고, 모험의 유일한 의미였다. 너무 어린 나이에 깨달은 공허를 채워 주던 여자. 뭐. 어차피 세상은 조금씩 좋아지고 있다. 저기 책상 위에 놓인 연구일지나 두 사람의 시체는 이 세상을 치료하는 데 밑거름이 될 터다. 창밖으로 꽃잎들이 흩날린다. 햇살이 너무 맑아 철구는 약간 슬퍼졌다.

침대 밑으로 오래된 담뱃갑이 보였다. 그는 피지도 못하는 담배를 한 대 빨았다. 방 안 가득 볶은 아몬드 향이 난다.

그때 그녀가 눈을 떴다. 철구는 그녀를 보고 웃으며 말했다.

"잠이 와."

그녀는 달래듯 대답했다.

"봄이라 그래. 그래서 졸린 거야."

그녀는 그에게 다가와 옆에 누웠다. 그리고 스르르 눈을 감고는 그를 먹기 시작했다. 따스한 봄볕 아래에서 그녀는 다시 꿈을 꿨다. 이건 모두 나의 꿈이다. 봄은⋯⋯.

크랩 서클

고광호

이 동네는 국내 최대의 고인돌 유적지로 유명하다. 특이하게 이 유적지 바로 옆에는 크랍 서클이 두 개나 있다. 크랍 서클은 넓은 들판의 작물을 강하게 눌러 특이한 패턴이 보이는 지형으로, 영국과 미국에서 많이 발견되는 것이다. 그 모양이 복잡하고 하룻밤 사이 짧은 시간에 순식간에 나타나기 때문에 그 원인이나 이유에 대해 논란이 많은 기이한 현상이었다. 어떤 존재가 무슨 이유로 이런 기하학적인 문양을 땅에 새기는지 모를 일이었다. 인류보다 진보한 외계 생명체들이 슬쩍 알려 주는 힌트, 수수께끼 같은 것이 아닐까 하는 추측이 있을 뿐.

이 지역에 처음에는 크랍 서클이 하나만 있었다.

태양계를 상징하는 것 같은 여러 개의 동심원 모양으로, 각 동심원에는 수성, 금성, 지구 등을 나타내는 작은 원이 그려져 있다. 그 작은 원들의 자리가 실제 혹성들의 위치와 일치한다는 것이 발견 당시 큰 뉴스였다. 지역의 유명세를 올려 주는 고마운 볼거리였지만 이 서클을 못마땅하게 여기는 주민들도 있었다. 조상님들의 무덤인 고인돌 유적지 옆에 듣도 보도 못한 외계인들의 낙서 자국이 있다는 게 영 탐탁지가 않았던 것이다. 주로 밤늦은 술집에서 고성과 함께 와자지껄하게 이런 생각을 주장하는 일이 잦았다.

그러다 어느 날, 농한기라 술 마시고 담배 피우며 할 일 없던 땅 주인들이 합심하여 트랙터로 땅을 갈아엎기 시작했다. 트랙터로 동심원을 가로지르는 기다란 줄들을 그어 서클 모양을 지우려 했다. 그렇게 서클이 망가져 가는 모습에 만족스러워하다 누군가 술 마시고 다음 날 계속하자는 바람에 작업이 중단되었다. 그날 밤늦게까지 조상님들의 묘소가 술집에서 오랫동안 칭송되었다. 그리고 놀라운 일이 바로 다음 날 일어났는데, 서클 바로 옆에 비슷한 모양의 서클이 하나 더 생겼고, 동심원 밖에 지렁이 같은 모양들이 다섯 개나 꿈틀거리듯 깊게 파여 있었던 것이다. 더 이상 서클을 망치려는 시도 따위는 그만두라는 경고 같았다. 새로 생긴 서클을 보고 술이 깬 땅주인들이 그만 혼비백산했다. 조상님 묘소 따위에는 관심이 사라진 것이 분명했다. 그 지렁이 모양에 진저리 치는 노인도 있었는데, 전날 밤 제일 목소리가 컸던 김 씨였다. 큰 충격을 받았는지 그만 조상님 곁으로 갈 모양이라는 풍문도 들렸지만, 며칠 앓다가 일어나 지금은 예전처럼 술 마시고 담배 피우며 살아가고 있었다.

그런 연유로 크랍 서클이 두 개가 된 것이다. 하나만 있는 곳도 드문데 두 개나 있으니 큰 뉴스거리였다. 그렇게 방송을 탄 이후로 유명한 고인돌 유적지이자 신비로운 서클 지역이라는 이름까지 얻게 된 것에 좋아들 했다. 고인돌 유적지 입구의 기념품 매장에는 이 서클의 형상을 인쇄한 손수건이나 타월 등을 팔고 있을 정도이다.

현우는 이 서클 바로 근처의 동네에서 혼자 자취하고 있었다. 경기가 나빠지며 서울에서 다니던 회사에서 대규모 해고정리가 있었고 이미 40대 중반을 지나고 있던 터라 약간의 명퇴금을 받고는 그만두었다. 그 회사의 하청업체였던 이 지역의 작은 전자부품 회사의 영업이사 자리로 작년에 옮기게 된 것이다. 말이 좋아 영업이사지 본사인 원래 다니던 회사와 이 업체 사이에서 이런저런 뒷거래나 불량품 대처 등을 전담하는 얼굴마담 정도에 불과했다. 월급도 절반 가깝게 줄었지만 이 정도 자리라도 잡은 게 다행이라 자위했다. 이제 막 대학에 들어간 딸이 있기 때문이다. 딸 생각을 하면 여기서 10년은 버텨야 한다고 생각하며 다니고 있었다. 그나마 자식이 하나라 다행이다 싶었다.

그런 사정으로 현우는 사십이 넘은 나이에 혼자서 자취생활을 하고 있었다. 또한 서울 본사에서 높으신 분들이 내려오면 으레 고인돌과 크랍 서클 지역을 구경시키고 룸살롱 같은 술집으로 모시는 것이 현우의 주 업무였다. 그다지 술을 좋아하지도 않는 그로서는 유적지 부근에서 최대한 오랫동안 시간을 끌고 싶지만 빨리 술집으로 가자는 핀잔을 듣기 일쑤였다.

술집에 드나드는 것이 그렇게 나쁜 것은 아니었다. 소도시라 술집 규모도 작고 마담이나 아가씨 숫자도 적어 현우가 가게에 들어서면

"이사님!" 하고 반갑게 맞이하는 것이다. 어깨가 으쓱해지는 드문 순간이기도 했다. 서울의 큰 회사에서 부장까지 하고 내려온 세련된 홀아비라고 제법 인기가 있는 것 같았다. 단골 룸살롱의 젊은 마담과는 요새 말로 썸 타는 느낌까지 들었지만, 오십이 다 되어 가는 나이에 가족 생각, 시원찮은 벌이까지 떠올라 입맛을 다실 뿐이었다. 그저 쥐 죽은 듯이 10년만 버텨야지 하는 생각이다.

현우는 어제도 서울 본사의 박 전무 팀을 대접하느라 룸살롱에서 오랫동안 술을 마시고 모텔까지 잡아 주고는 새벽에 들어왔다. 박 전무와는 입사 동기였는데 이렇게 접대를 해야 하는 처지가 된 것이 현우는 한탄스러웠다. 술자리에서 내색하지는 않았지만, 전무의 잔이 빌 때마다 두 손으로 재빨리 술을 채우는 자신의 모습이 신기할 정도였다. 서열을 금방 파악한 마담이 헤픈 웃음을 전무에게 날리는 것을 보자 속이 쓰렸다. 그녀와 교감이 있다고 생각했는데…… 착각이었다. 마담의 고객 관리에 불과한 것을 은밀한 호감으로 착각한 자신이 한심하게 느껴졌다. 거기에 같은 해에 입사하고도 승승장구하는 박 전무에 비해 자신은 얼마나 초라한 처지인가.

어쩌다 이렇게 된 걸까?

나름대로 열심히 살아왔는데……. 머리가 복잡했다. 뭘 잘못한 걸까? 뭘 놓치고 살아온 걸까? 되돌리기엔 이미 늦지 않았나……. 한숨이 나왔다. 그러다 이런 생각이 들었다, 단순하게 생각하자. 이렇게 10년만 버티면 된다. 10년만, 10년만 버티자. 독한 위스키를 들이켜며 마음을 다잡은 기억이 났다. 그게 어제 새벽 일이다.

아침에 깨어 보니 머리가 아프고 속도 불편했다. 기분도 우울했다.

박 전무 생각이 나자 자괴감이 느껴졌다. 조상님 묘소를 잘못 쓴 게 아닐까 하는 실없는 생각을 했다. 하지만 사십 넘은 데다 별다른 기술도 없는 아저씨를 누가 써 준다고. 포기하는 마음이 들었다. 심란한 아침이었다. 시계를 보니 벌써 7시였다. 박 전무 팀은 아침 일찍 사장과 함께 골프 투어를 갔을 것이다. 주섬주섬 운동복을 입고 고인돌 유적지로 향했다. 건강을 위해 아침마다 하는 운동이다. 지끈거리는 머리와 울렁거리는 배를 다독이며 천천히 걸어가자 천 년도 더 된 거대한 고인돌이 보였다. 그 바위들도 자신처럼 힘들어하는 것 같았다.

"머리도 아프고, 배도 아프다. 온몸이 다 썩어 가는 것 같다."라고 고인돌이 말하는 것 같았다.

요즘 안 아픈 사람이 어디 있겠냐? 아니 안 아픈 바위가 어디 있겠냐, 이런 세상에서 아직 살아 있다는 게 용한 거지, 현우가 고인돌에게 위로의 말을 건넸다. 드라마의 유행어가 생각났다.

너도 아프냐? 나도 아프다.

그래, 우리 모두 다 아프다.

계속 걸었다. 유적지를 거쳐 크랍 서클의 동심원을 따라 한 바퀴씩 돌고 나면 거의 2킬로미터 정도를 걷게 되는 셈이라, 될 수 있으면 아침마다 산책하려고 노력 중이다. 특히 동심원을 따라 걷고 있으면 묘하게 마음이 고요해지는 것이 좋았다. 마음이 진정되며 머리가 맑아지는 것이다. 자신도 모르게 "감사합니다."라고 중얼거리는 경우도 있었다. 현재의 처지에 감사한 마음을 가진다는 것은 어쩐지 억울하고 분하지만 자신도 모르게 감사하다고 반복했다. 그렇게 주문을 외우듯 "감사합니다, 감사합니다." 하며 동심원을 돌고 있으면 온몸이 가벼워지며 어딘가로 날아가는 기분까지 들었다. 아무도 가 본 적이 없는 엉뚱한 시간대와 장소로 휙 사라지는 상상이 되었다. 그런 몽상과 함께 자존심 상하는 직장 생활을 잠시 잊고, 늘 돈 타령만 하는 아내와 딸에 대한 섭섭한 마음도 사라지는 것 같았다. 일종의 해방감을 느끼는 것이다. 꼼짝달싹 못하는 지금의 처지를 벗어나 하고 싶은 대로, 내키는 대로 마음껏 살아가는 해방감. 크랍 서클을 걸으면 그런 기분을 느낄 수 있어 좋았다. 그렇게 계속 걸었다.

7월의 한여름이라 후덥지근했다.

어젯밤에 비가 와서 좀 선선할까 했지만 오히려 더 더운 것 같았다. 사우나에 들어선 것처럼 땀이 줄줄 흘렀다. 뜨거운 열기가 머리를 짓눌러 서클 속으로 밀어 넣는 것 같았다. 그렇게 더운데도 이상하게 마음이 편안했다. 이 서클에 신비로운 힘이 있는 것이 아닐까 하는 생각이 스쳐 갔다. 그렇게 계속 걷다가 두 번째 서클의 동심원과 지렁이 모양이 가까워지는 부분을 지날 때였다.

갑자기 심장이 두근거리기 시작했다.

정확하게는 심장도 아닌 것 같았다. 몸속 세포들이 꿈틀거린다고 할까. 고등학교 생물 시간에 배웠던 미토콘드리아 같은 것들이 지렁이처럼 꿈틀거리는 느낌이었다. 간질간질하면서 전기가 흐르는 것처럼 꿈틀하며 살짝 소름이 돋았다. 비처럼 떨어지던 땀방울도 다 증발해 버리고 오싹한 한기가 느껴졌다. 한 발짝 걸을 때마다 발바닥에 느껴지는 바닥이 늪처럼 물컹했다. 땅을 살펴보았지만 늘 보던 흙이었다. 별다른 이상이 없어 보였다. 하지만 다시 한 걸음 옮기자 발이

쑥 빠졌다. 그리고 찌릿하는 전율도.

　무슨 일이지? 그리고 왜 이렇게 한기가 드는 걸까?

　아무래도 느낌이 안 좋아 발걸음을 집으로 돌리려는 순간이었다. 푹 잠기던 발이 그대로 땅을 파고들며 무릎까지 빠졌다. 당황하며 손을 들어 허우적거려 보았지만 순식간에 목까지 빨려 들어갔다. 그리고 꼴딱 사라졌다. 비명을 지를 틈도 없이 현우의 몸이 땅속으로 끌려 들어갔다. 현우를 삼켜 버린 후 땅속에서 바람이 불어 나왔다. 먹은 양만큼 내뱉는 것 같았다. 작은 소용돌이가 한바탕 솟아오르며 적막한 하늘로 먼지와 풀 더미를 휙 날려 보냈다. 잠시 후 그 먼지까지 서서히 가라앉자 아무 일 없다는 듯이 조용해졌다.

　7월의 뜨거운 태양이 텅 빈 하늘 위에서 이글거리고 있었다.

　깊고 까만 바닷속으로 잠수하는 것 같았다. 깜깜한 암흑이었다. 의지할 뭔가를 잡으려고 허우적거렸지만 아무것도 손에 걸리지 않았다. 이대로 죽는 건가, 의식이 가물가물했다. 그러다 얼핏 어렴풋한 빛이 머리 위로 보였다. 그 빛을 따라 서서히 몸이 부상하는 느낌이 들었다. 단단하게 고정된 현실로 복귀하는 느낌. 조금씩 정신이 들었다. 악몽을 꾸다가 깨어나는 것 같았다. 현우가 어질어질한 머리를 추스르며 겨우 눈을 뜰 수 있었다.

　익숙한 서울의 집 안방이었다.

　옆에는 아내가 곤히 자고 있었다. 현우 역시 속옷 차림으로 침대 한쪽을 차지하고 누워 있었다. 물속에 잠긴 듯이 머릿속이 흐릿했다. 거실로 비틀거리며 나가 찬물을 한 잔 마시고서야 정신이 조금 들었다. 주위를 살펴보니 역시 서울 아파트의 거실이었다. 식탁 옆의 정수기, 식탁 위에 늘 자리를 차지하고 있는 탁상달력, 메모장……. 익숙한 풍경이었다. 여전히 어리둥절한 현우의 눈에 달력의 숫자가 보였다. 2013년 7월.

작년이었다.

다시 보아도 1년 전이었다. 어떻게 된 것일까? 마침 식탁 위에 있던 자신의 스마트폰을 켜 날짜를 확인해 보았다. 1년 전 7월이었다. 소파 위에 보이는 아내의 휴대전화도 확인해 보았지만 마찬가지였다. 텔레비전을 켜 보았다. 아침 뉴스가 나오고 있었다. 역시 한참 전의 뉴스였다. 1년 전의 시간으로 이동한 것이 확실한 것 같았다.

어떻게 된 것일까? 크랍 서클?

곰곰이 생각해 보니 아무래도 그 크랍 서클이 원인인 것 같았다. 그 지렁이 모양을 지나갈 때 심장이 두근거리며 온몸의 세포가 꿈틀했던 느낌이 생각났다. 서클로 빨려 들어가 허우적거리며 흘러다닌 깜깜한 심연. 어쩌면 그 서클에 시간을 과거로 되돌리는 힘이 있는 것이 아닐까? 엉뚱하지만 지금으로서는 그 설명밖에는 떠오르지 않았다. 다른 적당한 이유가 떠오르지 않았다. 혹시 꿈을 꾸고 있는 건 아니겠지. 술을 많이 마시고 무더운 날에 무리해서 산책하다가 기절한 건……. 아무래도 꿈 같지는 않았다. 이렇게 생생한데 이게 꿈일 수는 없을 것이다. 달력을 다시 한 번 보았다. 역시 1년 전이었다.

작년에 막 회사를 그만두고 집에서 며칠 쉬었던 무렵인 것 같았다. 그때 딸아이는 여름방학을 맞아 어학연수를 갔고 집에서 마누라와 지냈지. 오랜만에 영화도 보고 외식도 하며 신혼시절로 되돌아간 것 같았는데. 아직 다음 직장이 결정되지 못한 엉거주춤한 상태에서 불안한 마음을 억지로 감추기도 했고. 뭐라도 하면 되지 않겠냐며 오히려 아내가 위로해 주었지.

그래, 뭐라도 하면……

그래서 그 업체로 옮기게 된 것이다. 그때 힘을 써 준 사람이 박 전무였고. 회사 내에서는 그다지 친하게 지내지도 않았는데 어느 날 회사를 소개해 주겠다고 전화를 걸어왔다. 고마운 마음 한편으로는 자존심이 상해 우울했었다. 이제 겨우 부장을 달았다 명퇴당한 자신과 입사 동기였던 박 전무가 비교되었다. 그 인간처럼 살았어야 했다고 생각한 적도 많았다. 그가 그렇게 고속 승진을 할 수 있었던 것은 윗사람에 대한 아부의 기술 덕분이라고 할 수 있었다. 상사에 대한 복종심과 충성심은 혀를 내두를 정도였다. 또 그만큼 아랫사람들에게도 그런 자세를 바라기도 했다. 철저하게 자기 사람을 챙기고, 다른 라인의 인간들은 짓밟거나 이용해 먹는 인물이었다. 회사형 인간이라 할 만했다.

그런 박 전무를 조심해야 했는데.

지방 업체로 옮긴 후로 그 얼굴은 안 볼 줄 알았는데, 거의 한 달에 한 번꼴로 보게 되었다. 골프장 예약이나 술집 접대 정도까지는 그렇다 해도 이런저런 비용으로 돈 봉투를 요구할 때는 속이 뒤틀렸다. 이런 용도로 날 소개한 거구나. 뒤늦게 그 친절의 연유를 알았지만 어떻게 할 수도 없었다. 하청업체와 원청업체 사이에서 관례처럼 오가는 상납금 전달책을 만만한 현우에게 맡긴 것이다. 입사 동기이면서도 일찌감치 잘려 나간 덜떨어진 놈한테 맡기면 감지덕지할 거라

예단했을 것이다. 어쩌면 맞는 말일 것이다. 이렇게 더러워진 기분만 빼면, 세상이 싫어질 만큼 구겨진 자존심만 잊는다면, 자존감과 생활의 의미를 몽땅 박탈당한 것만 무시하면.

10년만 버티자.

그 업체로 옮긴 후 하루에도 몇 번씩 중얼거리는 말이었다. 10년만 버티자. 가족들 생각해서 10년만 버티면 된다. 박 전무의 비위를 맞추느라 굽실거리면서도 이 시간이 영원한 게 아니다, 10년이면 다 끝난다고 생각하며 자위했다. 그래 딱 10년. 그렇게 보낸 지난 1년의 세월이 꿈같이 느껴졌다. 꼭 하루 정도의 짧은 시간 같기도 하고 백 년쯤 되는 긴 시간 같기도 했다. 도대체 어떻게 보낸 시간인지 모를 지경으로 모호하고 안개 속을 헤매듯 정처 없이 보낸 시간이었다. 시체가 되어 관 속에 누운 채 지내온 것처럼 무기력하고 무의미한 시간이었다. '왜 이렇게 된 걸까?'라는 질문도 희미해져 갔다. 하루하루가 버티기 혹은 생존하기 정도로 퇴행해 버린 시간이었다. 그렇게 되돌리기엔 늦었다고 맥없이 흘려 버린 시간. 당시에는 뚜렷하게 보이지 않던 비루함을 이제는 손에 잡힐 듯 분명하게 깨닫게 된 것 같았다. 서클을 통과하면서 어떤 변화가 생긴 게 아닐까 하는 생각도 들었다.

여하튼 이제 그 시간을 되돌릴 기회가 주어진 게 아닐까? 그렇게 살지 않아도 되는 기회. 새롭게 시작할 수 있는 기회. 아직 7월이니 박 전무의 소개를 받기 전이다. 어떻게 된 건지는 모르겠지만, 마음 굳게 먹고 새 직장을 알아봐야지. 뭐라도 돈을 벌 수 있는 방법을 찾아야 한다. 그놈 앞에서 벌벌 떠는 우스운 꼴을 면하려면 돈을 벌어야 한다.

거실 식탁 앞의 의자에 천천히 앉았다. 시계를 보니 아침 7시였다. 출근할 회사도 없으니 생각할 시간은 많다. 어떻게 돈을 벌어야 하나. 머리가 복잡했다. 꼼짝도 하지 않고 그렇게 앉아 생각에 잠겼다.

서서히 아침이 밝아 왔다.

아내가 왜 이렇게 일찍 일어났냐고 물어보며 해 주는 토스트를 뜨거운 커피와 먹고는 9시도 되기 전에 집을 나섰다. 집 앞의 은행과 증권사에 가 볼 생각이었다. 아무리 생각해도 오십이 다 되어 가는 나이에 직장을 잡기는 힘들 것 같고, 뭔가 다른 방도가 없을까 고민하다가 주식투자를 생각해 낸 것이다.

작년 한 해는 경제적인 격변기였다. 전통적인 기계, 자동차, 전자 사업의 경기는 급격히 나빠졌고, 주로 생명공학이나 소셜 네트워크 분야의 회사들이 상장되면서 많은 투자 수익을 냈다는 기억이 난 것이다.

잘나가던 그 회사 이름이 뭐더라……. 무슨 셀바이오? 라인워크? 회사 이름이 가물가물했다. 이 두 회사가 서로 연결되어 있어 지분의 50퍼센트 이상을 쥐고 있던 신비로운 자본가가 재벌 수준으로 돈을 벌었다고 연일 신문에 나곤 했다. 이 회사에서 만든 손상 세포 치료제의 약효가 워낙 우수해 웬만한 유전자 질병은 다 치료할 수 있고, 어찌 된 일인지 별다른 홍보도 없는 상황에서 이런 치료 효과가 그 소셜 네트워크 회사를 통해 파도처럼 소비자들에게 알려지게 되었다. 연일 들려오는 희소식에 10일 연속 상한가를 여러 번 기록했다는 진기한 뉴스도 자주 들리곤 했었다. 이 회사를 인수하려는 대기업과의 치열한 지분 다툼도 뉴스거리였다. 이 지분 싸움 덕분에 주식 가격은 끝도 없이 치솟았다. 이 주식에 대해 미리 이런 정보를 아는 것은 엄청난 횡재일 것이다. 현우가 밝아 오는 아침 해를 보며 그 뉴스를 기억해 냈고, 증권사가 문을 열자마자 계좌를 개설할 생각으로 뛰쳐나간 것이다. 마음이 급했다. 이 주식들은 한번 주가가 오르기 시작하면 도저히 잡을 수 없을 정도로 끝없이 상승했다. 그러니 빨리 사들여야 한다. 퇴직금으로 받은 1억 원을 몽땅 다 집어넣을 계획이다. 2억 정도 아파트 담보대출도 받을 생각이다.

증권사로 달려가 계좌를 개설하고 은행에 들러 1억 원을 이체시켰다. 대출에 필요한 서류도 준비해서 신청했다. 3일 정도 걸린다는 얘기를 들은 후 집으로 헐레벌떡 달려온 현우가 컴퓨터를 켜고 증권사의 주식 투자 프로그램을 깔아 거래를 시작했다. 정확하게는 '셀바이오닉스'와 '퀀텀네트워크'라는 회사였다. 주가 그래프를 살펴보니 상장한 지 아직 일주일도 되지 않았다. 오르기 전이라 상장 당시의 가격과 비슷한 주당 1만 원 수준이었다. 두 회사의 주식을 시장가로 5000만 원씩 사들이기 시작했다. 거래가 거의 없던 주식들이 현우의 주문으로 갑자기 활발하게 거래되기 시작했다. 이제 막 상장이 된 소규모 회사라 1억 원 정도의 주문에도 주가가 출렁거렸다. 약 5000주씩 두 회사의 주식이 매수된 것을 확인하고 나서야 마음이 진정되기 시작했다.

다행이다, 이 주식들을 사들일 수 있어서.

3일 후 대출금까지 투입하면 총 3억 원. 지분율이 꽤 높아질 것이다. 이제 기다리기만 하면 된다. 여름이 끝나기 전에 열 배 가까이 가격이 오른 것이 기억났다. 계속 들고 있으면 무상증자를 통해 열 배로 주식 수가 불어나고 다시 1년 안에 열 배 정도 가격이 올랐으니 1년 동안 100배의 수익을 올릴 수 있다. 100배……. 진정되던 가슴이 다시 콩닥거리기 시작했다. 100배이면 300억 원이다. 300억 원. 꿈에서도 생각해 본 적이 없는 엄청난 돈.

우선 큰 집으로 옮기고, 차도 바꾸고……. 현우가 모니터를 바라보며 백일몽에 잠겼다. 자신도 모르게 빙그레 웃고 있었다. 짊어지고 있던 온갖 잡동사니들을 일시에 털어 버리는 것같이 시원했다. 온몸의 세포들이 환하게 빛나는 것 같았다. 세포 속의 미토콘드리아가 꿈틀했다.

머릿속에 불이 번쩍 들어왔다.

전기 같은 전율이 머릿속을 휩쓸고 지나갔다. 갑자기 세상 모든 것들이 명확하게 보이기 시작했다. 자신이 똑똑해진 느낌이 들었다. 이전과는 다른 존재로 새로 태어나는 것 같았다. 훨씬 더 진보한 생명체가 된 것 같았다. 이제까지의 삶이 리셋되고 깨끗하게 재부팅되는 것 같았다. 현우의 얼굴이 환하게 밝아졌다. 눈빛이 깊고 고요했다.

7월이 끝나기 전에 주가가 오르기 시작했다. 10일 연속 상한가를 쳤다. 현우의 주식 평가액도 기하급수적으로 불어나기 시작했다. 모니터를 보고 있자 자신도 모르게 웃음이 나왔다. 주가가 거의 수직으로 상승하고 있었다.

그렇게 웃고 있는 현우의 눈에 "셀바이오닉스, 대기업 인수 시도."라는 뉴스가 화면 하단에 보였다. 클릭하자 작은 창에 셀바이오닉스사를 인수하려는 대기업에 대한 뉴스가 나타났다. 현우가 다니던 그 회사였다.

한국전자.

거대한 자본을 축적하고 새로운 먹을거리를 찾아 여러 분야를 두드리다가, 제약 분야의 신기술을 확보하기 위해 셀바이오닉스사에 인수합병을 제의했다는 것이다.

군사정권의 전폭적인 지원과 착취한 노동력을 기반으로 급성장한 전형적인 재벌기업인 한국전자의 과거 이력이 떠올랐다. 필요한 회사를 사고, 기술을 흡수한 후 새롭게 몸집을 불려 나가는 육식형 대기업. 주변의 모든 것을 빨아들이는 블랙홀 같은 회사. 현우에게는 20년 넘게 다니던 충성스러운 직원도 나이가 많다거나, 실적이 나쁘다는 이유로 쥐꼬리만 한 돈을 쥐여 주고 내보내는 비정한 회사이기도 하다. 그 회사가 자신의 회사에 눈독을 들이는 것이다.

내 회사?

기분이 이상했다. 개인 투자자에 불과한 자신이 왜 이런 애착을……. 아니 한국전자에 대한 반감이라고 하는 편이 더 정확할 것이다. 오로지 이익만을 추구하며 모조리 먹어 치우는 돌연변이. 역사상 가장 무자비하고 교활한 야수. 저급한 자본주의의 정수. 내가 고인돌과 함께 "아프냐?"라는 대화를 하게 만든 원흉이 아닐까.

이런 생각에 잠겨 있는 중에 전화가 왔다. 박 전무였다.

"김 부장, 오랜만이네. 어떻게 지내?"

"박 전무 오랜만이야." 기다렸단 듯이 현우가 답했다. 이 인간이 왜 전화했는지 알고 있기 때문이다. 하청업체에 박아 놓고 돈을 뜯어

내고 싶겠지. 다정하게 구는 저 목소리에 그런 꿍꿍이가 있는 거지.

한국전자와 박 전무.

어쩐지 비슷하게 느껴졌다. 인간이든 돈이든 다 이용해 먹고 몸집을 불려 나가는 기계들. 조직과 구성원이 완전히 일체화된 기계. 수많은 박 전무들이 뭉쳐진 채 굴러가는 거대한 기계가 연상되었다. 모든 것을 집어삼켜 단물을 빨아먹는 고도로 정교한 기계. 그 속에서는 내가 인간인지, 조직인지 구분조차 어려워진다. 내가 빨아먹고 있는 건지, 빨리고 있는 건지도 분간하지 못하게 된다.

"요즘 주식투자 열심히 하고 있지." 자신도 모르게 돈 되는 주식을 들고 있다는 얘기를 꺼냈다. 자신의 목소리에서 여유로움이 느껴졌다. 회사에서는 꼬박꼬박 존댓말을 했던 그에게 이렇게 편안한 자세로 얘기할 수 있다는 것에도 묘한 쾌감이 느껴졌다.

"으응, 그래? 얼마나 가지고 있는데?" 현우의 하대에 당황한 목소리로 박 전무가 얼버무리듯 물었다. 그 속에 먹잇감을 감지한 하이에나의 끝없는 허기 같은 것도 느껴졌다. 나도 먹고 싶다, 먹고 싶다…….

"한 10억 되네." 귀찮은 생각이 들었다. 돈에 홀린 채 정신병자처럼 살아가는 그가 어쩐지 불쌍하다는 생각도 들었다. 대부분의 인간들이 이런 허기와 갈증에 사로잡힌 채 살아가는 것이 아닐까. 돈에 대한 갈증. 더 갖고 싶고, 더 먹고 싶은 허기. 깊고 뜨거운 갈증에 빠진 채 허우적거리는 삶. 이렇게 해야 살아남을 수 있다, 이것이 유일한 생존의 방식이라고 세대를 거쳐 주입되는 강박과 집단 최면…….

"어떻게 그 회사 주식을 살 생각을 했지? 지금 들어가도 늦지 않을까?" 다급한 목소리였다. 그 밑에 작은 소리도 들렸다, 먹고 싶다, 나도, 먹고 싶다…….

그 회사……. 늦지 않을까……? 불길한 느낌이 들었다. 분명 회사 이름을 언급하지 않았다. 박 전무가 처음부터 자신이 어떤 주식을 산 것인지 알고 전화했다는 생각이 들었다. 무언가 알고 전화한 것이 아닐까?

주식을 사들인 후에 알게 된 사실이지만 자신이 투자한 두 회사의 지분 구조가 특이했다. 개인 투자자들의 지분이 10퍼센트도 되지 않았다. 특수 관계인들의 지분이 90퍼센트가 넘었다. 몇몇 회사 관계자들이 거의 모든 지분을 보유하고 있었다. 자신처럼 시장에서 매입한 경우, 3만 주에 불과하지만 개인 투자자들 중에는 꽤 높은 지분율이라고 할 수 있었다. 며칠 전에는 투자 전문 매체의 기자에게 전화를 받기도 했다. 매수하게 된 이유를 알고 싶다나, 투자의 귀재라는 말에 으쓱했지만, 뭐라 설명하기도 어려웠다. 박 전무도 어쩌면 이런 정보를 알고 접근한 게 아닐까. 몇 되지 않는 개인 투자자 중에 지분이 많다는 것을 알고 연락한 것이 아닐까.

"글쎄 지금 들어가기는 너무 늦었지." 현우가 심드렁하게 말했다. 계속 들고 있으면 아직도 열 배는 더 오를 것이라고 알려 줄 생각이 전혀 없었다. 귓속을 간질이는 허기진 신음도 듣기가 싫었다. 이전과는 달리 상대방의 의도와 상태가 선명하게 감지되었는데 이것도 서클의 영향력이 아닐까 하는 생각이 들었다.

더 이상 대화를 나누고 싶지 않았다. 그런 현우와 억지로 만날 약속을 만들고는 박 전무가 겨우 전화를 끊었다. 긴히 할 얘기가 있다고 했다. 재직시절 현우와 거래했던 비품공급업체와 관련이 있다는 말을 비쳐서 어쩔 수 없었다. 관행처럼 약간의 상납을 받았던 것이 마음에 걸렸기 때문이다.

독사 같은 박 전무의 찢어진 두 눈이 생각났다. 그래 봤자 네놈이 어떻게 하겠냐. 파고들면 너라고 그런 게 없겠냐……. 아무렇지 않은 듯 중얼거렸지만 그와 마주해야 할 생각에 마음이 무거웠다. 어두운 먹구름이 몰려드는 것 같았다. 이제 좀 편안해지려나 했는데 생각지도 못한 문제가 덤벼드는 것 같아 두려웠다. 그 정교한 기계가 거대한 집게다리를 들어 올리는 우웅 소리가 들려오는 듯했다. 일단 끌려들어가면 완전히 말라비틀어질 때까지 쥐어짤 것이다. 단단히 마음먹어야 한다. 정신 차려야 한다. 현우가 두 손을 꼭 쥐었다.

다음 날 저녁에 박 전무와 만났다. 회사 부근의 일식집이었다. 고급 사케로 유명한 집이었다. 박 전무가 입사 동기 시절의 얘기를 꺼내며 친근하게 굴었지만 현우는 경계심을 늦출 수 없었다. 그가 어떤 인간인지 잘 아는 까닭이다.

셀바이오닉스사의 주식을 회사가 매집 중이라는 얘기를 박 전무가 했다. 시중에서 거래되는 지분이 얼마 되질 않아 개인 투자자들과 일일이 접촉하는 중이라고 했다. 그사이 꽤 오른 가격이라 매집하기가 쉬웠다고 했다. 두 배 정도의 이익을 얻고 팔려는 개인 투자자들이 많았기 때문이었다. 그리고 주주명부에서 현우의 이름을 발견하고는 자신이 직접 연락을 한 것이라고 했다. 현우에게 지분 양도를 요청했다. 후하게 가격을 쳐주겠다고 했다. 시세의 세 배를 주겠다고 했다. 한국전자에서는 어떻게 해서든 그 회사를 인수하고 싶어 한다고 했다. 얘기를 들은 현우가 주식을 양도할 생각이 없다고 하자 박 전무가 서류들을 꺼냈다. 얼굴에 미소가 떠올랐다. 먹잇감을 궁지에 몰아넣고 마지막 일격을 가하는 순간을 만끽하는 뿌듯한 미소. 광포한 미소. 뜨거운 피의 분출을 고대하며 들끓는 광기.

"비품업체 사장이 며칠 전에 들고 왔더군. 그사이 상납한 내역을 정리한 장부도 있다고 했지. 자네가 있던 부서로 흘러갔다고 하던데." 박 전무의 두 눈이 가늘어졌다. 그를 쳐다보는 눈빛이 번들거렸다. 목표만 쳐다보는 외골수의 난폭함이 느껴졌다.

현우의 귀에 그의 생각이 들리는 것 같았다. 어떻게 할 건가? 형사고발도 불사하겠어. 지분을 양도하라고. 나에게 넘기라고. 나도 먹고 싶다, 먹고 싶다, 나도……. 그 협박에 현우가 움찔 놀라 들고 있던 술잔을 내려놓았다.

자신의 일에 완전히 매몰된 인간만이 보여 줄 수 있는 순수한 광기였다. 그 일의 의미에 대해 사고하는 것이 불가능한 회사형 인간만이 보일 수 있는 순수한 몰입. 이 일을 어떻게 해서든 성사시키고 말겠다, 그 일념 외에 다른 사고가 마비된 맹목적인 인간. 돈만이 모든 것이고 회사가 전부인. 방해하는 모든 것은 쳐부수고 나가야 하는 적일 뿐. 그것이 인간이든, 조직이든 상관없다. 비대해지는 회사와 함께 자신도 함께 부풀어 올라 하늘 높이 도달할 것이라는 끝없는 기대. 회사와 자신 사이에 아무런 경계가 없는 사이비 종교.

현우 자신도 저런 생각으로 살아오지 않았던가. 지난 20년이 넘도록 자신 역시 그 조직 속에서 저런 사고방식으로 살아왔다는 것이 절절하게 느껴졌다. 자신 역시 저런 광기에 휩싸인 채로 방해하는 모든 것을 적으로 몰아붙이며 생활하지 않았던가.

이전에는 보이지 않던 것들이 보이기 시작했다.

납품을 애원하며 매달리듯 그를 쳐다보던 비품업체 사장의 표정이 기억났다. 선심 쓰듯 돈 봉투를 요구했던 자신도 떠올랐다. 자신이 박 전무와 똑같은 짓을 했다는 것이 묵직하게 다가왔다.

관행처럼……. 박 전무처럼…….

서로 물고 물리며 큰 아픔을 세상에 퍼뜨리는 데 자신도 일조한 것이다. 마음 깊은 곳에서 미안함이 치솟았다. 그 사람 역시 자신이 신봉했던 난폭한 믿음의 희생자가 아닐까, 지금의 자신처럼. 그의 얼굴이 떠올랐다. 고개 숙이던 그 얼굴에 묻어나던 체념의 표정도. 얼마나 아팠을까. 그 사람의 내부세계를 자신이 파괴한 것이 아닐까. 박 전무가 자신에게 한 것처럼. 미안합니다, 미안합니다. 날카로운 양심의 가책이 가슴을 후벼 팠다. 미안합니다. 깊은 사죄의 마음이 치솟았다. 배 속이 울렁거리며 묵은 찌꺼기가 올라오는 것 같았다. 시커멓고 냄새나는 오래된 오물. 인간의 역사만큼 오래 묵은 퇴적물. 머리가 어지러웠다. 식은땀이 등줄기를 타고 화들짝 흘렀다. 한바탕 진저리 치는 발작이 온몸을 휩쓸며 지나갔다. 부르르 떨리는 몸을 겨우 다잡을 수 있었다. 서서히 안정되기 시작했다. 그리고 이런 생각이 들었다.

나만의 악행이었을까?

개인의 잘못으로 보기엔 너무나 보편적인 질병 같은 것이 아닐까. 인류를 감싸고 세력을 키워 가는 집단적 정신병. 공기를 타고 숨 쉴 때마다 감염자를 포섭해 가는 전염병. 모두 다 그 희생자가 아닐까.

사방에서 신음 소리가 들려오는 것 같았다.

자신을 포함한 모든 인간에 대한 연민이 마음 깊은 곳에서 물밀듯 올라왔다. 번들거리는 박 전무의 얼굴에도 연민이 느껴졌다. 전에는 한 번도 느끼지 못한 안타까움이었다. 그래 너도 나도 아픈 인간들이지. 안 아픈 사람이 어디 있을까. 현우의 얼굴이 부드럽게 밝아졌다.

그를 노려보던 박 전무의 눈빛이 흔들렸다.

"어떤 일이 생길지 잘 판단해!" 박 전무의 얼굴이 붉게 달아올랐다. "가족들 생각도 해야지." 거친 말투였다. 나지막한 속삭임도 고조되었다. 나도 먹고 싶다니까, 나도!

자신의 생각대로 일이 풀리지 않자 눈앞의 모든 것을 뭉개 버리고 싶은 강렬한 분노를 느끼는 것이리라. 현우의 얼굴이 딱딱해졌다. 가족들 생각을 하라는 말이 가슴에 박혔다. 경찰에 고발하면 어떤 일이 벌어질까. 납품업체로부터 상납금을 받아 챙긴 대기업 간부, 뉴스 시간이면 자주 보도되는 것이 아닌가. 무심하게 보아 왔던 그런 뉴스의 주인공이 되는 것이다. 생각이 거기까지 미치자 현우의 얼굴이 창백해졌다. 딸의 얼굴이 생각났다. 아빠가 그런 일을 했다는 게 믿기지 않아……. 딸의 목소리가 귀에 들려오는 것 같았다. 그런 일만은 어떻게 해서든……. 갑자기 자신감이 사라지며 눈앞의 사내에게 매달리고 간청하고 싶은 마음이 치솟았다. "제발 고발만은 말아 주게."

박 전무의 얼굴에 빈정거리는 웃음이 피어나고 있었다. 그럼 그렇지, 순순히 말을 들어야지. "주식을 양도해 주게. 값을 후하게 쳐주겠네." 쐐기를 박는 말투였다. 네까짓 게 버티면 얼마나 버틴다고. 눈이 번들번들 빛났다. 입술을 축이는 혀가 가늘고 길어 보였다.

작년에 돈 봉투를 요구하던 박 전무의 능글능글한 표정이 기억났다. 아무런 저항도 못 하고 그에게 굽실거리며 상납금을 바치는 자신의 모습도 떠올랐다. 그 당시에는 그렇게 못 견딜 정도는 아니었지만 지금은 다시는, 죽어도 그런 굴욕적인 투항을 하고 싶지가 않았다. 그 비루함이 인간의 가슴에 남기는 깊은 상처와 무기력함이 어떤 것인지 잘 알기 때문이다. 안개 속을 헤매듯 정처 없이 지난 1년을 흘려보낸 이유를 뚜렷이 알 수 있었다. 얼마나 많은 사람을 이런 식으로 뭉개고 짓밟았던가. 얼마나 많은 불행과 포기와 무기력함을 퍼뜨려 왔던가. 바로 이것이 이 전염병이 퍼져 나가는 교활한 방식이 아닌가. 머리 숙이기가 싫다. 당당한 인간으로 저항하고 내 주장을 하고 싶다. 뭔가 다른 방도가 없을까. 주식을 양도하기가 너무나 싫었다. 열 배가 넘게 오를 주식이라는 것도 그 이유지만, 이런 인간에게, 아니 협박에 고개를 숙이고 굴복하기가 싫었다.

"생각할 시간을 좀 주게." 현우가 타협하는 말을 던졌다. 굴복하기도 싫지만 파렴치범으로 가족들에게 알려지는 것도 싫었다. 일단 시간을 좀 벌어 놓고 생각하면 뭔가 좋은 방법이 있을 것 같았다.

"일주일 주겠네. 그사이 알아서 결정하라고." 박 전무의 얼굴에서 여전히 번들거리는 웃음이 사라지지 않았다. 핏기가 사라진 현우의 얼굴을 감상하는 것처럼 유심히 쳐다보았다. 어떻게 요리해 줄까, 어떻게 먹어 줄까. 잔을 들어 술을 마셨다. 술맛이 좋은지 혀로 입술을 핥았다.

그 술맛을 현우는 알 수가 없었다.

일단 시간을 벌어 두기는 했지만 불안했다. 어떻게 해야 할지 생각이 나질 않았다. 그러던 중 셀바이오닉스사에서 연락이 왔다. 인수합병 문제로 주식 지분율이 높은 주주들을 모아 회의를 하고 싶다는 내용이었다. 자신의 지분율이 꽤 높은 것은 알고 있었지만 이렇게 전화를 받자 묘한 기분이 들었다. 거물이 된 것 같아 어깨가 으쓱했다. 하지만 "이사님!" 하며 반갑게 맞이하던 마담이 갑자기 생각났다. 필요하니 부르는 것이리라.

회의 시간과 장소를 확인하고는 이상하게 조바심이 났다. 큰일이 기다리고 있는 예감이 들었다. 자신의 인생과 세상을 변화시킬 그런 큰일이. 다시 한 번 미토콘드리아가 꿈틀했다. 꼼짝달싹 못하고 박전무의 위협을 고스란히 겪고 있는 현실을 떠나 한 번도 가 보지 못한 미지의 시간과 장소로 날아가는 환상이 눈앞에 어른거렸다.

셀바이오닉스는 삼성동에 위치한 대형 빌딩의 13층을 전부 사용하고 있었다. 모임 장소는 임원 회의실이었다. 사무실 입구에서 늘씬한 미녀 직원의 안내를 받아 회의실로 갔다. 여섯 명이 육각형 모양의 테이블 모서리를 차지하고 앉아 있었다. 40대로 보이는 남자가 네 명이었고, 여자도 두 명 있었다. 회의실 자체도 육각형이었고, 귀퉁이마다 지렁이처럼 생긴 조각물이 자리를 잡고 있었다. 크랍 서클에서 보았던 형상과 비슷한 것 같아 호기심이 생겼다. 혹시 이 회사와 그 크랍 서클 사이에 어떤 연관이 있는 것은 아닐까? 온갖 상상이 날개를 펴기 시작했다.

"안녕하세요? 셀바이오닉스사의 대표 김수연입니다."

육각형의 한쪽을 차지하고 있던 여자가 일어서며 말했다. 현우와 비슷한 또래로 보였다. 키가 크고 마른 몸매에 세련된 투피스 정장을 입고 있었다. 선량해 보이는 큰 눈이 인상적이었다. 나이에 어울리는 주름들이 가벼운 화장 아래 보였다. 수연이 회의실에 앉아 있는 인물들을 살펴보다 현우와 눈이 마주쳤다. 공기 중에 전기가 흐르는 것 같았다. 세포가 꿈틀거렸다. 동류의 인간. 갑자기 회의실의 다른 사람들이 모두 사라지고 그녀와 단둘이 있는 것 같았다. 머릿속이 환해지며 그녀의 목소리가 들리는 것 같았다.

안녕, 깨어난 벗이여.

수연이 인사를 하며 회사의 기술 내용을 화려한 발표 자료로 설명하기 시작했다. 다양한 그래프와 사진 들로 가득했다. 정확한 발음으로 또박또박 발표하는 수연에게서 환한 후광이 느껴졌다. 현우는 비록 공학에 문외한이었지만, 어찌 된 일인지 정확하게 그 내용을 파악할 수 있었다. 수연의 광채 속에서는 모든 것이 선명한 것 같았다.

발표 내용의 핵심은 세포의 DNA 변조 기술이었다. 단일 파장의 특수 레이저 빔을 세포에 조사(照射)하면 DNA 구조에 변형이 일어난다는 것이다. 회사가 다양한 파장대의 레이저 빔을 사용하여 DNA 구조를 변화시키는 기반기술을 확보하고 있으며 이런 변형 과정을 가속할 수 있는 주변기술도 보유하고 있다고 했다. 레이저 빔을 조사하는 위치가— 그리드라는 용어를 사용했다.— 중요한데 이것도 파장과 관련된 기술이라는 것이다. 컵 속의 물이 가진(加振) 주파수에 동조를 일으켜 다양한 모양을 만드는 사진을 보여 주며 이렇게 물방울이 집중된 위치를 그리드라고 했다. 이 그리드 위치에 빔을 조사할 때 그 효과가 극대화된다는 것이다. 또한 그리드는 세포뿐만이 아니고 들판이나 바다 같은 곳에도 나타난다고 했다. 그런 그리드 중의 하나라며 수연이 화면에 사진 한 장을 올리는 순간 현우의 눈이 커졌다.

크랍 서클이었다.

자신을 과거의 시간대로 보낸 바로 그 서클이었다. 여러 개의 동심원 옆에 큰 동심원이 하나 더 있고 지렁이 모양이 다섯 개 있는 서클. 현우의 온몸에서 세포들이 비명을 지르며 꿈틀거렸다. 머릿속에 번쩍 불이 들어왔다. 수연이 그런 자신을 바라보며 웃는 것 같았다.

"이런 동심원이나 지렁이 같은 패턴이 지구의 그리드입니다. 인체에 나타나는 그리드와 동일한 역할을 하죠. 이 사실로 미루어 지구는 인체나 세포와 동일한 것이 아닌가 하는 생각이 들었죠. 그래서 이 그리드를 활용할 방법도 연구했습니다." 수연이 계속 말을 이었다. 꼭 현우에게만 말을 거는 것 같은 착각이 들었다. 큰 비밀을 함께 간직하자고 속삭이는 것 같았다.

온 세상이 세포와 같다면 이 그리드에 해당하는 위치에 단일 파장의 레이저 빔을 조사하여 어떤 효과를 기대할 수 있을 것이다. 그래서 그런 실험을 수행한 결과, 그리드를 중심으로 강력한 파장이 전 지구적인 범위에 걸쳐 전파된다는 것을 발견했다고 말했다. 즉 세포 DNA에 변화를 일으킨 특정 레이저 빔을 지구의 그리드에 쏘면 그 효과가 지구 전체에 작용한다는 것이다.

"즉 세포를 치료하듯 이 지구, 인류 전체도 치료할 수 있는 것입니다. 하지만 이것은 위험할 수도 있고 해결해야 할 여러 문제가 있어 당장 안전하게 사용할 수 있는 다른 방법들을 모색하기 시작했습

니다." 수연이 화면에 다른 슬라이드를 한 장 올리자 '퀀텀네트워크'
회사 로고가 크게 나타났다.

"어떤 정보를 지구 전체에 뿌리는 통로로 이 그리드를 활용할 수
있습니다. 회사가 원하는 정보를 단일 파장의 레이저 빔에 실어 그리
드에 조사하면 순식간에 지구 전체에 그런 정보가 퍼져 나가는 것입
니다."

놀라운 일이었다. 기업들이 홍보에 퍼붓는 엄청난 비용을 생각하
면 그야말로 양자 수준의 홍보기술이었다. 광고시장을 송두리째 뒤
엎을 수 있는 획기적인 기술이었다. 또한 이 정보를 조작하여 자신이
원하는 내용을 전파할 수 있다면……. 섬뜩한 기운이 느껴졌다.

전 지구적인 정보 왜곡. 그리고 전 지구적인 DNA 변형.

갑자기 회의실 내부의 서늘한 기운이 등줄기를 타고 스멀스멀 올
라오는 것 같았다. 현우의 머릿속에서 어떤 경보가 켜지는 것처럼 뒤
통수가 화끈거렸다. 이렇게 결정적인 핵심기술을 왜 우리들에게 설
명하는 것일까? 이 사람들은 단순히 지분율이 높은 주주들이 아닌
것인가? 온갖 의문들이 머릿속을 가득 채우기 시작했다.

"이런 기술들이 대기업의 손에 넘어가는 것은 위험한 일이라는 것
을 이제 파악할 수 있을 겁니다." 수연이 현우의 물음에 답하듯이 말
했다. "그리고 이제 우리 회사의 궁극적인 목표에 대해 설명하도록
하겠습니다." 화면의 슬라이드가 바뀌었다. 푸른 지구와 환하게 웃고
있는 아이들이 가득한 사진이었다.

현재 지구에서 발생하는 모든 재난은 왜곡된 파장의 영향으로 인
한 것이고, 인간의 유전자 변형으로 인한 암이나 AIDS 같은 질병도

역시 같은 원인에서 비롯되었다고 했다. 전 지구적인 수준에서 이런 질병과 재난을 치유할 특수 파장의 고강도 레이저 빔을 지구 상에 존재하는 총 열두 개의 그리드에 동시에 조사할 계획을 갖고 있었다. 이 프로젝트를 통해 기상이변이나 질병도 치유할 수 있을 뿐만 아니고 예지력, 감지력, 염력과 같은 두뇌 능력을 강화한 신인류의 도래를 촉진할 수도 있다는 것이다. 이 프로젝트를 추진하는 데 천문학적인 자금이 필요하고 그 자금을 모으기 위해 유전자 치료제나 소셜 네트워크 회사를 운영하고 있다고 했다. 현재 수준으로 사업이 진행되면 10년 안에는 필요한 자금을 모을 수 있지만 한국전자의 인수 제의와 주식 매집 때문에 심각한 위협을 받고 있다는 것이다.

"이미 한국전자에서 연락이 왔을 겁니다. 지분율이 높은 주주들 중에 아직 주식을 양도하지 않은 사람은 여기 다섯 분뿐입니다." 수연이 한 명씩 쳐다보며 말을 이어 갔다. "한국전자 측에서 집요하게 양도를 종용하고 있다는 것도 알고 있습니다." 수연이 다음 슬라이드를 화면에 올렸다.

한국전자의 회사 이력이었다. 현재 회장의 조부가 창업한 시절의 사진도 보였다. 일본 육사 출신으로 조선총독부와 결탁하여 무상 토지 수용의 혜택을 받은 인물로 표현되어 있었다. 그 아들인 2세는 군사정권과 결탁하여 1만 명이 넘는 노동자들의 죽음에도 건재했다고 되어 있었다. 이외에도 온갖 비리와 부정부패 사실이 일목요연하게 정리되어 있었다.

"다음 주에 크랍 서클을 통해 뿌릴 정보들입니다. 한국전자에게 큰 타격이 되겠죠. 회사의 이미지가 극도로 악화될 테니까요." 수연의 안색이 어두웠다. "경제에도 악영향을 줄 수 있어 노출 정보의 수준을 어느 정도 낮출 수는 있습니다."

현우 역시 표정이 어두워졌다. 순식간에 회사가 망할 수도 있을 것이다. 비록 저급한 자본주의를 기치로 많은 사람들을 비참하게 유린하기도 했지만, 어쨌든 종업원들의 밥줄이고 생명줄이 아니겠는가. 과연 이 방법밖에는 없는 것일까.

다음 주에 크랍 서클 지역에서 레이저 빔을 조사할 예정이라고 했다. 정확한 시간을 알려 주지는 않았지만 실시한다는 것은 정해진 것 같았다. 그렇게 회사의 이미지가 급격히 나빠지면 더 이상 지분 양도를 강요할 일도 없을 거라고 수연이 말했다. 지분을 넘기지 말아 달라는 부탁도 덧붙였다. 그날 미팅은 그렇게 종료되었다.

회의장을 나오는 현우의 머릿속이 더욱 복잡해졌다.

크랍 서클과 고인돌이 보이자 마음이 고요히 가라앉았다. 여전히 박 전무의 협박이 계속되었다. 셀바이오닉스사의 계획대로 된다면 잘 해결될 수도 있지만 어떻게 마무리될지 알 수가 없었다. 심란한 마음으로 전날 밤을 새우다시피 하다 크랍 서클이 생각난 현우가 아침에 차를 몰고 그 지역으로 내려갔다. 고인돌을 보고 크랍 서클을 돌다 보면 다시 마음이 진정될 것 같았다.

오랜만에 보는 고인돌이 정겨웠다. 지난번에 봤을 때는 뜨거운 7월의 태양 아래 땀을 줄줄 흘렸는데, 벌써 초가을의 선선한 바람이 느껴지는 9월이다.

고인돌 유적지를 향해 발을 옮기자 그날 아침의 산책이 기억났다.

아픈 머리와 울렁거리는 속을 다독이며 걸었지. 그러다 두 번째 크랍 서클을 돌다가 지금의 시간으로 끌려들어 갔다. 이번에도 혹시 그런 일이 생기지는 않을까? 설마……. 그런 일이 그렇게 자주 일어나지는 않겠지. 고개를 흔들며 고인돌을 지나쳐 걸어갔다. 거대한 바위가 말을 걸어오는 것 같았다.

머리가 아프다, 왜 이렇게 살아가기가 힘들까.

현우가 중얼거렸다, 아직도 아프냐, 나도 머리가 아프다. 겨우 돈을 벌었다 했는데 이번에는 사기꾼으로 경찰 조사를 받을 판국이다. 이놈의 세상은 편하게 살아가는 게 불가능한 것 같다.

눅눅한 바람이 불어왔다. 비가 올 것처럼 하늘이 흐렸다.

서클의 지렁이 모양 옆에 앉아 최근에 생긴 일들을 곰곰이 생각해 보았다. 서클을 돌면서 "감사합니다."라고 중얼거린 일, 심해를 잠수해 들어가듯 1년 전의 시간대로 끌려들어 간 일. 100배의 수익을 안겨 줄 주식을 사게 된 일. 박 전무의 협박. 곧 실행될 한국전자의 실체에 대한 전국적인 정보 유포. 크랍 서클의 그리드에 정보를 레이저 빔 형태로 쏜다고 들었는데, 그게 어쩌면 오늘일지도 모르겠다는 생각이 들어 서클 지역을 살펴보았다. 아직 이른 시간이라 그런지 사람들이 전혀 보이지 않았다.

문득 김수연 대표가 생각났다. 그녀에게 강렬한 동지 의식을 느낄 수 있었다. 자신만의 착각인지도 모르겠지만. 정신력만으로 말을 걸 수 있다면 그녀는 자신에게 말을 걸어왔던 것이 확실하다. 어쩌면 그 과거의 시간대로 유영할 때 어떤 변화가 생긴 것일지도 몰랐다. 자신의 상황 판단력이 이전과는 달리 명쾌해진 것을 느끼고 있었다. 이전과는 다르게 모호한 것이 별로 없었다. 왜 그렇게 행동하고 말하는지가 명확하게 보였다. 그렇게 개화한 눈으로 세상을 바라보면 대부분의 사람들이 무언가에 홀린 채로 반쯤 잠들어 있는 상태였다. 그런데 수연에게서는 자신과 비슷한 선명함이 느껴진 것이다. 그녀 역시 크랍 서클 지역에서 나와 비슷한 일을 겪은 것은 아닐까. 그 과정을 통해 꼭 머릿속에 불이 켜진 것처럼 개화한 것이 아닐까, 이런 생각에 잠겼다. 크랍 서클 부근이라 그런지 심란했던 마음이 한결 잔잔해졌다.

멀리서 트럭 한 대가 들어오는 것이 보였다.

익숙한 셀바이오닉스사의 회사 로고도 보였다. 오늘이 그 계획을 실행하는 날인 모양이다. 수연을 볼 수 있을지도 모르겠다는 생각이 들었다. 그녀와 이야기를 나누고 싶었다. 과연 이 방법밖에는 없는 것인지. 다른 방도가 있지 않을까. 지분 양도를 종용하며 주주들의 개인 약점까지 파고드는 박 전무에게, 아니 한국전자에게 뭔가 이유가 있는 것은 아닐까. 단지 탐욕으로 인한 미친 짓에 불과한 것일까. 필사적인 인수 시도 뒤에 숨은 다른 이유가 있지 않을까. 그 이유를 알 수 있다면 어쩌면 이 모든 일이 해결될 수도 있을 텐데. 어떤 실마리가 잡힐 듯 말 듯 간질간질하게 머릿속을 지나갔다. 수연의 후광 속에서 원 없이 대화를 나눈다면 기발한 방법을 찾을 수도 있을 텐데. 개화된 인간들끼리 나누는 수준 높은 대화를 통해.

개화된 인간…… 수준 높은 대화……?

간신히 부장을 달자마자 명퇴당한 기억이 아직도 생생한 자신이 그런 생각을 한다는 것이 우습게 느껴졌다. 내가 개화된 인간일까.

설명할 수 없는 일을 겪고 난 후 조금 똑똑해진 것을 개화했다고 할 수 있을까. 바로 옆에 서클과 지렁이 모양이 눈에 들어왔다. 그것들에게 묻고 싶어졌다. 내가 개화한 것이냐? 신인류라고 부를 만하냐? 너희들은 도대체 무슨 일을 꾸미고 있는 거냐? 대답을 해 봐라.

대답이 없었다. 고요했다. 빙그레 웃는 것 같았다.

하지만 그렇게 질문을 던지는 순간 지렁이 모양에서 현우의 가슴으로 무언가 흘러들어 오며 뜨거워지는 느낌이 들었다. 그리고 이전과는 다른 변화가 머릿속에서 펼쳐지는 것 같았다. 번쩍 불이 들어오며 그 불빛이 머릿속에서 끝없이 확장하는 것 같았다. 이전에는 몰랐던 무언가를 깨달은 느낌이었다. 서클이 작동하는 방식 같은 것을 알 수 있었다. 확실히 이 크랍 서클 지역에는 어떤 힘이 있다. 하지만 그 힘을 작동시키는 숨겨진 비결이 있다는 것을 깨달을 수 있었다. 수연 역시 자신이 이전에 겪었던 시간 여행을 경험한 것이 확실한 것 같았다. 하지만 지금 막 머릿속을 환하게 밝힌 그 사실은 그녀 역시 모르고 있는 것이 아닐까. 서클이 가진 힘과 결합해 두뇌를 각성시킬 수 있는 비밀을 그녀는 아직 모르고 있는 것이 아닐까.

유적지 주차장으로 들어온 트럭에서 사람들이 내리며 커다란 철제 박스들을 옮기기 시작했다. 하늘색 정장을 입은 마른 모습의 키 큰 여성이 보였다. 수연이다. 그녀가 직접 온 것이다. 멀리서 봐도 그녀라는 것을 금방 알 수가 있었다. 그녀를 향해 부드러운 생각을 실어 보냈다.

안녕, 깨어난 벗이여.

머리를 두리번거리던 그녀가 서클 바로 옆에 있는 현우를 바라보았다. 거리가 멀어 자세히는 보이지 않았지만 그녀 역시 반가워하는 것 같았다. 똑같은 소리가 머릿속으로 들려왔기 때문이다.

안녕, 깨어난 벗이여.

그녀가 천천히 현우를 향해 걸어왔다. 웃고 있었지만 당황한 표정이었다. 이곳에서 현우를 만나게 될 것이라고는 상상치 못했던 모양이다. 또한 생각을 전달하는 현우의 능력에도 놀라는 것 같았다.

"어떻게 여기에 오셨죠?" 미소 띤 수연의 얼굴에 호기심이 가득했다.

"원래 잘 알던 곳이거든요." 현우도 웃으며 대답했다.

"이 서클에 신비로운 힘이 있다는 걸 알고 있었나요?" 현우의 눈을 들여다보며 수연이 물었다.

"물론 잘 알고 있죠." 현우가 답했지만 시간 여행이라는 말은 하지 않았다. 두뇌 각성에 필요한 또 한 가지 요소도 말하지 않았다. 당신이 그 비밀을 알고 있을까? 단지 이 그리드를 통해 정보가 유포되는 것만 알고 있는 것이 아닐까? 현우의 눈에도 호기심이 가득했다. 질문이 목구멍까지 올라왔지만 내뱉지는 못했다.

그사이 서클까지 다가온 직원 세 명이 장비를 설치하고는 수연을 쳐다보고 있었다. 바로 "시작할까요?"라고 묻고 있었다. 보안경을 쓰고 긴 장갑을 끼고 있었다. 수연이 고개를 끄덕이며 시작하라고 지시했다. 직원들이 작은 대포처럼 생긴 레이저 빔 조사장치를 지렁이 모양에 겨눈 뒤에 고정했다. 굵은 케이블로 연결된 컨트롤 박스로 가서 여러 개의 다이얼을 조정한 다음 레버를 위로 들어 올리자 조사장치 끝이 서서히 달아오르기 시작했다. 잠시 후 백색 광선이 지렁이 모양을 향해 발사되었다. 지렁이가 꿈틀하는 것 같았다. 그 광선을 마치 먹이처럼 좋아한다는 느낌이 들었다. 꿈틀꿈틀하며 그 빛 속에서 유영하는 것 같았다.

저 레이저 빔들은 어디로 가는 걸까? 어디에 도착하게 되는 걸까? 혹시 머나먼 과거로 거슬러 올라가 그 빔에 실린 정보를 풀어 놓는 것은 아닐까. 과거에 뿌려 놓은 작은 정보들이 점점 퍼져 나가 결국 지금 현재 시점에서는 누구나 알게 되는 것이 아닐까. 연못에 빠진 조약돌 주변으로 커다란 파문이 퍼져 나가는 것이 연상되었다. 그렇게 정보가 뿌려지는 것이구나. 문득 그 과정이 이해되었다.

멀리 까만색 승합차 두 대가 주차장으로 들어오는 것이 보였다. 거칠게 세운 차에서 험상궂어 보이는 사내들이 여러 명 내리고는 주변을 둘러보다 서클 쪽으로 빠른 걸음으로 오기 시작했다. 맨 앞에 선 큰 덩치의 남자는 까만 선글라스를 끼고 있었다. 날랜 걸음걸이였다. 한국전자 쪽 사람들이 아닐까? 현우가 불안한 눈으로 수연을 쳐다보았다. 수연 역시 놀란 표정으로 그 남자들을 쳐다보고 있었다.

"야야, 그만두지 못해!" 선글라스가 소리를 질렀다. 손을 들어 신호를 보내자 뒤따라오던 남자들이 우르르 뛰기 시작했다. 덩치 큰 사내 대여섯 명이 뛰자 바닥에서 먼지가 일었다.

"어느 정도 레이저 빔을 쏴야지 효과가 있나요?" 현우가 다급한 목소리로 물었다. "최소 한 시간 정도는 조사해야 하는데……." 수연이 당황한 표정으로 말했다.

한 시간이라면 아직 한참 남았다. 그사이 저들이 어떤 일을 저지를까? 현우가 휴대전화를 꺼내며 말했다, "경찰에 신고하는 게……."

"아뇨, 이런 유적지에 뭔가를 쏘고 있다는 것 자체를 이해하지 못할걸요. 더구나 한국전자 쪽 사람이라면⋯⋯." 수연이 말을 흐렸다.

당연히 셀바이오닉스라는 생소한 중소기업보다는 한국전자라는 대기업 주장이 잘 먹히겠지. 내가 경찰이라고 해도⋯⋯. 이런 대화를 주고받는 사이에 벌써 사내들이 지척까지 다가왔다. 잔뜩 흐린 하늘에서 빗방울이 떨어지기 시작했다. 낮은 천둥소리도 들려왔다.

지렁이 모양이 꿈틀하는 것 같았다. 떨어지는 빗방울 때문인지 레이저 빔을 맞고 있는 지점에 얼룩이 생기더니 조금씩 검은색으로 변해 갔다. 그 얼룩 주변으로 전기가 흐르는 것처럼 보였다. 빠직하며 여기저기 불꽃이 튀었다. 지렁이와 서클 전체에서 전기가 방출되는 것 같았다. 지난 7월에 머리를 짓눌러 서클 속으로 밀어 넣던 느낌과는 반대로 무언가 서클에서 뛰쳐나오려는 것 같았다. 그것이 기온과 관련이 있으리라는 것을 퍼뜩 깨달을 수 있었다. 현우의 두뇌와 지렁이가 연결되어 이런 사실이 바로 머릿속으로 전달되는 것 같았다.

그사이 지렁이의 검은색으로 변해 가는 영역이 점차 커지기 시작했다. 전기가 좀 더 강하게 흐르는 것 같았다. 팔뚝의 잔털이 올올이 서기 시작했다. 세포 속의 미토콘드리아가 꿈틀했다. 불안한 현우의 눈길이 수연의 눈과 마주치자 묘한 안도감이 느껴졌다. 오래된 벗. 어떤 일이 일어나더라도 함께할 동지. 그녀의 목소리가 머릿속으로 들려왔다, 서클의 힘을 이용하세요.

남자들이 다가와 고함을 치기 시작했다. 저거 빨리 꺼야지! 야, 저 장치들 모두 한꺼번에 실어! 빨리 움직여!

현우가 자신도 모르게 남자들 앞을 막았다. 이들은 그저 용역회사에서 일당을 받고 온 사람들이라는 생각이 들었다. 자신들의 행위가 무엇을 의미하는지 알 수 없을 것이다. 조용히 남자들을 쳐다보고 서 있었다. 불안한 마음 한편으로는 평온한 기분도 들었다. 서클의 힘을 이용하라는 수연의 말이 어떤 의미인지 알 것 같았다. 이 크랍 서클이 자신을 지켜 줄 것이라는 믿음이 생겼다.

선글라스가 나섰다. "비켜!" 현우를 노려보며 위협적인 목소리로 말했다. 점차 굵어지는 빗방울에 선글라스의 렌즈가 흐릿해졌다. 그가 천천히 선글라스를 벗으며 히죽 웃었다. 덩치와 어울리지 않는 순박한 얼굴이었다. 작은 눈이 그 웃음과 함께 옆으로 길게, 위아래로 봉긋 굴곡을 이루었다. 다음 순간 포악한 눈빛으로 돌변했다. 망설임 없이 그의 거대한 주먹이 현우를 향해 날아왔다. 빗방울을 뚫고 주먹이 번개처럼 다가왔다.

현우는 그의 눈빛이 변하는 순간 움찔했다. 그의 내면에서 일어나는 분노와 울분을 느낄 수 있었기 때문이다. 문득 울고 있는 어린 소년의 모습이 떠올랐다. 순박한 얼굴이었다. 작은 눈에 깊고 까만 슬픔이 가득했다. 자신도 모르게 위로의 말을 건네고 싶어졌다. 하지만 포악하게 변해 버린 큰 몸뚱이가 그 자리를 채웠다. 무슨 일이 있어도 저 장비를 가져가야 한다, 그 남자의 머리를 지배하고 있는 지상명령이 현우의 귀에도 들려왔다.

그리고 주먹이 날아왔다.

거대한 주먹이었다. 빗속을 뚫고 느릿느릿 그 주먹이 날아오는 것처럼 보였다. 현우의 눈에 빗방울이 하나씩 그 주먹에 떨어져 튕기는 것이 보였다. 현우의 몸이 긴장되며 온몸의 근육들이 뭉쳐지기 시작했다. 그 주먹이 움켜쥔 악의와 적개심을 받아들이겠다는 의지가 굳어졌다. 그 생각에 반응하듯이 지렁이 모양에서 빠직 전기가 흘렀다. 현우의 머리가 삐죽 솟았다. 그 주먹을 향해 손바닥을 내밀었다. 다음 순간 펑! 굉음이 들려왔다. 다들 귀를 막으며 주저앉았다. 지렁이 모양에서 번개가 치듯 빠지직 전기가 현우의 손으로, 다음 순간 사내의 주먹으로 흘러갔고, 사내의 가슴에서 피가 터져 나왔다. 현우의 입가에서도 핏물이 한 줄기 흘렀다. 사내가 가진 엄청난 육체의 힘이 서클의 힘과 맞부딪치며 나는 소리였다. 아니 사내가 가진 악의와 분노의 크기에 비례해 나는 소리 같았다. 울고 있는 소년의 두 눈이 보였다. 옆으로 길게 위아래로 봉긋한 작은 눈. 이 남자의 머릿속에서도 그 소년이 울고 있었다. 그 소년이 희미하게 사라져 갔다. 동시에 남자가 천천히 가슴을 움켜쥐며 자리에 주저앉았다.

지켜보던 나머지 남자들이 우르르 현우에게 달려들었다. 사방에서 주먹이 날아왔다. 각목도 보였다.

다음 순간 현우의 몸에서 빠직 전기가 흘렀다. 그 전기가 주먹들과 맞부딪치는 순간 펑 하는 소리가 울려 퍼졌다. 남자들이 우르르 나가떨어졌다. 큰 에너지가 현우의 몸을 관통하며 입가에서 울컥 핏물이 쏟아져 나왔다. 눈이 희미해지는 것 같았다. 비틀거리던 현우가 지렁이 모양 근처로 쓰러졌다. 아직 작동 중이던 레이저 빔이 현우의 몸에 떨어졌다. 직원이 작동 레버를 급하게 내렸지만 강렬한 레이저 빔이 현우의 온몸을 관통하며 지렁이 모양으로 쏟아졌다. 묘한 느낌이었다. 간질간질하며 털이 곤두서는 느낌. 그래, 이 느낌이었어, 그 서클로 빠져들 때의 느낌. 지금은 큰 힘이 자신을 통과해 분출될 것 같은 예감도 강하게 들었다.

멀리서 익숙한 걸음걸이의 남자가 급하게 달려오는 것이 보였다. 박 전무였다. 이 모든 일을 사주한 인물. 그리고 그 뒤엔 한국전자의 총수가 있었다. 자신의 추악한 과거가 만천하에 공개되는 것이 죽기보다 싫은 남자. 한국전자. 거대한 기계. 여러 명의 박 전무. 문득 한국전자가 왜 그렇게 필사적으로 인수에 매달렸는지가 이해되었다. 정상적이고 합리적인 집단의 손에 정보의 유통 수단을 맡겨 두기가 싫었고, 원활한 정보의 흐름이 두려웠기 때문이었다.

아이러니했다.

애초에 인수 시도가 없었다면 추악한 과거 이력을 세상에 뿌릴 시도 자체가 없었을 것인데. 신탁을 받은 비극의 희랍 왕이 떠올랐다. 자신의 아들에게 죽임을 당할 것이라는 예언을 들은 절대 권력자. 그 예언이 아니었으면 애초에 갓 태어난 아들을 버리지 않았을 텐데. 버리지 않았다면 그런 파국이 생기지 않았을 것을.

신탁을 받고 초조한 권력자여…….

현우가 피를 흘리며 박 전무를 향해 손을 내밀었다. 그 손끝을 타고 거대한 에너지가 흘러갔다. 레이저 빔의 정보도 그 에너지와 함께 퍼져 나갔다. 번개가 치듯 번쩍하며 우르릉 그 전기가 주변을 집어삼켰다. 사방이 고요해졌다. 그리고 작은 불꽃이 모두의 머릿속에서 살며시 피어올랐다.

천황의 사열행차가 보였다.

그 앞에서 웃통을 벗은 채 혈서를 쓰는 사내가 보였다. 견마지로

(犬馬之勞), 개와 말의 충성을 바치겠습니다. 남자의 눈에서 뜨거운 눈물이 흘렀다. 굳게 쥔 두 손에서 진한 피가 흘러내렸다.

드넓은 벌판이 보였다. 탱크도 보였다. 비처럼 쏟아지는 총알에 나뒹구는 군인들도 보였다. 남자가 핏발 선 두 눈으로 태극기 아래 모여 있는 작은 무리를 쳐다보고 있었다. 두 눈에 적의와 살의가 가득했다. 입을 열자 고함이 울려 퍼졌다, "천황폐하 만세!"

거대한 공장이 보였다. 코가 얼얼해지도록 독한 냄새가 났다. 끝없는 기계음도 들려왔다. 기계 앞의 남녀들이 쓰러지기 시작했다. 코에서도 입에서도 피가 흘러내렸다. 공장 바닥이 시체들로 가득했다. 피가 강물처럼 흘러내렸다.

푸른 하늘 아래 뜨거운 여름이었다. 더 뜨거운 불덩이가 보였다. 울부짖는 청년이 온몸에 불을 붙인 채 굴러가듯 공장 정문에서 뛰쳐나왔다. 아무도 도와주지 않았다. 한국전자의 거대한 간판이 그 불꽃 너머 어른거렸다.

모두의 머릿속에 한국전자의 과거 이력이 영화처럼 흘러갔다. 실제처럼 느껴지는 생생한 입체영상이었다. 끔찍한 과거의 아픔이 온몸을 짓눌렀다. 사방에서 신음이 들려오기 시작했다. 모두들 귀를 막으며 정신을 잃었다. 고막이 터져 나갈 듯한 신음과 한숨 소리가 끈질기게 맴돌았다. 두 귀가 불타는 것 같았다.

옆으로 비틀거리며 다가온 수연이 현우의 손을 잡으며 귀에 대고 속삭였다. 희미한 의식의 끈을 놓으며 현우가 눈을 감았다. 자신도 모르게 그 속삭임을 따라 중얼거렸다.

"감사합니다."

마법의 단어. 서클의 두뇌 각성 기능을 활성화하는 마지막 주문. 감사의 마음으로 모든 것을 내려놓는 것. 마법을 일으키는 비결. 큰 에너지가 흘러가며 거대한 파동이 주변을 휩쓸었다. 그 에너지가 모두의 두뇌 속으로 빨려 들어갔다. 거대한 폭발이 일어나기 직전의 고요함이 천천히 내려앉았다. 모든 것이 깜깜해졌다. 조용했다.

그리고 모두의 머리가 번쩍 밝아졌다.

에너지가 뻗어 나가며 각성되기 시작한 두뇌의 전두엽 피질에 끝없는 번개가 쳤다. 에너지와 함께 뻗어 나가는 신경 시냅스 다발이 뭉쳐지고 분기되며 크랍 서클과 비슷한 형상이 전두엽 피질에 새겨지기 시작했다. 여러 개의 동심원과 지렁이 모양. 피질의 지렁이 모양이 꿈틀거리자 온몸의 세포들이 살아나며 생명력으로 가득 차올랐다. 그 생명력이 전두엽 시냅스 다발 위로 폭포수처럼 쏟아졌다. 그 생명력을 흡수한 시냅스 다발이 번개처럼 뻗어 나갔다. 전두엽 피질 위로 작은 동심원들이 끝없이 피어올랐다. 피질의 지렁이 모양이 진저리 치듯 꿈틀거렸다. 다시 세포의 생명력이 끓어올랐다. 생명력의 폭포수가 시냅스 위로 쏟아졌다. 전두엽 피질의 수많은 동심원과 지렁이…….

그리고 번개가 치듯 두뇌가 깨어났다.

잠들어 있던 90퍼센트의 두뇌가 갑자기 살아났다. 선명한 깨달음에 얼굴이 환하게 밝아졌다. 부릅뜬 두 눈이 조용히 작아졌다. 눈빛들이 고요했다. 얼굴빛이 맑았다. 조용히 서클에 주저앉은 그들의 머리 위로 빗방울이 거세게 쏟아졌다. 그 빗속에서 새로 태어나는 것 같았다.

멀리서 번개가 번쩍했다.

크랍 서클의 지렁이가 꿈틀했다!

그날 서클에 함께 있었던 사람들이 모두 한국전자의 과거 이력을 알게 되었고, 두뇌가 각성되면서 놀라운 능력을 가지게 되었다. 신인류가 한꺼번에 탄생한 것이다. 서클의 시간 여행 기능은 주변 기온이 높을 때만 활성화된다는 것이 나중에 밝혀졌다. 덕분에 두뇌 각성만 이루어진 것이었다. 현우, 수연, 박 전무, 선글라스를 포함한 열두 명 모두 서클의 의미와 신인류 각성을 위한 비전을 공유하게 되었다. 개화된 이들이 그 비전을 실현하기 위해 모두 셀바이오닉스사의 주요 임원들로 합류하였다.

아이러니하게도 박 전무가 나서서 한국전자의 인수 시도를 무산시켰다. 내부 사정을 잘 아는 그로서는 그렇게 어려운 일이 아니었다. 인수 시도만 막은 것이지만 원래 내부자였던 인물에게 당한 꼴이니 아들에게 죽임을 당한 것으로도 볼 수 있지 않을까. 그가 희랍 왕의 아들, 오이디푸스가 된 것이다.

이들 열두 명의 깨어난 두뇌의 능력은 엄청났다. 연산, 추리 능력은 말할 것도 없고, 심리적, 사회적 현상에 대한 이해도가 끝을 알 수 없을 정도로 깊었다. 올바른 정책을 제시하는 싱크탱크의 역할을 하면서 회사의 성장 속도가 무섭게 가속되었다. 꼭 1년 만에 한국전자를 능가하는 거대한 회사로 성장하게 되었다.

그리고 4월 16일.

그렇게 축적한 엄청난 자금으로 1기가와트 수준의 거대한 레이저 빔 조사장치를 열두 대 건조하여 전 세계 열두 곳의 그리드 지역에 고강도 레이저 빔을 조사하는 날이다. 화창한 날이었다. 바람도 잔잔해 축복하는 것 같았다. 어린 영혼들이 모여들어 잔뜩 기대하는 것 같았다.

한국의 크랍 서클 지역은 현우가 맡아 진행할 계획이고, 나머지 지역에서도 두뇌가 각성된 책임자들이 그리드를 맡았다. 정오를 기점으로 일제히 조사할 예정이다.

현재 시각 11시 59분 59초.

현우가 컨트롤 박스의 레버를 서서히 들어 올렸다. 레이저 빔이 발사되었다. 우르릉 소리를 내며 강렬한 빛이 조사되기 시작했다. 빔이 도달하자 서클의 지렁이 모양이 전율했다. 전율의 파동이 점점 고조되다가 지렁이가 온몸을 떨며 뜨겁게 달아올랐다. 다음 순간 거대한 에너지가 서클에서 방출되었다. 하늘로 태풍처럼 몰려갔다. 지진이 난 듯 땅이 꿈틀했다.

지구를 둘러싼 거대한 에너지 장에 그리드에서 방출된 동심원 모양의 파장이 수없이 퍼져 나가기 시작했다. 동심원 부근에는 지렁이 모양들이 환영처럼 떠다녔다. 일사불란한 군무를 추듯 지렁이들이 한꺼번에 꿈틀했다. 넘치는 생명의 몸짓. 태곳적부터 축적된 원초적 에너지의 분출. 원시의 신명 난 춤사위.

꿈틀! 생명력으로 가득한 에너지가 폭포수처럼 지구 위로 쏟아졌다. 그 에너지를 받은 대지의 뿌리가 번개 치듯 뻗어 나갔다. 땅이 푸르게 빛났다. 대지가 미소 지었다. 바다가 힘차게 파도치며 하얀 거품이 들끓었다. 태양이 웃음을 터뜨렸다. 그 웃음소리가 청량했다.
지구가 환하게 깨어나기 시작했다.

과학액션 융합 스토리 단편선

1판 1쇄 찍음 2015년 1월 23일
1판 1쇄 펴냄 2015년 1월 30일

지은이 | 김종일 외 8인
발행인 | 김세희
편집인 | 김준혁
펴낸곳 | 황금가지

출판등록 | 2009. 10. 8 (제2009-000273호)
주소 | 135-887 서울 강남구 신사동 506 강남출판문화센터 5층
전화 | **영업부** 515-2000 **편집부** 3446-8774 **팩시밀리** 515-2007
홈페이지 | www.goldenbough.co.kr

도서 파본 등의 이유로 반송이 필요할 경우에는 구매처에서 교환하시고
출판사 교환이 필요할 경우에는 아래 주소로 반송 사유를 적어 도서와 함께 보내주세요.
135-887 서울 강남구 신사동 506 강남출판문화센터 6층 민음인 마케팅부